Leye Adenle

ZÜGEL DER MACHT

Ein Lagos-Thriller

Aus dem Englischen von
Yasemin Dinçer

InterKontinental

1. Auflage 2024

Stefanie Hirsbrunner | Karla Kutzner | Venice Trommer
Kantstr. 97 | 10627 Berlin

Lektorat Claudia Jürgens, Berlin
Gestaltung und Satz Ursula Steinhoff
Druck und Bindung Druck und Werte, Leipzig
Printed in Germany
ISBN 978-3-9823281-8-8

www.interkontinental-verlag.de

Originalausgabe:
EASY MOTION TOURIST
Cassava Republic Press, 2016

Die Arbeit der Übersetzerin am vorliegenden Text
wurde vom Deutschen Übersetzerfonds gefördert.

Druckprodukt mit finanziellem
Klimabeitrag
ClimatePartner.com/13676-2405-1020

PROLOG

FLORENTINE WAR NICHT ihr richtiger Name, ebenso wenig Florentina, aber sie reagierte auf beide. Sie studierte im zweiten Jahr Kommunikationswissenschaften an der Unilag. Und auch wenn ihre Eltern weder für ihre Studiengebühren noch für ihre Lebenshaltungskosten aufkamen, waren sie dennoch enttäuscht gewesen, als sie nicht genügend Punkte erzielte, um Medizin oder Ingenieurwesen oder Jura zu studieren.

In ihrem ersten Studienjahr konnte sie sich das Wohnheim nicht leisten, also zog sie zu ihrer Tante, einer entfernten Verwandten, die sie im Wohnzimmer auf dem Fußboden schlafen ließ, neben dem Fahrer und dem Hausmädchen, die ein vertrautes Verhältnis hatten. Die Tante bezahlte auch ihre Studiengebühren und gab ihr ein wenig Taschengeld, um mit dem Bus zur Uni zu fahren. In jenem ersten Jahr nahm Florentine zwanzig Kilo ab und fiel in der Hälfte ihrer Kurse durch.

Dann lief sie an der Uni einer alten Freundin über den Weg und zog zu ihr auf den Campus, und die Tante hörte auf, Geld zu schicken.

Angesichts der Tokunbo-Autos, des teuren Schmucks und der neusten Telefone der Studierenden an der Unilag glaubt man kaum, dass es in Nigeria Armut gibt. Zum Beispiel kaufte Florentines Freundin brasilianisches Haar bei einer anderen Studentin, die regelmäßig nach Dubai reiste, um Kleidung, Schmuck und Echthaar zu erwerben und dann an ihre Kommilitoninnen weiterzuverkaufen. Florentines Freundin gab zweihundertfünfzigtausend Naira für das Haar aus, ließ es sich aber schon nach einer Woche wieder entfernen, da andere junge Frauen mittlerweile reines peruanisches Haar trugen und sie mit der Mode gehen wollte. Sie gab Florentine die aussortierten Haarteile, und als diese sie sich einflechten ließ, sagten alle, sie sehe noch schöner aus als die amtierende Miss Unilag.

Florentine verurteilte nicht, wie die anderen jungen Frauen ihr Geld verdienten, aber sie ging nie gemeinsam mit ihnen aus. Sie brachen freitags auf, meist zu einem der Expatclubs auf Victoria Island, und kehrten entweder am nächsten Morgen zurück oder blieben das ganze Wochenende fort und kamen erst Montagfrüh direkt zur Uni, wo sie manchmal in Luxuskarossen mit Chauffeur vorgefahren wurden. Montags beglichen sie dann ihre Schulden, kauften Guthaben für ihre Handys oder schickten Geld nach Hause zu Eltern und Geschwistern.

Aber Florentine war nicht dazu erzogen worden, ihren Körper zu verkaufen. Das sagte sie auch zu ihrer Freundin, und aus diesem Grund hörten die anderen auf, sie zu Partys oder in Clubs einzuladen.

Im Gegensatz zu ihnen hatte Florentine Freunde gefunden, die sich um sie kümmerten. Einer von ihnen war ihr fester Freund, Nosa, ein Banker auf der Insel. Sie trafen sich in einem Hotel in der Nähe der Uni, wo sie das gesamte Wochenende gemeinsam verbrachten. Zu ihm nach Hause konnten sie nicht gehen, wegen seiner Frau.

Ein anderer Freund, der sich ihr gegenüber sogar noch fürsorglicher verhielt, war ein wesentlich älterer Mann. Tatsächlich war er ein Chief: Chief Ojo, ein bekannter Geschäftsmann in Lagos. Er war großzügiger als Nosa, nahm sie mit in bessere Hotels und ließ sie sogar übers Wochenende allein dortbleiben, nachdem er die Freitagnacht mit ihr verbracht hatte. Er war ebenfalls verheiratet, aber im Gegensatz zu Nosa hätte er ihr Vater sein können – daher betrachtete sie ihn nicht als einen festen Freund, auch wenn er sie seinen Freunden als seine kleine Frau vorstellte und sie andauernd fragte, ob sie ihn betrüge.

Mit lediglich diesen beiden dauerhaften Freunden und noch ein paar Männern, die sie hin und wieder über Freundinnen kennenlernte, konnte Florentine ihre Studiengebühren bezahlen, drei Mahlzeiten pro Tag zu sich nehmen und sich schon bald ihr eigenes peruanisches Haar kaufen. Selbst ihre Noten verbesserten sich. Und wenn es aussichtslos schien, dass sie eine Prüfung bestand, konnte sie es sich leisten, die Dozentin dafür zu bezahlen, dass sie über ihre fehlende Teilnahme hinwegsah.

Für das Ego ist es leichter, Unterstützung anzunehmen, wenn man sie nicht braucht. Als Florentines Einkommen ausreichend und regelmäßig geworden war, konnte sie mit den anderen jungen Frauen ausgehen, ohne sich um die abschätzenden Blicke zu scheren, die sie den ganzen Weg bis in die Clubs verfolgten und »Prostituierte« zu flüstern schienen.

In einem der Clubs lernte sie einen Jungen kennen. Er war etwa so alt wie sie, aber er war ebenfalls Student an der Universität, was ihn zu einem Jungen machte. Während die anderen Männer dort älter und reicher waren und Champagner für ihre Dates kauften, saß er bei einer Gruppe von Mädchen, die für seine Getränke bezahlten. Er blickte immer wieder zu Florentine herüber, und als sie aufstand, um zur Toilette zu gehen, stand er ebenfalls auf. Als sie wieder herauskam, wartete er vor der Tür auf sie. Er sagte »Hey« und reichte ihr eine Visitenkarte, als wäre er jemand Wichtiges. Florentine wollte die Karte zerreißen und ihm die Fetzen ins Gesicht schleudern, aber er hatte sich bereits zum Gehen gewandt, und die Mädchen, die ihn begleiteten, schauten sie voller Feindseligkeit an, oder vielleicht war es auch Neid.

Zurück an der Uni, zeigte sie ihrer Freundin die Karte und erfuhr, dass sie das große Los gezogen hatte. Sie schickte dem Jungen eine Textnachricht, aber er antwortete nicht. Sie rief ihn an, aber er drückte sie weg. Sie schickte ihm im Verlauf der Woche noch drei weitere Nachrichten und hatte es schon aufgegeben, als er sie zwei

Wochen später zurückrief und in sein Haus in Victoria Garden City einlud.

Er fragte, ob sie Geld verdienen wolle. Das wollte sie. Er erzählte ihr von einem Ort namens Harem. Es war ein exklusiver Club, der seinem Bruder Malik gehörte. Wenn sie dort hineinwollte, musste sie zuerst einen HIV-Test machen. Er würde dafür bezahlen. Sie durfte niemandem von dem Club erzählen, und sobald sie Mitglied wäre, müsste sie dort mehrere Wochen am Stück bleiben und könnte niemanden außerhalb kontaktieren. Während sie noch darüber nachdachte, fügte er hinzu: »Du wirst in einem Monat eine Million Naira verdienen.«

Florentine erzählte dem Banker, sie sei schwanger, und wie erwartet, gab er ihr Geld für eine Abtreibung und war fortan jedes Mal beschäftigt, wenn sie bei ihm anrief. Chief Ojo erklärte sie, sie würde mit einer Freundin nach Ghana fahren, wo sie Gold erwerben wollten, um es an ihre Kommilitoninnen weiterzuverkaufen. Er lobte ihren Geschäftssinn und gab ihr Geld für ihre neue Unternehmung.

Drei Monate später und einen Tag nachdem die Ergebnisse ihres zweiten Bluttests da waren, holte der Junge sie von der Uni ab und brachte sie zu seinem Haus in VGC. Dort wartete noch eine weitere junge Frau, die nicht viel redete und sich ständig umschaute: wenn eine Tür aufging, wenn eine Tür zuging, wenn der Junge aufstand.

Um Mitternacht betrat ein Mann mit einem Polizisten im Schlepptau das Haus. Der Junge stellte den Mann als Mr Malik vor, den Besitzer des Harem. Malik teilte den beiden Mädchen mit, für die Fahrt zum Club würden ihnen die Augen verbunden. Florentine wollte protestieren, das andere Mädchen begann zu weinen und flehte die Männer an, sie gehen zu lassen. Malik sagte ihr, dafür sei es zu spät.

Die Mädchen kletterten auf die Rückbank von Maliks weißem Range Rover Sport mit abgedunkelten Scheiben, und er sammelte ihre Telefone ein. Der Polizist verband ihnen die Augen. Sie fuhren mehrere Stunden lang, und als der Wagen zum Stehen kam und die Augenbinden abgenommen wurden, befanden sie sich auf einem großen Anwesen, das von einer mehr als dreieinhalb Meter hohen Mauer mit Stacheldraht umschlossen wurde. Hinter dem Gelände breitete sich dichter Wald aus. Das Haus war riesig und nicht gestrichen, ansonsten jedoch fertig gebaut und elegant, es hatte jene überdimensionierten Säulen, die in Lagos gerade angesagt waren. Davor parkten etwa zwanzig Autos. In manchen davon warteten Fahrer. In einer Ecke am Tor brummte ein Generator, und als sie auf das Gebäude zuliefen, drang Musik aus dem Inneren.

Eine Frau öffnete die Haustür und begrüßte Malik mit einer Umarmung. Sie trug pinkfarbene Dessous. In einer Hand hielt sie ein Glas Wein, in der anderen eine glimmende Zigarre. Andere junge Frauen in Unterwäsche spazierten mit Männern umher oder saßen mit ihnen auf Sofas, tranken und unterhielten sich oder kuschelten und lachten. Die Männer, es waren etwa zehn, trugen Masken wie auf einem schicken Kostümball.

»Ihr dürft nicht wissen, wer euer Kunde ist«, erklärte Malik, als er Florentine und das andere Mädchen die Treppe hinaufführte. »Sie werden regelmäßig auf HIV und andere Geschlechtskrankheiten getestet, genau wie ihr. Ihr dürft sie nicht um Geld bitten. Ihr dürft sie nicht bitten, ein Kondom zu benutzen. Wenn ein Kunde euch sein Gesicht zeigt, müsst ihr wegschauen. Und ihr müsst es mir sagen. Wenn ihr glaubt, jemanden zu erkennen, behaltet es für euch. Wenn euer Kunde eine Frau ist, dürft ihr euch nicht weigern. Ihr dürft mit niemandem darüber sprechen, was hier geschieht. Am Ende der Woche wird Sisi euch zweihunderttausend geben.«

Die jungen Frauen wurden in unterschiedliche Zimmer gebracht, wo sie Unterwäsche anprobieren sollten. Florentine zog sich um und war gerade auf dem Weg nach unten, als Sisi, die Dame, der sie an der Tür begegnet waren, sie auf der Treppe anhielt.

»Heute kommt ein wichtiger Kunde«, sagte Sisi. »Er will die neuen Mädchen immer als Erstes ausprobieren.« Sie griff nach Florentines Hand und führte sie die Treppe wieder hinauf. »Eine Sache hat Malik dir nicht gesagt: Manchmal wird ein Kunde dir Geld geben. Du kannst es behalten, solange du nicht darum gebeten hast, aber du musst es mir mitteilen. Dieser Typ, den ich heute für dich habe, der wird dich üppig bezahlen. Du kannst mir hinterher danken.« Sie führte Florentine in das Zimmer. »Übrigens, wie heißt du eigentlich?«

»Rolake, Ma.«

»Das klingt zu sehr nach hier. Von jetzt an bist du Florentine. Okay? Und nenn mich nicht Ma.«

Während Florentine auf dem Bett wartete und ihre Haltung ein Dutzend Mal veränderte, da sie sich nicht entscheiden konnte, welche Pose am verführerischsten wirkte oder ob sie überhaupt versuchen sollte, sexy auszusehen, oder eher wie ein braves Mädchen, sann sie über ihr Glück nach und lächelte bei dem Gedanken daran, dass sie bald reicher wäre als der Banker und den Chief auch nicht mehr bräuchte.

Jemand klopfte, und sie rief: »Herein.« Sie hatte beschlossen, sich aufrecht hinzusetzen, die Beine übereinandergeschlagen ausgestreckt, die Arme auf dem Kopfteil des Bettes ausgebreitet.

Er trat ein, in einer Hand eine Flasche Moët, in der anderen zwei Champagnerflöten. Er sah komisch aus hinter seiner glitzernden Maske mit goldenen Pailletten und grünen Federn am Rand und in seiner langen weißen Tunika, unter der sich in der Mitte sein Bauch wölbte.

Er hob die Hand, in der er die Gläser hielt, und nahm seine Maske ab.

»Rolake!«, rief er. Sein Mund blieb offen stehen, und seine Augen quollen hervor.

Sie zog die Beine an und schnappte sich ein Kissen, um sich damit zu bedecken. »Oh, Scheiße! Chief!«, keuchte sie.

1

UM ES GLEICH VORAUSZUSCHICKEN, es war nicht meine Idee gewesen, allein in einen Aufreißerschuppen in Lagos zu gehen. Na ja, das stimmt nicht ganz. Melissa – meine halb nigerianische, halb irische Ex-Freundin – war in Lagos geboren, und ich wollte ihr etwas zu erzählen haben, wenn ich nach London zurückkehrte. Außerdem wollte ich aus dem Eko Hotel rauskommen, um dieses Land zu sehen, über das ich schon so viel gehört hatte.

Wie auch immer, Magnanimous – er bestand darauf, das sei sein Name –, der Rezeptionist des Hotels, hatte behauptet, es sei sicher, und es würden viele andere *Weiße* dort sein. Rückblickend hatte er es mit einem Grinsen gesagt. Damals sah es aus wie ein Lächeln: jenes oberflächliche, das er aufsetzte, sobald er aufschaute und einen bemerkte. Mittlerweile bin ich mir jedoch sicher, dass es ein Grinsen war, ein wissendes Grinsen und ein Augenzwinkern, das ich beinahe verpasst hätte, als ich mich nach einer schlanken Afrikanerin umdrehte, die in der Hotellobby an uns vorbeilief. Sie roch nach Vanille.

Ich gebe ihm nicht die Schuld für das, was im Ronnie's passierte, ich will nur klarstellen, dass ich nicht unterwegs war, um eine Frau aufzureißen.

Das sage ich gleich vorweg, weil ich jedes Mal, wenn ich diese Geschichte erzähle, an dieser Stelle von irgendjemandem unterbrochen werde, der es zum Schreien komisch findet, dass ich überhaupt in der Bar war, und dann gar nicht mehr mitbekommt, warum ich anfange, die Geschichte aus der Bar zu erzählen, sodass ich es gleich ganz sein lasse. Pech gehabt. Ihr werdet jedoch meine Geschichte zu hören kriegen.

An jenem Abend schlenderte ich allein hinaus auf die Straßen von Lagos und fand »das große Schild mit vielen Lichtern« dort, wo Magnanimous mich hingeschickt hatte. Am Ende war es vom Hotel aus nur ein kurzer Spaziergang, und nicht eine einzige nigerianische Person schaute mich auch nur mit flüchtiger Neugierde an, ganz zu schweigen von dem stechenden Blick von jemandem, der kurz davor ist, einen Ausländer auszurauben.

Mit am Körper klebendem Hemd beim Ronnie's angekommen, stolzierte ich wie ein Stammgast durch das offene Tor – reines Theater. Ehrlich gesagt hatte ich noch immer Angst. »Egal, was Sie tun, gehen Sie niemals allein aus, und schon gar nicht bei Nacht«, hatte der nigerianische Taxifahrer gesagt, der mich in Heathrow abgesetzt hatte.

Vor dem Eingang stand ein großer Mann, der den Arm ausstreckte, und ich schüttelte eine riesige, feuchte Hand, ehe er beiseitetrat und auf einen an die Tür geklebten A4-Zettel zeigte: MÄDCHEN EINTRITT FREI. HERREN N1000. Innen war es brechend voll, alles war in Rauch gehüllt, und die Musik war laut.

Irgendwann einmal schien es jemandes Wohnzimmer gewesen zu sein. Man konnte sehen, wo die Wände eingerissen und überputzt worden waren. Von der Decke hing eine einzelne Discokugel, die so fehl am Platz wirkte wie ein Ausstellungsstück in einem Baumarkt. Massive Lautsprecher waren auf verrosteten Metallstühlen aufgestellt, neben riesigen Ventilatoren, die hin und her schwenkten wie über die Menge wachende Roboter. Die Klimaanlage war entweder kaputt oder kam einfach nicht gegen die Hitze an, und anders als Magnanimous versprochen hatte, war meins das einzige *weiße* Gesicht im Raum.

Ich musste an das erste Mal denken, als ich allein unter Schwarzen Menschen gewesen war: in einer Kirche in Lambeth, eine kurze

Autofahrt von unserem Zuhause in Chelsea entfernt, nicht lange nach der Scheidung meiner Mum. Ich war zehn. Sie ließ mich umgeben von Fremden zurück und trat nach vorn zu dem Pastor, der Patois sprach. Er forderte sie auf, ihre Schuhe auszuziehen und sich in ein aufblasbares Becken zu stellen. Dann forderte er sie auf, sich hinzusetzen, ehe er ihr die Hand auf den Kopf legte und sie in das Wasser drückte, sie unten hielt, bis sie wieder auftauchte, das Wasser von ihr herunterströmend und keuchend, während die Menge applaudierte, Halleluja rief und Zimbeln klingen ließ und der Kirchenpianist spontan losspielte.

Hier jedoch befand ich mich in einem echten nigerianischen Nachtclub in einer nigerianischen Stadt, umgeben von Afrikaner*innen und der reizenden Fremdheit ihrer Akzente. Ich fand es großartig. Ich fand es großartig, dass ich Mel nach meiner Rückkehr davon würde berichten können. Wir hatten seit zwei Monaten nicht mehr miteinander gesprochen. Ich gab ihr den Raum, um den sie gebeten hatte, als ich sie an jenem Tag anrief, der unser Jahrestag gewesen wäre, und sie fragte, ob ich sie zu Rodizio Rico in Notting Hill ausführen dürfe, wo wir unser erstes Date gehabt hatten. Vielleicht dachte sie, ich würde einen Comeback-Versuch starten, aber nach unserem Gespräch hatte ich akzeptiert, dass es zwischen uns aus war. Ich war sogar selbstreflektiert genug, um zu wissen, dass mein reifer Umgang mit der ganzen Situation lediglich jener Phase glich, bevor die Betäubung nach einem Zahnarztbesuch nachlässt. Natürlich brach es mir das Herz, dass sie nach acht Jahren nicht mehr mit mir zusammen sein wollte, und ich wusste, irgendwann würde ich die anfängliche Taubheit wohl überwinden, auf eine Sauftour gehen und auf dem Fußboden meiner Wohnung enden, um dort zu Whitney Houstons »I Will Always Love You« zu weinen. Zumindest für den Augenblick blieb ich jedoch cool. Und ich war sogar reif genug, um mit ihr befreundet bleiben zu wollen. Lustig, dass sie immer diejenige gewesen war, die sich an Jahrestage erinnerte – bis sie vorgeschlagen hatte, eine Pause einzulegen. Nach mehreren Wochen Funkstille hatte ich ihr vom Flughafen aus eine Nachricht über Blackberry Messenger geschickt, um ihr von meiner Reise nach Nigeria zu erzählen. Sie las die Nachricht, antwortete jedoch nicht darauf. Ich war kurz davor, in ihr Geburtsland zu fliegen, wo ihr Vater noch immer in seiner Heimatstadt Ibadan lebte, gemeinsam mit seiner neuen Frau und ihren Halbgeschwistern, die Mel nie kennengelernt hatte, also erschien es mir angemessen, ihr zu schreiben. Nun stellte ich mir vor, wie ich ihr von »dieser Frau, die ich in einem Club in Nigeria kennengelernt habe und die mich an dich erinnert hat«, erzählen würde, und drängte mich über die Tanzfläche, quetschte mich an Paaren vorbei und tanzte ein paar Sekunden lang mit einer jungen Frau, die meine Hand ergriff und begann, ihren Hintern gegen meinen Schritt zu reiben, bis ich es schließlich an die Bar schaffte. Sobald ich mich niederließ, setzte sich eine weitere junge Frau mit einer Zigarette neben mich. Sie trug ein pinkfarbenes Tanktop, blaue Jeansshorts, schwarze Strumpfhosen und kniehohe schwarze Lederstiefel, die verdächtig glänzend aussahen. Sie spitzte die leuchtend roten Lippen, um einen langen Strahl Rauch auszublasen, drehte sich dann zu mir um und fragte mich, ob ich ihr einen Drink spendieren wolle.

Ich wollte mir selbst einen Drink kaufen, wenn ich nur die Aufmerksamkeit des Barkeepers auf mich ziehen könnte, der jedoch zu beschäftigt damit war, mit den Blicken in den Ausschnitt einer jungen Frau zu wandern, die an der Bar saß und mit dem Kopf zu irgendeinem Song nickte, der aus ihren Kopfhörern kam, während sie mit den Fingern über das Display ihres Telefons wischte. Ich gab gerade auf, da ich mir noch nicht sicher war, ob ich überhaupt bleiben wollte, als die Frau, die den Drink haben wollte, sich vorbeugte, um mir erneut ins Ohr zu schreien, während ihre Brüste sich gegen meine Schulter drückten. Ich blickte in Richtung des dürren Barkeepers, winkte einmal dürftig und zuckte dann hilflos mit den Achseln. Die Frau drehte sich um und beugte sich über die Theke, indem sie sich auf den Barhocker kniete. Den Arsch in mein Gesicht gestreckt, lehnte sie sich nach vorn und rief den Namen des Barkeepers: Waidi oder Waydi oder Wady. Er zischte, schlurfte herbei, ignorierte die Frau, die ihn gerufen hatte, und fragte mich: »Bekommen Sie schon etwas?«

Er stand allein hinter der Bar. Ich bat ihn um einen doppelten Brandy – welchen auch immer sie hatten. Als ich sah, nach welcher Flasche er greifen wollte, rief ich seinem Hinterkopf zu: »Nein, nicht Three Barrels. Hennessy. Ohne Eis.« Die Frau sagte, sie wolle dasselbe. Waidi wartete auf mein Nicken, dann blickte er wieder zu der jungen Frau, deren Dekolleté ihn so fasziniert hatte.

Ohne mich anzuschauen, sagte er: »Macht dreitausendfünfhundert für beide.« Das brachte meine neue Freundin auf die Palme. »Hat er Sie nach dem Preis gefragt?«, rief sie – laut genug, um Aufmerksamkeit auf sich zu ziehen. Ich wühlte bereits in meiner Hosentasche nach dem Geld. Ich hatte es überschlagen: Es waren etwa vierzehn Pfund, was mir halbwegs korrekt vorkam – man hatte mir gesagt, dass Lagos teuer sei.

Waidi antwortete ihr etwas in einer Sprache, die ich nicht verstand, und es muss etwas Unverschämtes gewesen sein. Sie ging mit ausgestrecktem Zeigefinger auf ihn los, blickte sich nach Unterstützung um, während sie fluchte und schrie, berührte ihre Zungenspitze mit dem Zeigefinger ihrer rechten Hand und wies mit dem angefeuchteten Finger an die Decke über ihrem Kopf. Der Barkeeper stand einfach nur grinsend da. Schließlich schien sie nach vorn langen und ihm das Grinsen aus dem Gesicht schlagen zu wollen.

Ich zählte das Geld ab. Er nahm die Scheine entgegen und zählte selbst nach, ehe er sich daranmachte, die Drinks einzuschenken. Die junge Frau in dem pinkfarbenen Tanktop setzte sich wieder, das Gesicht wutverzerrt. Sie sagte so etwas wie: »Warte auf mich«, stand auf und verschwand in der Menge. Mir gefiel ihr Gesichtsausdruck nicht, mit dem sie sich noch einmal zu ihm umdrehte. Der Barkeeper bemerkte ihn nicht, aber ich bin mir sicher, wenn er ihn gesehen hätte, wäre er genauso besorgt gewesen wie ich. Ich kannte diesen Gesichtsausdruck: Es war der eines Typen, der während eines Streits im Pub loszieht, um nach einer Flasche zu suchen.

Waidi brachte die Drinks und mein Wechselgeld. Ich war bereits aufgestanden. Ich trank den Brandy in einem Zug, bereute es augenblicklich und hinterließ ihm die schmutzigen, zerknitterten Geldscheine, die er neben meine Rechnung auf die Theke gelegt hatte. Ich schaffte es nicht bis zum Ausgang.

Wie Fans, die auf ein Fußballfeld stürmen, rauschte eine Menschenmasse durch die Tür herein. Ich blieb kurz stehen, unsicher, was hier gerade passierte. Menschen wurden von den Neuankömmlingen zu Boden gestoßen, die schreiend und brüllend angerannt kamen. Ich wurde auch beinahe umgeworfen, es gelang mir jedoch, dem Chaos auszuweichen und zurück an die Bar zu gehen. Von dort aus sah ich zu, wie sogar noch mehr zutiefst erschüttert wirkende Menschen in den Raum strömten. Rasch stapelten sich die Körper auf dem Fußboden, und andere kletterten darüber. Mich überkam ein tiefes Grauen, als ich einen Kopf über die Rücken der Gefallenen rollen sah – dann begriff ich, dass lediglich jemand seine Perücke verloren hatte. Das Geschrei wurde lauter, und ich wurde mir meiner Lage deutlich bewusst:

Ich war ein *weißer* Junge, der zum ersten Mal in seinem Leben in Afrika war, mit dem Auftrag, über eine Präsidentschaftswahl zu berichten, die erst in Wochen stattfinden würde und deren Ausgang von vornherein feststand. Dies war erst mein zweiter Tag in Lagos und der erste Abend, an dem ich allein ausgegangen war – nachdem man mir genau davon abgeraten hatte.

»Hey!«

Der Barkeeper, der gerade Flaschen auf das oberste Regalbrett geräumt hatte, drehte sich um. Während er den Blick über den

Tumult wandern ließ, wirkte er so aufgeregt wie jemand, der eine Montageanleitung von IKEA las, dann tat er alles mit einem Zischen ab, bei dem sich seine Oberlippe links kräuselte.

»Prostituierte«, sagte er. Sein Gesicht zeugte von Missbilligung, als wäre sein Arbeitsplatz kein Abschleppschuppen für jegliche Arten von arbeitenden Frauen und vielleicht sogar Männern, als würde sein Gehalt nicht von ihrer Kundschaft abhängen. »Die Polizei macht eine Razzia, und sie glauben, hier drinnen wären sie sicher«, fügte er hinzu.

Um mich zu vergewissern, blickte ich mich nach den Türstehern um, aber auch sie starrten die Eindringlinge hilflos an.

Aus den großen Lautsprechern dröhnten weiter R&B-Songs in nahezu ohrenbetäubender Lautstärke, allerdings tanzte niemand. Spärlich gekleidete junge Frauen und junge Männer in farbenfrohen Outfits versammelten sich in Grüppchen, redeten laut und aufgebracht miteinander und fragten die Personen, die hereingerauscht waren, nach Informationen aus.

Waidi startete einen neuen Versuch, mich zu beruhigen: »Wann immer die Polizei draußen eine Razzia macht, kommen sie hier reingerannt. Die Türsteher werden sie bald wieder verscheuchen.« Er wirkte überzeugt davon.

Seltsam, wie der menschliche Geist funktioniert. Als die verängstigten Menschen hereingeströmt kamen, war ich innerhalb von wenigen Sekunden zu dem Schluss gekommen, dass in Nigeria ein Krieg ausgebrochen und ich mittendrin gefangen war. Oder irgendetwas ähnlich Schreckliches. Dann, gerade als ich beschlossen hatte, das Ganze auszusitzen und dem Kerl zu vertrauen, der sich über meine Angst aufrichtig zu amüsieren schien, trat eine wohlgeformte und hochgewachsene Frau mit blondem Haar bis zur Taille – offensichtlich nicht ihr eigenes – an die Bar und fing an, ihm zu berichten, was geschehen war. Ich wollte mithören, aber sie sprach so rasend schnell in einem gebrochenen Englisch mit so vielen fremden Wörtern, dass ich nichts verstand. Sie warf mir einen Blick zu, und die Angst in ihrem Gesicht ließ meine eigene neu aufflammen.

Als die Blondine fertig war, holte Waidi eine große rote Handtasche unter seiner Theke hervor und reichte sie ihr. Überall in der Bar sammelten andere Frauen Taschen in unterschiedlichen Formen und Größen ein, die sie dort offensichtlich zur sicheren Aufbewahrung deponiert hatten.

Die Blondine ging, und Waidi stand reglos da und schaute ihr hinterher, die Hände in den Hüften und die Augen weit aufgerissen vor Furcht oder Unglauben oder beidem. Sie hatte ihm etwas erzählt, das ihn erschreckt hatte. Ich wollte wissen, was es war.

»Was ist passiert?«, fragte ich. Er antwortete nicht. Ich griff über die Theke und schüttelte seinen Arm. »Was ist passiert?« In diesem Augenblick verstummte die Musik, und meine Stimme übertönte hundert andere hektische Stimmen.

»Draußen wurde gerade eine Frau abgeladen«, sagte er. »Man hat ihr die Brüste entfernt und ihre Leiche in den Straßengraben geworfen. Gerade eben.«

2

AMAKA SCHAUTE IN DEM AUGENBLICK auf ihre Armbanduhr, als der Mann, den sie beobachtete, dasselbe tat. Sie stand an der Bar in der Soul Lounge. Beim Eintreten hatte sie vier Frauen pro Mann gezählt, das Personal inbegriffen. Die Frauen waren viel jünger als die Männer, denen sie Gesellschaft leisteten. Sie stellten ihre Gucci- und Louis-Vuitton-Taschen auf den Tischen neben Flaschen mit Moët zur Schau. Einige der Taschen hatten Labels, die sich GUSSI lasen. Sie selbst war die einzige Frau in Bürokleidung: ein schwarzes Kostüm und eine rote Seidenbluse. Sie ließ die Hände an ihren Seiten hinuntergleiten und zog ihren Rock hoch, um mehr von ihren langen Beinen zu enthüllen.

»Irgendetwas für Madam?«, fragte der junge Mann in dem übergroßen schwarzen Jackett hinter der Bar. Sie sah zu ihm auf, und ihr Blick blieb an seinen gelben Zähnen hängen. Seine schwarze, schief sitzende Ansteckfliege sah aus, als hätte er sich einen Propeller an den Hals geklebt. Bei ihrer Ankunft hatte er ihr eine Getränkekarte hingelegt, aber sie hatte so getan, als würde sie telefonieren. Dann war er zurückgekehrt und hatte mit dem ständigen »Madam« angefangen, aber sie hatte ihre Handtasche genommen und darin herumgewühlt.

»Kann ich Ihnen irgendetwas bringen?«, fragte er, diesmal lauter. Ihr fiel auf, dass er sich nicht mehr die Mühe gemacht hatte, »Madam« zu sagen.

»Cola, mit viel Eis und einer Scheibe Gurke.«

Er sah sie verwirrt an, aber sie wandte sich ab und blickte zu dem Mann in dem weißen Dashiki, der allein auf einem Sofa saß und sich aus einer Schale auf dem Tisch vor ihm Nüsse in den Mund warf.

Der Mann schaute erneut auf die Uhr, dann nahm er sein Telefon in die Hand und rief jemanden an, während er die ganze Zeit über den Blick nicht von seiner Armbanduhr hob. Er runzelte die Stirn, legte das Telefon zurück auf den Tisch und steckte die Finger in die Nussschale, um sich eine weitere Handvoll zu nehmen.

Der Barkeeper platzierte einen Untersetzer vor Amaka und begann, hinter der Bar herumzuhantieren. Er hatte das Glas vollgepackt mit Gurke. Sie widerstand dem Drang, ihn wiederholen zu lassen, worum sie ihn gebeten hatte. Stattdessen tauchte sie zwei Finger in das große Glas und entfernte bis auf eine all die dicken Scheiben, die sie dann für ihn sichtbar in einen Aschenbecher legte. Sie drehte sich erneut zu dem Mann in Weiß um. Er runzelte während eines weiteren kurzen Telefonats die Stirn, schaute auf die Uhr und warf einer vorbeigehenden jungen Frau einen lüsternen Blick hinterher. Er seufzte, legte das Telefon auf den Tisch und widmete sich wieder den Nüssen.

Amaka blickte sich um. Sie wollte herausfinden, ob irgendwer bemerkt hatte, dass sie ihn beobachtete. Jemand tippte ihr auf die Schulter. Es war ein Mann, der ihr schon beim Hereinkommen aufgefallen war. Ihre Blicke hatten sich getroffen, und er hatte versucht, mit einem Lächeln einen Schritt weiterzugehen, aber sie hatte sich abgewandt und war an den einzigen freien Platz an der Bar geeilt. Nun war er neben ihr, auf dem Barhocker, wo eben noch eine schlanke junge Frau gesessen hatte, deren Gesicht hinter einer enormen schwarz-goldenen Sonnenbrille von Versace versteckt gewesen war.

»Ich wollte Sie nicht erschrecken. Macht es Ihnen etwas aus, wenn ich mich hier hinsetze?«

Er hatte einen britischen Akzent. Das erklärte seine Cargohosen, seine ausgelatschten Turnschuhe und sein »Mind the Gap«-T-Shirt.

»Wenn Sie möchten.« Sie wandte sich wieder zu dem Mann in Weiß um.

»Und, was machen Sie so?«

»Ich sagte, Sie können sich neben mich setzen, nicht mit mir reden.«

»Da scheint aber jemand schlecht gelaunt zu sein.«

Sie beobachtete, wie der Mann in Weiß ein weiteres Telefonat beendete und erneut in die Nussschale griff, ehe sie sich dem Mann an ihrer Seite zuwandte.

»Damit ich das richtig verstehe«, setzte sie an, »eine Frau sagt Ihnen, dass sie nicht mit Ihnen reden möchte, und von allen möglichen Erklärungen wählen Sie die, sie müsse schlecht gelaunt sein?«

»Na ja, ich ...«

»Na ja, was? Ihnen war einfach danach, etwas Dummes zu sagen?«

»Sie sind ja ganz schön streitlustig, was?«

»Und schon wieder. Ich bin streitlustig, einfach nur, weil ich mich nicht mit Ihnen unterhalten will?«

»Hey, ich versuche bloß, Ihnen einen Drink auszugeben.«

»Ich habe schon einen.«

»Okay, tut mir leid, wenn ich zu stark rangegangen bin.«

»Sind Sie nicht. Sie sind ziemlich schwach rangegangen.«

Er lächelte. »Na schön. Das habe ich wohl verdient.«

»Haben Sie. Hören Sie, geben Sie mir Ihre Karte, und vielleicht rufe ich Sie an.«

Sie schaute nach dem Mann in Weiß. Er mampfte weiter Nüsse.

»Hier. Rufen Sie mich an.«

Sie nahm die Karte entgegen, ohne einen Blick darauf zu werfen, und steckte sie in ihre Handtasche. »Das werde ich. Und Sie haben recht, ich bin heute Abend schlecht drauf, also haben Sie bitte Verständnis, wenn mir nicht nach Reden zumute ist.«

»Hat es irgendetwas mit diesem Typen zu tun?«

»Mit wem?«

»Mit ihm.«

Er wies mit seinem Bier in die Richtung des Mannes, den sie beobachtet hatte.

»Nein.« Sie wandte sich von ihm ab.

»Ich bin Ian. Wie heißen Sie?«

»Iyabo.«

»Also, Iyabo, was machen Sie so?«

»Ich bin Sexarbeiterin.«

Er verschluckte sich an seinem Bier, und bevor er sich erholen konnte, lief sie schon auf den Mann in Weiß zu. Sie wusste jetzt, wie sie ihn ansprechen konnte.

3

ES WAR DAS VERRÜCKTESTE, was ich je gehört hatte. Man hatte ihr die Brüste entfernt? »Was zum Teufel?« Mir war nicht bewusst gewesen, dass ich es laut geschrien hatte, bis alle innehielten und sich zu mir umdrehten.

»Man hat ihr die Brüste entfernt. Gerade eben. Draußen«, wiederholte Waidi. Er hatte es mit Sicherheit falsch verstanden, was auch immer die Frau ihm erzählt hatte. Ich sah mich nach ihr um, schaute stattdessen jedoch nur in versteinerte Mienen überall.

»Man hat was getan?«

Er hielt eine hohle Hand unter eine imaginäre Brust und machte mit der anderen eine Schneidebewegung. »Man hat ihr die Brüste abgeschnitten«, sagte er.

»Wer hat ihr die Brüste abgeschnitten?«

»Ritualmörder.«

»Was?«

»Ritualmörder. Sie haben ihr die Brüste entfernt für Juju, schwarze Magie. Das sind diese Politiker. Wegen der Wahlen. Sie praktizieren Juju, um die Wahl zu gewinnen.« Er wickelte sich die Arme um den Körper und zog die Schultern hoch, bis sein Hals verschwunden war.

»Die sind jetzt da draußen?«, fragte ich.

»Nein. Sie haben nur die Leiche abgelegt und sind dann abgehauen.«

Ich griff nach meinem Telefon und stellte fest, dass meine Hände zitterten. Ich zog eine Zigarette hervor, zündete sie hastig an und verbrannte mir dabei die Fingerspitze. Dann starrte ich auf mein brandneues Telefon mit seiner nigerianischen SIM-Karte und fragte mich, wen ich anrufen sollte.

An dem Morgen, an dem ich im Eko Hotel eincheckte, hatte Magnanimous mir mit einem wissenden Lächeln seine Karte überreicht und gesagt, ich solle ihn anrufen, wenn ich irgendetwas bräuchte. Als ich auf den Home-Button drückte, wurde mir jedoch bewusst, dass ich seine Kontaktdaten zwar hatte einspeichern wollen, aber noch nicht dazu gekommen war. Ich suchte in allen Taschen – zwei Mal, auch wenn ich die Karte vor meinem inneren Auge auf dem Nachttisch in meinem Hotelzimmer sehen konnte.

Die einzige Nummer, die ich eingespeichert hatte, gehörte einem Typen namens Ade, einem freien Mitarbeiter, den meine Firma in Lagos als Fixer für mich angeheuert hatte. Bislang hatte er mir zwei Textnachrichten geschickt, um mir mitzuteilen, er werde in der Hauptstadt Abuja aufgehalten, und wann immer ich ihn anrief, klingelte sein Telefon einfach ewig, und er rief nicht zurück. Dennoch versuchte ich es erneut. Es klingelte einmal, dann ertönte das Besetztzeichen. Dann wurde das Telefon ausgeschaltet.

»Scheiße.«

»Ja«, bestätigte Waidi.

Ich blickte von meinem Telefon auf. Er starrte mich an und nickte energisch. Nachdem er zuvor so gleichgültig gewesen war, wirkte er nun so ernsthaft, dass ich ihn kaum wiedererkannte.

»Jedes Mal, wenn Wahl ist, werden überall Leichen gefunden«, sagte er. »Sie entfernen die Augen, die Zunge, sogar die Geschlechtsteile. Manchmal rasieren sie diese auch kahl. Jedes Mal vor der Wahl, so läuft das.«

Je schneller er sprach, desto schlechter wurde seine Grammatik, und ich hatte Schwierigkeiten, ihm zu folgen. »So etwas ist schon einmal passiert?«

»Ja«, erwiderte er ganz sachlich. »Sie nehmen die Teile, die sie brauchen, und werfen die Leiche irgendwohin. Jedes Mal vor der Wahl, wie jetzt.«

»Moment mal. Sie haben eine Leiche abgeladen und sind dann geflohen?«

»Ja. Deshalb sind diese ganzen Leute hier reingerannt.« Er wies mit der Hand auf die brechend volle Bar.

»Warum?«

»Die Security draußen hat die Polizei gerufen. Wenn sie kommen, nehmen sie jeden fest, den sie sehen.«

Das erklärte den plötzlichen Zustrom. Der Taxifahrer, der mich in Lagos vom Flughafen abgeholt hatte, hatte die Polizei als unterbezahlte, schlecht ausgebildete halbe Analphabeten beschrieben, die die Autorität ihrer Uniformen nutzten, um die Bürger*innen unter Druck zu setzen. Er schwor, dass einige von ihnen gar ihre Pistolen und Uniformen an Räuber ausliehen. Das fand ich äußerst beunruhigend. Mir taten diese Menschen um mich herum leid, die vor ihrer Polizei anscheinend genauso viel Angst hatten wie vor Mördern. Dann, während ich noch immer in Waidis verwirrtes Gesicht starrte, rauschte plötzlich Adrenalin durch meine Adern, und ich schrie beinahe auf. Diesmal jedoch nicht vor Angst, sondern der Journalist in mir war soeben erwacht. Ich eilte in Richtung Tür.

»Wohin wollen Sie?«, fragte Waidi. Er rannte auf seiner Seite der langen Theke neben mir her. »Wenn Sie rausgehen, verhaften sie Sie *o*.«

»Schon in Ordnung«, erwiderte ich, »ich bin Journalist«, und hörte noch im selben Augenblick, wie dumm das klang. Ich drängte mich an den Türstehern vorbei, die es bis zum Eingang geschafft hatten, aber verständlicherweise mehr damit beschäftigt waren, keine weiteren Leute hereinzulassen, als jene aufzuhalten, die gehen wollten.

Als ich aus der Bar trat, atmete ich die warme Luft ein. Es war vielleicht Mitternacht, aber die Hitze war beeindruckend und überfiel einen, als hätte man eine Sauna betreten. Meine Achselhöhlen wurden sofort feucht.

Bei meiner Ankunft hatte ich mich vorbeidrängen müssen an kleinen Jungen, die Zigaretten, Zigarren, Süßigkeiten und sogar Kondome verkauften, und an Mädchen in Miniröcken, die mich Süßer nannten. Sie alle waren nun verschwunden. Eine nervenaufreibende Stille hatte das Gewühl ersetzt. Abgesehen von dem Gestank nach Abgasen, Staub und anderen undefinierbaren Gerüchen, die sich zu einer schwachen, aber allgegenwärtigen Erinnerung an die Luftverschmutzung vermischten, hatte sich alles an dieser Nacht verändert.

Auf der anderen Straßenseite hatte sich eine kleine Menschenmenge versammelt. Dort waren die Schlagzeilen zu finden. Ich hatte meinen Fotoapparat im Hotel gelassen. Sollte da drüben tatsächlich ein verstümmelter Leichnam liegen, würde ich die Kamera meines Telefons benutzen müssen. Ich dachte: Eilmeldung. Nicht, dass das Publikum zu Hause sich großartig für die Notlage gewöhnlicher Menschen in Afrika interessieren würde, aber ein nur wenige Minuten nach der Tat auf Video festgehaltener Ritualmord musste doch irgendetwas wert sein.

Ronald würde den Deckel seines Stifts abkauen, wenn er von meinem Knüller erfuhr. Ihm war der Auftrag zuerst angeboten worden, und sobald der Name Nigeria gefallen war, hatte ich mir gewünscht, man hätte stattdessen mich ausgewählt. Dann jammerte Ronald über seine Allergien, beschwerte sich über seinen empfindlichen Magen und erinnerte alle daran, wie schnell er einen Sonnenbrand bekam. Es war nicht das erste Mal, dass ich mich freiwillig für einen Einsatz meldete, aber bis dahin hatte man mir noch nichts Wichtigeres anvertraut als die Auswahl der Bar für die Weihnachtsfeier. Die echten Jobs waren den echten Journalist*innen vorbehalten geblieben. Ronald würde mich hassen.

Ein Mann, der genug gesehen hatte, entfernte sich kopfschüttelnd von der Menge. Ich hielt ihn am Arm fest. »Was ist passiert?«

Er blieb stehen und schaute auf die Menschen, die am Straßengraben standen. Er war alt, bestimmt Ende siebzig. Er war hager und faltig, hielt sich aber noch immer aufrecht. Er trug dieselbe Art von schlecht sitzender Khakiuniform, wie ich sie an den Wachleuten des Hotels gesehen hatte. Sein zerfurchtes Gesicht wirkte den Tränen nahe.

»Sie haben grad eben das Mädchen umgebracht und ihre Leiche in den Straßengraben geworfen«, sagte er, die Stimme vor Aufregung bebend. Es kam mir nicht richtig vor, ihm eine Kamera ins Gesicht zu halten, dennoch wollte ich so viel aufzeichnen, wie ich konnte. Ich drückte auf den Aufnahme-Button auf meinem Telefon.

»Sie rufen das Mädchen in ihr Moto, und ehe jemand was merkt, knallen sie die Tür zu und fahren weg. Eine von ihren Freundinnen hat Alarm geschlagen. Sie hat geschrien: ›Entführer, Entführer‹, also renn ich hierher, um zu sehen, was los ist. Ein Junge, der Zigaretten verkauft, findet die Leiche im Straßengraben. Einfach so bringen sie sie um und nehmen ihre Brüste.«

Er spuckte aus, als könnte er die Widerwärtigkeit schmecken.

Nichts von dem, was er sagte, ergab Sinn, und das lag nicht an seinem Pidgin-Englisch. Ich konnte einfach nicht glauben, dass irgendetwas davon auf dem Bordstein vor der Bar geschehen war. Andererseits war das hier Lagos: eine Stadt voller bewaffneter Raubüberfälle und Attentate, und wie es schien, mussten dieser Liste nun auch noch Ritualmorde hinzugefügt werden.

»Sie haben alles gesehen?«

»Ja. Ich bewache das Haus da.« Er deutete auf ein dreistöckiges Gebäude auf der anderen Straßenseite. »Von meinem Posten aus seh ich alles. Das Moto hat genau da geparkt. Niemand ausgestiegen. Das Mädchen geht hin, und sie machen ihr die Tür auf. Dauert wohl kaum zwanzig Minuten, bis sie sie umbringen und abhauen.«

»Was für ein Auto?«

»Ein großes.«

Der Mann spuckte erneut aus und entfernte sich in Richtung des Gebäudes, das er bewachte, wobei er ununterbrochen weiterredete, nun allerdings nur noch mit sich selbst.

Ich drehte mich wieder zu der Menge um, die kopfschüttelnd in den Straßengraben hinunterblickte. Zeitweise beleuchtete der Blitz von Handykameras den Boden unter ihnen. Dort lag irgendetwas Schreckliches.

Ich näherte mich, stellte mich Schulter an Schulter mit ihnen, und dann sah ich es ebenfalls.

4

»SITZT HIER JEMAND?«, fragte Amaka.

Der Mann blickte auf, musterte ihren Körper von oben bis unten, schüttelte den Kopf und widmete sich wieder seinem Telefon.

Während sie ihre Cola auf dem Tisch abstellte, versuchte sie, zu lesen, was er tippte. Er schaute auf, und ihre Blicke trafen sich. Sie saß ihm in einem Sessel gegenüber, und er tippte weiter in sein Telefon. Er hob erneut den Blick, und sie starrte ihn an. »Können Sie sich vorstellen, was dieser Mann zu mir gesagt hat?«, fragte sie, ehe er zu seinem Telefon zurückkehren konnte. Sie wies mit dem Kinn in Richtung Bar. Ian blickte zu ihnen herüber.

»Hat er Sie belästigt?«

»Sie werden nicht glauben, was er zu mir gesagt hat. Er muss mich für eins von diesen Ashewo-Mädchen halten, die auf der Suche nach Männern in Clubs herumhängen.«

Er schaute sie an. Sie schlug die Beine übereinander, schob ihre Brust heraus und wandte sich ab, damit er sie begutachten konnte. Sie strich sich eine Strähne ihrer Braids aus dem Gesicht.

»Was hat er gesagt?«, fragte er und nahm sich eine weitere Portion Nüsse.

»Stellen Sie sich vor. Er hat mich gefragt, wie viel es kosten würde, mich in sein Hotel mitzunehmen.«

Er kicherte mit dem Mund voller Nüsse, warf einen Blick auf Ian und brachte hervor: »Was haben Sie gesagt?«

»Ich habe mir einfach meinen Drink geschnappt und bin weggegangen.«

»Und er hat nicht versucht, Sie aufzuhalten?«

»Er kann von Glück reden, dass er das nicht gemacht hat. Ich hätte ihm eine geknallt. Rein aus Prinzip.«

Er lachte. »Er schaut zu Ihnen.«

»O Gott. Wieso gibt er nicht einfach auf? Wenn er herkommt, sagen Sie ihm bitte, wir seien zusammen. Ich hoffe, das macht Ihnen nichts aus.«

»Nein, ganz und gar nicht.«

»Ich meine, falls Sie jemanden erwarten ...«

»Nein, ganz und gar nicht. Machen Sie sich keine Gedanken.«

Er schaute auf seine Uhr. Sie nahm einen Schluck von ihrer Cola und warf dann einen Blick in Richtung Bar. Ian war noch immer da und beobachtete sie. Sie spitzte die Lippen zu einem Kuss und drehte sich dann wieder zu dem Mann in Weiß um.

»Kann eine Frau nicht mal mehr in Ruhe einen Drink genießen?«, fragte sie. »Warum nehmen Männer automatisch an, jede Frau allein in einer Bar müsse eine Sexarbeiterin sein?«

Er ließ den Blick durch den Raum schweifen. »Nun ja, was machen Sie denn um diese Uhrzeit allein in einer Bar?«

»Einen Drink nehmen.«

»Erwarten Sie jemanden?«

»Nein. Sollte ich? Kann ich nicht einfach allein etwas trinken?«

Er zuckte die Achseln. Sie beugte sich zu ihm vor. »Wissen Sie, es gibt Single-Frauen wie mich, Frauen mit guten Jobs, die ihr eigenes Geld verdienen und allein in eine Bar gehen und sich einen Drink bestellen können. Und wenn sie am Ende mit einem Typen schlafen, den sie in der Bar kennengelernt haben, dann tun sie das, weil sie mit ihm schlafen wollen, und nicht, weil er sie dafür bezahlt.«

»Und Sie sind eine von diesen Frauen?«

»Nun ja, sagen wir es so – wenn Sie mir gefallen und ich Lust auf Sie habe, dann mache ich es. Und zwar nicht, weil Sie mich dafür bezahlen. Sondern weil ich es will.«

Das Sofa knarrte unter seinem Gewicht, als er sich nach vorn beugte.

»Wer sind Sie?«, fragte er.

»Wer ich bin? Wer sind Sie?«

»Was machen Sie beruflich?«

»Ich bin Anwältin. Und Sie, was machen Sie beruflich?«

Sie wusste, was er beruflich machte. Das Einzige, was sie über ihn nicht wusste, war sein genaues Gewicht. Er war ein professioneller »wichtiger Mann« in Abuja, wo er seine Kontakte nutzte, um Deals in die Wege zu leiten und zehn Prozent oder mehr als »Provision« zu verlangen. Er hatte in die Oberschicht eingeheiratet. Seine Ehefrau war die Tochter eines angesehenen Senators der Zweiten Republik, ohne ihren Familiennamen wäre er nichts.

»Ich bin Geschäftsmann.«

»Und, was machen Sie hier ganz allein?«

Er warf einen Blick auf seine Uhr und hob dann sein Telefon hoch. Er blickte auf das Gerät, als würde er eine Entscheidung abwägen.

»Ich sollte hier jemanden treffen«, antwortete er.

»Ein Date?«

Er lächelte. Er behielt das Telefon für einen Moment in der Hand, als würde er dessen Gewicht überprüfen. Dann legte er es wieder hin, und sie versuchte, ihre Erleichterung zu verbergen.

»Nicht ganz, bloß eine Freundin«, sagte er.

Lüge.

»Ich hoffe, Ihre Freundin hat nichts dagegen, mich bei Ihnen sitzen zu sehen, wenn sie eintrifft.«

»Nein, ganz und gar nicht. Es ist nichts in der Art.«

»Ich bin übrigens Iyabo. Wie heißen Sie?«

»Chief Olabisi Ojo. Nennen Sie mich ruhig einfach Chief.«

»Also, Einfach-Chief, wer ist diese Frau, die so unhöflich ist, einen Mann wie Sie warten zu lassen?«

»Glauben Sie mir, es ist nichts in der Art. Sie ist bloß eine Aburo von mir.«

»Aburo? Schwester? Echte Schwester oder die andere Sorte Schwester?«

»*Na you sabi o.* Was für eine andere Sorte Schwester gibt es denn?«

»Sie wissen schon, was ich meine. Mein eigener Bruder *no dey meet me for club.*«

»Sie sind wirklich lustig. Wie war noch gleich Ihr Name?«

»Iyabo.« Es war ihr Deckname für diesen Abend. Zusammen mit ihren haselnussbraunen Kontaktlinsen vervollständigte er ihre Tarnung. »Ich hoffe, diese Schwester von Ihnen fühlt sich nicht bedroht, wenn sie mich hier bei Ihnen sieht.«

»Nein, ganz und gar nicht. Ich werde ihr sagen, dass Sie ebenfalls meine Schwester sind.«

»Chief, Chief. *Chief Player.* Keine Sorge. Sobald sie kommt, werde ich mich entschuldigen.«

Er lächelte jemandem hinter ihr zu und mühte sich bei dem Versuch, aufzustehen, mit seinem Gewicht ab. Für einen Augenblick dachte Amaka, seine Verabredung wäre aufgetaucht. Aber das konnte nicht sein. Sie drehte sich um.

Die junge Frau ließ ihre große gelbe Chanel-Tasche auf den leeren Sessel neben Amaka fallen und setzte sich zu dem Chief auf das Sofa. Sie war jung, *mixed-race* und hochgewachsen mit großen Brüsten. Ihre schmale Taille ließ ihre breiten Hüften noch enormer erscheinen. Sie trug ein langes, eng anliegendes gelbes Abendkleid, passend zu ihrer monströsen Tasche. »Debby, darf ich dir meine Freundin Iyabo vorstellen?«, fragte er, als die junge Frau innehielt, beide Handflächen übereinandergelegt auf seinem Schoß.

Debby schaute Amaka gerade lange genug an, um ihr ein flüchtiges Lächeln und ein schwaches »Hi« zu schenken, ehe sie ihre Aufmerksamkeit wieder auf Chief Ojo richtete. Sie legte ihm eine Hand auf die Schulter und schaukelte ihre Brüste unter ihrem Kleid hin und her, während sie ihm die eher rhetorische Frage stellte, wann sie einander das letzte Mal gesehen hätten.

Debby. *Mixed-race*. War das möglich? Amaka ignorierte die beiden und zog ihr Telefon aus ihrer Handtasche. Sie stellte es auf lautlos und scrollte durch die Kontakte, bis sie den Eintrag fand, nach dem sie Ausschau gehalten hatte: Debby Christina Okoli.

Um sicherzugehen, drückte sie auf das Anrufsymbol und tat, als würde sie sich durch das Menü ihres Telefons klicken.

D'Banjs Hit »Why Me?« ertönte in Debbys Handtasche. Ohne aufzublicken, beendete Amaka den Anruf. Die jüngere Frau wollte nach ihrer Handtasche greifen, aber als ihr bewusst wurde, dass sie aufstehen müsste, um an sie heranzukommen, wartete sie darauf, dass Amaka sie ihr reichte. Amaka hob die Tasche hoch, stellte überrascht fest, dass sie nicht schwer war, und reichte sie Debby. Diese durchwühlte sie auf der Suche nach ihrem Telefon und starrte dann auf den verpassten Anruf: »Nummer unterdrückt«. Sie legte das Telefon auf den Tisch und ihre Hände zurück in Chief Ojos Schoß.

Amaka spielte weiter an ihrem Telefon herum, sorgfältig darauf bedacht, sich nicht anmerken zu lassen, welch ein Streich ihr gerade gelungen war. Sie kannte die junge Frau. Sie kannte ihren Namen – ihren richtigen Namen. Sie wusste, wie alt sie war, wann sie nach Lagos gezogen war, wo sie wohnte, wo ihre Eltern wohnten. Sie kannte die Namen ihrer Geschwister, sie wusste, wann sie ihre Periode bekam, und sie kannte auch das Ergebnis ihres letzten HIV-Tests, dennoch hatte Debby, die ihr gerade gegenübersaß und mit ihr um denselben Mann konkurrierte, keinen Schimmer, wer Amaka war.

Amaka beobachtete sie. Sie plauderte, klimperte mit den Wimpern, ließ die Brüste schwingen und strich mit der Handfläche über seinen Schoß. So sieht sie also aus. Ihre Stimme hätte sie verraten sollen, aber wie alle Menschen klang sie am Telefon anders. Sie war eine Bedrohung. Sie musste aus dem Weg geschafft werden, und zwar schnell.

5

IM OFFENEN STRASSENGRABEN neben der Fahrbahn, überwuchert von dichter Vegetation und einem Haufen weggeworfener Plastiktüten, sah ich die Leiche einer jungen Frau.

Sie lag auf dem Rücken, den Kopf zur Seite gedreht, die Augen weit geöffnet, den Mund eingefroren in einem Keuchen. Ein Arm war über ihrem Kopf ausgestreckt, der andere befand sich irgendwo hinter ihrem Rücken. Ihre Beine waren überkreuzt. Irgendjemand hatte ihren Torso mit einem weißen Hemd bedeckt. Es war in der Mitte rot, und das Blut breitete sich langsam darauf aus.

Ich wandte mich ab, machte zwei Schritte, dann verbrannten mir die scharfen Chilis aus der Fischpfeffersuppe, die ich im Hotel gekostet hatte, die Nasenlöcher, und ich kotzte. Die Welt kippte zu einer Seite.

Die Naivität, die mich von der Sicherheit der Bar im Ronnie's weggelockt hatte, verließ mich gemeinsam mit dem Erbrochenen. Mein Verstand kehrte mit einem lauten Heulen zurück. Ich hatte noch nie eine Leiche gesehen. Was zum Teufel machte ich hier?

Das Heulen wurde immer lauter, bis es in einem Gewirr aus roten und blauen Blinklichtern neben mir zum Stehen kam. Ich blickte auf und sah, wie Einsatzwagen Polizisten auf die Straße spuckten. Die Männer trugen AK-47-Sturmgewehre.

Die Menge zerstreute sich, während die Cops das Kommando übernahmen, indem sie die Schaulustigen zusammentrieben. Männer, die vor einer Minute noch neben mir gestanden hatten, wurden auf die offenen Ladeflächen von Transportern geschoben. Uniformierte Wachleute blieben verschont, aber alle anderen ohne einen triftigen Grund, sich um ein Uhr morgens auf der Straße aufzuhalten, wurden im Polizeigriff in die wartenden Einsatzwagen geführt.

Ein Mann ohne Hemd in weißen Hosen und weißen Schuhen wollte protestieren. Von dem dumpfen, fleischigen Aufprall, mit dem der Gewehrkolben sein Gesicht traf, wurde mir gleich wieder schlecht. Der Mann ging nicht beim ersten Schlag in die Knie. Er hob die Arme, um sich zu verteidigen, zog damit jedoch nur die Aufmerksamkeit von weiteren Polizisten auf sich. Sie fielen über ihn her wie Piranhas über Fleisch und prügelten ihn effizient zu Boden, wo er sich zu einem schützenden Ball zusammenrollte. Sein Kopf wurde von Lederstiefeln und Metallkolben getroffen. Er würde sterben.

Bevor ich mich aufrichten, mir den Mund abwischen und meine Würde zurückerlangen konnte, zog mich jemand nach oben.

»Wer sind Sie?«

Der helle Strahl einer Taschenlampe folgte meinem Blick, wohin dieser sich auch richtete, um ihm zu entkommen. Ich hob die Hände, um meine Augen zu schützen, und sah, wer gesprochen hatte: Es war die Mündung eines Gewehrs, und sie sprach erneut: »Wer sind Sie?«

»Ich war in der Bar«, sagte ich und wies in Richtung Ronnie's auf der anderen Straßenseite. Ich wagte nicht, den Blick von dem bedrohlichen Metallzylinder abzuwenden.

»Was machen Sie hier?«

»Es tut mir leid«, sagte ich. »Es tut mir leid, es tut mir leid.«

Ich sprach mit einem Gewehr.

»Verschwinde«, sagte es, und ich drehte mich dankbar um und wollte genau das tun.

»Warten Sie«, ertönte eine andere Stimme. »Bringen Sie ihn her.«

Der zusammengeschlagene Mann wurde an den Beinen davongeschleift. Sein blutiger Arm streifte meinen Knöchel, und ich sah von Nahem das Ausmaß seiner Bestrafung. Er blutete aus Nase, Mund und Ohren. Sein Gesicht war komplett angeschwollen, und seine Lippen waren aufgeplatzt und hatten sich in rosa Hackfleisch verwandelt. Er leistete den beiden Männern, die ihn über den harten Boden schleiften, keinen Widerstand. Sein Schweigen jagte mir Angst ein.

Ich verfluchte mich für meine Dummheit. Ich verfluchte Ronald dafür, dass er den Nigeria-Auftrag nicht angenommen hatte. Ich verfluchte mich dafür, dass ich darum gebeten hatte, und ich verfluchte Dutzende meiner Freunde, die behauptet hatten, ich würde hier die beste Zeit meines Lebens haben.

6

DEBBY HATTE IHREN MANN FÜR DEN ABEND gefunden und würde nicht wieder verschwinden. Mit ihren großen Brüsten, ihren langen Wimpern und ihren Händen, die sie nicht bei sich behalten wollte, machte sie sich daran, Amaka zu sabotieren, mit einem koketten Kichern nach dem anderen. Obendrein war sie auch noch *mixed*: eine Tatsache, die sie für Männer in Nigeria unwiderstehlich machte, was Amaka noch mehr verärgerte.

Nach dem, was sie wusste, war Debbys Mutter Britin. Sie hatte Debbys Vater und ihre drei Kinder verlassen, als Debby, das jüngste, gerade einmal zwei Jahre alt gewesen war. Die Mutter lebte heute irgendwo in London, behauptete, sie sei Künstlerin, erklärte ihren zurückgelassenen Kindern, ihr Vater habe versucht, ihre Kreativität zu unterdrücken, und stieß sie noch mehr vor den Kopf, indem sie sich weigerte, ihnen dabei zu helfen, britische Pässe zu bekommen, denn, wie sie sagte: »Ihr seid afrikanische Kinder. Afrika ist eure Heimat. England wird euch korrumpieren.« Der Vater heiratete erneut, diesmal eine Afrikanerin, und überließ die Erziehung seiner *mixed-race* Kinder einer kinderlosen Verwandten in Lagos. So kam es, dass Debby, sobald sie alt genug aussah, auf die Männer von Lagos losgelassen wurde, sowohl als Manipulatorin als auch als Opfer.

Amaka sah zu, wie Debby über irgendetwas lachte. Die Anwesenheit der jungen Frau gefährdete alles. Könnten Frauen doch nur lernen, zusammenzuarbeiten. Amaka legte sich mehrere Pläne zurecht, spielte jeden einzelnen im Kopf durch und verwarf dann einen nach dem anderen, bis sie die perfekte Strategie und den perfekten Komplizen gefunden hatte.

Sie seufzte schwer und beugte sich vor. »Ist er immer noch da?«, fragte sie. Sie hatte es überprüft und gesehen, dass Ian noch immer an der Bar wartete, worauf sie ihm einen weiteren heimlichen Luftkuss zugeworfen hatte.

Chief Ojo schaute nach und grinste. »Er wird heute Nacht nicht ohne Sie gehen. Vielleicht sollten wir ihn herbitten.«

Sie runzelte die Stirn.

»Ich mache nur Spaß *o*.«

»Können Sie sich vorstellen, dass er mir sogar die tausend Dollar gezeigt hat, die er mir geben will?«

Debby blickte hinüber zur Bar, ertappte sich dabei und richtete den Blick wieder auf Chief Ojo, der ihre Reaktion nicht bemerkt hatte. Sie untersuchte ihre Fingernägel.

»Ein Bündel frischer Hundert-Dollar-Scheine«, fuhr Amaka fort. »Sicherlich gefälscht.«

Chief Ojo betrachtete den Mann, und Debby folgte seinem Blick.

»Woher wissen Sie das? Vielleicht sind sie ja echt.«

»Echt oder nicht, das ist mir egal. Gott allein weiß, was er von mir für das ganze Geld verlangen würde. Eintausend Dollar sind nicht wenig Geld *o*. Das sind fast hundertfünfzigtausend Naira. Nur, damit ich ihm in sein Hotelzimmer folge? Das glaube ich kaum.«

»Ich denke, Sie sollten ihn begleiten. Ich werde Ihr Zuhälter sein. Ich sammele das Geld für Sie ein und gehe sicher, dass es echt ist.«

»Sehr lustig. Ich lege mich auf den Rücken, und Sie stecken sich das Geld in die Tasche, *abi*?«

»Wir teilen es. Halbe-halbe.«

»Ernsthaft?«

»Ja. Nichts wie ran. Als Ihr Zuhälter sage ich: Nichts wie ran.«

Amaka fuhr sich mit der rechten Hand über den Kopf und schnippte dabei einmal mit den Fingern. »Gott verhüte Schlechtes.«

Sie drehte sich zu dem Mann um. Er war immer noch da. Sie zwinkerte, und er warf ihr einen Handkuss zu.

»O mein Gott, haben Sie das gesehen? Was soll ich tun? Ich muss etwas aus meinem Auto holen, aber ich habe Angst, dass er mir folgt, wenn ich aufstehe.«

»Soll ich Sie begleiten?«

Debbys Hand schoss auf seinen Schoß.

»Schon in Ordnung. Falls ich in fünf Minuten nicht zurück bin und falls er mir folgt, rufen Sie die Polizei.« Sie lächelte und stand auf.

»Viel Glück.«

»O Mann.« Sie erschauderte, verdrehte die Augen und wandte sich dann zum Gehen. Als sie an Ian vorbeikam, formte sie mit den Lippen die Worte: »Folgen Sie mir.« Sie lief weiter in Richtung Tür und hoffte, dass er von den Lippen ablesen konnte.

Ein Türsteher öffnete die Tür und hielt sie ihr auf. Ein paar Sekunden später hörte sie Schritte in ihrem Rücken. Sie lief weiter – außer Sichtweite von allen in der Bar.

Ian holte sie ein und berührte sie am Arm. Sie drehte sich lächelnd um.

»Tut mir so leid, dass ich Sie so blöd angequatscht habe«, sagte er. »Ich wollte nicht unterstellen, dass Sie eine … ich meine, ich wollte Ihnen lediglich einen Drink ausgeben.«

»Hören Sie.« Sie legte ihm einen Arm auf die Schulter. »Ist schon in Ordnung. Sie müssen sich nicht entschuldigen. Ich bin wirklich eine Sexarbeiterin.«

»Aber, Sie klingen so …«

»So gebildet?«

»Wahrscheinlich.«

»Zu gebildet, um meinen Körper zu verkaufen?«

Er blickte sie argwöhnisch an.

»Sie haben das hier noch nicht besonders oft gemacht, oder?«

Er schüttelte den Kopf.

»Seit wann sind Sie in Lagos?«

»Seit sechs Monaten.«

»Verstehe. Okay, hören Sie zu. Ich erkläre Ihnen, wie das hier läuft. Haben Sie die junge Frau an meinem Tisch gesehen?«

»Ja.«

»Die ist wohl eher Ihr Typ.«

Er wollte etwas entgegnen, aber sie fuhr fort: »Konnten Sie sie sich genau anschauen?«

Er nickte.

»Würden Sie sie gern heute Nacht mit zu sich nehmen?«

Er zögerte.

Sie nickte ihm ermutigend zu. »Das Problem ist, dass sie bereits einen anderen gefunden hat«, sagte sie.

Ein paar Minuten später setzte Amaka sich wieder an den Tisch. Chief Ojo schaute nicht mehr auf sein Telefon oder seine Armbanduhr. Seine Hand lag nun in Debbys Schoß, ihre in seinem Nacken. Die junge Frau presste ihren Körper gegen seinen Arm, um ihm etwas ins Ohr zu flüstern, das ihm ein Lächeln entlockte. Eine Kellnerin kam mit drei Champagnerflöten und einer Flasche Cristal in einem Sektkühler an den Tisch. »Der Herr an der Bar hat das hier geschickt«, erklärte sie. Sie brachte es fertig, die Gläser auf dem kleinen Tisch nicht umzuwerfen, während sie die mitgebrachte Aufmerksamkeit absetzte. Sie nahm die Flasche in die Hand und begann, die Folie an ihrem Hals abzuzupfen, noch ehe irgendjemand das Geschenk angenommen hatte.

Amaka keuchte. »Dieser Typ muss heute Abend ja extrem spitz sein«, sagte sie. »Als ich draußen war, hat er versucht, mich anzusprechen. Ich habe ihm gesagt, Sie seien mein Date, und jetzt schickt er Champagner?« Chief Ojo lachte. Debby warf erneut einen Blick in Richtung Bar. Der Korken ploppte. »Ach, na ja, was soll's. Wenn er seine Dollars unbedingt verschwenden will, dann helfen wir ihm doch dabei.« Sie zuckte mit den Achseln und wartete darauf, dass ihr eingeschenkt wurde.

Die Kellnerin füllte alle drei Gläser und entfernte sich, aber anstatt zur Bar zurückzukehren, verließ sie den Raum. Ian stand auf und ging in Richtung einer Wendeltreppe, die auf das Zwischengeschoss hinaufführte. Auf dem Weg dorthin nickte er Chief Ojo zu, der ihm zuprostete. Er wartete, bis ein Paar die Treppe heruntergekommen war, dann stieg er nach oben und warf dabei Amaka einen Blick zu. Chief Ojo schaute ihm hinterher.

»Ich gehe mich kurz frisch machen«, sagte Debby.

Die Toiletten befanden sich außerhalb der Bar, direkt hinter dem Eingang. Debby nahm ihre Tasche und ging hinaus, drehte sich noch einmal zu Chief Ojo um und verschwand dann in der Damentoilette. Eine Minute später kam sie wieder heraus mit der Visitenkarte, die die Kellnerin beim Einschenken des Champagners in der Handfläche gehalten hatte. Sie trat hinaus auf den Parkplatz und wählte die Nummer auf der Rückseite der Karte.

7

DIE STIMME, DIE MEIN ENTKOMMEN verhindert hatte, gehörte einem großen Polizisten in einer Uniform, die frisch gebügelt aussah. Er stand neben dem Straßengraben, hielt in einer Hand ein Walkie-Talkie und hatte die andere in seine Hosentasche geschoben. Das Ende einer Pistole schaute unten aus einem schwarzen Lederholster heraus, das an seinem Gürtel befestigt war. Er wirkte ruhig, obwohl er nur wenige Zentimeter entfernt von einem frisch niedergemetzelten Menschen stand.

»Guten Abend«, sagte er.

»Guten Abend«, erwiderte ich. Wir ähnelten uns in Größe und Körperbau, aber seine entblößten Unterarme ließen darauf schließen, dass er mehr trainierte.

»Wie heißen Sie, und was haben Sie hier zu suchen?«

»Guy, Guy Collins. Ich war im Ronnie's.« Ich wies auf den Club.

»Guy Collins. Sie klingen britisch.«

Ich war mir nicht sicher, ob das eine Frage war. Seine lockere, ungezwungene Weise, zu sprechen, wirkte verstörend. Ich vermutete, hinter seiner ruhigen Gelassenheit – seiner lässig in die Hosentasche geschobenen Hand und seiner sanften Stimme – nahm er die Sache ausgesprochen ernst, und wie ich ihm antwortete, würde für mich entscheidend sein. Ich versuchte, genauso ruhig zu erscheinen wie er.

»Das bin ich. Ich bin ein Reporter für die BBC«, log ich, da ich wusste, dass der Sender als weltweit bekannt und respektiert galt und daher mein Freifahrtschein sein könnte. Es erschien mir besser, als ihm zu erklären, dass ich für einen Start-up-Internetfernsehen-Nachrichtenkanal arbeitete, der mehr Risikokapital als Talente hatte auftreiben können. Oder dass ich zu einem armseligen Team aus zwölf Leuten gehörte, die in einem winzigen Büro in der Old Street arbeiteten, wo der Großteil der Beschäftigten seine Arbeitstage damit verbrachte, Bewerbungen zu verschicken. Ich hatte selbst auch noch nie etwas von dem Sender gehört, bevor ich beschloss, die Juristerei aufzugeben, um meiner Leidenschaft nachzugehen, und offensichtlich wurde, dass ich mit nichts als meinem gewinnenden Lächeln und einem ausgeschmückten Lebenslauf in keins der großen Medienhäuser hineinkommen würde. Dann fiel mir noch etwas anderes ein, das der nigerianische Taxifahrer über die Polizei hier gesagt hatte: »Sie hassen ausländische Journalisten.«

»Ein Journalist«, sagte er und machte weiter, als müssten wir lediglich ein paar Routinefragen abhaken. Wäre er forsch und ungehobelt gewesen wie der Rest seiner Männer, die mit Stößen und Schlägen kommunizierten, hätte ich gewusst, wie ich reagieren musste: mit Katzbuckeln und Betteln. Aber er war höflich – zu höflich, und ich spürte, dass es nur das Vorspiel für kommende Abscheulichkeiten war. »Also, was machen Sie hier draußen?«

»Ich war in der Bar.«

»Ja, das sagten Sie bereits. Aber jetzt sind Sie hier, und wir haben diese Leiche. Also, was machen Sie hier draußen?«

»Ich bin zum Rauchen rausgegangen.« Ich hielt es für eine clevere Lüge, bis mir einfiel, dass Lagos, anders als London, seine Raucher*innen noch nicht vor die Tür verbannt hatte.

»Sie konnten nicht drinnen rauchen?«

»Ich wollte an die frische Luft.«

»Waren Sie betrunken?«

»Was?«

»Waren Sie betrunken?« Er wies mit seinem Walkie-Talkie auf das Erbrochene auf der Straße.

»Nein, war ich nicht.«

»Aber Sie haben die Leiche gesehen?«

»Ja.«

»Und Sie möchten für die BBC darüber berichten?«

»Nein. Ich bin nur zum Rauchen rausgegangen.« Ich wühlte in meiner Tasche nach der Packung Benson & Hedges.

»Können Sie sich irgendwie ausweisen, Mr Collins?«

Das konnte ich nicht. Man hatte mir geraten, keine Dokumente oder Wertsachen bei mir zu tragen, wenn ich in Lagos unterwegs war. Die Taschendiebe, hatte man mir versichert, waren hier so gerissen wie die in London, aber noch unverschämter, und sie verwechselten ihren Beruf oftmals mit dem eines Räubers. Ich hatte lediglich das Geld, mit dem ich mich hatte betrinken wollen, mein Telefon und die Schlüsselkarte für mein Hotelzimmer dabei. In diesem Augenblick wünschte ich mich sehnlichst dorthin, unter die leichte Bettdecke, wo ich die tödliche Langeweile und das konstante Summen der Klimaanlage über mich ergehen ließe. Oder noch besser, nach Hause in meine Wohnung in Fulham, wo ich nichts Aufregenderes täte, als auf die Ankunft des bestellten chinesischen Essens zu warten und zu versuchen, mir keine Sorgen über den großen dunklen Fleck auf dem cremefarbenen Teppich zu machen – das Resultat von verschüttetem Rotwein, das garantiert meine Kaution auffressen würde. Plötzlich erschien mir die Langeweile, die mich zu dem verlockt hatte, was ein kleines Abenteuer hätte sein sollen, wie eine Verschwörung aller unheilvollen Mächte des Universums.

»Ich habe meinen Pass nicht dabei – er liegt im Hotel«, erklärte ich.

»Das ist zu schade, Mr Collins. Ich muss Ihre Identität überprüfen, ehe ich Sie gehen lassen kann. Wir müssen mit allen Zeugen sprechen und ihre Aussagen aufnehmen. Eine anonyme Aussage ist nicht viel wert, verstehen Sie?«

Ich verstand, dass ich mich in ein Schlamassel gebracht hatte, dem ich nun ausgeliefert war.

»Sie werden mich zum Revier begleiten, und dort werden wir Ihre Aussage aufnehmen. Ist das in Ordnung?«

Ich wollte protestieren, erinnerte mich jedoch an den Typen, der verprügelt worden war, und beschloss, lieber die Klappe zu halten.

»In Ordnung.«

»Haben Sie ein Telefon?«

Vielleicht wollte er, dass ich jemanden anrief, der ihm bestätigen konnte, dass ich Guy Collins war, allerdings Reporter für eCity TV und nicht die BBC.

»Ja.«

»Kann ich es haben, bitte?«

Ich reichte es ihm. Er warf einen Blick auf das Gerät von Samsung und ließ es dann in seine Brusttasche gleiten. Scheiße.

Ich sah zu, wie sich die Transporter mit auf der Straße aufgelesenen Menschen füllten.

»Keine Sorge«, sagte er. »Sie fahren in meinem Wagen mit.«

Ich wusste nicht, ob ich für dieses Privileg dankbar oder deswegen noch besorgter sein sollte. Irgendwie war ich im Verlauf von nur wenigen Minuten vom Beobachten junger afrikanischer Frauen beim Tanzen dazu übergegangen, dass ich meine erste brutal zugerichtete Leiche sah, von der nigerianischen Polizei verhört wurde, mein Telefon gestohlen oder beschlagnahmt – da war ich mir nicht ganz sicher – bekam und schließlich festgenommen wurde.

8

DEBBY KEHRTE AN DEN TISCH ZURÜCK und setzte sich stumm. Sie ignorierte ihren Champagner, behielt ihre Hände bei sich und beteiligte sich nicht am Gespräch. Entweder hatte sie ihre Kontaktlinsen herausgenommen, oder ihre Augen waren von selbst einen Farbton dunkler geworden. Chief Ojo bemerkte ihre fehlende Aufmerksamkeit nicht, aber ihm fiel ihr missmutiger Gesichtsausdruck auf. »Was ist los?«, fragte er.

»Es ist meine Mum«, antwortete Debby.

»Deine Mum? Was ist los mit ihr?«

»Sie ist seit letzter Woche im Krankenhaus. Sie hat hohen Blutdruck. Ich habe gerade meine Schwester angerufen, um sie zu fragen, wie es ihr geht, und sie hat mir erzählt, sie sei entlassen worden.«

»Also geht es ihr besser?«

»Nein. Die Ärzte haben sich geweigert, sie weiter zu behandeln, bis wir bezahlen. Die Medikamente sind teuer, und wir haben bereits Schulden bei ihnen. Ich muss nach Hause.«

»Jetzt?«

»Ja. Sie ist allein zu Hause mit meiner kleinen Schwester. Ich muss gehen und mich um sie kümmern.«

Ihr traten Tränen in die Augen. Chief Ojo legte den Arm um sie und zog sie an sich. Ihre Schultern begannen zu zittern.

Amaka verspürte einen Hauch von Mitleid für sie. Nach dieser Darbietung hätte sie dem armen Mädchen selbst angeboten, sie nach Hause zu ihrer Mutter zu bringen, hätte sie nicht gewusst, dass sie dafür bis ins Vereinigte Königreich hätte fahren müssen. Sie biss die Zähne zusammen und versuchte, weder zu kichern noch ihre Wangen aufzublasen.

Er klopfte Debby auf den Rücken und schaukelte sie in seinen Armen. Zwischen Schluchzern und dem Abtupfen ihres Gesichts mit seinem Taschentuch beklagte sie, sie wisse nicht, was sie tun solle. Woher sollte sie das Geld nehmen, um ihrer Mum zu helfen? Wieso stießen ihr ständig schlimme Dinge zu? Sie müsse sofort nach Hause.

Er hob ihr Kinn an, blickte ihr in die verweinten Augen und sagte, alles werde gut.

Amaka war beeindruckt davon, wie Debby es schaffte, zu weinen, ohne ihr Make-up dabei groß zu ruinieren. Das war erstaunlich.

»Ich bringe dich nach Hause«, sagte er und steckte sein Telefon ein.

»Meine Tante wohnt in der Nähe«, entgegnete Debby. »Ich habe sie angerufen, und sie sagte, ich solle zu ihr kommen, damit wir gemeinsam zu mir nach Hause fahren können.«

»Ich setze dich bei ihr ab.«

»Nein. Sie wird draußen auf mich warten. Ich möchte nicht, dass sie mich mit einem Mann sieht.«

»Ich kann dich in der Nähe ihres Hauses absetzen.«

»Es ist nicht weit. Sie wohnt in Oniru Estate. Ich werde laufen. Mach dir keine Sorgen.«

»Du bist nicht in der Verfassung zu laufen, vor allem nicht um diese Uhrzeit. Ich bringe dich so nah bis an ihr Haus wie möglich.«

»Mach dir keine Sorgen. Ich möchte nicht, dass irgendjemand sieht, wie du mich absetzt.«

»Mein Fahrer wird dich bringen. Du solltest um diese Uhrzeit nicht allein draußen herumlaufen. Das ist nicht sicher.«

»Ich nehme mir ein Taxi.«

»In Ordnung, lass mich sehen, ob sie dir ein Taxi rufen können.« Er hob die Hand, um einen Kellner herbeizuwinken.

»Chief, mach dir keine Sorgen. Bis die ein Taxi aufgetrieben haben, habe ich selbst eins gefunden. Draußen warten welche auf dem Parkplatz.«

Sie tupfte sich die Tränen ab, ehe sie ihre gepuderten Wangen hinunterkullern konnten. Er strich ihr mit der Hand über den Kopf und drückte ihre Schulter.

Aus seiner Tasche zog er ein Bündel gefaltete Tausend-Naira-Scheine, das von Gummibändern zusammengehalten wurde. Er schnipste die Bänder ab und teilte das Bündel, ohne zu zählen, in zwei Hälften. Eine Hälfte davon drückte er ihr in die Hand. Sie warf keinen Blick auf das Geld, da sie sich um ihre Tränen kümmern musste. Er schloss ihre Finger um die Scheine und wies ihren Versuch, ihm zu danken, zurück.

»Halte mich über ihren Zustand auf dem Laufenden«, sagte er. »Was auch immer du brauchst, zögere nicht, mich anzurufen. Hast du verstanden?«

Sie schniefte, wischte sich über die Augen und nickte.

»Lass mich dir von einem Kellner einen Wagen rufen.«

»Mach dir keine Sorgen, ich komme schon zurecht.«

Sie sammelte ihre Sachen ein und erhob sich zum Gehen. Sie wirkte gebrochen.

Er stand unter großen Mühen auf und schloss sie für ein paar Sekunden in eine väterlich wirkende Umarmung, dann machte Debby sich auf den Weg.

Amaka sah sich genötigt, etwas zu sagen. »Ich werde für Ihre Mutter beten«, erklärte sie.

»Vielen Dank«, erwiderte Debby und verschwand.

»Armes Mädchen«, sagte er, als er sich zurück auf das Sofa plumpsen ließ.

»Wirklich traurig«, bestätigte Amaka. Sie machte sich im Geiste eine Notiz über Debbys Darbietung – ein solches Talent könnte sich irgendwann noch als nützlich erweisen.

Chief Ojo blickte über Amakas Schulter. »Ihr Liebhaber hat Sie aufgegeben.«

»Was?«

»Ihr Freund, er geht mit leeren Händen.«

Als sie sich umdrehte, sah sie noch den Rücken des Mannes, der die Treppe herunterging und auf den Ausgang zulief. Er reichte dem Türsteher ein anscheinend großzügiges Trinkgeld, da dieser sogleich schwungvoll salutierte.

Ein weiterer zufriedener Kunde, dachte Amaka und lächelte. »Wie schade. Ich hatte tatsächlich überlegt, ob ich auf sein Angebot eingehen soll.«

Chief Ojo sah sie fragend an.

»Natürlich nicht des Geldes wegen, aber ich muss zugeben, dass ich vom Zuschauen, wie Sie und Ihre Freundin einander vor meinen Augen befummelt haben, ziemlich heiß geworden bin.«

Er zog die Augenbrauen hoch. Sie beugte sich vor und senkte die Stimme.

»Lassen Sie mich Ihnen ein Geheimnis verraten. Ich habe mir Sie und Debby beim Sex vorgestellt, und das hat mich so angeturnt, dass ich angefangen habe, zu fantasieren, wie wir drei ...«

Sie verstummte mitten im Satz, blickte ihn an, als würde sie über etwas nachdenken, schüttelte dann den Kopf und zog sich in ihren Sessel zurück.

»Was?«

»Was?«, fragte sie, als hätte sie den Faden verloren.

»Sie haben fantasiert, wie wir drei was tun?«

»Ich möchte nicht darüber nachdenken.«

»Was? Wieso?«

»Na ja ...« Sie hielt inne, als würde sie nach den richtigen Worten suchen. »Ich habe so etwas noch nie zuvor gemacht.«

»Was haben Sie noch nie gemacht? Einen Dreier?«

»Nein. Mit einem Fremden so zu reden, Sie wissen schon, über Sex.«

»Nun ja, waren Sie nicht diejenige, die meinte, sie könne ganz nach Belieben Sex haben, mit wem sie will?«

»Ich weiß, was ich gesagt habe, aber ... das war nur Gerede. In Wirklichkeit habe ich so etwas noch nie zuvor gemacht. O nein, das ist so peinlich. Manchmal mache ich einfach den Mund auf und spreche aus, was mir in den Sinn kommt, ohne nachzudenken.« Sie legte sich die Hände vors Gesicht.

»Wir sind beide erwachsen. Kein Grund, sich zu schämen.«

»Sie müssen mich entschuldigen«, sagte sie und stand auf.

Seine Hand schoss nach oben, um sie aufzuhalten. »Wo wollen Sie hin?«

»Zur Toilette.«

Sie entfernte sich mit gesenktem Kopf. Sie nahm ihr Telefon mit, ließ ihre Tasche jedoch stehen, damit er wusste, dass sie zurückkommen würde.

Draußen lief sie auf der Suche nach gutem Empfang auf und ab und wählte dann eine Nummer. »Jetzt«, sagte sie. Sie wartete darauf, dass die Person am anderen Ende »okay« antwortete, und beendete dann den Anruf.

Auf Chief Ojos Telefon ploppte eine neue Nachricht auf. Er sah, dass sie von der jungen Frau stammte, auf die er wartete. Er nahm an, sie würde ihm mitteilen, dass sie auf dem Weg sei, aber in der Nachricht stand: »Schaffe es heute Abend nicht. Gute Nacht.«

Er runzelte die Stirn und wählte ihre Nummer. Ihr Telefon war nun ausgeschaltet. Er begann, eine Textnachricht zu formulieren, murmelte »Scheiße«, als die Autokorrektur nicht erkannte, dass er das Wort »undankbar« zu schreiben versuchte, machte mit den Lippen ein Schnalzgeräusch und löschte die Nachricht.

Vom Eingang aus sah Amaka zu, wie er versuchte, die junge Frau zu erreichen. Alles lief wieder nach Plan. Sie ging auf Chief Ojo zu und schnappte sich ihre Tasche, wobei sie seinen Blick mied.

»Gehen Sie?«

Er klang verzweifelt. Sie zuckte mit den Achseln.

»Das müssen Sie nicht. Kommen Sie.« Er klopfte auf das Sofakissen neben sich.

Sie schloss die Augen und schüttelte langsam den Kopf.

»Kommen Sie, bitte.«

Sie richtete den Blick an die Decke und hielt ihn kurz dort, ehe sie ihm in die Augen sah. Dann ließ sie ihre Tasche auf den Tisch fallen.

»Ich bin mir wirklich nicht sicher«, sagte sie. Sie setzte sich neben ihn. »Ich bin noch nie …« Sie ließ den Satz in der Luft hängen. Er wartete ab. Sie schaute ihn an.

»Sie sind noch nie was?«

Mit den Fingern an seinem Kinn hob sie seinen Kopf an. Sie neigte sein Gesicht zur einen, dann zur anderen Seite und schob ihren eigenen Kopf nach hinten, um seine Gesichtszüge zu studieren.

»Hmmm.«

»Was?«

Sie nahm ihre Hand aus seinem Gesicht und versuchte, herauszufinden, welches Champagnerglas ihres war.

»Iyabo, sprechen Sie mit mir. Was denken Sie? Sie sind noch nie was?«

Sie hob ihr Glas an die Lippen und nahm einen Schluck, stellte die Champagnerflöte zurück und schob sie mit zwei Fingern in die Mitte des Tisches, worauf sie den Kopf zurückwarf und ihn durch halb geschlossene Augen betrachtete.

»Ich bin noch nie so scharf gewesen. Das muss wohl der Champagner sein.«

»Geht mir genauso. Was sollen wir deswegen unternehmen?«

Sie winkte ihn mit dem Zeigefinger herbei, und er brachte sein Ohr vor ihr Gesicht. Sie beugte sich vor und presste ihm die Brüste in die Schulter, genau wie Debby es getan hatte. Sie roch einen Hauch von Christian Diors Fahrenheit.

Sie erzählte ihm flüsternd, was sie mit ihm anstellen wolle, wie sie es machen wolle und für wie lange. Beim Sprechen ließ sie ihre Lippen sein Ohrläppchen streifen. Sein Atem ging flacher. Er legte eine Hand in den Schoß, direkt unter seinen Bauch, und rückte sich unter den Falten seines weißen Outfits zurecht. Sie erklärte ihm, sie fände es nur schade, dass Debby sich ihnen nicht anschließen könne, aber wenn der heutige Abend gut verliefe, werde es noch weitere Gelegenheiten geben, das andere Mädchen miteinzubeziehen.

Sie richtete ihre Aufmerksamkeit wieder auf ihr Glas Champagner und hob es an den Mund. Ihr Plan ging auf. Das musste er.

Chief Ojo sah sich nach einem Kellner um.

»Nur eine Bedingung«, sagte sie. »Sie dürfen mich nicht wie eine Sexarbeiterin behandeln. Sie dürfen mir kein Geld anbieten. Wenn Sie das tun, sehen Sie mich nie wieder.«

Er griff nach seinem Getränk. Seine Finger zitterten.

»Sie sind keine Sexarbeiterin.«

Er leerte sein Glas Champagner in einem Zug.

»Gut. Ich nehme an, Sie sind verheiratet und haben eine Frau zu Hause?«

»Ja.«

»Also können wir nicht zu Ihnen gehen. Ich wohne bei Freunden, daher können Sie auch nicht mit zu mir kommen.«

»Ich schlafe heute Nacht in einem Hotel.«

»In welchem?«

»Eko Hotel, ich habe die Präsidentensuite.«

Er beobachtete ihre Reaktion. Sie war weder beeindruckt noch überrascht. Sie wusste bereits, wo er in dieser Nacht wohnte, und sie wusste auch, dass die Suite ursprünglich für einen kongolesischen Diplomaten gebucht worden war, den er kannte und hatte treffen wollen. Die Reiseroute des Mannes hatte sich in letzter Minute geändert, und Chief Ojo hatte den Diplomaten gefragt, welche Pläne er für die bereits bezahlte Hotelsuite habe.

»Niemand darf etwas hiervon erfahren«, sagte sie.

»Niemand wird etwas erfahren.«

9

UNSER WAGEN WAR EIN PICKUP mit Fahrerkabine. Auf seine Ladefläche war eine Metallbank geschweißt worden. Polizisten kletterten über die Seiten darauf, ohne sich mit der Heckklappe abzugeben. Ich saß vorne zwischen dem Chef und seinem Fahrer, einem dunklen Kerl, der auf alles mit »Jassa« antwortete. Von ihm ging der Geruch von kaltem Schweiß aus. Zum Glück waren die Fenster heruntergekurbelt.

Ich dachte, »Bakare« wäre das Wort für »Langsamer« oder »Achtung« oder »Scheiße« oder irgendetwas in der Art, bis der ranghöhere Polizist »Sergeant Bakare« rief, als wir kurz davor waren, in ein Motorrad hineinzufahren, das drei Seelen sowie eine um den Hals des hintersten Passagiers geschlungene schwarze Ziege transportierte.

Sekunden vor dem Aufprall wich Bakare aus. Ich hatte den Unfall bereits vor meinem inneren Auge ablaufen sehen. Ich trat noch immer auf meine imaginäre Bremse, als er die Hand vom Lenkrad nahm, sie aus dem Fenster schob und dem erschrockenen Motorradfahrer, der nun Zickzack fuhr, um das Gleichgewicht wiederzuerlangen, seine ausgestreckten Finger hinhielt. Diese anscheinend rüde Geste brachte ihm ein weiteres »Bakare« ein. Er grinste, drückte aufs Gas, und mein Körper wurde zurück in den harten Sitz geworfen. Es gab keine Gurte. Er nahm eine Kurve in Angriff, ohne zu verlangsamen. Warum hatte er es so eilig?

Vielleicht, um mich – oder sich selbst – von Bakare abzulenken, begann der Mann, der mich festgenommen hatte, zu sprechen. »Schauen Sie *EastEnders*?«, wollte er wissen.

Wie kam er ausgerechnet darauf? Hatte er einst in England gelebt? Stammte daher sein leichter Londoner Akzent? Schwelgte er in Erinnerungen? War es ein Test? Ich antwortete ihm, dass ich das nicht tat, und wünschte mir zum ersten Mal, ich würde, genau wie acht Millionen andere Zombies, diese verdammte Seifenoper verfolgen.

Aber womöglich war es auch gar kein Test. Womöglich hatte er sich tatsächlich darüber unterhalten wollen, denn als er mich anschaute, konnte ich – ich schwöre es – einen Hauch von Bedauern in seinem Gesicht erkennen. Er wechselte das Thema. Ich erinnere mich nicht mehr, zu was, aber ich weiß noch, dass Bakare in diesem Augenblick auf die Bremse trat – allerdings erst, nachdem er mit den Vorderreifen über eine Bodenschwelle gefahren war – und einen niedrigeren Gang einlegte, während der Truck noch immer federte, und ich in den Spiegel blickte, um nach den Männern auf der Ladefläche zu schauen. Das war der Moment, in dem mir ein beängstigender Gedanke kam.

Denn ihr müsst wissen, als mein Kopf gegen das Dach knallte, mein Körper gegen Bakare rollte und er mich mit dem Ellbogen beiseiteschob, ohne seinen Griff um das Lenkrad zu lockern, erinnerte ich mich voller Schrecken an eine Geschichte, die ein Schotte mir erzählt hatte, den ich in der Schlange vor dem nigerianischen Hochkommissariat in London kennengelernt hatte. Er hatte einst in Nigeria gelebt und machte dort noch immer Geschäfte: mit Reifen. Er hatte sich mit der Familie eines nigerianischen Mathematikprofessors am MIT angefreundet. Der Professor war nach Hause geflogen, um seine Mutter in seinem Heimatdorf zu begraben, und wurde aus dem Trauerzug heraus geschnappt, auf halber Strecke zwischen Kirche und Friedhof. Zwei Wochen später fanden sie ihn an einen Baum gebunden, an einem Ort, den seine Leute den Verbotenen Wald nannten. Sein Glück war, dass die Bande fälschlicherweise davon ausgegangen war, er wäre reich. Seine Familie, die nicht in der Lage war, das verlangte Lösegeld zusammenzubringen, meldete der amerikanischen Botschaft, ein amerikanischer Staatsbürger sei gekidnappt worden. Die Polizei musste handeln, und das tat sie auch. Innerhalb von wenigen Tagen wussten sie, wer der Informant war – der junge Neffe des Professors, ein Jurastudent, und dieser Neffe verpfiff die Polizisten, die die Waffen geliefert hatten, die für die Entführung seines Onkels verwendet worden waren.

Machen wir uns nichts vor, ich war mit Männern in ein Auto gestiegen, die nicht ausdrücklich gesagt hatten, sie seien von der Polizei, und mich nicht über meine Rechte belehrt hatten, ich hatte sie nicht nach ihren Dienstausweisen gefragt, und nun rasten wir Gott weiß wohin, und niemand wusste, dass sie mich mitgenommen hatten. Es wäre die perfekte Entführung. Ich stellte mir vor, wie mein Chef eine Lösegeldforderung bekam und darauf mit einem Brief antwortete, in dem er mich über meine Kündigung informierte.

In der dunklen Kabine versuchte ich, das Gesicht des Mannes zu erkennen, der mit mir redete, und hörte auf seine Stimme: nicht darauf, was er sagte, sondern darauf, wie er es sagte. Wollte er mich in Sicherheit wiegen, bis es Zeit für die Augenbinde war? Schätzte er ab, ob ich bereits argwöhnte, mitten in meiner eigenen Entführung zu stecken? Ich war so hellwach wie noch nie zuvor – wie ich feststellen musste, hat der Gedanke, gerade entführt zu werden, diese Auswirkung. Ich studierte ihn, und da ich in seinem Gesicht nichts ausfindig machen konnte, das sich als Hinweis interpretieren ließ, lauschte ich nun dem, was er zu sagen hatte.

Er erzählte mir, die Schnellstraße, auf der wir gerade unterwegs waren, die Ahmadu Bello Road, sei einst ein wunderschöner, palmengesäumter Strand gewesen. Bar Beach, wie er sagte. Über viele Jahre sei der Atlantische Ozean auf die Stadt zugekrochen. Eine Zeit lang lebten Mensch und Wasser in Harmonie miteinander, bis ein Glashaus in Form einer Pyramide an der Küstenstraße auftauchte. »Wir sind gerade daran vorbeigekommen«, sagte er. Die »Söhne der Erde« warnten die Bank, die es erbauen ließ, aber die Architekt*innen und Manager*innen hatten ausländische Abschlüsse und Qualifikationen, also ignorierten sie die Hokuspokus-Geschichten jener, die ihren Ozean kannten.

Jeden Morgen wird das Sonnenlicht von dem pompösen Gebäude reflektiert und sammelt sich in einem starken Strahl, der direkt auf das Meer zeigt. Das blende die Wassergöttin, warnten die Einheimischen, weshalb selbst kleine Kinder wissen, dass sie in der Nähe der Wellen nicht mit Spiegeln spielen dürfen.

Die Göttin war wütend. Die Bankleute wollten ihr Gebäude nicht abreißen oder das herrliche Glas durch Holzplatten ersetzen. Die Göttin entschied, die Dinge selbst in die Hand zu nehmen.

Mit einer Regelmäßigkeit, die nur spiritueller Natur sein konnte, begann das Meer, seine Küsten zu überfluten. Gewaltsam. Die Regierung beauftragte Ingenieur*innen, die es als Küstenerosion bezeichneten. Um das Problem zu lösen, ersetzten sie das, was vom Strand noch übrig war, durch eine unansehnliche Betonabsperrung. Es funktionierte nicht. Anscheinend verlangte die Wassergöttin ein Beschwichtigungsopfer, aber entweder wurde diese Nachricht nicht weitergeleitet, oder die Menschen, auf die es ankam, glaubten nicht daran.

Er beendete seine Geschichte und starrte geradeaus. Ich fragte ihn nicht, ob er selbst daran glaubte. Es klang wie ziemlicher Blödsinn. Genau die Art von ausgedachtem Mist, den man jemandem erzählen würde, um ihn von der Tatsache abzulenken, dass er gerade entführt wurde.

10

DASSELBE AUTO WAR ZWEIMAL an ihr vorbeigefahren, und beim zweiten Mal wurde es langsamer und kam zum Stehen. Aber als Kevwe den Fahrer anlächelte, wandte er sich ab und fuhr die Straße hinunter, vorbei an all den anderen Frauen. Als sie sah, dass der Toyota Corolla noch ein weiteres Mal in die Sanusi Fafunwa Street einbog, hinter einem schwarzen Land Cruiser mit getönten Scheiben, drehte sie sich zu Angel um, dem neuen Mädchen, das sie an diesem Abend erst kennengelernt hatte, und gab ihr mit einem Nicken zu verstehen, dass sie den SUV haben konnte. Kevwe löste sich von der Gruppe aus viel älteren Frauen, bei denen sie gestanden hatten, und lief die Straße hinauf, weg von allen anderen. Der Corolla hielt am Straßenrand. Sie senkte den Blick, um dem Strahl der Scheinwerfer auszuweichen, da der Fahrer das Fernlicht angelassen hatte, und lief auf den Wagen zu.

Neben der Beifahrertür blieb sie stehen und wartete darauf, dass er das Fenster herunterließ. Sie beugte sich vor, bot ihm einen angemessenen Blick in ihren Ausschnitt und sagte: »Hi, Süßer.«

»Hi«, antwortete er. Er klang, als bräuchte er einen Schluck Wasser.

Sie lächelte ihn an. Sein Blick huschte zwischen ihren Brüsten und ihren Augen hin und her. Sie wartete darauf, dass er etwas sagte, aber er starrte durch die Windschutzscheibe auf die vorbeifahrenden Autos und rutschte tiefer in seinen Sitz.

»Wo willst du mich hinbringen, Süßer?«, fragte sie. Sie spuckte ihren Kaugummi aus und machte eine ruckartige Bewegung mit dem Kopf, um ihre Braids nach hinten zu schwingen.

»Wie viel?«, wollte er wissen.

»Dauert es kurz oder lang?«

»Wir fahren bloß in mein Hotel.«

»Möchtest du, dass ich über Nacht bleibe, Süßer?«

»Nein.«

»Okay, Süßer, gib mir einfach zehntausend.« Sie wartete darauf, dass er sie herunterhandelte. Ein Auto wurde neben ihnen langsamer. Sie richtete sich auf und schob sich mit dem Finger eine geflochtene Haarsträhne zurück. Der andere Wagen kam neben dem Corolla zum Stehen, und sie lehnte sich erneut in sein Fenster.

»Fahren wir«, sagte er.

Sie betrachtete ihn aufmerksam. Normalerweise kamen immer wieder dieselben Männer in die Sanusi Fafunwa Street, aber sie hatte weder ihn noch sein Auto je zuvor gesehen.

»Wohin fahren wir, Süßer?«

»Federal Palace Hotel.«

»Ich hoffe, du bist nett zu mir, Süßer.«

Er streckte den Arm aus und machte ihr die Tür auf.

»Eine Sekunde, Süßer.« Sie führte ihr Telefon, das sie die ganze Zeit in der Hand gehalten hatte, ans Ohr. Dann ging sie ein paar Schritte bis vor das Auto und warf einen Blick auf sein Nummernschild. Sie tat, als würde sie den Anruf beenden, den sie gar nicht getätigt hatte, und fing an, eine Nachricht zu tippen, ehe sie zu ihm in den Wagen stieg.

»Wie heißt du, Süßer?«, fragte sie, ohne von ihrem Telefon aufzublicken.

»Bayo. Schnall dich an.«

»Was machst du beruflich, Bayo?«

»Wieso willst du das wissen?«

»Ich frage bloß, Süßer.«

»Ich bin Banker.«

»Bei welcher Bank?«

»Wieso willst du das wissen?«

Sie beendete ihre Textnachricht und schickte sie ab. Sie ließ das Telefon in ihren Schoß sinken, legte ihre Hand auf seinen Oberschenkel und begann, ihn zu streicheln, wobei sie ihre Finger über seinen Schritt fahren ließ, um zu schauen, ob er hart war. Normalerweise würde sie nicht mit jemandem mitgehen, den sie nicht kannte, ohne einer ihrer Freundinnen Bescheid zu sagen und den Mann wissen zu lassen, dass die Freundin sein Gesicht, das Auto, das er fuhr, sowie das Nummernschild gesehen hatte. Aber der junge Mann wirkte zu nervös, um gefährlich zu sein. Sie beschloss augenblicklich, ihn auszunutzen, aber sie musste sich trotzdem vergewissern.

Er hielt seinen Blick auf die Straße gerichtet, während sie sich an seinem Reißverschluss zu schaffen machte. Sobald er hart wurde, zog sie ihre Hand zurück und sah nach, ob ihre Nachricht angekommen war.

Amakas Telefon vibrierte in ihrer Handtasche. Wie eine Mutter, die auf das Schreien ihres Kindes programmiert ist, konnte sie das Telefon noch aus einem anderen Zimmer vibrieren hören. Es war eins von drei Mobiltelefonen, die sie immer dabeihatte. Eins war ihr Privatanschluss, wie sie es nannte. Im zweiten steckte eine neue Prepaid-SIM-Karte – sie hatte stets mehrere ungenutzte SIM-Karten in ihrer Tasche. Die Nummer ihres dritten Telefons besaßen ein paar Hundert junge Frauen, auch wenn keine von ihnen Amaka je gesehen hatte oder ihren Namen kannte. Auf diesem Telefon war die neue Nachricht eingegangen.

Die SMS stammte von einem Kontakt, der als KEVWE angezeigt wurde. Amaka blickte auf und sah, dass Chief Ojo sie beobachtete. Sie zwinkerte ihm zu und widmete sich dann wieder ihrem Telefon. Die Nachricht lautete: »Abend, Ma. Junger Mann in der Sanusi Fafunwa. Sagt, er ist Banker. Fährt einen schwarzen Toyota mit dem Nummernschild LA333KKJ. Sein Name ist Bayo. Fahren ins Federal Palace. Danke, Ma.«

Sie blickte erneut von ihrem Telefon auf und erwischte den Chief dabei, wie er ihr in den Ausschnitt schaute. Sie lächelte, und er richtete den Blick auf irgendetwas an der Decke. »Arbeit«, sagte sie. »Geben Sie mir eine Minute.«

Sie zog einen Laptop aus ihrer Handtasche und klappte ihn auf. Sie ließ ihn stets nur auf Standby.

Ihre Finger rasten über die Tastatur, während sie ihr langes Passwort eintippte. Eine Exceltabelle füllte den Bildschirm aus. Sie klickte auf »Suchen« und gab das Nummernschild aus der Textnachricht ein. Die Nummer tauchte mehrere Zeilen weiter unten auf. Sie klickte auf die Zeile, um sie hervorzuheben, und überflog sie. Interessant war für sie die letzte Spalte, in der der Eintrag »SICHER« lautete.

In jenem Auto schaute Kevwe auf ihr Telefon. In der Nachricht stand lediglich: »OK.«

Sie löschte sie und legte die Hand zurück in den Schritt des Fahrers.

Sie kamen schneller beim Federal Palace Hotel an, als die Geschwindigkeitsbegrenzungen erlaubt hätten. Er lief voraus, und als die Fahrstuhltüren aufglitten, ließ er zuerst die anderen Wartenden eintreten, sie inbegriffen, ehe er mit Abstand zu ihr auf der anderen Seite einstieg.

Sein Zimmer war eins der kleinsten, in denen sie in diesem Hotel jemals gewesen war. Sie fragte sich, ob sie vielleicht doch den Land Cruiser hätte nehmen sollen, den sie dem neuen Mädchen überlassen hatte. Sie warf ihre Tasche auf das Bett und schlüpfte aus ihren Schuhen. Sie hatte einen guten Preis von ihm verlangt und sich in den Kopf gesetzt, sogar noch mehr zu bekommen, aber sie konnte es sich nicht leisten, Zeit zu verschwenden, da sie wieder an ihrem Platz sein musste, ehe ein anderes Mädchen ihn ihr wegschnappte.

Sie zog sich aus. Sie trug keine Unterwäsche. Sein Blick wanderte von ihren Brüsten zu ihrem rasierten Schritt. Sie stemmte die Hände in die Hüften und wartete.

»Where you wan' do am?«

Bei ihrem plötzlichen Wechsel zu Pidgin-Englisch schoss sein Blick in die Höhe.

»Willst du nicht zuerst duschen?«

»Hab ich heut schon.« Sie musste fast über ihr Glück lächeln. Er wollte ganz offensichtlich, dass sie sich den letzten Kunden abwusch, mit dem sie zusammen gewesen war – sie hatte sofort begriffen, dass er das hier noch nicht oft gemacht hatte, als er den von ihr geforderten Preis akzeptierte, ohne ihn zuerst zu halbieren. Sie hatte beschlossen, ihn für alles, was über einfachen Sex mit ihr auf dem Rücken hinausging, extra zahlen zu lassen. Wenn er wollte, dass sie duschte, würde er auch den Körperkontakt begrenzen wollen und daher verlangen, sie von hinten zu nehmen. Sie würde ihm erklären, dass Doggy mehr kostete.

»Geh einfach duschen.«

»Duschen kostet dreitausend extra.«

»Du willst, dass ich dir noch dreitausend mehr gebe?«

»Ja.«

»Wofür?«

»Fürs Duschen, jetzt. Ich hab dir gesagt, ich hab heut schon geduscht, aber wenn ich noch mal duschen soll, dann zahlst du mir dreitausend zusätzlich zur vereinbarten Summe.«

»Warum?«

»Kostet nur Zeit.«

»Eine fünfminütige Dusche? Dafür willst du dreitausend extra?«

»Time dey go o.«

»Also duschst du nicht?«

»Bezahlst du?«

»Okay. Vergiss es. Gib mir einfach einen Blowjob.« Er machte seinen Reißverschluss auf und holte seinen Penis hervor.

»*Ehn? Blow wetin?* Das war nicht abgesprochen. Blowjobs mach ich für zehntausend nicht. Das kostet fünfzehntausend, und du benutzt ein Kondom.«

Während er sie anstarrte und noch die Tatsache verarbeitete, dass die junge Frau, die ihn im Auto Süßer genannt und seinen Schwanz gestreichelt hatte, ihn nun anzischte, ohne ihm in die Augen blicken zu wollen, als hätten sie bereits ihren ersten Streit hinter sich, dämmerte ihm, dass er hereingelegt wurde. Er wurde nach und nach schlaffer. Er machte seinen Reißverschluss wieder zu.

»Du kannst gehen.«

»Du willst, dass ich gehe?«

»Ja. Du kannst gehen. Ich bin nicht mehr interessiert.«

»Aber du hast mich noch nicht bezahlt.«

»Dich für was bezahlt? Wir haben nichts gemacht.«

»Das ist nicht dein Ernst. *Shebi*, du hast mich hierhergebracht. *Na me say make your prick no stand? Abeg*, gib mir mein Geld.«

»Geld für was?«

»Was geht's dich an? Bin ich etwa schuld dran, wenn dein Schwanz nicht stehen will? *Oya*, lass uns ficken. Kannst du nicht? Hätt ich gewusst, dass du nur meine Zeit verschwendest, wär ich nicht mitgekommen. Gib mir mein Geld. *Yeye Man.*«

»Hör zu, verschwinde einfach.«

»Wo sind meine zehntausend?« Sie hatte die Stimme erhoben, sodass man sie bis draußen auf dem Flur gut hören konnte.

Er senkte den Blick, schüttelte den Kopf und lächelte bedauernd. Er schob die Hand in seine Gesäßtasche und zählte zehntausend Naira ab. Er hielt ihr das Geld hin.

Sie schnappte sich die Scheine und zählte sie.

»Was soll das sein?«

»Dein Geld.«

»Wie soll ich an die Stelle zurückkommen, wo du mich aufgegabelt hast?«

»Keine Ahnung. Nimm ein Taxi.«

»Ich soll ein Taxi nehmen?«

»Ja.« Er konnte sie kaum anschauen.

»Um diese Uhrzeit kostet ein Taxi viertausend. Wenn ich überhaupt eins finde.«

»Was soll ich deiner Meinung nach tun?«

»*You this man, you are vexing me o.* Ich wär nicht mitgekommen, hätt ich gewusst, dass du so was abziehst. Gib mir Geld fürs Taxi.« Sie hielt die Hand auf.

Er blickte auf ihre ausgestreckte Hand, sah die Schwielen, den Dreck unter den Nägeln, die ausgebleichten billigen Ringe und spürte eine Scham, wie er sie noch nie zuvor empfunden hatte, verbunden mit Abscheu.

»Ich gebe dir gar nichts. Ich bringe dich dorthin zurück, wo ich dich gefunden habe.«

»Wo du mich gefunden hast? *I be dog wey dem dey find?* Nur weil ich die Arbeit hier mache, heißt das nicht, dass du mich beleidigen darfst. *If not for condition, you for see me carry?* Immerhin hab ich Männer wie dich in meiner Familie.«

Er bezweifelte, dass sie von irgendetwas anderem abstammte als einer Familie von Erpresser*innen, aber diesen Gedanken behielt er für sich. Er zog seinen Schlüssel aus der Tasche, wartete darauf, dass sie sich anzog und sein Zimmer verließ, und führte sie dann zurück zu seinem Wagen.

Zwei Polizisten standen neben dem Straßengraben, während ein dritter, mit einer Polaroid-Kamera in der einen und einem separaten Blitz in der anderen Hand, Bilder machte. Das war die gesamte Beweisaufnahme.

Quer über die Straße parkte ein in einen Krankenwagen umgewandelter Peugeot-504-Kombi. Zwei Männer in zerknitterten weißen Overalls und gelben Küchenhandschuhen standen neben seinem offenen Kofferraum und warteten darauf, dass der Fotograf seine Arbeit beendete.

Der Fahrer eines Polizeitransporters neben dem Peugeot drückte mit einem langen Stoß auf die Hupe und wechselte böse Blicke mit dem Fotografen. Aus der sicheren Entfernung der anderen Straßenseite beobachteten die Leute das Geschehen.

Kevwe sah das Polizeiauto vor ihnen. »Stopp, stopp, stopp«, rief sie, aber er hatte die Autos und die Polizisten ebenfalls gesehen, und auch, wie ihr Anblick sie aufschrecken ließ. Er fuhr weiter, bis er so nah wie möglich an die Polizisten herangekommen war, und zog dann die Handbremse. »Steig aus«, sagte er.

Kevwe rutschte in ihrem Sitz nach unten, bis ihr Kopf sich unterhalb des Fensters befand. Beim Vorbeifahren hatte sie bemerkt, dass keine Frauen auf der Straße waren und die einzigen Zuschauenden aus Wachleuten und Türstehern von den vielen Clubs in der Straße bestanden. Die Polizei hatte erst vor weniger als einer Woche eine Razzia in der Gegend durchgeführt, daher hatte sie niemand so schnell wieder hier erwartet. Mehrere Frauen arbeiteten nach wie vor länger, um das Geld wieder reinzuholen, das sie bei der letzten Razzia verloren hatten – Kevwe selbst inbegriffen. Es hatte sie sechzehntausend Naira gekostet, ihre eigene »Kaution« zu bezahlen – alles Geld, was sie bei sich gehabt hatte –, aber erst, nachdem ein betrunkener Polizist sie in einen dunklen Raum, in dem sie vor Staub beinahe erstickt wäre, gezerrt und ihre Hand in seine Hose geschoben hatte. Mit der Hand hatte sie zwei Tage lang nicht essen können.

»Bros, ich bitte dich, bitte. Bring mich bloß dahinten hin, bis zum Ende der Straße. Bitte. Da musst du sowieso lang. Süßer, bitte.«

»Steig jetzt aus.«

»Okay, fahren wir zurück in dein Hotel. Ich werde duschen. Wir können alles machen, was du willst. Bitte. *Ehn*, Bros? Bitte. Ich flehe dich an, im Namen Jesu.«

»Steig verdammt noch mal aus meinem Wagen.«

Sie seufzte, vergewisserte sich, dass sie nicht die Aufmerksamkeit der Polizisten auf sich gezogen hatten, und stieg dann aus. Beim Wegfahren drückte er zweimal auf die Hupe.

Sie trippelte auf den Ballen ihrer High Heels auf die andere Straßenseite, wo sie beinahe in den Graben fiel, als sie sich hinter einen geparkten Mercedes duckte. Sie presste sich die Handtasche an die Brust und hielt den Atem an. Ihre Knöchel schmerzten in ihrer gebückten Haltung, aber als sie versuchte, sich hinzuknien, bohrte sich der Kies so tief in ihre Haut, dass sie sich wieder hinhocken und die Schmerzen ertragen musste.

Sie überlegte, das ganze Geld, das sie in ihrer Handtasche hatte, in ein Kondom zu stecken und ihre Beute in dem Gestrüpp im Straßengraben zu verstecken. Sie suchte die Vegetation hinter sich nach einer geeigneten Stelle ab, an die sie sich später noch erinnern würde, als sie Motoren aufheulen, Reifen quietschen und Sirenen schrillen und dann verklingen hörte. Auch danach blieb sie, wo sie war, und spähte mehrmals auf die Straße, ehe sie endlich aufstand und die Taubheit aus den Beinen schüttelte.

Das Polizeiauto war verschwunden, und die Menschen liefen über die Straße zur Vorderseite des Krankenwagens, wo jemand noch immer Fotos von irgendetwas im Straßengraben machte. Sie übersah die beiden Polizisten, die dort standen, umgeben von Wachmännern und anderen Schaulustigen. Sie lief auf die Menge zu, und als sie die Uniformen bemerkte, war es bereits zu spät. Ihr Blick begegnete dem eines Polizisten, der sie von oben bis unten musterte, ehe er mit seinem Telefon ein Bild von dem machte, was sich im Straßengraben befand.

Sie umrundete die Menschentraube, wobei sie sich von den Polizisten so fern wie möglich hielt. Sie drängte sich an den Wachmännern vorbei und blickte hinunter, um herauszufinden, worauf sie alle starrten.

Als sie es sah, verlor sie das Gleichgewicht und musste sich am Arm des Mannes neben sich festhalten. Sie schaute noch einmal hin, und ihre schlimmste Befürchtung wurde bestätigt: Es war das neue Mädchen, das den Land Cruiser angesteuert hatte, während sie selbst den Corolla nahm.

Ihre Knie wurden weich. Sie betrachtete die Menschen um sich herum, deren Körper beunruhigend schwankten. Sie wollte den Namen des Mädchens schreien, Angel, aber sie wusste, dass man sie dann nur festnehmen würde, also biss sie sich auf die Lippen und entfernte sich mit klopfendem Herzen von der Menge.

»*No o.* Sie haben sie nicht woanders ermordet und dann hierhergebracht. Nein. Hier haben sie sie ermordet, in dem Jeep«, sagte ein Mann in der Uniform eines Wachmanns zu einer Gruppe Schaulustiger.

Kevwe blieb neben den sich unterhaltenden Menschen stehen, aber als sie sich zu ihr umdrehten, lief sie weiter. Sie zog ihr Telefon hervor und wählte mit zitternden Fingern die Nummer der einen Person, von der sie wusste, dass sie es erfahren musste.

Amaka trank gerade ihren Champagner aus, und Chief Ojo bezahlte die Rechnung, als ihr Telefon klingelte. Sie entschuldigte sich und ließ das Telefon weiterklingeln, während sie die Bar verließ. Wann immer dieses Telefon klingelte, auf das die jungen Frauen ihr Nachrichten schickten, versuchte sie, den Anruf ungestört entgegenzunehmen.

Die Anruferin wartete nicht, bis sie etwas sagte. »Hallo? Aunty? Sie wurde umgebracht.«

»Wer wurde umgebracht?« Amaka nahm das Telefon vom

Ohr, um den Namen der Anruferin zu lesen, aber das Display war schwarz. »Wer ist da? Wer hat wen umgebracht?«

»Sie ist tot, Aunty, sie ist tot.«

»Wer ist tot?«

»Sie wurde umgebracht. O mein Gott. Aunty, sie wurde umgebracht. Ich bin es, Aunty, hier ist Kevwe. Sie wurde umgebracht. Meine Freundin, Aunty, sie ist tot.«

»Wer hat deine Freundin umgebracht? Wovon redest du?«

»Aunty, sie wurde umgebracht, sie liegt im Straßengraben. Die Polizei ist hier.«

»Wo bist du?«

»*I dey Ronnie's.* Bin gerade zurück vom Federal Palace. Aunty, ihre Leiche liegt hier im Straßengraben. Sie haben sie aufgeschlitzt, Aunty. O mein Gott, Aunty, sie ist tot.«

»Beruhig dich. Du sagtest, du stehst vor dem Ronnie's?«

»Ja, Aunty, hier haben sie ihre Leiche hingeworfen.«

»Wer hat sie umgebracht? Wie heißt sie?«

»Aunty, *wetin I go do? Police dey for here.*«

»Hör mir zu. Ganz ruhig. Wie heißt deine Freundin?«

Die junge Frau gab keine Antwort.

»Hallo? Kevwe? Kevwe?«

Kevwe hielt sich das Telefon noch immer ans Ohr, während ihr stumme Tränen das Gesicht hinunterkullerten.

Auch nach mehreren Versuchen bekam Amaka keine Antwort aus ihr heraus. Widerwillig beendete sie das Telefonat. Sie wusste, Kevwe würde bald ihr Telefon ausschalten und die Stadt für eine Weile verlassen, während die Polizei Sexarbeiterinnen zusammentrieb, angeblich zur Untersuchung des Mordes. Amaka schloss die Augen und atmete tief durch. Vor ihrem inneren Auge tauchten Bilder auf, eins grausamer als das andere. Sie schüttelte diese Gedanken ab. Dafür hatte sie jetzt keine Zeit. Sie rief acht Kontakte aus ihrem Telefon und vier weitere aus dem Gedächtnis an. Sie fragte jede Person, mit der sie sprach, ob sie an diesem Abend irgendetwas übers Ronnie's mitbekommen hatte. Ein paar der Frauen hatten ein Gerücht gehört, aber niemand wusste mit Sicherheit etwas. Amaka überlegte, Kevwe zurückzurufen, vielleicht würde sie ja drangehen. Nein. Sie musste selbst zum Ronnie's aufbrechen. Sie biss sich auf die Lippen. Verdammt. Nicht heute Abend.

Chief Ojo tauschte Blicke mit einer Gruppe gesprächiger junger Frauen, die sich an einen Tisch neben seinem gesetzt hatten. Amaka stand am Eingang und beobachtete ihn. Sie liebäugelte damit, umzudrehen und davonzulaufen. Eine der Frauen sah ihn an und winkte kurz. Amaka beschloss, sie war zu nah dran, um jetzt aufzugeben. Sie trat zu ihm und setzte sich auf einen anderen Sessel, sodass er den Frauen den Rücken zukehren musste.

»Es ist etwas dazwischengekommen«, sagte sie. »Ich muss schnell wohin.«

Er schüttelte den Kopf. Sie legte ihm die Hand auf die Schulter.

»Hören Sie. Ich will Sie. Ich will Sie vögeln. Heute Nacht. Und ich werde Sie vögeln.« Sie sagte es mit so viel Überzeugung, dass sie überrascht war, als er ihr einen skeptischen Blick zuwarf und sich dann zu den jungen Frauen umwandte.

Sie drehte sein Gesicht in ihre Richtung.

»Ich muss wirklich gehen und diese Sache klären. Geben Sie mir Ihre Telefonnummer, gehen Sie ins Hotel, und warten Sie auf mich. Sobald ich fertig bin, rufe ich Sie an, und dann komme ich zu Ihnen.«

»Was müssen Sie denn um diese Uhrzeit noch erledigen?«

»Das kann ich Ihnen nicht sagen. Vertrauen Sie mir, ich komme wieder.«

»Sie können es mir nicht sagen?«

»Hören Sie, ich habe keine Zeit für Erklärungen. Ich werde Ihnen alles erzählen, wenn ich zurück bin. Das verspreche ich Ihnen. Es hat nichts mit einem anderen Mann zu tun, falls Sie das denken.«

»Geben Sie mir Ihre Nummer.«

»Okay. Lassen Sie mich von Ihrem Telefon aus bei mir anrufen, dann haben wir beide unsere Nummern.«

Sie nahm sein Telefon und wählte ihr eigenes mit der neuen SIM-Karte an. Sie presste die Handfläche von der Seite gegen ihre Tasche und legte auf, sobald sie eine Vibration spürte.

»Also, fahren Sie jetzt in Ihr Hotel und warten Sie auf mich.«

»Woher weiß ich, dass Sie zurückkommen?«

Amaka sah ihm in die Augen, während er auf ihre Antwort wartete. Dann richtete sie den Blick auf die Frauen. Sie giggelten sich durch eine Flasche Hennessy. Sie waren jung und hübsch und offensichtlich beruflich unterwegs. Sie schaute wieder ihn an. Ihr Gesicht war ausdrucklos. Während sie ihm direkt in die Augen sah, schob sie die Hände unter ihren Rock, rutschte auf dem Sessel zurecht und griff nach oben. Sie fand die seitlichen Riemchen ihrer Unterhose und hakte die Finger unter den Seidenstoff.

Er beobachtete sie. Sie zog ihren weißen Tanga über ihre Oberschenkel nach unten zu ihren Knien, dann weiter bis zu ihren Knöcheln und hob schließlich einen Fuß nach dem anderen, um die Unterhose hervorzuziehen. Sie knüllte sie in der Faust zusammen und drückte ihm ihr Höschen in die Hand.

»Das ist mein Lieblingsexemplar. Es stammt von Agent Provocateur in London, und ich will es wiederhaben. Gehen Sie in Ihr Hotel und warten Sie auf mich.«

11

BAKARE GRIFF DAS LENKRAD ÜBER KREUZ, während wir uns einer weiteren Kurve näherten. Ich spannte meinen Körper an und hielt den Atem an. Als wir in die schmale, schlammige unbefestigte Straße einbogen, balancierte der Transporter auf nur zwei Rädern. Zu unserer Linken tauchte eine Mauer auf, die mit einander überlappenden Plakaten bedeckt war, während sich auf der rechten Seite eine Reihe verlassener Marktstände befand. Jetzt verlangsamte der Fahrer, da der Untergrund ihn vom Rasen abhielt. Vor uns erleuchteten die Scheinwerfer kurz etwas, das zuerst wie nichts als Dunkelheit aussah, sich dann jedoch als mehrere Wohnblöcke herausstellte, die in unheimlicher Stille dastanden wie eine Geisterstadt. Kleidungsstücke hingen von Wäscheleinen, die über graue Balkone gespannt waren.

Er bog scharf ab, bremste noch schärfer, und im Scheinwerferlicht erschienen Gestalten. Ich erschrak, als im Fenster zu meiner Rechten ein Kopf auftauchte. Die Tür wurde geöffnet, und mein Entführer stieg aus. Ich folgte ihm rasch, da ich lieber nah an ihm dranbleiben wollte. Nun, da mir der Fahrtwind nicht mehr ins Gesicht schlug, begann ich, heftig zu schwitzen. Wir waren umzingelt von Polizisten, die magnetisch von uns angezogen zu werden schienen. Ich war der Einzige, der schwitzte. Bei allen anderen glänzten einfach die Gesichter, als hätten sie eine Schicht Vaseline aufgetragen.

Polizisten sprangen hinten aus unserem Transporter, und neben uns kamen noch mehr Wagen quietschend zum Stehen. Wir standen vor einem heruntergekommenen Bungalow, dessen Eingangsbereich von einer einzigen Glühbirne erleuchtet wurde. Auf einem Schild rechts davon stand: POLIZEIREVIER BAR BEACH.

Polizisten eilten in das Revier oder zu unserem Wagen, wo sie erstarrten, um vor dem Mann an meiner Seite mit abgehackten Bewegungen zu salutieren. Er war tatsächlich der Chef. Ich blieb dicht bei ihm, während er mit seinen Männern sprach, die mir immer wieder Blicke zuwarfen. Er wandte sich um und lief in Richtung Gebäude, gefolgt von mir und hinter uns einem Dutzend weiterer Männer. Er bellte Anweisungen in einer Sprache, die ich nicht verstand, und mehrere Menschen rannten los, um sie auszuführen.

Innen war das Revier überfüllt, heiß und stickig vom Körpergeruch all der Menschen. Eine Betontheke trennte das Vorderzimmer in einen Wartebereich und einen »Polizeibereich«. An der Wand hinter der Theke waren drei gerahmte Porträts mit Schnüren an Wandhaken aufgehängt. Das mittlere zeigte den Präsidenten. Die anderen beiden kannte ich nicht. Die obere Hälfte der Wände war blau, die untere Hälfte sowie die Theke waren grün angestrichen. Eine etwa dreißig Zentimeter breite gelbe Linie trennte die beiden Farben voneinander.

Überall waren Frauen: groß, klein, schlank, mollig. Alle waren aufgebrezelt und geschminkt, alle wirkten bestürzt. Einige saßen hinter der abgenutzten Theke auf einer Reihe von niedrigen Holzbänken, andere standen mit vor der Brust verschränkten Armen. Ein paar lehnten an den Wänden eines dunklen Korridors, der sicherlich zu noch dunkleren Schrecken dahinter führte. Jene, die nicht mit finsterem Blick die Nase rümpften, bettelten verzweifelt oder flirteten die Polizisten an, denen die Aufmerksamkeit zu gefallen schien. Andere führten mit ihren Handys Telefonate oder verschickten Textnachrichten. Es waren viele, und es kamen noch mehr dazu, hereingeführt von Männern, die völlig überflüssigerweise Kalaschnikows kampfbereit in den Händen hielten. Es sah aus wie ein Bordell voller verärgertem Personal und unbeugsamen Zuhältern.

Mit einem Handzeichen brachte der Chef jemanden dazu, mich den furchteinflößenden Korridor hinunterzuführen, mitten durch den Pulk aus Frauen. Sie streckten die Arme aus und nannten mich »Kunde«. Eine war fest entschlossen, meine Aufmerksamkeit auf sich zu ziehen. »Johnny, ich bin's, Rose«, rief sie immer wieder, bis der Polizist ihr mit einer angedeuteten Ohrfeige drohte und sie in die Schlange aus Frauen zurückwich. Ich fragte mich, ob es ihr genauso schwerfiel wie mir, fremde Gesichter auseinanderzuhalten, und sie mich mit einem *weißen* Typen verwechselt hatte, den sie kannte und dessen Name Johnny war. Dann begriff ich mit einem Mal die Bedeutung des Wortes. Ich war ein Freier, ein *John*. Das ergab Sinn, in diesem lauten, lärmenden Schuppen, umgeben von verzweifelten Nutten.

Ich wurde in ein Zimmer geführt, in dem es nach Staub roch. Es hatte ein einziges, sechzig Zentimeter hohes wie breites Fenster mit schmutzigen Glaslamellen, die aussahen, als wären sie noch nie geöffnet worden. Es wurde durch mehrere weit auseinanderstehende Eisenstäbe gesichert: genügend Platz für einen schlanken Mann wie mich, um hindurchzuschlüpfen. Die Tür war ein klappriges Sperrholzteil, das sich aus den Angeln löste und dessen unterer Bereich größtenteils vermodert war. Hier drinnen war es sogar noch heißer als draußen, und ich sog mehr Staub als Luft in meine Lungen. Ich hörte und sah die Moskitos, die direkt auf mich zusteuerten. Es gab keinen Stuhl, kein Bett, nichts.

»Warten Sie hier«, sagte der Polizist, und während ich genau das tat, hatte ich genügend Zeit und Muße, um meine Lage auszuloten. Ich kam zu dem Schluss, dass ich gehörig am Arsch war. Die nigerianische Polizei hatte mich festgenommen, mein Telefon war beschlagnahmt worden, ich hatte die Polizei angelogen, was meinen Arbeitgeber anging, und keiner der Menschen, denen ich wichtig war, wusste, wo ich steckte.

Irgendjemand hatte mir erzählt, in Nigeria gebe es nichts, was sich nicht durch Bestechung regeln ließe. Ich rechnete aus, wie viel Geld ich bei mir hatte. Im Hotel hatte ich fünfzig Pfund in Naira gewechselt, zu einem Wechselkurs von zweihundertfünfzig Naira pro Pfund. Außerdem hatte ich noch hundert Pfund in Zwanzigerscheinen in meinen Socken versteckt. Ich fragte mich, wie es wohl ablaufen würde. Machte ich zuerst ein Angebot? Würde man mir sagen, wie viel ich bezahlen müsse? Gab es für solche Angelegenheiten einen gängigen Preis? Würde es auf eine Verhandlung hinauslaufen? Ich wollte dringend mein Telefon zurückhaben. Würde mich das extra kosten?

Wenn ich das Telefon zurückbekäme, wen würde ich dann anrufen? Sicher, mein Chef konnte im Büro in der Old Street den ganzen Tag lang herumbrüllen, aber was könnte er jetzt für mich ausrichten? Ich hatte gehört, wie er Personen am Telefon zusammenschrie, hatte sogar gesehen, wie er Kollegen in Tränen ausbrechen ließ, aber irgendwie hatte ich das Gefühl, seine Einschüchterungsversuche würden die Leute hier ziemlich unbeeindruckt lassen. Nee. Das Walross – so nannten wir ihn – anzurufen wäre die schlechteste Idee von allen.

Ich könnte Mel anrufen. Zumindest war sie halb nigerianisch. Andererseits, was könnte sie von ihrer Wohnung in Maida Vale aus für mich tun? Sie sprach noch nicht einmal eine der nigerianischen Sprachen. Dann war da noch Ade, mein Mittelsmann, der sich als so zuverlässig herausgestellt hatte wie ein Politiker im Wahlkampf. Er hätte mich vom Flughafen abholen sollen, aber direkt vor dem letzten Aufruf zum Boarding für den Virgin-Atlantic-Flug ab Heathrow hatte er angerufen, um sich zu entschuldigen und mir zu erklären, er werde wegen irgendeines dienstlichen Auftrags in Abuja sein. Zum Glück hatte er einen Wagen organisiert, der mich abholen und zum Hotel bringen sollte. Er hatte versprochen, mich am nächsten Morgen aufzusuchen, sobald er aus Ghana zurück wäre. Erst später, als ich der Flugbegleiterin zusah, wie sie auf die Ausgänge deutete, fiel mir sein Ausrutscher auf.

Es gab niemanden, an den ich mich wenden konnte, also wartete ich und zählte die Moskitos, die ich erschlug, wobei das Blut, das sie gesaugt hatten, Flecken auf meinen Handflächen hinterließ.

Die Tür schwang auf, und in ihrem Rahmen erschien ein Polizist in Zivilkleidung. In diesem Augenblick wurde mir bewusst, dass die Tür nicht abgeschlossen gewesen war. Er grunzte irgendetwas, was ich so verstand, dass ich ihm folgen sollte. Er führte mich noch tiefer in die dunklen Eingeweide des Gebäudes, und die Moskitos folgten uns, da sie noch nicht genug hatten vom Blut eines Fremden. Der Polizist blieb stehen, und in der Dunkelheit lief ich gegen ihn. Wir standen vor der letzten Tür des Korridors. Er klopfte dreimal leise, beinahe vorsichtig, und wartete. Kühle Luft wickelte sich um meine Knöchel und glitt meine Hosenbeine hinauf. Sie kam unter der Tür hervor, aus dem Schlitz, aus dem auch Licht drang.

Ich hörte niemanden antworten, dennoch öffnete mein Begleiter die Tür, steckte den Kopf in den Spalt und sagte kaum hörbar: »Er ist hier, Sir.«

»Bringen Sie ihn herein«, befahl jemand von innen. Es war die Stimme des Chefs.

Der Schweiß auf meiner Stirn wurde eiskalt, als ich sein Büro betrat.

»Bitte setzen Sie sich, Mr Collins«, sagte er. Er saß hinter einem überladenen Tisch, die Ellbogen auf der Holzplatte, und ging ein paar aufgeschlagene Akten durch.

Als ich mich hinsetzte, entdeckte ich auf dem Schreibtisch ein Namensschild: INSPECTOR IBRAHIM. Nun kannten wir beide den Namen des anderen.

»Was für eine Nacht, *eh*?«, fragte er.

Ich wusste nicht, was ich darauf erwidern sollte – oder ob von mir überhaupt eine Antwort erwartet wurde, aber in Gedanken stimmte ich ihm zu: Was für eine beschissene Nacht.

»Sie wünschen sich in diesem Augenblick sicher zurück nach Hause.«

Diesmal lächelte er, und es erschien okay, darauf einzugehen. Ich nickte.

»Nun, wir möchten Sie auch rasch wieder nach Hause entlassen. Wir müssen lediglich ein paar Dinge klären.«

Ich fragte mich, ob er mit »nach Hause« England meinte.

»Wo sind Sie untergebracht?«

»Eko Hotel.«

»Ja? Schönes Hotel. Ich habe selbst schon dort übernachtet. Also, was machen Sie in Nigeria?«

Gute Frage. Weshalb war ich hier? Um ehrlich zu sein, war es ein schwachsinniger Auftrag, nicht gerade das, was mir vorschwebte, als ich den Beruf gewechselt hatte. Wir hätten dafür jemanden vor Ort anheuern können, das war Ronalds erster Ansatz gewesen, aus der Sache herauszukommen. Aber dann hätte das Walross in seinem Club nicht erwähnen können, dass er ein Team in Nigeria hatte, um über die Wahl zu berichten – ein »Team«, das aus mir allein bestand.

Die anfängliche Aufregung, den Job bekommen zu haben, war verblasst, noch ehe ich beim nigerianischen Hochkommissariat mein Visum abgeholt hatte – bald schon mochte das Walross sein Recht auf Prahlerei ausgereizt haben, und dann wäre die Reise nicht länger »praktikabel«. Die Aufregung kehrte erst wieder zurück, als ich angegurtet auf meinem Economy-Platz saß und aufgefordert wurde, alle elektronischen Geräte auszuschalten. Dann wurde es auf einmal allzu real, und die unterdrückte Begeisterung brach in einem unbeherrschten Moment hervor, gekennzeichnet durch ein unbewusstes Lächeln, bei dem ich mein Spiegelbild im Fenster des Flugzeugs erwischte. Danach war ich nüchtern – jedenfalls so nüchtern, dass ich mich selbst infrage stellte.

Ich war unterwegs nach Nigeria, in ein Land, das gefährlich genug war, um eine Reisewarnung des Außenministeriums zu rechtfertigen, und ich flog ausgerechnet vor einer Wahl dorthin, wenn die politischen Parteien sich gerade im Kriegszustand befanden. Und ich hatte auch noch selbst um den Job gebeten. Als ich im Büro mit meinem nigerianischen Visum angab, hatte Jen, meine Lieblingskollegin, einen Blick auf meinen Pass geworfen und mich gefragt: »Fliegst du wegen Mel da hin?« An jenem Abend gingen wir noch etwas trinken und unterhielten uns über die Mel-Situation. Ich sagte die Wahrheit, als ich ihr erklärte, dass ich tatsächlich wegen Mel nach Nigeria wollte, aber es war nicht so, wie sie dachte. Es war vorbei. Das hatte ich akzeptiert. Aber ich hatte das Gefühl, das Land zu kennen wie einen alten Verwandten, und es war nichts falsch daran, die Gelegenheit zu einer Reise dorthin zu ergreifen.

Es gab noch einen weiteren Grund, der ebenfalls mit Mel zu tun hatte, den ich Jen jedoch nicht verriet, da sie ihn nicht verstanden hätte. Zu Beginn unserer Beziehung hatte Mel mich gefragt, in wie vielen Ländern ich schon gewesen sei. Ich zählte vierzehn auf. »Nur Europa«, stellte sie fest und starrte mich ausdrucklos an, als hätte sie soeben etwas Entscheidendes über mich herausgefunden. Ich fragte sie, in wie vielen Ländern sie bereits gewesen sei: vier Kontinente und zweiundvierzig Länder. Einen Monat später wollte sie nach Kambodscha reisen und fragte mich, ob ich mitkäme. Bei ihrer Rückkehr sprach sie nicht von ihrer Reise, und mir war klar, dass sie irgendwann zu dem Schluss gekommen war, ich sei nicht »diese Art von Mensch«. Das wäre auch nicht weiter schlimm gewesen, nur wurde sie bloß eine Woche später bei der Retrospektive einer ihrer Freundinnen im Barbican von einem Kunstprofessor gefragt, ob wir zu einer neuen Ausstellung kommen könnten, die er in Kairo kuratierte, und Mel sagte: »Ich werde da sein.« Auf der Taxifahrt zurück zu ihrer Wohnung fragte ich sie, weshalb sie davon ausgegangen sei, ich würde nicht mitkommen, und sie antwortete: »Aber du verlässt Europa doch nie.«

Nun ja, soll sie der Teufel holen. Hier war ich nun also in Afrika. Und während ich über die Frage des Polizisten nachdachte, wurde mir bewusst, dass ich bereits begonnen hatte, ihr die Schuld an dem Schlamassel zuzuschieben, in dem ich gerade steckte.

»Ich bin hier, um über die Wahl zu berichten«, sagte ich.

»Sind Sie verheiratet?«

»Nein. Aber ich habe eine Freundin. Sie ist halb nigerianisch.«

»Wirklich?«

»Ja.« Vielleicht konnte ich ihn auf meine Seite ziehen. Melissa leistete ihren Beitrag.

»Haben Sie sie hier kennengelernt, in Nigeria?«

»Nein. In England.«

»Ah, verstehe. Sie sagten, sie sei halb nigerianisch.«

»Ja. Ihre Mutter ist Irin. *Weiß*.«

»Also ist sie ein Halbblut.«

»Bitte?«

»Sie sagten, ihre Mutter sei *weiß*.«

»Ja. Sie ist *mixed*.«

»Wie lautet ihr Name?«

»Melissa Iyiola.«

»Iyiola«, wiederholte er, höchstwahrscheinlich mit der richtigen Aussprache. Ich hatte den Namen so ausgesprochen, wie Mel ihn ausspricht, was mit Sicherheit falsch ist.

»Sie sagten, Sie arbeiten für die BBC?«

»Ja.«

Er zog einen Laptop aus einer Schublade und stellte ihn auf seinen Schreibtisch.

»Wenn ich also Ihren Namen googele, werde ich eine Bestätigung dafür finden können?«

Er steckte einen Surfstick in seinen Laptop und fing an, auf seiner Tastatur herumzutippen.

»Wir müssen bloß Ihr Gesicht Ihrem Namen zuordnen, dann können wir Ihre Aussage aufnehmen, und danach lassen wir Sie gehen«, erklärte er. »Übrigens, steht Ihr Profil auf der Website der BBC?«

Lärm aus dem Korridor ließ ihn vom Bildschirm aufblicken. Es klang, als wäre ein Streit ausgebrochen. Er hielt kurz inne, um zu lauschen, und stocherte dann genauso rasch weiter im Internet herum.

»W, W, W, Punkt, B, B, C, Punkt, CO, Punkt, UK«, las er vor, während er tippte. »Also, wo kann ich Sie hier finden, Mr Collins?«

Ich versuchte immer noch, mir darüber klarzuwerden, ob ich weiter lügen oder die Wahrheit sagen sollte. Der Lärm aus dem Korridor wurde lauter, bis man einzelne Wörter heraushören konnte. Es wurde »Glückwunsch« und »Feuer für Feuer« gebrüllt und laut geklatscht. Der Inspector blickte erneut auf.

Wer auch immer nun klopfte, wartete nicht darauf, hereingebeten zu werden. Die Tür flog auf, und Männer in Uniformen, die eher nach Militär als nach Polizei aussahen, strömten herein. Es gab nicht genügend Platz für alle, also blieben einige draußen im Flur stehen. Sie schüttelten Hände und schlugen einander auf den Rücken. Ihre automatischen Gewehre baumelten von Gurten über ihren Schultern, zusätzliche Magazine lugten aus Taschen an ihren Gürteln. Sie sahen knallhart und gefährlich aus.

Der Kleinste von ihnen, der immer noch ein ziemlich großer Kerl war, verkündete Inspector Ibrahim, der sich nun von seinem Schreibtisch erhoben hatte, die guten Neuigkeiten. »Feuer-für-Feuer hat es wieder mal geschafft, Sir«, sagte der Mann. »Wir haben alle Mitglieder der Eisenbieger-Gang festgenommen. Keine Verletzten, zwei Tote.«

12

INSPECTOR IBRAHIM SCHRIE, und ich zuckte auf meinem Stuhl zusammen. Vielleicht hatte es mit den »zwei Toten« zu tun. Was zum Teufel sollte das heißen: »Keine Verletzten, zwei Tote«? Aber dann ergriff er die Hand des Polizisten und schüttelte sie, als wollte er sie abreißen. Es waren gute Nachrichten. So gut, dass der Inspector jemanden auf seinem Mobiltelefon anrief, um die Nachricht zu verkünden: »Sir, wir haben soeben die Eisenbieger gefangen genommen ... Tut mir leid, Sir. Ich habe nicht auf die Uhr geschaut ... Die Eisenbieger ... Ja, Sir. Nein, Sir, die stammen aus Benin. Eisenbieger, Sir. Sie waren früher Eisenbieger. Sie haben in einer Autowerkstatt in Ajegunle gearbeitet.«

Wie sich herausstellte, waren die Eisenbieger eine Gruppe von Räuberneulingen, die ihre Unerfahrenheit durch Gewalt kompensierten. Ihre Spezialität war Autoraub. In den paar Monaten, seit sie ihr neues Gewerbe ausübten, waren sie zu den meistgesuchten Räubern in zwei Staaten geworden. Sie schossen und töteten ohne Grund, vergewaltigten und folterten zum Spaß. Ibrahim erzählte der Person am Telefon, wie sie einst einem älteren Pastor seinen S-Klasse-Mercedes abgenommen hatten. Sie ließen den verängstigten Mann Gottes für sie beten und sie segnen, ehe sie ihm ins Bein schossen und ihm sagten, er solle für ein Wunder beten, das die Schusswunde sofort heilte. Sie ließen ihn blutend auf der Straße zurück und rasten in seinem Wagen davon. Ein paar Kilometer weiter stoppte der Wagen. Er hatte eine Anti-Diebstahl-Wegfahrsperre. Sie setzten ihn in Brand, schnappten sich ein anderes Auto und fuhren zurück zu dem Pastor – um diesem eine Lektion zu erteilen, weil er sie getäuscht hatte. Sie schlugen ihn so heftig zusammen, dass er es nur knapp überlebte. Dann erklärten sie ihm, sie würden ihn nur am Leben lassen, damit seine Gemeinde ihm ein neues Auto kaufen konnte, das sie dann erneut einsammeln würden. Sie waren ein Haufen desillusionierter, reizbarer, gewalttätiger Gangster auf Drogen.

An jenem Abend war die Gang auf Verbrechenstour gewesen. Sie hatten mehrere Autos geklaut, wahrscheinlich als Auftragsarbeit, ihre Beute dann in einer rasenden Kolonne aus Lagos hinausgefahren und unterwegs weitere Wagen eingesammelt. Die Männer von Feuer-für-Feuer waren gerade auf ihrer nächtlichen Patrouille, als die Gang ihnen direkt vor die Füße fuhr. Bei der darauffolgenden Schießerei verließen die Fahrer ihre Wagen und rannten davon. Am Ende gingen zwei der Kriminellen zu Boden, und der Rest wurde festgenommen.

Ibrahim erkundigte sich nach Einzelheiten und schüttelte den Polizisten die Hände. Er wollte wissen, wer die tödlichen Schüsse abgefeuert hatte: Es war Sergeant Hot-Temper gewesen, wie üblich.

Hot-Temper, ein hoch aufgeschossener Typ mit tiefen Narben, die sich von seinen Mundwinkeln bis zu seinen Wangenknochen ausbreiteten, stand aufrecht, die Arme vor der Brust verschränkt, und grinste breit mit glasigem Blick.

Ibrahim klatschte ihn laut ab.

»Hot-Temper, wieso haben Sie nicht gleich die ganzen Mistkerle umgelegt?«

»Oga, ich hatte keine Kugeln mehr. Bevor ich nachladen konnte, hatten sie sich schon ergeben.«

Die Männer brachen in Gelächter aus.

Dieser Mann, dieser Sergeant Hot-Temper, der weniger als einen Meter von mir entfernt stand, hatte gerade erst zwei Menschenleben ausgelöscht. Ich sollte nicht hier sein.

Ein kleiner Mann mit einem winzigen Eichhörnchengesicht schlängelte sich in das Zimmer. Er versuchte, inmitten der größeren, härter wirkenden Kombattanten die Aufmerksamkeit seines Chefs auf sich zu ziehen. Er wartete, bis der Inspector ihn bemerkte und herbeiwinkte. Ich lauschte ihrem Gespräch, während ich so tat, als würde ich die Plaketten an der Wand bewundern.

Eichhörnchengesicht berichtete seinem Chef, eine Frau sei barfuß zum Polizeirevier gelaufen und habe verlangt, den Einsatzleiter zu sprechen. Ihr sei gerade der Wagen gestohlen worden. Sie drückte sich gewählt aus und wirkte wie eine »wichtige Frau«, also hielt der Polizist es für ratsam, seinen Chef zu informieren, bevor er ihr irgendwelche weiteren Fragen stellte.

»Wo ist sie?«

»Sie steht am Empfang, Sir.«

»Hat sie eine schriftliche Aussage gemacht?«

»Nein, Sir.«

»Okay. Sagen Sie ihr, sie soll eine schriftliche Aussage machen, und wenn sie fertig ist, bringen Sie sie hierher.« Er wandte sich mir zu. »Mr Collins, wie Sie sehen können, haben wir hier heute Abend viel zu tun.«

Ich nickte. Mehr als einer der beängstigend aussehenden Polizisten hatte mir bereits einen flüchtigen Blick zugeworfen. Ich wollte wirklich nicht, dass er in diesem Augenblick die Aufmerksamkeit auf mich lenkte.

»Ich empfehle Ihnen, zu vergessen, was Sie heute Abend vor dem Club gesehen haben. Diese Dinge geschehen in unserem Land, aber in Ihrem geschehen noch viel schlimmere Dinge, das sehen wir jeden Tag im Fernsehen. Meine Jungs werden Sie jetzt zurück in Ihr Hotel bringen, und Sie werden alles vergessen, was heute Abend passiert ist. Verstanden?«

Ich nickte.

»Wie Sie sehen können, tun wir bei der Polizei, was wir können, um die Übeltäter in unserer Gesellschaft loszuwerden. Was Sie heute Abend mitbekommen haben, wird nicht straflos bleiben. Die Lebenserwartung von bewaffneten Räubern beträgt in diesem Land weniger als dreißig Jahre. Wir werden die Schuldigen fassen, und dann werden wir sie zur Rechenschaft ziehen. Sie müssen sich deswegen keine Sorgen machen. Das hier ist ein lokales Problem, und wir werden es vor Ort lösen. Verstanden?« Ich nickte. »Vergessen Sie einfach alles, in Ordnung?«

Ich war so sehr mit meiner eigenen Notlage beschäftigt gewesen, dass ich das Mädchen im Straßengraben tatsächlich schon ganz vergessen hatte. Ich wollte daran glauben, dass dieser Mann deswegen etwas unternehmen würde. Dass er den Scheißkerl finden würde, der ihr das angetan hatte, und Sergeant Hot-Temper auf ihn loslassen würde. Mit einem Mal fühlte ich mich auf seltsame Weise verantwortlich für die junge Frau.

»In Ordnung«, antwortete ich.

»Gut.«

Sein Telefon klingelte. Er sah nach, wer anrief, und sagte allen, sie sollten leise sein. Alle Blicke waren auf ihn gerichtet. Er nahm den Anruf entgegen.

»Hallo, Sir«, sagte er.

Innerhalb von Sekunden verzog sich das Gesicht des Inspectors, und er runzelte die Stirn. Als er aufgelegt hatte, sah er furchterregend aus. Als er sprach, klang er gefährlich.

»Alle raus hier«, sagte er.

Die Männer verließen nacheinander das Zimmer. Ich folgte ihnen.

»Sie nicht.«

Ich drehte mich zu ihm um.

Er lief an mir vorbei, wobei seine Schulter meine streifte, sodass ich einen Schritt zurückweichen musste, um nicht das Gleichgewicht zu verlieren. Er knallte die Tür zu. Sie schlug gegen den

Rahmen und prallte davon ab. Er machte sie erneut unsanft zu, und diesmal blieb sie geschlossen. Was zum Teufel hatte dieser Anruf mit mir zu tun gehabt?

Inspector Ibrahim trat an seinen Schreibtisch und hob eine Fernbedienung hoch. Er richtete sie auf den Fernseher, der auf einem rostigen Aktenschrank stand. Nach ein paar Klicks schauten wir CNN.

Ich erkannte die Straße vor dem Ronnie's, und meine Besorgnis wuchs noch weiter an. Das Bild war körnig, wahrscheinlich mit einem Mobiltelefon gefilmt. Eine weibliche Stimme kommentierte das wackelige Video und berichtete, was ich bereits wusste: Eine Frau war anscheinend Opfer eines Ritualmordes geworden, Organe waren aus ihrem Körper entnommen worden, und es war direkt vor einem beliebten Nachtclub in Lagos geschehen.

Das Gesicht des Inspectors zerknitterte und verformte sich bei jedem Bild.

»Ihr Leute. Sergeant!«

Ein Polizist kam in sein Büro gerannt.

»Sperren Sie ihn ein. Zelle B.«

13

ZELLE B. Das klang gar nicht gut.

Der herbeigerufene Polizist blickte seinen Chef an. Wenn er besorgt war, war ich es auch. Er trat auf mich zu und wies mit einer Hand in Richtung Tür.

»Nein.«

Inspector Ibrahim wirkte überrascht. »Was?«

Ich weiß nicht, woher ich den Mut nahm. Vielleicht war es auch gar kein Mut. Vielleicht war es lediglich verzweifelte, feige Entschlossenheit? Was es auch war, ich würde nicht freiwillig auf die Bilder von Mördern, gewalttätigen Zellengenossen und brutaler Unzucht zulaufen, die mein Geist nun heraufbeschwor. Nicht, dass ich mich im Ernstfall körperlich gewehrt hätte – ich erinnerte mich noch an den Clubbesucher, der vor dem Ronnie's mundtot geprügelt worden war –, aber Zelle B klang nicht nach einem Ort, an den man sich einfach so bringen ließ.

»Ich habe nichts falsch gemacht. Weshalb nehmen Sie mich fest?«

Ich zog in Erwägung, ihm von meinem Juraabschluss und meinem früheren Leben als Anwalt zu erzählen, rechnete jedoch damit, dass ihn das nur noch wütender machen würde, und das war nicht der Zweck meines Ausbruchs.

Er sagte nichts, also fuhr ich fort.

»Ich bin Journalist. Ich bin hierhergekommen, um über die Präsidentschaftswahl zu berichten, mehr nicht. Wenn Sie eine Bestätigung dafür brauchen, gebe ich Ihnen die Nummer meines

Arbeitgebers. Entweder das, oder Sie können beim britischen Hochkommissariat anrufen.«

Er starrte mich einfach weiter an. Was dachte er? War es die Erwähnung des britischen Hochkommissariats? Es war billig und manipulativ, wie das Spielen der *Race*-Karte, aber wen kümmerte das, solang es funktionierte!

Es klopfte an der Tür. Ein magerer Polizist öffnete sie und blieb im Rahmen stehen.

»Was gibt's?«, fragte der Inspector.

Ich wünschte, CNN würde Werbung zeigen, oder was auch immer, bloß nicht diese Bilder der Eilmeldung, die in einer Dauerschleife wiederholt wurden.

Der kleine Mann wirkte verängstigt. »Da ist eine Frau, die nach Ihnen verlangt, Sir«, sagte er. »Sie meinte, sie kenne Sie. Sie meinte, der Informationsminister habe sie geschickt. Sie hat mir ihre Karte gegeben, damit ich sie Ihnen gebe. Sie ist gerade erst eingetroffen.« Er machte einen Schritt in das Zimmer herein und hielt dem Inspector mit beiden Händen eine Visitenkarte hin. »Sie sagt, es sei dringend.«

»Wie lautet ihr Name?«

»Amaka, Sir.«

Er blickte den Boten an und zog zugleich sein Taschentuch hervor.

»Sie wartet draußen?«

Er wischte sich über Gesicht und Nacken, faltete den Stoff einmal und verwendete ihn erneut, ehe er seinen Kragen richtete. Auf der Rückseite der Visitenkarte erkannte ich den roten Adler, den schwarzen Schild und die zwei weißen Pferde des nigerianischen Wappens.

Der Inspector richtete seine Aufmerksamkeit auf die Karte. »Haben Sie nicht gesagt, sie habe Ihnen ihre Karte gegeben?«

»Ja, Sir.«

»Das ist nicht ihre Karte. Das ist die Karte des Ministers.«

Er drehte die Karte um und sah die handgeschriebene Notiz.

»Bringen Sie sie herein.« Er wandte sich an mich. »Also, Sie denken, ich habe kein Recht, Sie festzunehmen?« Er stand auf und strich seine Uniform glatt.

»Mit welcher Begründung denn?«

»Sie sind sehr lustig, mein Freund«, sagte er und lächelte ein Lächeln, das weder angenehm noch freundlich war. »Ihr Leute denkt, ihr könnt einfach in unser Land kommen und machen, was ihr wollt. Ihr glaubt, ihr steht hier über dem Gesetz. Sie sind also ein Reporter, verleiht Ihnen das etwa diplomatische Immunität, *eh*?«

»Ich habe nichts falsch gemacht, und das wissen Sie auch. Die Scheiße, die heute Abend passiert ist, hatte nichts mit mir zu tun. Ich war in einer Bar und bin zum Rauchen rausgegangen, das ist alles. Ich weiß nicht, wieso Sie mich hierhergebracht haben, und ehrlich gesagt glaube ich, dass Sie es selbst nicht wissen. Ich schlage vor, Sie lassen mich in mein Hotel zurückkehren, und dann können wir alle vergessen, dass das hier jemals passiert ist.«

»Was für eine Scheiße? Verwenden Sie hier nicht diese Art von Sprache. In Ihrem eigenen Land mögen Sie undiszipliniert sein, aber hier herrscht Sitte und Ordnung. Und im Übrigen, wer sind Sie, mir zu sagen, was ich zu tun habe?«

»Ich will Ihnen nicht sagen, was Sie zu tun haben, aber seien wir doch mal ehrlich, wir wissen beide, dass ich kein Krimineller bin. Ich habe diese Scheiße auf CNN nicht gefilmt, und ich habe mit Sicherheit das Mädchen nicht umgebracht, also was zum Teufel mache ich hier?«

Ich wollte nicht unhöflich sein, aber zu diesem Zeitpunkt war meine Wut größer als meine Vernunft. Wieso hielt er mich hier fest? Der Gedanke an Zelle B hatte bei mir eine Kampf-oder-Flucht-Reaktion ausgelöst und mehr Adrenalin in mein System gepumpt. Ich konnte nicht fliehen – oder kämpfen –, also wirkte sich der

Impuls stattdessen auf die Muskeln aus, die meinen Mund kontrollierten. Ich dachte nicht nach, bevor ich redete – später würde mir jemand erklären, dass das in Nigeria als »den Mund laufen lassen« bezeichnet wurde.

»Sie hören nicht auf, diese schmutzigen Wörter zu verwenden. Vielleicht wird eine Nacht in der Zelle sie aus Ihnen herauswaschen.«

»Verdammte Scheiße. Sperren Sie mich ein, wenn Sie wollen, aber machen Sie sich darauf gefasst, meinem Hochkommissar Rede und Antwort zu stehen. Ich bin ein britischer Staatsbürger.«

Ich roch ihr Parfüm, ehe ich sie sah. Sie kam herein, als würde ihr der Laden gehören. Ihre langen, dünnen Braids waren wie eine Mähne, die ihr über die Schultern fiel und ein schmales, dunkelbraunes Gesicht mit einem stechenden Blick aus schräg stehenden Augen umrahmte. Mir fiel sogleich auf, dass sie kein Make-up trug. Bis heute weiß ich nicht, warum ich tat, was ich als Nächstes tat. Ich stand auf und streckte meine Hand aus, was sie leicht zusammenschrecken ließ.

»Hi, ich bin Guy.«

»Ich bin Amaka.«

Während wir uns die Hände schüttelten, blickte sie mich an, als würde sie versuchen, sich an mich zu erinnern.

»Amaka, lang ist's her. Bitte, kommen Sie und setzen Sie sich. Ich bin in einer Minute für Sie da«, sagte Ibrahim.

Sie wollte etwas erwidern, aber er legte ihr eine Hand auf den Rücken, um sie zu einem Stuhl zu schieben.

»Bitte, warten Sie nur eine Minute«, fügte er hinzu, und dann an mich gewandt: »Bitte, folgen Sie dem Officer. Wir werden unser Gespräch fortsetzen, nachdem ich mich um meinen Gast gekümmert habe.«

Er sprach in einem solch höflichen Tonfall, dass man hätte glauben können, wir würden über das jüngste Testspiel auf dem Lord's

Cricket Ground diskutieren. Sie stand an seinem Schreibtisch und beobachtete mich. Vor ihr würde ich nicht um meine Freiheit betteln. Ich ging mit dem Mann, der an der offenen Tür wartete. Ohnehin hatte ich den Inspector bereits in die Defensive gedrängt. Zelle B – immer her damit.

Ibrahim hielt Amaka den Stuhl hin und sprang dann um den Tisch herum zu seinem, wobei er mit einer Hand vor dem Mund seinen Atem prüfte, als er ihr den Rücken zugewandt hatte. Er setzte sich und schob seinen Stuhl nach vorn, bis die Tischplatte sich ihm in den Bauch drückte, dann beugte er sich vor, platzierte die Ellbogen auf seinen Akten und bewegte seinen Körper damit noch näher an sie heran.

»Frau Anwältin, sind Sie schon wieder hier, um uns Ärger zu machen?« Er lächelte.

»Wie ich sehe, waren Sie heute Abend fleißig.«

»Und Sie sind hier, um für alle die Kaution zu bezahlen, *abi*?«

»Es sind heute so viele. Haben Sie jetzt auch schon angefangen, auf dem Festland Razzien durchzuführen?«

»Sehr witzig. Tatsächlich hat es heute Abend einen Mord gegeben. Die Leiche einer jungen Frau wurde vor dem Ronnie's abgelegt.«

»Ernsthaft?«

»Ja. Genau genommen komme ich gerade erst vom Tatort.«

»Also haben Sie all diese Frauen festgenommen? Werden sie verdächtigt?«

»Nein. Wir haben sie nur zur Befragung mitgenommen.«

»Also befinden sie sich nicht in Haft?«

»Nein.«

»Also werden sie alle noch heute Abend wieder freigelassen?«

»Ja, selbstverständlich.«

»Ohne eine Kaution zahlen zu müssen?«

»Amaka, Sie sind wieder hier.« Er lächelte, um die Spannung zwischen ihnen abzubauen.

»Werden sie alle noch heute Abend wieder freigelassen?«

»Ja, selbstverständlich.«

»Und da sie nicht verhaftet wurden, werden Ihre Jungs sie nicht belästigen, damit sie eine Kaution bezahlen?«

»Darüber werden die Jungs sich aber nicht freuen *o*«, sagte er und fügte, als er ihren unerbittlichen Gesichtsausdruck sah, hinzu: »Ich mache doch nur Scherze. Sie haben mein Wort: Sie werden alle noch heute Abend freigelassen, und niemand wird sie belästigen.«

»Danke sehr.« Sie lächelte zum ersten Mal, seit sie das Büro betreten hatte.

»Geben Sie mir jetzt Ihre Nummer?«

»Oga Ibrahim, ich habe Ihnen bereits gesagt, dass ich verheirateten Männern nicht meine Nummer gebe.«

»Wollen Sie damit sagen, dass es nicht einen einzigen verheirateten Mann gibt, dem Sie jemals Ihre Nummer gegeben haben?«

»Keinem, der mich zum Abendessen ins Protea Hotel ausführen will.«

»Amaka, das habe ich Ihnen doch schon gesagt, so war das nicht gemeint.«

»Doch, das war es. Aber egal, ich bin wegen etwas anderem hier.«

»Ja, das kann ich sehen.« Er nahm die Visitenkarte von seinem Schreibtisch und blickte auf die Notiz, die auf ihre Rückseite gekritzelt war. »Was haben Sie denn mit dem Informationsminister zu tun?«

»Das ist eine lange Geschichte. Hängt mit der Wohltätigkeitsorganisation zusammen.«

»Verstehe. Und wo komme ich ins Spiel?«

»Gar nicht. Eigentlich bin ich wegen jemandem hier, den Sie heute Abend festgenommen haben.«

»Jemand, den ich festgenommen habe? Ist diese Person mit dem Minister verwandt?«

»Nein. Es ist ein Journalist. Der Minister möchte, dass er einen Artikel über die Street Samaritans schreibt. Ich glaube, es könnte der Mann sein, der gerade gegangen ist.«

»Dieser Mann?«

»Ja. Nun ja, ich weiß es nicht mit Sicherheit. Aber es ist ein *Weißer*, ein Reporter, der von Ihren Männern vor dem Ronnie's festgenommen wurde.«

»Dieser Mann?«

»Wie gesagt, ich bin mir nicht sicher. Ich weiß nicht, wie er aussieht. Aber dieser Mann, der gerade gegangen ist – ist er Journalist?«

»Dieser Mann? Das hat er jedenfalls behauptet.«

»Wie lautet sein voller Name?«

»Er sagte, sein Name sei Guy Collins.«

»Ja, das ist er, Mr Collins. Ich komme gerade von einer Verabredung mit dem Minister, im Sheraton. Er hat mich losgeschickt, um den Mann zu holen. Ich bin seiner Spur bis zum Ronnie's gefolgt. Dort sagte man mir, er sei festgenommen worden. Ich wollte herausfinden, was er getan hat, ehe ich dem Minister Bericht erstatte.«

»Niemand hat ihn festgenommen. Er wurde in der Nähe eines Verbrechens aufgefunden, und wir haben ihn zur Befragung hierhergebracht, das ist alles.«

»Das klingt nach einer Festnahme.«

»Es ist aber keine. Ich muss nur seine Aussage aufnehmen, danach kann er gehen.«

Sie schüttelte den Kopf. »Ich muss dem Minister irgendetwas erzählen. Ich kann nicht einfach zurückkommen und sagen: ›Der Mann, nach dem Sie mich geschickt haben, wird auf dem Polizeirevier verhört.‹ Wieso haben Sie ihn verhaftet?«

»Ich sagte doch bereits, wir haben ihn nicht verhaftet. Wir haben ihn vor dem Ronnie's aufgegriffen, und sobald wir seine Aussage aufgenommen haben, lassen wir ihn gehen.«

»Sie haben ihn aufgegriffen? Weshalb? War er in das Verbrechen verwickelt?«

»Das habe ich nicht gesagt.«

»Also, wieso haben Sie ihn hierhergebracht? Wissen Sie was? Es ist spät, und ich muss ins Bett. Ich werde den Minister anrufen, dann können Sie ihm die Situation schildern.« Sie öffnete ihre Handtasche und holte ihr Telefon heraus.

»Nein, das wird nicht nötig sein.«

Der kleine Polizist, den ich mit Leichtigkeit in den Würgegriff hätte nehmen und erledigen können, führte mich zu Zelle B. Hinter den Eisenstäben wehte der Gestank von Urin hervor. Ich konnte in der Dunkelheit gerade so erkennen, wo die Mörder standen und auf mich warteten. Der Polizist öffnete das Schloss und zog die schwere Tür auf. Es tat in den Ohren weh, als Metall über Beton schabte.

Er winkte mich hinein, und ich gehorchte, fest entschlossen, nicht verängstigt zu wirken. Der Plan war simpel: Ich würde jedem, der mich schikanieren wollte, versprechen, sobald ich draußen war, würde ich die Anwält*innen und Mitarbeiter*innen des britischen Hochkommissariats und sogar den Hochkommissar selbst dazu bringen, ihnen dabei zu helfen, ebenfalls hier rauszukommen. Ich würde versprechen, mich persönlich für ihren Fall einzusetzen und nicht nur dafür zu sorgen, dass sie ohne eine Anklage freikämen, sondern ihnen auch dabei zu helfen, dauerhaft Asyl in Großbritannien zu erhalten – und ihnen sogar eine Entschädigung für die Umstände zu beschaffen.

Hinter mir ging die Tür quietschend und klirrend zu, und ich hielt mich bereit, einen Verteidigungsschlag auszuteilen.

Mit rasendem Puls schaute ich mich in meiner neuen Bude um. Irgendetwas stimmte nicht. Ich hatte nicht die Aufmerksamkeit aller Ganoven von Lagos auf mich gezogen. Sie blieben stumm. Sie sahen mich nicht an. Ich wagte einen Blick in ihre Gesichter. Sie drängten sich alle auf einer Seite der Zelle zusammen und starrten hinunter auf die andere Seite. Ich folgte ihrem Blick, und als meine Augen sich an das schwache Licht gewöhnten, entdeckte ich einen Haufen übel zugerichteter Körper, die auf den nackten Betonfußboden bluteten.

Genau wie meine Zellengenossen überkam mich eine ängstliche Stille. Die Körper auf dem Fußboden, die sich vor Schmerz krümmten, sahen schlimm aus – Blut, vermischt mit Schweiß, bedeckte sie in einem übelkeitserregenden Schleim. Aus den frischen Schusswunden in Gliedmaßen, Hälsen und Oberkörpern floss es noch immer rot.

Ich hatte das Gefühl, mich erneut übergeben zu müssen. Dann traf eine lärmende Gruppe vor unserer Zelle ein. Es war Hot-Temper mit seinen Waffenbrüdern und einer Frau ohne Schuhe, die aussah, als wäre sie zusammengeschlagen worden. Der Polizist, der mich eingesperrt hatte, bemühte sich hastig, das Schloss aufzubekommen, zur Eile angetrieben von Hot-Temper.

»Wir haben heute einen Haufen Krimineller festgenommen«, sagte Hot-Temper und trat in die Zelle.

Wir alle wichen zurück, quetschten uns gegeneinander. Der Rest seiner Gruppe folgte ihm herein. Zum Glück schenkten sie uns keinerlei Beachtung. Sie waren gekommen, um zur Schau zu stellen, was noch von der Eisenbieger-Gang übrig war.

»Welcher von denen hat Sie ausgeraubt?«, fragte er und wies auf die sterbenden Körper.

Die Frau legte sich die Hände vor Nase und Mund. Ihre hervorquellenden Augen zeigten an, dass sie vor Schreck erstarrt war. Sie warf einen Blick auf die Körper und wandte sich dann ab. Sie tat mir leid.

»Madam, ist es dieser hier?« Er hockte sich vor die verwundeten Männer und hielt einen Kopf nach dem anderen hoch. Sie schüttelte jedes Mal den Kopf.

Er stand auf und schob mit dem Fuß die kaum noch atmenden Kriminellen auseinander. Er hob den Kopf eines Toten an.

»*Abi* ist es dieser hier?«

Die Frau wandte sich ab. Tränen rollten über die Finger, mit denen sie ihr Gesicht bedeckte.

»Wollen Sie sagen, unter all diesen Kriminellen, die wir heute Abend festgenommen haben, können Sie nicht die Verbrecher identifizieren, die Ihren Wagen geraubt haben?«

Die Frau schüttelte den Kopf.

»Sie müssen selbst kriminell sein. Sie sind hergekommen, um die Zeit der Polizei zu verschwenden. *Oya*, gesellen Sie sich zu ihnen. Ich sperre Sie gleich mit ihnen ein.«

Er schwang sein Sturmgewehr herum und hielt es in Gefechtsposition, wedelte mit dem Lauf in ihre Richtung, um sie zu den anderen Gefangenen in der Zelle zu scheuchen. Sein Gesichtsausdruck hatte sich in ein unnachgiebiges, gewalttätiges Starren verwandelt.

Einer seiner Kameraden klopfte ihm auf die Schulter. »Lassen Sie sie noch mal einen Blick auf sie werfen«, sagte der Mann. Er wandte sich an die Frau. »Madam, sind Sie sicher, dass Sie die Jungs nicht identifizieren können, die Ihnen das Auto abgenommen haben? Diese Jungs hier sind berüchtigt, sie haben heute Abend viele Autos geklaut, bevor wir sie geschnappt haben. Schauen Sie noch mal genau hin.«

Sie schüttelte wieder den Kopf. Mit Augen, die nun überströmten, flehte sie ihn an.

»Sie ist eine Kriminelle. Soll sie sich zu ihnen gesellen«, sagte Hot-Temper. Seine Waffe, auf Taillenhöhe gehalten, zielte auf ihren Bauch.

»Geben Sie ihr noch einen Augenblick Zeit. Madam, bitte, identifizieren Sie die Jungs, die Ihr Auto gestohlen haben.«

Tränen rannen unentwegt aus den Augen der Frau. Sie zitterte, als würde sie gleich einen Anfall bekommen, brachte es jedoch zustande, eine Hand von ihrem Mund zu lösen, und zeigte damit, ohne hinzusehen, auf eins der Gang-Mitglieder auf dem Boden.

In einer raschen Bewegung schwang Hot-Temper sein Gewehr so herum, dass es an die Decke zeigte, spannte es blitzschnell, führte es wieder hinunter an seine Taille und feuerte einen einzigen ohrenbetäubenden Schuss in den Kopf des Mannes ab, auf den sie gezeigt hatte.

Der Geruch von Schießpulver erfüllte die Luft. Die Frau stieß einen Schrei aus und brach zusammen. Irgendjemand schrie »Jesus«. Meine Zellengenossen rückten noch näher an die Wand. Ich stand mit offenem Mund da, konnte nicht fassen, was ich soeben gesehen hatte. Ich glaube, ich rief wieder und wieder »Fuck«, aber ich konnte nichts hören, ich war vorübergehend taub von dem Knall. Hot-Temper richtete sein Gewehr auf das Opfer und bebte vor Lachen, als hätte er gerade jemandem einen lustigen Streich gespielt. Aber es war nicht lustig. Der Kopf des Typen war über den gesamten Zellenfußboden gespritzt: Hirn, Blut und Schädeltrümmer.

»Was war das?«, fragte Amaka. Sie kauerte vor Ibrahims Schreibtisch. Er lag auf seiner Seite auf dem Fußboden. Er stand mit der Pistole in der Hand auf.

»Bleiben Sie hier«, sagte er. Amaka folgte ihm. Andere Polizisten bewegten sich auf das Geräusch des Schusses zu, ihre Waffen im Anschlag. Inspector Ibrahim betrat die Zelle hinter einem Polizisten mit nacktem Oberkörper, der eine AK-47 schussbereit hielt.

»Was zum Teufel ist hier passiert?«, wollte der Inspector wissen und sah Hot-Temper an, den naheliegenden Schuldigen.

Hot-Temper kicherte noch immer, versunken in seinen eigenen Wahn, und sagte: »Dieser Kerl hat heute diese Frau ausgeraubt.«

»Und Sie haben ihn erschossen? Hier? Weshalb?« Er zielte auf Hot-Tempers Kopf.

Hot-Temper stand grinsend da. Ibrahim hielt die Pistole weiter auf seinen Kopf gerichtet und nahm mit der anderen Hand die Waffe des Sergeants an sich.

»Führt ihn ab.«

Amaka mischte sich ein. »Ich denke, Mr Collins sollte jetzt mit mir mitkommen.«

In seiner Überwältigung antwortete der Inspector: »Okay.«

14

DIE FRAU ERGRIFF MEINE HAND. »Kommen Sie bitte mit.«

Wer war sie? Wieso sprach sie mich an?

»Mr Collins, ich bin geschickt worden, um Sie abzuholen. Wir müssen jetzt los.« Sie zerrte an meiner Hand.

»Stopp«, befahl eine Stimme.

Ich beschleunigte meine Schritte.

»Stopp.«

Sie blieb stehen. Die Männer im Korridor teilten sich, um ihn zu uns durchzulassen, wobei er sich Zeit nahm. Ihr Griff wurde fester. Der Inspector trat so nah vor mich hin, bis unsere Blicke sich in einem Wettstreit begegneten: der Jäger und der Gejagte, plötzlich vor einem Abgrund. Gleich würde ich der Wut nachgeben, die in diesem Moment meine Angst ersetzt hatte. Ich würde ihn schlagen, und Hot-Temper würde sein Gewehr auf mich abfeuern. Wenn ich den Inspector nur fest genug träfe, am Hals, wie es mir mein Kumpel Roger in der Schule gezeigt hatte, wäre es das wert.

Er brachte seinen Kopf dicht neben meinen. »Das hier ist noch nicht vorbei«, sagte er, gerade so laut, dass ich es hören konnte. »Kümmern Sie sich um Ihre eigenen Angelegenheiten, dann müssen wir uns vielleicht kein zweites Mal begegnen. Verstanden?«

Amaka schüttelte mehrfach meine Hand. Sie legte mir ihre Hand auf die Schulter und zog mich von seinem Gesicht fort. Ich löste die Faust, die ich geballt hatte, und folgte ihr.

Als wir unter den Blicken der Polizisten das Revier verließen, leuchtete das Innere eines schwarzen VW-Jetta auf, und seine

Lichter blinkten kurz. Sie eilte zu dem Wagen, öffnete die Tür für mich, setzte sich auf den Fahrersitz, ließ den Motor an und wendete schneller in zwei Zügen, als ich es je bei irgendjemandem gesehen hatte. Dann düste sie auf dem unebenen Untergrund los und bog in die Ahmadu Bello Road ein, ohne sich vorher zu vergewissern, dass die Straße frei war. Der Motor heulte auf. Mir fiel nicht auf, dass wir auf der falschen Straßenseite fuhren, bis sie bei der Abzweigung vor dem berühmt-berüchtigten Glasgebäude auf die andere Seite hinüberwechselte. Sie warf einen Blick in den Rückspiegel, als erwartete sie, dass wir verfolgt wurden.

Nichts ergab Sinn. War ich jetzt ein freier Mann? Ich studierte ihr Profil. Sie konzentrierte sich ganz auf unsere Flucht. Wer war sie? Wer hatte sie geschickt, um mich abzuholen? Wohin brachte sie mich?

»Hat Ade Sie geschickt?« Vielleicht hatte mein abwesender Aufpasser versucht, mich im Hotel zu kontaktieren, herausgefunden, dass ich verschwunden war, und mit einer Fahndung begonnen, die irgendwie zu Inspector Ibrahims Polizeirevier geführt hatte.

»Ja.«

Ihre Antwort kam zu schnell.

»Ade vom britischen Hochkommissariat?«

»Ja.«

Mir lief es eiskalt den Rücken hinunter.

»Halten Sie an.« Ich machte mich bereit, die Tür zu öffnen und hinauszuspringen.

»Was?«

»Sie haben mich gehört. Halten Sie den verdammten Wagen an.« Ich löste meinen Sitzgurt und drehte mich drohend zu ihr um. Ich würde mit ihr um die Waffe kämpfen, die sie garantiert unter ihrem Rock versteckt hatte.

»Warum?«

»Sie kommen nicht von Ade. Er hat Sie nicht geschickt. Halten

Sie den verdammten Wagen an, sonst ...« Sie arbeitete mit Inspector Ibrahim zusammen. Am Ende wurde ich doch entführt.

»Sonst was? Wollen Sie etwa dorthin zurück? Sie haben gerade erst mit angesehen, wie ein Polizist einen Gefangenen erschossen hat. Wollen Sie wirklich wieder dorthin zurück?«

Sie hatte recht. Aber wer zum Teufel war sie? »Halten Sie an, oder sagen Sie mir, wer Sie sind.« Ich schämte mich ein wenig für meine Bereitschaft, mich auf sie zu stürzen und mit ihr zu kämpfen, wenn es sein musste.

»Mein Name ist Amaka. Ich arbeite für eine Wohltätigkeitsorganisation, die sich um Sexarbeiterinnen kümmert. Eine der jungen Frauen, mit denen ich zusammenarbeite, hat mir erzählt, dass ein ausländischer Journalist vor dem Ronnie's festgenommen wurde. Ich bin gekommen, um Sie rauszuholen.«

Es klang einstudiert. »Weshalb?«

»Das erkläre ich Ihnen alles später. Zuerst müssen wir zu Ihrem Hotel fahren und Sie in einem anderen Zimmer einchecken.«

»Wieso?«

»Ich habe Ibrahim angelogen, um Sie freizubekommen. Er wird bald herausfinden, dass ich ihn hereingelegt habe, und dann wird er nach Ihnen suchen.«

Ich war noch nicht überzeugt, aber sie fuhr in Richtung Eko Hotel. Einmal dort angekommen, würde ich beim britischen Hochkommissariat anrufen und mich in den nächsten Flieger setzen, der mich aus Nigeria hinausbrachte.

15

EIN SCHWARZER TOYOTA LAND CRUISER rollte über die Falomo Bridge und bog im Kreisverkehr auf die Awolowo Road ab. Knockout – ein ein Meter fünfzig großer Mann, dessen dunkle, ledrige Haut über seinem vorstehenden Kinn und seinen ausgeprägten Wangenknochen spannte – saß am Steuer. Er hatte die Hebel nicht gefunden, mit denen er den Sitz verstellen konnte, also hockte er auf der Kante und erreichte mit seinen Zehen gerade so die Pedale, während er nach Checkpoints der Polizei Ausschau hielt.

Go-Slow, der seinen Gefährten mit seinen zwei Meter zehn zwergenhaft erscheinen ließ, kniete rückwärts auf dem Beifahrersitz. Seine überkreuzten Füße berührten die Windschutzscheibe, und sein Rücken war in das Autodach gedrückt. Er wischte Blut von den Rücksitzen, den Fenstern und der Kopfstütze. Es war überall. Er fand eine Box Taschentücher auf dem Armaturenbrett und verteilte das Blut über die beigefarbenen Lederpolster, bis die parfümierten Tücher zu nutzlosen roten Klumpen zusammenfielen. Er begutachtete das Blut, das sich unter seinen Fingernägeln gesammelt hatte, und fluchte. Am Abend zuvor hatte seine Frau eine Stunde damit verbracht, ihm die Nägel zu machen, während er dabei zuschaute, wie Arsenal vernichtend geschlagen wurde. Was Knockout anging, hatte sie recht: Er würde sie eines Tages in Schwierigkeiten bringen.

»Wie weit noch?«, fragte Knockout.

»Fahr einfach.«

Vielleicht sollte er den Idioten eigenhändig erwürgen und das Auto mit seinem kleinen Leichnam darin in Brand setzen. Er wollte das Auto loswerden, aber der Schwachkopf hörte einfach nicht zu. Sie hatten auch früher schon getötet, aber was sie gerade getan hatten, war falsch, und das alles nur wegen des Gesprächs, das sie vor einer Woche mit Catch-Fire geführt hatten.

Als sie erfuhren, dass der Bushaltestellen-Taschendieb in Bierstuben auf Lagos Island mit Dollarscheinen bezahlte, hatten sie sich an das Geld erinnert, das er ihnen schuldete. Sie fanden sein neues Haus, und er beglich seine Schulden mit Hundertdollarscheinen. Er prahlte mit seinem neuen Geschäft, bei dem es um Juju und Menschenopfer ging, und erklärte, er habe sie in der Rangordnung überholt. Knockout schimpfte eine Woche lang über Catch-Fire.

Sie hatten sich vor ein paar Stunden bei der Bushaltestelle CMS getroffen und waren von dort zur Wohnanlage Dolphin Estate gelaufen, wo Knockout sich am Fuß einer Brücke mit einem Streifen Aufladekarten für Mobiltelefone aufstellte, während Go-Slow sich mit ihren Pistolen in einem nahe gelegenen Gebüsch versteckte. Eine Frau in einem Land Cruiser hielt an, um Aufladekarten zu kaufen, und Go-Slow setzte sich auf ihren Beifahrersitz. Sie warfen ihre Schuhe in das Gebüsch, durchwühlten ihre Handtasche nach ihrer Adresse und drohten ihr damit, sie zu Hause aufzusuchen, sollte sie zur Polizei gehen.

Sie tauschten die Nummernschilder aus und fuhren zur Sanusi Fafunwa, weil Knockout ein Mädchen mit nach Hause nehmen wollte. Noch bevor sie den Wagen zum Stehen gebracht hatten, kam bereits eine Frau auf sie zu, zog ihren roten Minirock zurecht und schob ihre Brüste in ihrem engen BH an ihren Platz. Sie lehnte sich zum Feilschen in ihr Fenster.

»Zweitausend«, sagte Knockout.

»Fünf«, erwiderte sie.

»Drei.«

»Für euch beide?«

»Nein. Nur ich.«

»Okay.«

Sie stieg hinten ein, machte die Tür zu und zog einen rostigen Revolver aus ihrer Clutch.

»Scheißkerle. Fahr los.«

Ihre Gang wartete um die Ecke bei der juristischen Fakultät. Sie schwenkte ihre Waffe von einem Ganoven zum anderen und fragte sich, wieso die Männer sie bloß anstarrten. Dann legte sie den Revolver vorsichtig auf den Sitz und hob langsam die Hände, da sie in keine Richtung den Waffen ausweichen konnte, mit denen die beiden auf ihren Bauch zielten.

Knockout sprang über seinen Sitz und fing an, mit seiner Pistole auf ihren Kopf einzuschlagen. Sie schrie um Hilfe, und Go-Slow legte seine große Hand auf ihren Mund, wickelte die andere um ihren Hals und brach ihr das Genick.

Autos fuhren vorbei und Frauen gingen vorüber, aber durch die getönte Scheibe konnte niemand sehen, was innen vor sich ging. Go-Slow löste seine Arme, und der Körper der Frau sank auf den Sitz.

Ihr Shirt war zerrissen, und ihre Brüste waren entblößt. Knockouts Gesicht hellte sich auf. Er zog ein Klappmesser aus seinem kniehohen Stiefel und ließ die Klinge mit einer vor dem Spiegel einstudierten Bewegung hervorschnellen. Er riss der Frau den Rest von ihrem Shirt vom Leib und stieß seinen Dolch mit solcher Wucht in ihre Brust, dass Fleisch und Knochen durchbohrt wurden. Er wand die Klinge heraus und legte erneut los. Go-Slow sah mit dem reglosen Interesse eines Bekifften zu und dachte, dass sein Partner vor ihrem Treffen womöglich zu viel Kokain gezogen hatte. Als Knockout das warme Herz der Frau in den Händen hielt, erwartete Go-Slow, er würde gleich hineinbeißen, aber stattdessen sagte er: »Los, suchen wir diesen verfickten Catch-Fire.«

Jetzt flackerte vor ihnen der Schein einer Taschenlampe. Knockout tippte seinem Partner auf das Bein und verlagerte seinen Fuß vom Gas auf die Bremse. Go-Slow drehte sich um und sah den

Checkpoint. Er setzte sich zurück auf seinen Platz und säuberte seine Hände mit dem letzten Taschentuch aus der Box. Es war nutzlos. Er wischte sie an seinem Hosenboden ab, krempelte dann die Ärmel hoch und sah nach, ob er Blutflecken auf dem Hemd hatte.

Die Polizei hatte einen gelben Hummer vor ihnen angehalten. Eine Faust wurde aus dem Autofenster gestreckt. Ein Polizist nahm entgegen, was auch immer sich darin befand, steckte es in seine eigene Tasche und winkte den Hummer weiter.

Knockout ließ den Wagen vorwärts rollen. Zwischen zwei abgenutzten Reifen, die auf beiden Seiten der Straße lagen, blieb er stehen. Den darauf balancierenden Kerosinlampen war der Brennstoff ausgegangen. Er warf einen Blick auf Go-Slows Hemd. Sein eigenes hatte er ausgezogen und erleichtert festgestellt, dass kein Blut in das schwarze Unterhemd darunter gesickert war. Er zog das Unterhemd über die Pistole in seinem Gürtel und drückte dann auf den Knopf, um die getönte Fensterscheibe hinunterzufahren.

Ein Albino-Polizist mit durchsichtigen Bartstoppeln auf den Wangen spähte durch den kleinen Spalt, den Knockout geöffnet hatte. Er leuchtete dem Fahrer mit seiner Taschenlampe ins Gesicht, und Knockout hob die Hand.

»Alter, halt mir das Ding nicht ins Gesicht«, sagte er.

Der Polizist zog seine Taschenlampe zurück. Das Auto war neu, und es war groß, also konnten seine Insassen ihm Ärger machen. Er wollte sich das Gesicht des Fahrers genauer ansehen. Er wusste, wie wichtige Männer aussahen, und der Mann, der ihm gesagt hatte, er solle seine Taschenlampe wegnehmen, hatte nicht ausgesehen wie ein wichtiger Mann. Aber in Ikoyi konnte jeder jemand sein. Er legte seine Hand auf die Fahrertür und hielt nach seinem Chef Ausschau.

Der höherrangige Polizist stand auf eine als Gehstock verwendete Kalaschnikow gelehnt auf dem Bürgersteig und sah seinen Männern bei der Arbeit zu. Der Hummer hatte ihnen lediglich fünfzig Naira eingebracht, daher hatte er den jungen Constable, der mit dem Fahrer gesprochen hatte, verflucht, ihn als den »Bastard einer Hurenhexe« beschimpft und seinen Männern befohlen, den Jeep ordentlich blechen zu lassen. Er hatte zu ihnen gesagt: »Überprüft auf jeden Fall ihren Feuerlöscher und probiert ihn aus. Wenn das Zeug flüssig ist, ist es illegal. Überprüft ihr Warndreieck, ob es zerkratzt ist. Überprüft ihren Ersatzreifen – drückt rein, ob er platt ist. Wenn sie einen Laptop haben, lasst euch die Quittung geben. Wenn ihr im Auto irgendwelche Akten oder Unterlagen findet, lasst euch einen Freigabeschein zeigen, *wey dem take carry am commot office.*«

Jetzt warf der Chef einen Blick auf den Fahrer des Geländewagens.

»Wo liegt das Problem?«, wollte Knockout wissen.

Der Polizist wartete ab, ob sein Vorgesetzter nickte oder mit dem Kopf schüttelte. »Oga, kein Problem, bewahren Sie Ruhe.«

»Sind Sie wahnsinnig? Sie sagen mir, ich solle Ruhe bewahren? Sie haben sie wohl nicht alle.«

Der Polizist nahm seine Hand vom Wagen und stand beinahe stramm. Er schaute zurück zu seinem Chef, der sich abwandte.

»Tut mir leid, Sir«, sagte er und winkte sie weiter.

Als der Checkpoint außer Sicht war, fing Go-Slow an, mit den Handkanten das Blut vom Rücksitz zu schaben – es war überall. Dieses Mal hatten sie Glück gehabt, aber auf dem Festland würden weitere Checkpoints kommen, und dort würde die Polizei sich nicht vor den Fahrern großer Autos fürchten. Sein Blick fiel auf Knockouts weggeworfenes Hemd im hinteren Fußraum, und er griff danach.

16

ALLES, WAS CHIEF EBENEZER AMADI sehen konnte, waren die Brustwarzen und die braunen Brüste, die sich unscharf dahinter wölbten. Die junge Frau auf ihm grub ihre Finger in seine fette, haarige Brust, ließ ihr Becken auf seinem kreisen und forderte ihn auf, ihren Namen zu sagen. Er versuchte, sich an ihn zu erinnern, aber da tauchte ein weiteres Paar Brüste über seinem Kopf auf, baumelte direkt über seinen Lippen, und ihm entfiel der Name wieder.

Das zweite Mädchen nahm seine Ohrläppchen zwischen die Finger und rollte sie, wie seine Mutter es immer getan hatte, dann führte sie ihre lipglossfeuchten Lippen an sein Ohr und flüsterte: »Sag meinen Namen.« Er versuchte, sich an ihn zu erinnern, aber sein Telefon klingelte, und er musste drangehen. Er befürchtete, wenn er ihre Namen nicht sagte, würde die eine aufhören, mit seinen Ohren zu spielen, während die andere ihr Bein über seinen Bauch schwingen und sich von ihm hinunterrollen würde.

Das Telefon klingelte auf dem Mahagoninachttisch und vibrierte dabei so laut, dass jegliches Denken unmöglich wurde. Bald würde es bis zum Rand ruckeln, hinunterfallen und auf dem Marmorfußboden in Stücke zerspringen, und die Person, die ihn anrief, deren Anruf er entgegennehmen musste, wäre verärgert.

Als er aufwachte, klingelte das Telefon noch immer. Er seufzte, streckte die Hand in Richtung Nachttisch aus, spürte einen Körper und erinnerte sich dann an die beiden jungen Frauen, die er im Bacchus kennengelernt hatte, deren Namen er nicht kannte, die nun zu beiden Seiten von ihm lagen und seinen unterbrochenen

Traum inspiriert hatten. Er schlug die Decke über seinem nackten Körper zurück und fing an zu zittern. Das Telefon klingelte weiter, während er sich fragte, wo genau er die Fernbedienung für die Klimaanlage gelassen hatte.

Er beugte sich über die junge Frau auf seiner linken Seite und genoss die Wärme ihres Körpers. Nach dem Telefonat würde er den Traum mit den beiden nachspielen, und dann würde er es nach einem Glas Hennessy und einer Viagra wieder und wieder tun, bis sie um fünf Uhr früh gehen müssten.

Er blickte nicht auf den Namen auf dem Display – es konnte nur eine Person sein: ein Mann, dessen Stimme er kannte, dessen Gesicht er jedoch noch nie gesehen hatte. Die Stimme würde ihn höchstwahrscheinlich fragen, ob alles in Ordnung sei, und er würde Ja sagen, und das wäre es. Im Anschluss würde er die Mädchen wecken, die einander den Hintern versohlt, ihn Daddy genannt und Kokain aus seinem Bauchnabel gezogen hatten.

»Hallo.« Seine freie Hand fand eine Brust und fummelte daran herum. Die junge Frau regte sich und suchte nach der Bettdecke.

»Wir haben ein Problem.«

Die Stimme kam stets direkt zum Punkt, genau wie bei ihrem ersten Gespräch vor vielen Jahren, als der Chief noch kein Chief gewesen war und einen anderen Namen getragen hatte.

»Was für ein Problem?« Seine Hand fand den Weg hinunter zu den Schenkeln des Mädchens. Er versuchte, ihre Beine auseinanderzudrücken.

»Sind Sie allein?«

»Ja.«

»Der Mann, den wir letztes Mal engagiert haben, der sich selbst Catch-Fire nennt, hat angefangen, zu reden.«

Er nahm seine Hand von dem Mädchen und kletterte über sie, um aus dem Bett zu kommen. Seine Zehen krümmten sich, als seine Füße auf den kalten Marmorfliesen landeten. Er ging in das

Nachbarzimmer, und bei jedem Schritt wabbelten die Fettablagerungen unter seinen Hautfalten.

»Mit der Polizei?«

»Nein, nicht mit der Polizei, aber sie werden bald davon hören. Er ist ein Risiko. Sie müssen sich um ihn kümmern.«

»Okay.«

Zum ersten Mal hatte er an Weihnachten 1989 mit der Stimme gesprochen. Damals war er ein Insasse des Kirikiri Maximum Security Prison gewesen und hatte auf seinen Prozess wegen eines Raubüberfalls gewartet. Die Polizei behauptete, seine Gang habe geplant, einen gewissen Emanuel Ofoeze aus Onipanu, Lagos, auszurauben. Das Opfer war im Besitz einer großen Geldsumme, die er an jenem Tag von der Bank abgehoben hatte. Das Bargeld war für die Lohntüten der Omo-Boy Sawmill Ltd. in Maryland vorgesehen, wo er Schichtleiter war. Als die Gang gegen Mitternacht in sein Haus einbrach, weigerte sich der mittlerweile verstorbene Mr Ofoeze auch unter Schmerzen durch sinnlose Folter, zu enthüllen, wo er das Geld versteckt hatte. Die Gang fuhr damit fort, jeden einzelnen Finger des Opfers abzuhacken. Nach seinen Zehen stachen sie ihm die Augen aus und schnitten ihm die Ohren ab. Seine Zunge war als Letztes dran, ehe er starb, schrieb die Polizei in ihrem Bericht.

Ein Hinweis führte zu einem Mitglied der Gang und in der Folge zu dem Kopf der Operation, der dem Opfer die teuflischen Wunden zugefügt hatte – einem gewissen Okafor Bright Chikezie, Lehrling in der Sägemühle, in der der Verstorbene gearbeitet hatte.

Die anderen Verdächtigen gestanden im Gegenzug für lebenslängliche Gefängnisstrafen, aber der Junge, den sie Bright nannten, beharrte auf seiner Unschuld und lieferte der Polizei eine Gegendarstellung, der zufolge ein paar Jungs ihn aufgefordert hätten, gemeinsam mit ihnen den Schichtleiter auszurauben. Als er sich weigerte, hätten die Verschwörer gedroht, ihn umzubringen. Er hätte mit seinem Pastor gesprochen und gemeinsam mit ihm den Schichtleiter aufgesucht, um ihn zu warnen und zu beten. Der Mann hätte jedoch nicht genügend Vorkehrungen getroffen, und die Kriminellen, die überzeugt davon waren, dass Bright sie verraten hatte, hätten ihn nun erst recht dabeihaben wollen. Bright gab die Adresse des Pastors an, der seine Geschichte bestätigte.

Der Fall von Okafor Bright Chikezie blieb eingestuft als »in Erwartung eines Gerichtsverfahrens«, eine Formulierung, die die nigerianische Polizei verwendet, wenn sie einen Verdächtigen weder vor Gericht bringen noch freilassen will. Er befand sich in einer Zelle, die er sich mit vierundzwanzig weiteren Gefangenen teilte, als der Gefängnisdirektor ihn in sein Büro zitierte, ihm zum ersten Mal seit drei Jahren Reis und Eintopf mit Fleisch zum Essen gab und ihm das grüne Telefon auf seinem Tisch reichte, um mit »jemandem zu reden, der ihm helfen könnte«.

Wie die Stimme an all ihre Informationen kam, war nach wie vor ein Rätsel, aber vom ersten Tag an trug man ihm auf, keine Fragen zu stellen. Er überlegte bereits, wie er Catch-Fire am besten verschwinden lassen konnte. Ein Plan nahm langsam Gestalt an. Er beinhaltete eine Prostituierte und eine Flasche Chloroform, die Amadi in einer Schublade in seinem Zimmer aufbewahrte.

»Heute Nacht«, sagte die Stimme.

»Heute Nacht?«

Er warf einen Blick auf sein Handgelenk und erinnerte sich daran, dass er seine Armbanduhr auf dem Nachttisch hatte liegen lassen. Er machte sich eine Notiz im Geiste, die Rolex wieder überzustreifen, ehe er erneut neben den Mädchen einschlief. Es war zu früh am Morgen, um eine Vereinbarung mit jener Frau zu treffen, die er im Sinn hatte. Er würde es selbst tun müssen.

»Es ist fast Morgen.«

»Es muss unverzüglich geschehen. Vielleicht ist es sogar schon zu spät.«

»Betrachten Sie es als erledigt.«

»Rufen Sie mich an, wenn es vorbei ist.«

»Okay.«

Die Stimme legte auf. Amadi trat ans Fenster und zog die Vorhänge beiseite. Das Mondlicht warf Schatten hinter ihn. Er blickte hinaus auf sein Anwesen. Der herzförmige Swimmingpool schimmerte im Mondschein.

Er hatte seine Villa in nur drei Monaten errichten lassen. Wenn man Geld hat, kann man einem Architekten ein Bild auf den Tisch knallen und sagen: »Bauen Sie mir dieses Haus, ich will einziehen, wenn ich aus Amerika zurückkomme«, und es wird erledigt. Man kann sich jedes Jahr den neusten Mercedes kaufen und dann die Familie in die Schweiz in den Urlaub schicken, damit sie das eigene Geld auf sicheren Konten versteckt und einem den nötigen Raum lässt, um mit hübschen jungen Mädchen all jene Sachen zu machen, von denen man nur träumen konnte, als man noch ein ums Überleben kämpfender Gauner auf den Straßen von Lagos war.

Als er in jungen Jahren in die Stadt kam, verbrachte er die Nachmittage in der Sonne, verkaufte in Verkehrsstaus Taschentücher und grub nachts die Schlaglöcher aus, die die Verkehrsstaus verursachten. Er und viele andere wie er lebten von der Hand in den Mund, wie nach Essen stöbernde Tiere. Wie viel Geld er auch verdiente und wie viele Herrschaftstitel er auch erwarb, er sah noch immer sein altes Selbst in jenen Straßenkindern, die in den Verkehrsstaus sein Auto umringten. Bettler und Hausierer, die ihre Waren und ihre bettelnden Hände vor seine Windschutzscheibe schoben, schmutzige Handabdrücke auf seinen Fenstern hinterließen und nicht aufgaben, bis der Verkehr sich weiterbewegte. Einst war er einer von ihnen gewesen, aber nun befand er sich auf der anderen Seite der geschlossenen Fensterscheibe und auf dem Platz des Besitzers eines großen Autos. Er würde alles tun, um auf dieser Seite der Trennlinie zu bleiben.

Er stellte sich vor, wie Catch-Fire nickte, während er ihm auf die gleiche Weise Anweisungen gab wie die Stimme ihm. Es war nicht das erste Mal, dass er etwas wegen jemandem unternehmen musste, der ihn zurück in die Hölle zu schicken drohte. Ebenso wenig war es das erste Mal, dass ein vielversprechender neuer Rekrut Mist baute und zu einem Risiko wurde.

Er warf einen Blick in sein Zimmer und seufzte. Die Dinge, die er mit den Mädchen anstellen wollte, würden warten müssen. Er musste sich um Geschäftliches kümmern. Catch-Fire musste sterben, und alle, mit denen der dumme Junge gesprochen hatte, mussten ebenfalls sterben, so Gott will, noch vor dem Morgengrauen.

17

ER KEHRTE IN SEIN ZIMMER ZURÜCK und nahm seine säuberlich zusammengefalteten Kleidungsstücke von einem Sessel. Er zog sich im Dunkeln an und schaute dann zu den Mädchen, die mit dem Rücken zueinander schliefen. Er öffnete eine Schublade und fand unter ordentlich zusammengelegten Socken eine Bibel. Zwischen ihren Seiten lag ein Umschlag, der ein feines weißes Pulver enthielt. Beim Hinausgehen schloss er leise die Tür und drehte den Schlüssel um.

Eremobor kam auf seinen Chef zugetrabt. Wann immer der Chief Damenbesuch hatte, blieb er wach, um sie nach Hause zu bringen.

»Wir nehmen den Pajero«, sagte Amadi. Er kletterte auf den Rücksitz des Geländewagens. »Wir fahren nach Ojuelegba.«

Eremobors Hand erstarrte am Zündschloss. Er sah seinen Chef an. »Ojuelegba, Sir?«

»Ja. Ich suche die Adresse auf meinem Telefon raus, bevor wir da sind.«

Eremobor hatte zum ersten Mal in einem Fela-Kuti-Song von Ojuelegba gehört. Jahre später, als er als Busfahrer arbeitete, sah er dort mit an, wie normale Menschen wegen eines Taschendiebs zu Mördern wurden. Sie hatten den Jungen bis zum Kreisverkehr der Brücke von Ojuelegba verfolgt. Der Junge, der noch in seiner Schuluniform steckte, war zu erschöpft gewesen, um sich gegen die Stöcke, Steine, Bretter und Zementblöcke zu wehren, mit denen sie auf ihn einschlugen. Sie warfen ihm zwei alte Reifen über den Kopf und übergossen ihn mit Benzin, das sie im Verkehr feststeckenden

Autos abgezapft hatten. Eremobor hatte den Gestank von brennendem menschlichem Fleisch nie vergessen. Ojuelegba war tagsüber schon ein gefährlicher Ort, aber nachts erst …

Sie parkten vor einem Haus in einer Straße, die eher eine Buckelpiste aus verkrusteten Schlammhügeln war. Die Nachbarschaft war nach einem Stromausfall in Dunkelheit getaucht, aber das Haus wurde von einem Generator mit Strom versorgt. Dieser spuckte im Rhythmus seines Dieselmotors schwarzen Rauch aus und ließ damit die umherstreunenden Hunde einstimmig aufjaulen.

Im Licht einer auf dem Boden abgestellten Gaslampe spielten Area Boys auf der Straße Fußball. Sie blieben stehen und wandten sich zu dem Geräusch eines Autos um, das über die Unebenheiten manövrierte. Amadi öffnete seine Tür selbst, trat hinaus auf die staubige Straße und lief auf das Haus zu, aus dem laute Musik dröhnte. Eremobor verriegelte die Türen und ließ die dunklen Fensterscheiben oben.

Amadi schritt einen Flur entlang, vorbei an Paaren, die auf abgenutzten Sofas kuschelten, bis er zu einem in rotes Licht getauchten Zimmer kam. Er schob den Vorhang aus Glasperlen in dessen Türrahmen auseinander und trat ein. Auf einem großen Plasmafernseher an der Wand, in einer Bildschirmecke noch mit dem Aufkleber des Herstellers versehen, lief ein Spiel der Premier League. Sechs Männer und ein Dutzend Frauen saßen auf Sofas und Sesseln davor.

Die Männer verfolgten das Spiel, während die Frauen Brüste unter aufgeknöpften Hemden streichelten oder auf ihre Telefone schauten. Direkt gegenüber dem großen Bildschirm saß Catch-Fire mit freiem Oberkörper auf einem Sofa, Bierflaschen auf einem Hocker vor ihm und eine Frau auf jeder Seite, von denen eine seine verschwitzte Brust liebkoste, während die andere ihm unter seinen Boxershorts einen runterholte.

18

KNOCKOUT PARKTE hinter Chief Amadis Wagen. »Sieh dir das an, der Wixer hat sich einen Jeep gekauft.«

Eremobor starrte in den Rückspiegel und wartete darauf, dass die Scheinwerfer des Autos ausgingen. Vielleicht würde er einen Geschäftspartner seines Chefs wiedererkennen und einen Fahrer, mit dem er sich an einem jener Abende, an denen die Bediensteten sich draußen verbündeten, während die Herren sich drinnen versammelten, angefreundet hatte.

Go-Slow untersuchte sein Hemd auf Blutspuren, während Knockout auf den Wagen vor ihnen zuging. Eremobor erkannte den Zwerg im Seitenspiegel nicht wieder und ebenso wenig den Riesen, der hinter ihm stand. Er griff nach einem Dolch, den er unter seinem Sitz aufbewahrte.

Knockout umrundete den Wagen und spähte durch die abgedunkelten Scheiben. Er trat gegen einen Vorderreifen und lief dann zurück auf die andere Seite, um sich Go-Slow anzuschließen.

Eine junge Frau in schwarzen Micro-Shorts und einem Nieten-BH bemerkte Amadi zuerst. Sie warf einen Blick auf seine Schuhe und seine Armbanduhr und stand dann auf, ehe eine der anderen Frauen ihn entdeckte.

Catch-Fire blickte auf. In dem roten Licht brauchte er einen Augenblick, um seinen neuen Geschäftspartner zu erkennen. Sein steifer Penis ragte aus dem Schlitz seiner Tommy-Hilfiger-Boxershorts. Er steckte ihn zurück, schob den Arm einer Frau beiseite und trat über den Hocker vor sich, wobei er eine Bierflasche umwarf.

»Mein Chief, ich hatte sie nicht erwartet, Sir. Ich hoffe, es gibt kein Problem. Bitte, kommen Sie, setzen Sie sich. Was möchten Sie trinken? Ich habe kaltes Bier, ich habe Brandy, ich habe Mädchen.«

Catch-Fire verbeugte sich, während er Amadi die Hand schüttelte. Die Männer und Frauen im Zimmer beobachteten ihn.

»Ich war auf einer Party in Surulere. Da ist mir eingefallen, dass du hier wohnst, also dachte ich mir, dass ich kurz vorbeischaue und Hallo sage.«

»Mein Chief, ich fühle mich so geehrt. Bitte, lassen Sie mich Ihnen etwas zu essen bringen. Ich habe Fischpfeffersuppe.«

»Nur keine Umstände. Ich wusste nicht, dass du eine Party feierst. Ich komme ein andermal vorbei.«

»Oh, Chief, Sie können mich nicht besuchen und dann mit leeren Händen wieder gehen. Lassen Sie mich Ihnen etwas anbieten. Bitte, setzen Sie sich. Sollen sie Ihnen einen Brandy bringen?«

»Okay, ein Brandy wäre schön. Aber ich bleibe bloß für einen Drink.«

Amadi setzte sich auf das Sofa, auf dem zuvor Catch-Fire gesessen hatte. Die jungen Frauen standen auf, um ihm Platz zu machen. Sie blieben unschlüssig stehen.

»Bringt meinem Oga Rémy Martin.« Catch-Fire setzte sich vorsichtig auf die Sofakante neben Amadi. »Chief, ich kann Ihnen gar nicht sagen, wie sehr ich mich freue, dass Sie mich zu Hause besuchen. Sind Sie sicher, dass es kein Problem gibt?«

»Nein, kein Problem. Also, wann endet deine Party?«

»Ach, Chief, das ist keine Party. Diese Leute, die wohnen hier bei mir.«

»Alle?«

»Nein, Sir. Bloß die Mädchen.«

»Verstehe.«

»Chief, ich freue mich sehr, dass Sie mich besuchen. Mich, Catch-Fire. Chief, ich muss Ihnen etwas anbieten.«

Er sprang auf und musste seine Boxershorts erneut zurechtrücken.

»Alle raus hier.«

Die Anwesenden bewegten sich lethargisch auf die Tür zu.

»Alle Mädchen bleiben.«

Die Männer warfen ihm böse Blicke zu. Er flitzte zu einem Stapel neuer elektronischer Geräte auf einem hölzernen Hocker, dessen dünne Beine unten noch schmaler zuliefen. Er fummelte an den Fernbedienungen herum und tauchte das Zimmer kurz in Stille, ehe er den Song fand, nach dem er gesucht hatte. Makossa-Klänge strömten aus den täuschend schmalen Lautsprechern in den Zimmerecken. Die Frauen begannen zu tanzen. Catch-Fire nahm sich einen Augenblick, um sie zu bewundern, und wandte sich dann wieder seinem Gast zu.

»Mein Chief, diese Mädchen stammen aus Cotonou. Sie tanzen sehr schön Makossa und ficken wie Hündinnen. Bitte, suchen Sie sich eine aus.«

Die Frauen zogen sich aus. Sie trugen bunte Perlen um die Taille, die hüpften, während sie in ihren Tangas tanzten. Einige von ihnen trugen keine Unterwäsche. Ein Mädchen mit Brustwarzenpiercings schenkte Amadi seinen Brandy ein und wollte ihn an der Hand auf die Tanzfläche ziehen. Er lächelte und blieb auf dem Sofa sitzen.

»Chief, bitte, suchen Sie sich aus, welche Sie haben wollen.«

»Ein andermal, mein Freund. Ich muss jetzt gehen. Komm vor sieben Uhr früh bei mir vorbei. Wir haben etwas zu erledigen.«

Go-Slow hielt Knockout den Perlenvorhang auf und bückte sich, um selbst durch den Türrahmen zu treten. Als er die Mädchen sah, blieb er stehen. Knockout schnappte sich eine der Frauen und zog sie an sich, grapschte ihr an den Po und presste seine geöffneten Lippen auf ihre Brust. Sie schubste ihn weg und verpasste ihm eine Ohrfeige.

Die anderen Mädchen bedeckten ihre Brüste mit den Händen und versammelten sich um ihre Freundin. Go-Slow trat vor Knockout und breitete die Arme aus. »Beruhigt euch, bitte.«

Knockout versuchte, sich an Go-Slow vorbeizudrängen. »Was ist los mit ihr?«, fragte er und beäugte die Frau. »Bist du etwa keine Prostituierte? Seid ihr nicht alle Prostituierte? Wieso versteckt ihr eure Brüste?«

Eine der Frauen ergriff das Wort: »Oga, du kannst sie nicht einfach behandeln, wie du willst. Du hast sie schließlich nicht hierhergeholt.«

»Ach, wirklich? Und was wollt ihr dagegen machen?« Seine Hand wanderte unter sein T-Shirt.

Go-Slow wusste, dass er nach seiner Waffe griff. Er drehte sich um und schlang die Arme um Knockout, ehe dieser die Pistole hervorziehen konnte.

Catch-Fire drängte sich durch die Frauen. »Was macht ihr Jungs hier?«, wollte er wissen.

»Wir wollen dir ein Geschäft vorschlagen«, antwortete Knockout. Er schüttelte Go-Slows Umklammerung ab.

»Bitte, um diese Uhrzeit mache ich keine Geschäfte. Wieso habt ihr nicht zuerst angerufen, bevor ihr hierherkommt?«

»Jetzt sollen wir also erst anrufen, um einen Termin auszumachen?«

»Hör zu, mein Freund, ich mache keine Geschäfte mit euch. Ich habe euch bezahlt, was ich euch geschuldet habe. Wenn ihr glaubt, ihr könnt einfach in mein Haus kommen und meine Freundinnen belästigen, dann täuscht ihr euch.«

»Wie meinst du das?« Knockouts Hand fand den Griff seiner Pistole.

Go-Slow tippte ihm auf die Schulter und wies mit dem Kinn zur Seite. Knockout drehte sich um und sah eine vollbusige Frau, die mit einem Revolver auf seinen Kopf zielte. Eine weitere Frau teilte Pistolen aus einem Rucksack aus.

»Was soll dieser Scheiß? Wir bieten dir ein Geschäft an, und du lässt deine Prostituierten mit Waffen auf uns zielen?«, fragte Knockout.

»Ich mache keine Geschäfte mehr mit euch. Verschwindet aus meinem Haus. Und wenn ich euch je wieder in meiner Straße erwische, verfüttere ich eure Hoden an die tollwütigen Hunde von Surulere.«

Go-Slow trat vor. »Wir haben einen schrecklichen Fehler gemacht«, sagte er. »Wir werden jetzt gehen, und du brauchst dir um uns keine Gedanken zu machen.« Er begann, rückwärts das Zimmer zu verlassen, und zerrte dabei an Knockouts Arm.

Knockout verharrte an Ort und Stelle und starrte Catch-Fire in die Augen, seine Mundwinkel verzogen sich zu einem verächtlichen Lächeln, und seine Finger zuckten entschlossen am Griff seiner Pistole.

»Kanayo, komm, wir gehen«, forderte Go-Slow ihn mit erhobener Stimme auf. All die Frauen hielten nun Waffen in den Händen, die auf sie gerichtet waren.

»Warum sagst du meinen Namen?«

»Komm, wir gehen.«

Knockouts Blick wanderte vorbei an Catch-Fire und traf auf Amadis.

»Kanayo.«

Er schüttelte Go-Slows Hand ab. Seine eigene blieb auf seiner noch nicht gezogenen Waffe liegen, und er fletschte die Zähne, bis seine Nase zuckte.

»Ich gehe jetzt«, sagte Go-Slow.

Knockout wich langsam zurück und wurde von Catch-Fire und den Frauen aus dem Zimmer eskortiert.

Als das letzte Mädchen das Zimmer verlassen hatte, suchte Amadi, der das Geschehen stumm beobachtet hatte, auf dem Hocker nach einem Glas, konnte jedoch keins finden. Er überprüfte die Bierflaschen und fand eine, die noch nicht leer war. Er warf einen Blick auf den noch immer baumelnden Perlenvorhang, zog den zusammengefalteten weißen Umschlag aus seiner Hosentasche und strich ihn glatt. Er überprüfte noch einmal den Vorhang, hielt dann die Hand trichterförmig über die Flasche und kippte den Inhalt des Umschlags in das Bier. Der Alkohol schäumte. Er steckte sich den leeren Umschlag wieder in die Hosentasche und klopfte die Hände aneinander und an seinem Schoß ab. Er hielt die Flasche an ihrem Hals und schwenkte sie, ehe er sich zurück in das Sofa sinken ließ und sein Glas Brandy vom Fußboden nahm.

19

KNOCKOUT UND GO-SLOW liefen rückwärts den Flur entlang und hinaus in die Nacht. Catch-Fire und die Frauen traten hinter ihnen auf die Straße. Die Jungs, die noch immer Fußball spielten, hielten inne, um zuzuschauen. Eremobor sah, dass die Mädchen Waffen in der Hand hatten, ließ sich unter das Fenster sinken und zog in Erwägung, ohne seinen Chef davonzurasen.

Go-Slow kletterte auf den Fahrersitz ihres Wagens. Er fuhr zuerst langsam und blickte in den Rückspiegel, dann trat er voll aufs Gaspedal, und das Auto hüpfte über die unebene Straße.

»Fuuuuuuuck!«, rief Knockout und hämmerte mit den Fäusten auf das Armaturenbrett. »Fuck, fuck, fuck, fuck, fuck. Verfickte Scheiße. Arschloch. Ich? Knockout? Fuuuuuuuck.«

»Beruhig dich«, sagte Go-Slow. Er strapazierte den Motor und raste auf Schlaglöcher zu, als wären sie nicht vorhanden.

»Fuck. Catch-Fire ist tot. Er ist ein toter Mann.«

»Beruhig dich.«

»Fuck. Lass uns zurückfahren.«

»Um was zu tun?«

»Fuuuuuuuck.«

»Vergiss es einfach.«

Bei der Überführung von Ojuelegba nahm Go-Slow endlich den Fuß vom Gaspedal und verlangsamte zu Schritttempo. Er lenkte den Wagen zweimal um den Kreisverkehr und fuhr dann an die Bordsteinkante. Er stieg aus und überquerte die Straße, um das überwucherte Areal unter der Brücke zu erreichen. Er öffnete seinen Hosenstall und pfiff beim Pinkeln.

Ein Mann ohne Beine auf einem Holzbrett mit quietschenden Metallrädern rollte unter einem Unterschlupf aus Karton und Holzplanken hervor. Go-Slow ignorierte den Mann und blickte sich um. Er zog drei Pistolen aus seinem Gürtel: seine, Knockouts und jene, die sie der Frau abgenommen hatten, die versucht hatte, sie auszurauben. Ohne ein Wort übergab er die Pistolen an den Mann, der daraufhin zurück in seinen Unterschlupf rollte, indem er sich mit schwieligen Händen von dem rauen Untergrund abstieß. Als Go-Slow sich wieder in das Auto setzte, schwieg Knockout. Go-Slow fuhr nun nach Matori, dem Zentrum für Autoersatzteile in Lagos, und hielt vor einem heruntergekommenen Gebäude aus der Kolonialzeit, vor dem reihenweise gebrauchte Motorräder aneinandergekettet waren. Auf einem verblichenen Schild stand: CHUCKS AUTOHÄNDLER UND VERTRETER. HÄNDLER FÜR ORIGINAL-ERSATZTEILE, GENERATOREN UND TOKUNBO-MOTORRÄDER.

Von der anderen Straßenseite, auf dem Flachdach des benachbarten Gebäudes, beobachtete sie ein Mann, der auf dem Bauch neben einer Pumpgun Kaliber zwölf lag, durch ein Militär-Fernglas.

Sie traten vor das Gebäude, und Go-Slow klopfte an die Holztür hinter einer Absperrung aus Eisenstäben, die wiederum an vier verschiedenen Stellen mit schweren Vorhängeschlössern gesichert waren. Sie warteten auf eine Antwort. Er klopfte erneut – immer noch keine Reaktion. Knockout hämmerte mit der Seite seiner geballten Faust gegen die Tür.

»Wer ist da?«

»Wir suchen nach Chucks«, sagte Knockout. »Wir haben eine Lieferung für ihn.«

»Er ist verreist.«

»Verreist? Wann?«

»Keine Ahnung. Haut ab.«

Der Mann auf dem Dach justierte sein Fernglas. Er nahm sein Telefon und rief jemanden an.

Ein Junge in abgetragenen Khaki-Shorts und einem übergroßen durchlöcherten Trikot mühte sich unter Klirren und Scheppern mit den Schlössern ab und trat dann zu ihnen heraus.

»Oga hat gesagt, ich soll euch zu ihm bringen«, sagte er. Er sah aus, als wäre er gerade geweckt worden.

»Wo ist er?«, wollte Knockout wissen.

»Ich führe euch zu ihm. Ist das das Auto, das ihr mitgebracht habt?« Er wies auf den gestohlenen SUV und ging darauf zu.

»Was ist hier los? Hast du nicht gesagt, er wäre verreist?«

»Ja. Jetzt ist er wieder da. Ich führe euch zu ihm. Fahren wir.« Der Junge öffnete die Hintertür, hievte sich auf den Sitz und schloss die Augen.

Die beiden Kriminellen wechselten Blicke. Go-Slow zuckte mit den Achseln. Sie stiegen ein, und Go-Slow ließ den Motor an. »Wohin fahren wir?«, fragte er den Jungen.

Den Kopf angelehnt und die Augen geschlossen, wies der Junge den Weg: »Fahr da lang. Bieg bei der nächsten Straße links ab, dann noch mal links, und halt vor dem Glo Kiosk an.«

Sie wechselten erneut Blicke. Go-Slow zuckte mit den Achseln. Sie folgten der Wegbeschreibung des Jungen und landeten auf der Parallelstraße, hinter einer Reihe geschlossener Läden.

Mittlerweile schnarchte der Junge. Knockout griff nach hinten und schüttelte ihn. »Hey. Wo ist er?«

»Er wird bald kommen.« Der Junge veränderte seine Position und schlief weiter mit geöffnetem Mund.

Ein Klopfen am Fenster ließ die Gauner aufschrecken. Knockout griff nach seiner Pistole, ehe ihm einfiel, dass sie ihre Waffen »in Verwahrung« gegeben hatten.

Chucks stand mit der Pumpgun in der einen und einem Telefon in der anderen Hand vor dem Fenster. Von seinem Hals baumelte ein Fernglas.

»Was macht ihr Jungs hier?« Er fuhr mit den Fingern über die Tür, wo er eine Delle zu sehen glaubte, und lehnte sich dann zurück, um einen Blick auf die Reifen zu werfen.

»Bros, was ist los?«, fragte Knockout.

»Heute ist eine ganz schlechte Nacht. Diese dämlichen Eisenbieger-Jungs hätten heute Abend zwölf Autos liefern sollen, aber sie wurden alle festgenommen.«

»Sie konnten sich nicht mit der Polizei einigen?«

»Keine Ahnung. Vielleicht war die Bestechungssumme nicht hoch genug. Vielleicht waren die Polizisten, die sie bestochen haben, nicht diejenigen, die heute auf Streife waren. Vielleicht haben ihre Ashewo-Freundinnen sie mit einem Fluch belegt, ich weiß es nicht. Ich habe lediglich die Information, dass sie alle festgenommen wurden, und wenn die Polizei anfängt, sie zu foltern, könnten sie mich verraten.«

»Verdammt. Nun ja, das geschieht dir recht, diese Jungs sind echt keine Profis. Ich hatte dich gewarnt.«

»Hör zu, wenn ich eine große Bestellung habe, können diese Jungs zwanzig Autos in einer Nacht liefern. Und ihr? Ihr bringt mir ein Auto in zwei Monaten. Erwartet ihr etwa, dass ich auf euch warte, während ich Kunden habe, die mir Druck machen?«

»Ich sage bloß, dass diese Typen Amateure sind. Sie sind nicht sauber. Wir, wir machen ordentliche Arbeit, da gibt's keinerlei Probleme mit der Polizei.«

»Egal. Also, wieso wolltet ihr mich sehen?«

»Wir wollten diesen Jeep abliefern.«

Chucks inspizierte noch immer den Wagen. »Ich denke nicht, dass ich ihn nehmen kann«, sagte er. »Die Stimmung in der Stadt ist gerade zu aufgeheizt. Diese Jungs werden bald anfangen zu reden. Ich kann heute keine Lieferung entgegennehmen.«

»Was sollen wir dann mit diesem Auto machen?«

»Ihr könnt es dem Besitzer zurückgeben. An eurer Stelle würde ich untertauchen, bis die Lage sich beruhigt hat.«

Go-Slow hatte ihn beobachtet und gemerkt, wie er das Auto anschaute. »Was ist der beste Preis, den du uns anbieten kannst?«, fragte er.

»Nun ja, eigentlich will ich heute wirklich keine Geschäfte machen, aber weil ihr es seid, werde ich es als Ersatzteillager nehmen. Es ist zu gefährlich, heute damit aus der Stadt rauszufahren.«

»Wie viel?«

»Na ja, hunderttausend.«

Knockout zeigte ihm die gespreizten Finger. »Fick dich. Dieses Auto ist mindestens zwei Millionen wert.«

»Okay, dann geht und verkauft es selbst.«

»Zweihunderttausend«, sagte Go-Slow.

Chucks zischte. »Okay. Aber bitte, keine Lieferungen mehr, bis ich euch kontaktiere. Das ist mir gerade zu heikel.«

»Und ein Motorrad.«

Go-Slow und Knockout tuckerten auf einem gebrauchten Motorroller über die Third Mainland Bridge. Go-Slow fuhr. Knockout hielt ihn von hinten fest umschlungen.

»Catch-Fire hat uns so blamiert, weil dieser Mann da war«, schrie Knockout über den Fahrtwind hinweg. »Er wollte nicht, dass wir vor seinem neuen Oga reden.«

»Vergiss es einfach«, schrie Go-Slow zurück.

»Das Auto muss ihm gehört haben. Hast du mitgekriegt, wie Catch-Fire versucht hat, sich vor ihn zu stellen? Er wollte nicht, dass wir ihn sehen.«

»Ich habe nichts mitgekriegt.«

»Was hat so ein wichtiger Mann bei einem gewöhnlichen Dieb wie Catch-Fire zu suchen? Er muss der Mann sein, mit dem er die Geschäfte macht.«

»Vergiss es einfach.«

»Er ist der Mann, mit dem wir sprechen sollten.«

»Kanayo, vergiss es einfach.«

Die Jungs, die Fußball gespielt hatten, hoben die Fäuste und skandierten: »Baba Catch-Fire.« Die Mädchen bedeckten ihre Körper nicht, und die Jungs starrten nicht. Catch-Fire vollführte einen kleinen Tanz zu einem Lied, das die Jungs für ihn sangen, dann winkte er ihnen zu und seine Mädchen zurück ins Haus.

Amadi nippte an seinem Brandy und schaute das stummgeschaltete Spiel. Aus der Stereoanlage ertönte keine Musik mehr.

»Mein Chief, Sir, entschuldigen Sie vielmals diese Peinlichkeit«, sagte Catch-Fire.

»Wer sind diese Typen?«

»Bloß irgendwelche dummen Rowdys. Wegen denen müssen Sie sich keine Sorgen machen, Sir.«

»Was für ein Geschäft hatten sie im Sinn?«

»Nichts, Chief. Nicht unser Geschäft.«

»Ich habe dich nicht gefragt, ob es sich um unser Geschäft handelte.« Amadi wurde bewusst, dass er sich um die beiden Clowns ebenfalls würde kümmern müssen. »Die sehen aus wie leichtsinnige Typen.«

»Sehr leichtsinnig«, stimmte Catch-Fire zu.

»Vielleicht habe ich einen Job für sie.«

»Diese Jungs? Denen kann man nicht trauen, Chief. Haben Sie gesehen, wie die hier reinmarschiert sind und grundlos Ärger gemacht haben? Mit Leuten wie denen können wir keine Geschäfte machen. Die werden uns nur ständig Probleme bereiten. Nein, Chief. Die sind nicht gut fürs Geschäft. Sie sind zu leichtsinnig.«

»Ja. Der Job, für den ich sie brauche, ist sehr gefährlich, womöglich überleben sie ihn nicht. Ich habe nach jemandem gesucht, den ich für diesen Job anheuern kann. Nicht unser Geschäft. Etwas anderes. Verstehst du?«

Catch-Fire wusste, dass zumindest Knockout Rache nehmen würde. »Für diese Art von Job wären sie sehr gut geeignet«, sagte er.

»Schreib mir ihre Telefonnummern auf. Wie heißen die beiden?«

»Der Große ist Go-Slow, seinen richtigen Namen kenne ich nicht. Der Zwerg wird Knockout genannt, aber sein richtiger Name ist Kanayo.«

Das hatte er erst an diesem Abend erfahren. Er hatte vor, einen anonymen Anruf bei der Polizei zu tätigen, um ihnen diesen Hinweis zu geben.

Amadi faltete den Zettel, auf den Catch-Fire die Namen und Telefonnummern geschrieben hatte. Er schob ihn in seine Hosentasche und erhob sein Glas Brandy.

»Auf mehr Geld.«

»Mehr Geld«, wiederholte Catch-Fire. Er suchte auf dem Hocker nach seinem Bier und hob die Flasche, um mit Chief Amadi anzustoßen. Er nahm einen Schluck. »Chief, bitte, nehmen Sie eins dieser Mädchen mit nach Hause. Irgendeins.«

»Ein andermal, mein Freund. Ein andermal.«

»Oder zwei, Sir. Nehmen Sie zwei. Ich sage Ihnen, sie sind sehr gut. Und sauber. Kein HIV. Nehmen Sie drei.«

»Hast du sie selbst getestet?«

»Nein, Sir, so ist das nicht. Ich schlafe nicht mit allen von ihnen. Nur eine ist meine Freundin, und sie ist nicht mal hier. Welche Sie auch wollen, ich schwöre Ihnen, sie wird nur Ihnen gehören.«

»Du trinkst dein Bier nicht.«

»Es ist warm. Ich hole mir eine neue Flasche. Bitte, Sir, trinken Sie noch einen Brandy.«

»Nein, nein, nein, nein. Es ist spät. Ich muss wirklich gehen.«

»Ach, Chief, Sie sind wütend auf mich wegen dieser Typen.«

»Wütend? Wieso? Trink dein Bier aus und bring mich zur Tür.« Amadi stand auf.

»Okay, Sir.« Er leerte den Rest des Biers mit einem großen Schluck.

20

DAS SCHWARZ DES HIMMELS verwandelte sich gerade in ein fleckiges Grau, als Go-Slow vor einem Bungalow auf der King George V Road im Herzen von Lagos Island zum Stehen kam. Knockout stieg vom Roller, und die beiden Kriminellen schüttelten sich die Hand und verabredeten sich für den Abend am Tarzan Jetty.

Knockout trug seinen Anteil der Beute in einer Nylontasche, in der, eingewickelt in Papier und Zellophan, ebenfalls das Herz der Frau steckte, die er abgeschlachtet hatte. Er sah zu, wie sein Partner mit der heulenden Maschine wendete, ehe er denselben Weg zurückfuhr, den sie gekommen waren, dann drehte er sich zu seinem Haus um.

Er hatte das Gebäude von seinem Vater geerbt, der es wiederum von seinem eigenen Vater geerbt hatte, und so weiter, bis zur vierten Generation. Einst hatte Knockout es sich mit zwei Brüdern geteilt, die jedoch mittlerweile an die notwendigen gefälschten Papiere gekommen waren, um die Einreisebehörden in Nigeria und Deutschland zu täuschen. Ihm gefiel der Gedanke, dass die meisten wichtigen Familien in Lagos noch immer einen Sitz in der Nähe seines eigenen in den Elendsvierteln von Lagos Island besaßen – auch wenn die ehemals stolzen Häuser mittlerweile in einzelne Zimmer aufgeteilt waren und an jene Menschen vermietet wurden, die der Stadt egal waren.

Er lief durch den einen Meter fünfzig breiten Gang zwischen seinem Haus und dem benachbarten Bungalow, der durch einen Drahtzaun gesichert war. Er öffnete das Schnappschloss an dem winzigen Tor und betrat seinen Garten.

»Whisky, Gaddafi.«

Zwei reinrassige Dobermänner rannten aus ihrem offenen Zwinger und drängelten sich um seine Hände, damit er ihnen über ihr schwarzes Fell strich. Anders als viele solcher Rassehunde hatten sie noch immer ihre Schwänze. Knockout war schockiert gewesen, als er herausfand, dass Dobermänner nicht mit Stummeln auf die Welt kamen, und konnte nicht verstehen, wie irgendjemand einem Welpen kurz nach der Geburt den Schwanz abschneiden konnte. Was für ein Mensch würde einem Hund so etwas antun?

Knockout wickelte das Paket aus und warf den Hunden das Fleisch hin. Er war aufgeregt gewesen, seit er auf die Idee gekommen war, seinen Hunden ein menschliches Herz zu verfüttern. Er sah zu, wie die Tiere nervös an ihrer Mahlzeit rochen, sie mit ihren feuchten Nasen anstupsten, unsicher zu ihm aufblickten und dann weiter schnüffelten. Der Nervenkitzel wuchs, er konnte es nicht erwarten, zuzusehen, wie sie es fraßen. Ein Hund schnappte sich das Fleisch, klemmte es sich zwischen die Kiefer und knurrte. Der andere kämpfte darum, und Knockout kicherte. Dann riss er die Augen auf, als ihm ein Gedanke durch den Kopf fuhr. Scheiße. Wieso war ihm das nicht vorher eingefallen?

Er musste den Hunden das Fleisch wieder abnehmen. Er stürzte sich in das Gerangel und musste rasch lernen, dass Hunde am Ende Hunde bleiben.

21

DER HIMMEL HELLTE SICH AUF, und im Slum hinter dem Revier krähten die Hähne, aber Ibrahim saß an seinem Schreibtisch, wartete auf den nächsten Anruf des Polizeipräsidenten, fragte sich, was er ihm berichten sollte, und kämpfte gegen den Drang an, einen Polizisten loszuschicken, um ein Päckchen Zigaretten zu kaufen.

Wenn er den Präsidenten erst gar nicht angerufen hätte, um damit anzugeben, dass er die Eisenbieger-Gang geschnappt hatte, hätte der Mann wahrscheinlich weitergeschlafen und diesen verdammten Bericht auf CNN verpasst. Der Präsident hatte auch gefragt, wie es dazu hatte kommen können. Ibrahim setzte zu einer Erklärung an, wie seine Jungs auf Streife gewesen waren, aber der Präsident unterbrach ihn: »Wie konnten Sie zulassen, dass das in die Nachrichten gelangt?« Als könnte Ibrahim jeden einzelnen Journalisten in Lagos festnehmen.

Ein lokaler Bericht wäre schlimm genug gewesen. Aufgeblasene Reporter hätten unverschämte Fragen gestellt, lange Wörter verwendet und Korruption bei der Polizei für alles verantwortlich gemacht, was im Land schieflief. Ihr eigentlicher Kritikpunkt wäre gewesen, wo das Verbrechen stattgefunden hatte: Victoria Island, eine der wenigen Enklaven relativer Sicherheit in der Stadt – eine Illusion, die jene, die auf der Insel lebten oder dort leben wollten, mit religiösem Eifer aufrechterhielten.

Aber es war international ausgestrahlt worden, und da Menschen aus Nigeria stets bereit waren, Fremden zu widersprechen, die es wagten, ihr Land zu beleidigen, würden nun zweifellos alle, die eine

Plattform hatten, um Lärm zu machen, über die »unfaire« Darstellung Nigerias auf CNN wüten und schäumen. Und er, Ibrahim, würde das Gras sein, auf dem zwei Elefanten sich bekämpfen, nicht weil unter seiner Aufsicht ein Mord verübt worden war, sondern weil er der Polizist war, der dafür hätte sorgen sollen, dass solche Dinge, wenn sie denn geschahen, nicht das kostbare Ansehen der Insel der Reichen beschädigten.

Dann war da noch die Leiche in der Zelle. Die Frau, deren Auto gestohlen worden war, hatte ihm keine Probleme bereitet. Sie bedankte sich bei ihm, als er ihr mitteilte, sie müsse lediglich eine Aussage unterschreiben, die er für sie verfasst hatte. In wenigen Worten stand darin, ihr sei in der Nähe der Bushaltestelle CMS das Auto gestohlen worden, sie sei zum Revier gelaufen, um das Verbrechen zu melden, in der Zelle habe sie einen der Angreifer erkannt, der Verdächtige sei gewalttätig geworden und habe versucht, zu fliehen. Die Frau unterschrieb die Aussage, und er zerriss die zuvor von ihr formulierte. Ein Polizeiauto brachte sie nach Hause.

Amaka auf der anderen Seite ließ sich nicht so schnell mundtot machen – wenn es denn überhaupt möglich war. Ibrahims Vorgänger hatte ihn über sie in Kenntnis gesetzt: »Seien Sie vorsichtig mit der. Die macht Ihnen eine Menge Ärger.« Er nannte sie eine »frustrierte Lesbe« und die Wohltätigkeitsorganisation, für die sie arbeitete, »einen Verein für Prostituierte«.

Als sie das erste Mal im Revier auftauchte und behauptete, eine junge Frau sei während ihrer Inhaftierung dort vergewaltigt worden, hatte Ibrahim seinen Vorgänger angerufen und ihn gefragt, was er tun solle. Der Mann hatte gelacht und ihm gesagt, er solle sich einen Anwalt nehmen.

Sie war in sein Büro marschiert, als wäre sie seine Chefin. Sie stellte sich als die Anwältin der Frau vor. Ibrahim wollte sie warnen, dass er bereits alles über sie wisse, aber als sie ihm die Hand schüttelte und ihr wunderschönes Lächeln zeigte, vergaß er, dass sie der Feind war.

Sie war nicht die männerhassende Hexe, die er sich vorgestellt hatte. Sie wirkte intelligent und verhielt sich höflich. Sie wollte die Polizei nicht vor Gericht bringen, sie wollte lediglich, dass der fragliche Polizist die Frau bezahlte, die er vor dem Y-Not festgenommen hatte. Sie stimmte zu, dass es kaum als Vergewaltigung bezeichnet werden konnte, da die junge Frau selbst Sex gegen ihre Freiheit angeboten hatte. Aber, argumentierte Amaka, da sie gar nicht erst hätte festgenommen werden dürfen – dafür, dass sie ihren Körper anbot, was nicht bewiesen werden konnte –, hätte es nicht nötig sein sollen, dass sie jemanden bestach, um ihre Freiheit wiederzuerlangen. Aus ihrer Sicht schuldete der Polizist ihrer Klientin etwas für die erbrachte Dienstleistung, andernfalls müsse die nigerianische Polizei sich in einem Fall von Zwangsinhaftierung und Vergewaltigung verantworten.

Auch wenn er versuchte, es sich nicht anmerken zu lassen, beeindruckte sie ihn damit, wie sie ihren Fall darlegte. Sie erpresste ihn, um einen Polizisten dazu zu zwingen, eine Sexarbeiterin zu bezahlen – zu viele Straftaten, um sie alle aufzuzählen. Allerdings stellte sie ihm ein Gerichtsverfahren in Aussicht, das ihr Angebot gnädig wirken ließ.

Im Gegensatz zu seinem Vorgänger verstand er sie. Hier war eine Frau, die ihr Wissen, ihren Charme und alles, worüber sie verfügte, nutzte, um sich um andere Frauen zu kümmern. Für diese Mädchen war sie wie Mutter Teresa.

Er fragte sie mehrmals nach ihrer Telefonnummer, aber sie wies ihn jedes Mal ab. Es war zu einem Spiel geworden, das sie bei jedem ihrer Treffen spielten. Wäre er ledig, wäre sie die perfekte Ehefrau für ihn gewesen. Aber weshalb würde eine gebildete Frau wie sie einen gewöhnlichen Polizisten heiraten wollen? Normalerweise wären sie sich niemals begegnet, und selbst wenn, hätten sie sich niemals angefreundet. Allerdings ließ ihre Arbeit sie zu einer ständigen Besucherin in seinem Revier werden, und mittlerweile verband sie zumindest eine lockere Freundschaft.

Wieso hatte sie an diesem Abend auftauchen müssen? Warum war sie nicht wie gebeten in seinem Büro geblieben? Sie hatte den britischen Journalisten zum Informationsminister gebracht. Vermutlich würde darüber diskutiert werden, was in der Zelle geschehen war. Was hatte sie überhaupt mit dem verdammten Minister zu schaffen? Vielleicht hatte sie eine Schwäche für mächtige Männer? Vielleicht war sie trotz ihrer ganzen wohltätigen Arbeit und ihrem Bemühen um Gerechtigkeit für die weibliche Hälfte der Welt am Ende auch nicht anders als all die anderen Frauen. Vielleicht hatte sie sich deshalb nie darauf eingelassen, sich außerhalb des Reviers mit ihm zu verabreden. Vielleicht war er einfach nicht reich genug. Das, oder sie war tatsächlich eine Lesbe.

Er hob den Hörer vom Telefon. »Musa, kommen Sie her.«

»Hier ist nicht Musa, Sir. Hier ist Oyebanji.«

»Wo ist Musa?«

»Er hat an mich übergeben, Sir.«

»Rufen Sie ihn sofort an. Sagen Sie ihm, er soll zurückkommen.« Er knallte den Hörer auf das Telefon. Wenn er nicht nach Hause durfte, dann durfte das auch kein anderer. Er überlegte kurz und nahm den Hörer dann wieder in die Hand. »Sagen Sie Musa, er soll zum Sheraton fahren. Dort hält sich der Informationsminister auf. Ich möchte wissen, wann er das Hotel verlässt und in wessen Gesellschaft.«

Fünf Minuten später rief Oyebanji zurück: »Sir, Musa geht nicht ans Telefon, Sir.«

»Was? Okay. Sagen Sie Femi und … wer auch immer da ist, sie sollen sofort in mein Büro kommen.«

In einem Zimmer im hinteren Teil des Reviers verhörten vier

oberkörperfreie Polizisten schwitzend, erschöpft und mit wunden Fäusten ein Mitglied der Eisenbieger-Gang.

Hot-Temper trat vor den Körper des Jungen, der kopfüber an einem kaputten Deckenventilator hing, die Füße mit einem Wasserschlauch daran befestigt.

»Alter, willst du umsonst sterben?«

Der Körper des Jungen schaukelte hin und her und tropfte Schweiß und Blut in eine Pfütze auf dem Fußboden.

»Wir wissen bereits, dass eins der Autos, die ihr geraubt habt, auch das ist, aus dem du und deine Jungs die Leiche des Mädchens geworfen habt, nachdem ihr sie getötet habt. Die Dame, der ihr das Auto gestohlen habt, ist heute Nacht hierher aufs Revier gekommen, um es zu melden. Sag uns einfach, wer euch beauftragt hat, dann lassen wir dich gehen.«

Der Junge reagierte nicht. Hot-Temper versetzte ihm einen Schlag in den Bauch. Er hustete Blut und Spucke.

»Bringt den Tauchsieder.«

Ein Polizist, der sich gegen die Wand gelehnt hatte, zog den Stecker des Geräts. In seinem Plastikgriff steckten auf der einen Seite ein Stromkabel und auf der anderen die beiden Enden eines dünnen Metallrohrs. Das Rohr, das etwa so dick wie ein Bleistift war, ragte zwölf Zentimeter aus dem Griff und war vorne viermal gewunden, sodass es eine Spirale bildete. Durch geschwollene Augen sah der Junge die rotglühende Spirale vor seinem Gesicht baumeln. Sein Körper verdrehte sich wie eine Schlange, die am Schwanz hochgehoben wurde.

»Entfernt seine Hose«, kommandierte Hot-Temper.

Die Polizisten ergriffen den Jungen. Mit den Spitzen von Daumen und Zeigefinger hielt Hot-Temper den Penis des Jungen und steckte ihn in die heiße Spirale. Der Schrei des Jungen hallte durch das Gebäude, und der Geruch von verbrannter Haut wehte durch das Zimmer. Er heulte und wand sich wie ein Tier in der

Falle, bis seine Kraft aufgebraucht war und er wie ein Hund winselte.

Hot-Temper riss die Spirale weg und mit ihr die zischende, versengte Haut.

»Sieh nur, was ich dir grundlos antun muss. Ich will einen jungen Kerl wie dich nicht bestrafen. Ich weiß, dass andere dich beauftragt haben. Nenn mir einfach ihre Namen, und all das hier hat ein Ende. Wenn du mir nicht sagst, was ich wissen will, packe ich deinen Blucos zurück in das Teil und stöpsle es ein, bis du gegrillt wirst wie ein Suya-Spieß.«

Der Junge erinnerte sich an den Bluteid, den er geschworen hatte, als er sich der Gang anschloss. Er erinnerte sich an den Spaziergang entlang eines Buschpfads. Er roch die nasse Erde. An den Armen kitzelten ihn die hohen Grashalme, die Tau auf seiner Haut hinterließen. Überall um ihn herum war nichts als wunderschöne, weite grüne Landschaft. Er stand auf einer Lichtung vor den eingeölten Holzfiguren und den blutigen ausgerupften Federn des Schreins. Er schmeckte die trockene Fadheit seines eigenen Bluts, vermischt mit dem Blut der anderen, während seine Zunge an dem Tontopf kleben blieb. Er erinnerte sich an die Warnung des Schamanen: »Ihr habt geschworen, die Geheimnisse der anderen geheim zu halten. Wer das Versprechen bricht, das auf diesem Boden gegeben wurde, soll von diesem Boden verschluckt werden.« Er sah die verwesenden Leichen jener, die vor demselben Schrein geschworen und daraufhin ihre Versprechen gebrochen hatten. Sie wurden liegen gelassen, um unbegraben zu verrotten, um den Schrein verstreut wie Abfall, Spielbälle der Götter. Wenn er jetzt redete und den Schwur brach, würde er sterben und zu einer jener schändlichen Leichen werden, deren Seelen als Gespenster über die Erde streiften, ohne den Weg nach Hause zu finden. Er würde sterben.

Hot-Temper öffnete die Tür zu Inspector Ibrahims Büro, ohne anzuklopfen.

»Sir, wir haben einen Namen, Sir.«

»Wirklich?«

»Ja, Sir, Chucks.«

»Chucks? *Der* Chucks?«

»Ja, Sir.«

Ibrahim lehnte sich in seinem Stuhl zurück. Er hatte es schon zu oft gesehen: Ein kleiner Gauner wird ehrgeizig und zwingt die Polizei, gegen ihn vorzugehen, trotz der Bestechungsgelder, die er in der Vergangenheit bezahlt hat. Chucks war ein verlässlicher Spitzel gewesen, der alle Kriminellen verraten hatte, die sich auf seinem Betätigungsfeld einmischten. Sein Geschäft bestand darin, dass er beschlagnahmte Motorräder, die er den Beamten der staatlichen Verkehrstaskforce illegal abkaufte, als importierte Gebrauchtwaren anbot. Nun war er also zu gestohlenen Autos übergegangen?

»Oga, lassen Sie mich ein paar Jungs nehmen, hinfahren und ihn abholen, *bulldog style.*«

Ibrahim dachte darüber nach. Es war beinahe fünf Uhr morgens. Matori, wo Chucks wohnte, war längst zum Leben erwacht. Wenn sie versuchten, ihn ohne Haftbefehl zu schnappen, wie Hot-Temper vorschlug, könnten sie damit einen Aufstand provozieren. Das war schon vorgekommen. Polizisten, die auf jemanden angesetzt worden waren, waren von Ersatzteilhändlern und Area Boys umzingelt worden. Man ließ die Männer erst gehen, als sie es aufgaben, denjenigen mitzunehmen, der des bewaffneten Raubüberfalls verdächtigt wurde. Außerdem könnte Ibrahim dem Polizeipräsidenten zuerst die Nachricht überbringen, dass es einen Verdächtigen gab, und ihn später erneut informieren, wenn sie den Mann hatten. Weshalb diese zwei guten Neuigkeiten auf einmal verpulvern? Ihnen blieb nur eins zu tun: abzuwarten bis zur Nacht, wenn es in Matori ruhig sein würde.

»Wer weiß sonst noch Bescheid?«

»Weiß worüber Bescheid, Sir?«

»Über Chucks.«

»Nur ich und die Polizisten, die den Jungen verhört haben.«

»Gut. Erwähnen Sie es niemandem gegenüber. Kommen Sie alle zu mir.«

Auf einen Notizblock auf seinem Schreibtisch schrieb Inspector Ibrahim: »Operation Bulldogge«. Er unterstrich die Worte zweimal und fügte hinzu: »Die Belagerung Matoris.«

22

NUR EIN VERFOLGTER SPION, der durch die Tore einer befreundeten Botschaft sprintet, könnte nachvollziehen, wie ich mich fühlte, als wir am Eko Hotel vorfuhren.

Ich wies auf freie Parkplätze hin, aber Amaka fuhr weiter und parkte weit entfernt vom Eingang. Ihr Telefon klingelte erneut. Wer rief sie ständig an? Sie hatte versprochen, mir alles zu erklären, sobald wir das Hotel erreicht hätten. Was könnte sie mir wohl zu sagen haben? Wenn sie nicht mit dem Inspector zusammenarbeitete, wer war sie dann? Wieso war sie mich abholen gekommen? Was genau machte ihre Wohltätigkeitsorganisation? Wieso hatte sie gelogen und gesagt, Ade hätte sie geschickt?

Beim Aussteigen nahm sie den Anruf entgegen. Ich konnte nicht hören, ob sie Englisch sprach. Sie ging mit großen Schritten und war mir bald weit voraus, in das Gespräch vertieft. Hatte es etwas mit mir zu tun?

Im Licht des frühen Morgens erhaschte ich einen besseren Blick auf sie. Sie war groß: vielleicht einen Meter achtzig. Sie hatte einen durchtrainierten und dennoch femininen Körper. Sie machte Sport. Sie hielt sich aufrecht und hatte einen entschlossenen Gang, der sie sogar noch anziehender machte. Wer war sie?

Als sie die Stufen erklomm, die zu der offenen Lobby des Eko Hotels führten, nahm sie das Telefon vom Ohr. Sie ließ den Anruf pausieren.

»Tut mir leid. Da musste ich drangehen«, sagte sie.

»Schon in Ordnung«, erwiderte ich. Beschämt fragte ich mich, ob sie mich dabei erwischt hatte, wie ich ihr auf den Hintern starrte.

»Sie müssen nun aus Ihrem Zimmer auschecken. Ich besorge Ihnen unter meinem Namen ein neues Zimmer, in das Sie vorübergehend ziehen können.«

»Warten Sie. Sie haben mir immer noch nicht erzählt, worum es bei der ganzen Sache geht.«

»Ich werde Ihnen im Zimmer alles erklären. Bitte, wir müssen uns beeilen und Ihnen ein anderes Zimmer buchen.«

Ich verstand ihr Argument. Auf ihr Drängen betraten wir das Hotel getrennt voneinander. Sie kam in mein Zimmer, und gemeinsam packten wir meine Sachen, dann ließ ich meinen Koffer zurück und ging nach unten, um auszuchecken. Ich täuschte vor, mit meiner Laptoptasche und einem Rucksack das Hotel zu verlassen. Als ich sicher war, dass niemand hinsah, lief ich auf der anderen Seite wieder hinein und nahm den Fahrstuhl hinauf zu Amakas Stockwerk. Ich klopfte und erwartete halb, sie wäre mit all meinen Sachen verschwunden, aber sie strahlte mich an, als wäre sie erfreut, mich zu sehen. Vielleicht hatte sie ebenfalls Angst gehabt, ich würde nicht wiederkommen.

Sie hatte ihre Schuhe ausgezogen.

»Haben Sie dem Mann an der Rezeption ein Trinkgeld gegeben?«

»Ja. Fünftausend Naira, wie Sie es mir aufgetragen haben.«

»Gut. Er wird sich an Sie erinnern.«

»Sie machen das hier nicht zum ersten Mal, oder?«

»Es mag Sie überraschen, aber für gewöhnlich verbringe ich meine Nächte nicht damit, *weiße* Jungs vor der Polizei zu retten.«

»Okay, wie lange wollen Sie noch diese Karte spielen?«

Sie lächelte erneut. Sie nahm mir meine Laptoptasche ab und legte sie auf den Tisch.

»In Ordnung, lassen Sie es mich erklären.«

Beim Sprechen setzte sie sich auf das Bett und streckte die Beine auf der Überdecke aus. Sie zog sich ein Kissen unter den Arm und legte sich mit dem Gesicht zu mir auf die Seite.

»Wie gesagt, ich arbeite für eine Wohltätigkeitsorganisation. Wir kümmern uns um Sexarbeiterinnen. Wir bieten ihnen Beratung, finanzielle Unterstützung und einen Ort zum Schlafen, wenn sie ihn brauchen, medizinische Versorgung, solche Sachen. Sexarbeit ist in Nigeria illegal, also passt niemand auf diese Frauen auf. Sie werden belästigt, erpresst, übers Ohr gehauen, vergewaltigt, ermordet, was auch immer Sie sich vorstellen können. Sie haben heute Abend vor dem Ronnie's etwas gesehen?«

Ich nickte. Die schreckliche Szene spielte sich erneut vor meinem inneren Auge ab. Ich zog einen Stuhl vor das Bett und setzte mich Amaka gegenüber.

»Was Sie gesehen haben, ist in der Vergangenheit bereits vorgekommen. Nicht auf diese Weise, nicht so offen, aber es ist genau das, was wir im schlimmsten Fall verhindern wollen. Viele der Frauen haben meine Mobilnummer. Eine von ihnen hat mich angerufen, um mir zu erzählen, was passiert ist. Ich bin dort hingefahren, und zu Ihrem Glück haben Leute gesehen, wie Sie sich haben festnehmen lassen. So habe ich von Ihnen erfahren. Ich wusste, dass Sie Hilfe brauchen würden, also habe ich Sie ausfindig gemacht.«

»Nun ja, vielen Dank dafür. Ich schätze, ich bin Ihnen was schuldig. Aber wieso haben Sie mich rausgeholt?«

»Sie arbeiten für die BBC, das haben Sie der Polizei erzählt. Sie waren nicht ohne Grund da draußen. Sie haben eine Geschichte gewittert, nicht wahr? Ich habe Sie rausgeholt, weil Sie Journalist sind. Was vor dem Ronnie's passiert ist, wird sich wiederholen, und niemand wird etwas dagegen unternehmen. Wissen Sie, weshalb? Weil die Frauen Sexarbeiterinnen sind und die Mörder mächtige Männer. Die Medien werden sich nicht einmischen, weil sie Angst vor diesen Männern haben. Die Polizei wird in diesem Mordfall nicht ermitteln und ebenso wenig in den Fällen all der anderen Frauen, die täglich verschwinden. Warum? Weil auch sie Angst haben vor den wichtigen Männern, die die Polizei dafür bezahlen, den

Frieden zu wahren, und vor der sogenannten schwarzen Magie, für die sie die Frauen verwenden. Als ich hörte, dass ein ausländischer Journalist alles mit angesehen hatte, hatte ich einen Geistesblitz.«

Ich wollte ihr sagen, dass sie zwar recht damit hatte, dass ich nach draußen gegangen war, weil ich eine Geschichte gewittert hatte, dass ich aber nicht für die BBC arbeitete. Allerdings war Amaka noch nicht fertig, und es erschien mir wie ein belangloses Detail, also ließ ich sie fortfahren.

»Sie haben etwas Schreckliches gesehen. Sie können etwas dagegen unternehmen. Sie können der Welt erzählen, was Sie gesehen haben.«

»Ich muss Ihnen etwas sagen. Ich bin eigentlich ein ausgebildeter Anwalt. Diese Journalismus-Sache, darin bin ich nicht besonders gut.«

»Sie sind Anwalt?«

»Ja. Ich meine, war ich mal. Bin es immer noch, schätze ich, aber ich wollte immer schon Journalist sein, also bin ich mittlerweile einer. Aber ich bin nicht John Pilger oder John Simpson. Ich wünschte, es wäre so, aber ich bin kein Investigativjournalist.«

»Ich bin auch Anwältin.«

»Ernsthaft?«

»Ja.« Sie blickte mich an, als hätte sie einen Freund wiedererkannt, und ich schwöre, dass ihr Gesichtsausdruck weicher wurde, sich veränderte, beinahe so, als würde sie mich nun in einem anderen Licht sehen. »Ich verlange nicht von Ihnen, irgendetwas Gefährliches zu tun. Sie müssen lediglich schreiben. Ich habe Informationen, die ich Ihnen geben werde. Namen und Fakten. Sie werden mich selbstverständlich als Quelle behandeln. Niemand darf etwas über mich erfahren. Ich kann die Informationen auch jedem anderen Journalisten geben, aber Sie haben mit eigenen Augen gesehen, was passiert ist. Es ist Ihre Geschichte.«

»Ich muss lediglich schreiben?«

»Ja. Sie müssen lediglich schreiben.«

Ich hatte dieses Gefühl, das einen überkommt, wenn man noch genügend Zeit hätte, um einen Rückzieher zu machen, man sich jedoch nicht davon abhalten kann, die falsche Entscheidung zu treffen.

»Und Sie glauben, das wird etwas bewirken?«, fragte ich.

»Das hoffe ich. Es ist ein Anfang. Die Alternative ist, nichts zu tun. Das will ich nicht, und ich glaube, das wollen Sie auch nicht. rgendjemand muss diese Geschichte erzählen. Sie waren nicht ohne Grund im Ronnie's. Sie sind nicht ohne Grund hinausgegangen, um die Frau zu sehen. Wer sollte diese Geschichte besser erzählen können?«

»Sie sagten, Sie hätten Informationen. Was für Informationen?«

Sie rollte die Beine vom Bett und setzte sich auf die Kante. Kaum dreißig Zentimeter lagen zwischen uns.

»Was ich Ihnen jetzt erzählen werde, habe ich noch nie irgendjemandem erzählt. Sie werden gleich verstehen, weshalb.«

Sie griff nach ihrer Tasche auf dem Bett, überlegte es sich dann jedoch anders und drehte sich zu mir um.

»Ich führe eine Liste mit Männern in Lagos, die Sexarbeiterinnen aufsuchen. Ich habe ihre Namen, ihre Adressen, ihre Telefonnummern. Ich weiß, wo sie arbeiten, was sie mögen, wie viel sie bezahlen. Ich weiß, welche von ihnen grob sind, welche verheiratet sind, welche die Frauen schlagen, welche zwei auf einmal nehmen und welche keine Kondome benutzen. Ich habe Autokennzeichen, Fotos und Videos von ihnen. Ich weiß, wohin sie die Frauen bringen – alles, was Sie sich vorstellen können. Ich weiß sogar, welche von ihnen einander kennen.

Über all das führe ich Buch, damit die Frauen sicher sind. Wenn ein Mann eine Frau mitnehmen will, schickt sie mir sein Autokennzeichen. Ich schaue in meiner Liste nach und sage ihr, was sie zu erwarten hat, wie viel sie von ihm verlangen kann und solche

Sachen. Ich führe die Liste nun seit mehr als zwei Jahren, und die Datenbank wächst und wächst. Es gibt ein paar Namen, bei denen ich den Frauen sage, dass sie nicht mitgehen sollen.«

»Die Gewalttätigen?«

»Ja.«

»Was machen die mit den Frauen?«

»Was Männer eben tun. Was erwarten Sie? Sie verprügeln sie, weigern sich, zu bezahlen, vergewaltigen sie, zwingen sie zum Sex mit ihren Hunden. Ich begreife es nicht, wie ein Mann, dem eine Frau das Leben geschenkt hat, so grausam zu anderen Frauen sein kann. Aber machen Sie sich über die Schläger und Vergewaltiger keine Gedanken, um die kümmere ich mich. Die Namen, die ich Ihnen geben werde, sind die Namen der Männer, die Frauen mitgenommen haben, die daraufhin verschwunden sind.«

»Die Männer, die der Frau von heute Abend das angetan haben?«

»Ja, die Leute, die solche Dinge tun. Ich muss Sie warnen, das sind mächtige Männer. Sie sind gut vernetzt, vermögend und einflussreich. Ich sehe sie im Fernsehen, wie sie Preise entgegennehmen und Reden halten, und ich frage mich, was die Leute tun würden, wenn sie wüssten, was ich über diese Männer weiß.«

»Was genau wissen Sie denn?«

»Ich weiß, dass Frauen mit einigen Männern mitgegangen und dann einfach von der Bildfläche verschwunden sind. Ein Mann nimmt eine Frau mit, sie wird nie wieder gesehen, sie geht nicht ans Telefon, ruft nicht bei ihren Eltern an, rührt ihr Bankkonto nicht an, was glauben Sie, was mit ihr passiert ist?«

Ich dachte an die junge Frau im Straßengraben. War sie einfach mit der falschen Person mitgegangen?

»Wie sind Sie in diese ganze Sache hineingeraten?«

Ich hatte mir vorgestellt, ihre Wohltätigkeitsorganisation würde schlicht versuchen, die Frauen von der Straße zu holen, aber mittlerweile war offensichtlich, dass es viel komplexer war. Amaka verurteilte diese Frauen nicht, stellte ihre Lebensweise nicht infrage und versuchte auch nicht, sie zu ändern. Sie wollte nur, dass sie sicher waren. War sie einst selbst eine von ihnen gewesen?

»Sie meinen, wieso kümmere ich mich um Sexarbeiterinnen? Ich nehme an, das war wohl unausweichlich.«

Sie erhob sich vom Bett, zog ihren Blazer aus, strich sich die Bluse glatt und schlüpfte in ihre Schuhe.

»Wo gehen Sie hin?« Ich wollte in diesem Augenblick nicht allein gelassen werden, aber mehr noch wusste ich, dass mir gerade etwas Bedeutsames in den Schoß gefallen war. Das hier würde nicht einfach eine Kolumne oder ein beliebiger Blogartikel werden. Das hier war nicht nur ein Exklusivbericht – daraus könnte ein detailliertes, gründlich recherchiertes Buch werden. Die Sorte Buch, über die man im Frühstücksfernsehen spricht. Vielleicht überstieg es meine Fähigkeiten – ich meine, ein Buch zu schreiben ist nichts, was man einfach so aus dem Ärmel schüttelt, aber mir die Möglichkeiten auszumalen erfüllte mich mit Aufregung. Ich könnte hier etwas Großes leisten, etwas Wichtiges, etwas, das mein Leben und das Leben anderer Menschen verändern könnte. Vielleicht war es doch nicht so ein großer Fehler gewesen, nach Nigeria zu kommen. Ich dachte an Mel. Was tat sie in diesem Augenblick wohl? Wahrscheinlich war sie auf dem Weg zur Arbeit oder ins Fitnessstudio – ich vergesse immer, an welchen Tagen sie zum Sport geht.

»Geht es Ihnen gut?«, fragte Amaka.

»Was? Oh. Ja. Alles in Ordnung.«

»Ich muss etwas erledigen. Legen Sie sich schlafen. Sie müssen sich ausruhen. Ich komme bald zurück, und morgen früh möchte ich Sie mit ein paar Leuten bekannt machen.«

23

EINE BAND BAUTE NEBEN DEM POOL ihr Equipment ab, unter den Blicken einer rothaarigen Frau, die sich mit einem großen Weinglas in der Hand auf einem Liegestuhl ausgestreckt hatte. Ein gebräuntes ergrauendes Paar saß über einen Tisch gebeugt und teilte dem Anschein nach Geheimnisse miteinander. Am entfernten Ende des Pools hielten ein Schwarzer Mann und eine *weiße* Frau über einer heruntergebrannten Kerze Händchen. Der einzig weitere Gast war eine junge Frau in einem glitzernden schwarzen Abendkleid. Sie war allein. Ihre Clutch lag neben einer ungeöffneten Wasserflasche. Sie sah müde aus. Amaka kannte sie nicht.

Der Kellner an der Bar kaute auf dem Ende seines Bleistifts herum und starrte auf einen Taschenrechner und ein Notizbuch. Amaka ging auf ihn zu und fragte ihn, ob die Bar noch geöffnet sei.

»Wir haben vierundzwanzig Stunden geöffnet, Ma«, antwortete er.

Sie entfernte sich, bis sie außer Hörweite war, und rief Chief Ojo an. Sie hatten Textnachrichten ausgetauscht, in denen sie ihm versicherte, dass sie kommen würde, und er sie fragte, wo sie steckte. Sie hatte ihm erzählt, eine Freundin habe einen Auffahrunfall verursacht, also müsse sie zum Polizeirevier fahren, um die Kaution für sie zu bezahlen. Er hatte angeboten, den Zuständigen auf dem Revier anzurufen. Sie hatte ihm gedankt, aber sie habe alles unter Kontrolle.

Er ging beim ersten Klingelton dran.

»Iyabo, wo sind …«

»Sind Sie auf Ihrem Zimmer?«

»Ja. Wo sind Sie?«

Sie legte auf.

Sie fragte den Barkeeper, wie viel eine Flasche Rémy Martin XO kostete. Sie hatte nicht genügend Bargeld dabei und wollte nicht mit ihrer MasterCard zahlen, also bat sie ihn stattdessen um eine Flasche VSOP und ein Glas. Er fing an, das Glas mit Eis zu füllen, und hielt in der Bewegung inne, als er zu ihr aufblickte.

»Tut mir leid, Ma. Ich dachte, Sie hätten um Eis gebeten.«

»Schon in Ordnung. Kann ich ein neues Glas haben, bitte? Ich verdünne mein Gift nicht gern.«

Während er ein trockenes Glas holte, machte sie die Flasche auf. Sie nahm einen großen Schluck, und ihre Blicke trafen sich.

»Ich habe wirklich Durst.«

Er nickte. Sie ließ ihm das Wechselgeld.

Die Türen des Fahrstuhls schlossen sich, und sie schüttete Brandy in das Glas und stellte es auf den Fußboden, ehe sie aus ihrem BH eine kleine wiederverschließbare Plastiktüte zog. Darin befand sich ein Generikum von Rohypnol. Sie hatte zu diesem Mittel recherchiert. Es war geruchlos und geschmacksneutral, und im Gegensatz zu dem Originalmedikament, das blau gefärbt war und sich in Flüssigkeiten langsamer auflöste, war es nicht nachweisbar. Sie schüttete es in die Flasche.

Es war leicht gewesen, daranzukommen. Sie hatte etwas von dem Beweismittel aus einem Fall behalten, in dem eine junge Frau blutend im Hostel eines jungen Mannes aufgewacht war. Die Frau hatte keine Erinnerung mehr daran, was geschehen war – anterograde Amnesie, ein Nebeneffekt des Wirkstoffs. Die Vergewaltiger hatten jedoch ein Video aufgenommen und es an ihre Freunde verschickt, die es wiederum an ihre Freunde verschickt hatten. Als Amaka und die junge Frau mit der Polizei den Schlafsaal aufsuchten, fanden sie den restlichen Vorrat. Die Medizinstudenten prahlten damit, dass man ihnen nichts anhaben könne. Ein besonders hässlicher fragte: »Wissen Sie, wer ich bin?« Amaka wusste es nicht, aber sie fand es heraus: Sein Vater war ein ehemaliger Gouverneur. Sie gab ihr eigenes Geld dafür aus, alle vertrauenswürdigen Journalist*innen davon zu überzeugen, darüber zu berichten. Am Ende wurde der junge Mann von seinem Vater verstoßen, der ebenfalls die Medien nutzte, um klarzustellen, der Junge sei nicht sein biologischer Sohn. Die jungen Männer bekamen lebenslänglich: die Höchststrafe für Vergewaltigung in Nigeria.

Ihr Telefon, das hinten in ihrem Rock steckte, vibrierte. Sie hielt die Flasche hoch, um sicherzugehen, dass die Droge wirklich nicht erkennbar war.

Sie machte ein paar Knöpfe ihrer Bluse auf, zog ihren Rock hoch und drückte ihre Brüste zusammen, ehe sie klopfte. Die Tür zur Präsidentensuite ging auf, als hätte er dahinter gewartet. Chief Ojo war vollständig bekleidet und lächelte, als wäre er dankbar. Sie schnüffelte und warf einen Blick in den Eingangsbereich. Dann trat sie an ihm vorbei und lief in die Lounge. Sie war so groß wie ein Wohnzimmer. Darin befanden sich ein runder Esstisch mit sechs Stühlen neben einem Barbereich und drei große Sofas, die um einen riesigen Fernseher an der Wand arrangiert waren. Sie lief weiter. Es gab noch einen separaten Essbereich mit einem langen Esstisch und zehn Stühlen, aber dort war niemand. Sie schnüffelte wieder. Die Schlafzimmertür stand offen. Darin hing Zigarettenrauch in einer sich langsam verwandelnden Wolke. Sie wusste, dass er nicht rauchte. Sie betrat das Zimmer und fand den Schuldigen: Ein hagerer Mann in einem weißen Dashiki, der Chief Ojos ähnelte, saß auf einem Sessel, eine fette, lange Zigarre zwischen den Fingern der einen und eine Flasche Star in der anderen Hand. Scheiße.

Falls der Fremde sein Freund Mr Malik war, konnte es eine Falle sein. Amaka hatte versucht, den Mann namens Malik ausfindig zu machen, aber niemand schien seine Nummer zu haben oder zu wissen, wo er wohnte oder welche Orte er aufsuchte. Abgesehen von den Frauen, die ihr von ihm erzählt hatten, hatte niemand, mit dem sie gesprochen hatte, je von ihm gehört oder von dem geheimen Sexclub, den er führte.

Sie hatte das Zimmer bereits betreten, und der Mann hatte sie bemerkt. Es war zu spät. Er lächelte. Sie glaubte, einen Hauch Marihuana zu riechen. Sie warf einen Blick in seinen Aschenbecher, der inmitten der Star- und Guinness-Flaschen stand. Sie tranken schon seit einer Weile. Die Frauen hatten ihr erzählt, dass Malik weder trank noch rauchte. Außerdem hatten sie gesagt, er habe helle Haut und einen Bart, dieser Mann dagegen war dunkel und glatt rasiert. Ihre ursprüngliche Panik wurde sogleich von Enttäuschung verdrängt. Sie suchte seit Wochen nach Malik und hatte langsam den Verdacht, entweder war Malik ein falscher Name, oder er wusste, dass sie hinter ihm her war, und hielt sich im Schatten, von wo aus er die Jägerin beobachtete.

Chief Ojo umschlang ihre Taille, und sie zuckte zusammen. Er lachte und versuchte, sie auf die Lippen zu küssen. Sein Atem roch stark nach Alkohol. »Iyabo, darf ich dir meinen Freund vorstellen, Kommodore der Marine außer Dienst Shehu Yaya. Shehu, das ist mein Babe, Iyabo.«

»Die dich hat warten lassen?« Der Kommodore der Marine außer Dienst stand auf. Er überragte den Chief und sie um mindestens dreißig Zentimeter. Er grinste und streckte in Zeitlupe seine Hand aus. Amaka zog ihre weg, als er mit der Zeigefingerspitze über ihre Handfläche rieb. Sie warf ihm einen Blick zu. Er zwinkerte. Sie zog Chief Ojo zur Tür.

»Ich sagte doch, niemand darf etwas hierüber erfahren.«

»Shehu ist ein guter Freund. Wir wollten gemeinsam eine wichtige Veranstaltung besuchen, aber sie ist geplatzt. Er hat mir Gesellschaft geleistet, bis du kommst. Shehu, du hast mein Babe erschreckt.«

Er hätte sich auch einfach nur entschuldigen können. Warum hatte er direkt eine Erklärung parat? Sie warf einen Blick auf den Mann. Sie erwog, so zu tun, als müsste sie etwas aus ihrem Auto holen.

Shehu zog seine Zigarre zwischen den Lippen hervor.

»Alles in Ordnung, Liebes. Tut mir leid, dass ich eure kleine Soiree auf diese Weise störe. Der alte Knabe hat zu mir gesagt, er sei einsam und warte auf eine hübsche Mieze, und ich musste einfach mit eigenen Augen sehen, wer die Braut ist, die einen echten Chief warten lassen darf. Du hast recht, alter Knabe, sie ist absolut umwerfend.«

Chief Ojo legte die Arme um sie.

»Anfassen verboten.«

Beide lachten.

Oder sie könnte behaupten, sie müsse noch einmal zum Polizeirevier fahren.

»Ich muss los. Das hier war eine dumme Idee.«

»O nein, bitte geh nicht. Shehu bricht bald auf. Shehu, du brichst doch bald auf, oder?«

»Ich verschwinde, sobald ich mein Star ausgetrunken habe.« Er kehrte zu seinem Sessel zurück und setzte sich. »Ich verschwende nie ein gutes Getränk. Liebes, du siehst verängstigt aus. Ich beiße nicht. Komm und setz dich.« Er klopfte auf seinen Schoß.

Sie versuchte sich an einem Lächeln, brachte es jedoch lediglich fertig, ihre Lippen über den fest zusammengebissenen Zähnen auseinanderzuziehen. Sie kannte ihn nicht, das war gut. Es bedeutete, dass auch er sie nicht kannte, und soweit sie wusste, hatte Chief Ojo keine Vorliebe für Dreier mit anderen Männern.

»Du hast eine Flasche mitgebracht.« Chief Ojo wollte ihr den Brandy abnehmen. Sie zog sowohl die Flasche als auch ihr Glas weg. Er griff dennoch nach der Flasche und nahm einen großen Schluck.

»Shehu, Brandy?«

Shehu suchte auf dem Hocker nach einem leeren Glas, ehe er den Kopf schüttelte.

»Nein, danke. In unserem Alter ist es keine gute Idee, durcheinanderzutrinken. Iyabo, komm und setz dich.«

Chief Ojo nahm ihre Hand und führte sie zum Bett. Darin hatte noch niemand geschlafen. Amaka kletterte darauf und lehnte sich gegen das Kopfteil. Die beiden Männer setzten ihr Gespräch fort. Sie griff nach der Fernbedienung und lauschte, während sie durch die Sender zappte. Shehu versuchte immer wieder, Blickkontakt zu ihr herzustellen. Sie beobachtete Chief Ojo. Er trank aus der Flasche.

Die Männer sprachen über die noch nicht verkündete, aber allgemein bekannte Absicht eines Freundes, als Gouverneur für den Bundesstaat zu kandidieren. Amaka kannte den Mann, über den sie sprachen – wenn auch nicht persönlich –, aber sie hatte nichts von seinen politischen Ambitionen gewusst. Dagegen wusste sie, dass er junge Mädchen mochte: Achtzehn war für ihn zu alt. Chief Ojo fielen die Augen zu. Amaka schob ihm einen Fuß in die Seite. Er schreckte auf und blickte sie an.

»Nicht einschlafen.«

Er lächelte und kniff ihr in den Oberschenkel.

»Shehu, verabschieden wir uns.« Sie fand, er klang schläfrig.

Shehu schien ihn nicht gehört zu haben. Er betrachtete das glimmende Glühen am Ende seiner Zigarre, als würde der brennende Tabak irgendetwas Tiefsinniges enthüllen. Er blies Rauch darauf. Das Glühen wurde heller.

»Okay.«

Er drückte seine Zigarre aus und stand auf.

»Bringst du mich noch zur Tür, oder was?«

Chief Ojo stöhnte. Er blickte Amaka an. Sie verdrehte die Augen.

»Ich bring dich zum Fahrstuhl.«

Er stand auf und breitete die Arme aus, um nicht das Gleichgewicht zu verlieren. Amaka beobachtete ihn. Sie vermutete, dass sein Freund es ebenfalls tat.

»Ich muss zuerst auf die Toilette. Gib mir eine Minute.«

»Wie viele Flaschen genau hast du heute Abend getrunken?«, fragte sie, als er auf das Badezimmer zuwankte.

Shehu wartete, bis er die Tür hinter sich geschlossen hatte, und wandte sich dann an Amaka.

»Liebes, du gefällst mir. Können wir uns sehen, wenn du mit diesem alten Mann fertig bist? Ich habe ein Haus hier auf der Insel. Er muss es nicht erfahren.«

Seine Direktheit fand sie weniger beleidigend als die Tatsache, dass es ihm nichts ausmachte, Sex mit ihr zu haben, direkt nachdem sie Sex mit seinem Freund gehabt hatte. Wie wäre es, auch mal an die Frau zu denken? Er hätte sie ebenso gut fragen können, ob er mit ihnen zusammen ins Bett gehen dürfe. Sie wusste nicht, was sie sagen sollte. Er wartete. Sie musste ihn loswerden, aber was wusste er über sie?

»Er hat es dir also gezeigt?«, fragte sie, um ihn zu testen.

»Was?«

Sie zog die Augenbrauen hoch.

»Ein Bild von dir?«

»Nein. Vergiss es.«

»Sehen wir uns nachher?«

»Sag ihm nichts.«

»Kein Problem. Wie lautet deine Nummer?« Er hielt sein Telefon in der Hand.

Sie warf einen Blick auf die geschlossene Badezimmertür. Dann nahm sie ihm das Telefon ab und tippte ihre Nummer ein. Es war dieselbe Nummer, die sie auch seinem Freund gegeben hatte. Er speicherte sie gerade ab, als die Tür aufging. Chief Ojo beäugte die beiden misstrauisch. Amaka verlagerte das Gewicht auf dem Bett und konzentrierte sich auf ihre Fingernägel.

»Darf ich ein Bild von deiner Freundin machen?«, fragte Shehu. Er hielt ihr die Linse der Handykamera ins Gesicht.

Sie griff nach einem Kissen und versteckte sich dahinter.

»Bitte nicht. Ich sehe nicht gut aus in 2D.«

»Old Navy, du hast dich kein bisschen verändert«, stellte Chief Ojo fest. »Wozu willst du ein Foto von meinem Babe?«

Er brachte seinen Freund zur Tür und hielt sie für ihn auf.

»Gute Nacht, alter Freund. Meine Freundin und ich brauchen nun ein wenig Privatsphäre.«

Sie schüttelten sich die Hand und zwinkerten einander zu. Er schloss die Tür und schob den Riegel vor, dann drehte er sich um und sah, wie Amaka sich die Bluse aufknöpfte.

»Warum hast du ihm mein Höschen gezeigt?«

Er richtete den Blick starr auf ihren roten BH, um nicht den Augenblick zu verpassen, in dem dieser sich öffnete.

»Ich habe ihm nicht ...«

Er blinzelte. Er konnte sie nicht mehr scharf sehen. Er wischte sich über das Gesicht, aber sie blieb verschwommen. Er tat einen Schritt und spürte, wie er fiel.

24

CHIEF OJO FIEL AUF DIE KNIE, rieb sich über das Gesicht und schüttelte den Kopf. Er streckte die Hand nach Amaka aus und fiel nach vorn. Während sein Kopf an ihren Füßen lag, schlüpfte sie aus ihrem Rock, ging in die Knie und rüttelte an seiner Schulter.

»Chief Ojo«, sagte sie und kniff ihm in den Nacken. »Chief.«

Sie schlug ihm auf die Wange, und er stöhnte. Schlagend und tretend brachte sie ihn dazu, über den Holzfußboden des Eingangsbereichs, durch die Lounge, ins Schlafzimmer und schließlich auf das Bett zu kriechen. Sie entkleidete ihn, nahm dann die Brandy-Flasche mit ins Badezimmer und kippte sie im Waschbecken aus. Sie sah sich selbst im Spiegel, nackt und schwitzend. Sie schaltete rasch das Licht aus. Sie drehte den Hahn auf, säuberte das Emaillebecken und wurde damit gerade fertig, als das Wasser heiß wurde.

Sein Telefon lag auf dem Hocker zwischen den Flaschen und Bechern. Der Akkustand war niedrig. Sie suchte in den gespeicherten Kontakten nach Malik, dann nach allen Einträgen, die mit M begannen, bis sie schließlich das gesamte Adressbuch durchging. Sie fand Politiker und Geschäftsleute. Sie wählte die Nummer der Frau, die ihr geholfen hatte, an ihn heranzukommen. Sie wurde als »Mr Ali« angezeigt. Amaka wählte alle Kontakte aus und drückte auf »Löschen«.

Sie scrollte durch die Fotos von seiner Familie, von ihm, von ihm neben Politikern und öffnete dann seinen Video-Ordner. Sie klickte auf die erste Datei und hörte durch die kleinen Lautsprecher des

Telefons die monotone Stimme eines Mädchens, während die Kamera von den weißen Laken zu dem Mädchen schwenkte, das auf dem Bett stand.

Das Mädchen mochte fünfzehn Jahre alt sein. Bis auf eine Kette mit lila Perlen um die Taille war sie nackt. Sie hatte die Hände in die Hüften gestemmt, die Beine gespreizt und sprach mit irgendjemandem, den sie fragte, was sie damit tun solle. Seine Stimme sagte: »Steck sie rein.« Das Mädchen bückte sich, um etwas aufzuheben, krümmte sich dann, griff sich mit der einen Hand von hinten zwischen die Beine, mit der anderen von vorne und führte eine Flasche Rémy Martin an ihre Vagina.

Amaka stoppte das Video. Sie sicherte alle Aufnahmen auf der Speicherkarte und entnahm diese, ehe sie das Telefon auf den Fußboden warf.

Sie zerrte an den Laken unter ihm, schüttelte und verstreute die Kissen und stieg schließlich neben ihm ins Bett. Sie legte sich seine Hand auf ihre Brüste und hielt ihr Telefon hoch, um ein Foto zu machen, wobei sie darauf achtete, dass man ihr Gesicht nicht sehen konnte.

Dann zog sie sich an, schob die Speicherkarte in ihren BH und wählte die einzige andere Nummer, die sie auf ihrem Telefon eingespeichert hatte.

»Hallo?«

»Kann Ihr Telefon MMS empfangen?«

»Wer ist da?«

»Kann Ihr Telefon Bildnachrichten empfangen?«

»Ja, wer ist da?«

Amaka beendete den Anruf, wählte das Bild aus, das sie gerade gemacht hatte, und schickte es an das Telefon der Frau. Als Nächstes schickte sie ihr den Namen des Hotels und die Zimmernummer. Dann entfernte sie die SIM-Karte und brach sie in zwei Teile, die sie im Aschenbecher zurückließ.

Sie zog ihr zusammengeknülltes Höschen aus seiner Hosentasche und ging damit ins Badezimmer, wo sie es über dem Waschbecken baumeln ließ und ihr Feuerzeug darunterhielt. Der Stoff verbrannte langsam und rollte sich von der Flamme weg. Es roch nach verbranntem Haar.

Daraufhin verließ sie die Suite, schloss die Tür hinter sich, sah sich im Flur nach beiden Seiten um, atmete einmal tief ein und langsam wieder aus.

Sollte seine Ehe noch nicht ruiniert sein, würde sie seiner Frau die Videos von seinem Telefon schicken. Sollte Amaka erfahren, dass er nach wie vor junge Mädchen auflas und verprügelte, würde sie die Videos an alle Blogger*innen schicken, die sie kannte. Das hier war erst der Anfang seiner Bestrafung. Er würde noch mehr bezahlen, er und der Mann, den sie Malik nannten, sobald sie Letzteren gefunden hatte.

25

JEMAND KLOPFTE. Ich wusste, dass es Amaka war, sah jedoch trotzdem nach. Sie war etwa eine Stunde fort gewesen, und ich hatte mich langsam gefragt, ob sie mich allein im Hotel zurückgelassen hatte. Sie rauschte an mir vorbei, ehe ich zur Seite treten konnte, und streifte dabei mit der Schulter meinen Arm.

»Ich werde schnell duschen«, sagte sie. »Versprechen Sie mir, dass Sie nicht einschlafen, bevor ich fertig bin.«

»Versprochen.«

Sie kehrte angekleidet und nach Seife duftend zurück.

»Wie viel schulde ich Ihnen für das Zimmer?«, fragte ich.

»Geht aufs Haus«, antwortete sie und nahm auf dem Stuhl Platz.

»Nein, im Ernst, ich muss Sie dafür bezahlen.«

»Bezahlen Sie mich, indem Sie den Artikel schreiben. Was machen Sie überhaupt in Nigeria?«

Und damit begann unser Gespräch. Die Unterhaltung floss mühelos dahin, mäanderte, ohne ins Stocken zu geraten, zu Dingen, die gar nichts damit zu tun hatten. Bald erzählte ich ihr von der Sportverletzung, die meiner Rugbykarriere ein Ende gesetzt hatte, und sie erklärte mir, wo man in Lagos gute Kaffeebohnen bekam.

»Sind Sie verheiratet?«, erkundigte sie sich.

Ich weiß nicht mehr, was zu dieser Frage führte oder ob sie völlig unvermittelt kam, denn mittlerweile unterhielten wir uns, als wären wir seit Ewigkeiten miteinander befreundet. Ich zeigte ihr die nackten Finger meiner linken Hand.

»Das heißt gar nichts«, stellte sie fest. »Ich kenne nicht einen einzigen verheirateten Mann in Lagos, der seinen Ehering trägt.«

»Ich bin nicht verheiratet.«

»Freundin?«

»Nein. Was ist mit Ihnen, sind Sie verheiratet?«

Sie zeigte mir ihre linke Hand.

»Touché. Kein' Freund?«

»Mehrere.«

»Mehrere?«

»Ja, ich kann mich anscheinend nicht entscheiden, was ich will, also habe ich mehrere, nur für den Fall, dass einer von ihnen der Richtige ist.«

»Ich auch. Zu Hause habe ich einen ganzen Haufen Freundinnen.«

»Okay, bei mir war das ein Scherz. Aber bei Ihnen, das wollen wir uns doch mal genauer anschauen.«

Ich wollte ihr von Mel erzählen und von meiner Verbindung zu Nigeria. Hätte ich ein Foto von ihr auf meinem Handy gehabt, hätte ich es Amaka vielleicht gezeigt, aber genau wie Jen hätte sie womöglich den Schluss gezogen, dass ich noch nicht über Mel hinweg war. »Wie alt sind Sie?«, fragte sie.

»Sechsunddreißig. Weshalb?« Ich war nicht so dumm, sie nach ihrem Alter zu fragen. Ich schätzte, sie war ebenfalls in ihren Dreißigern.

»Sechsunddreißig, attraktiv, Single. Warum sind Sie Single? Was stimmt nicht mit Ihnen?«

»Arbeit«, log ich. Mel hatte sich aus der Beziehung zurückgezogen. Eine Woche nach Beginn unserer »Pause« hatte sie mir meine CDs zurückgegeben. Außerdem traf sie sich mit jemand anderem. Sie hatte es beiläufig erwähnt, als ich sie anrief und fragte, ob ich vorbeischauen könne. Sie musste mir nicht erzählen, dass sie eine Verabredung hatte, und ich fragte sie nicht, mit wem.

»Es gab jemanden, aber wir haben uns vor Kurzem getrennt.«

»Wer hat Schluss gemacht?«

»Sie. Sie sagte, sie brauche eine Pause.«

»Ist sie auch Anwältin?«

»Nein. Sie hat Geschichte studiert, arbeitet allerdings als Finanzanalystin. Wieso?«

»Anwälte kommen oft mit Anwältinnen zusammen. Das sollten Sie eigentlich wissen. Wollen Sie sie zurückhaben?«

»Nein, es ist vorbei.«

»Schade.«

»Was?«

»Wie heißt sie?«

»Mel. Melissa.«

»Das ist ein reizender Name. Okay, Schlafenszeit. Morgen früh haben wir viel zu tun. Kann ich mir Boxershorts von Ihnen leihen?«

»Oh. Klar.«

Ich ging zu meiner Tasche, um welche zu holen. Am Anfang unserer Beziehung hatte Mel immer in einem T-Shirt und Boxershorts von mir geschlafen.

»Saubere«, fügte Amaka hinzu.

Ich schaute sie an, und wir lächelten beide über den Scherz. Ich zog ein Paar Boxershorts aus meiner Tasche und drehte mich um, um sie ihr zu reichen. Amaka war gerade dabei, sich die Bluse aufzuknöpfen. Ich wandte mich ab, erhaschte jedoch noch einen Blick auf ihren roten Spitzen-BH.

»Ich hoffe, es macht Ihnen nichts aus, dass ich hierbleibe?«, fragte sie.

»Nein, alles gut.«

Sie stieg in die Boxershorts und zog sie unter ihrem Rock hoch, legte diesen dann ab und kletterte unter die Decke. Ich überlegte, auf dem Fußboden zu schlafen: Es würde ungemütlich werden, selbst wenn ich extra Bettwäsche bestellte.

»Und ich hoffe, es macht Ihnen nichts aus, dass ich das Bett mit Ihnen teile?«

»Alles gut.«

Ich legte mich auf die andere Seite.

»Süße Träume«, sagte sie.

Ich schaltete das Licht aus und starrte in die Dunkelheit. Was hatte sie gemeint, als sie »Schade« sagte?

Ich wachte auf von dem Lärm eines klingelnden Telefons. Ich wälzte mich herum und stellte fest, dass ich noch immer voll angezogen war. Ich schaute auf die Uhr: Das leuchtende Ziffernblatt meiner Armbanduhr zeigte kurz nach Mittag. Eine Sekunde später fiel mir wieder ein, wo ich war und was alles geschehen war: Ronnie's, das Polizeirevier und Amaka neben mir im Bett. Ich schaute nach, um mich zu vergewissern. Sie schlief tief und fest mit dem Gesicht zu mir, die Lippen leicht geöffnet.

Ich war überrascht, dass ich überhaupt eingeschlafen war. Zuvor war ich alles noch einmal durchgegangen, worüber wir geredet hatten, und hatte das Gespräch so ein zweites Mal genossen. Und ich hatte Gott weiß wie viel Zeit damit verbracht, mich zu fragen, ob auch sie angeturnt war, unter derselben Bettdecke wie ich, kaum eine Armeslänge entfernt.

Nun regte sie sich, und ich schloss die Augen, bis ich hörte, dass sie nach ihrem Telefon griff. Es hatte aufgehört zu klingeln. Ich schaute hin und sah im Schein des Displays ihren verwirrten Gesichtsausdruck.

Ich wollte dringend eine rauchen, täuschte also ein Gähnen vor, das sich in ein echtes verwandelte, streckte mich und stand auf.

Ihr Blick schnellte in meine Richtung. Ich wusste nicht, seit wann sie wusste, dass ich wach war und sie beobachtete.

»Wohin gehen Sie?«, fragte sie.

»Hey. Guten Morgen. Ich werde draußen eine rauchen.«

Ich hoffte, sie würde sagen, ich könne auch im Zimmer rauchen, aber sie nickte und nahm den Anruf entgegen, nachdem das Telefon in ihrer Hand wieder zu klingeln begonnen hatte. Ich trat in den Flur, schloss die Tür und merkte zu spät, dass ich die Schlüsselkarte vergessen hatte. Amaka würde mir die Tür öffnen müssen, wenn ich zurückkam. Ich würde sie erneut in ihrem BH sehen.

Ich hatte vor, an den Pool zu gehen und mir einen Kaffee zum Mitnehmen zu meinen Zigaretten zu gönnen, aber dann fiel mir der Zeitungsstand neben dem Parkplatz ein, bei einer Reihe von Buden, an denen Ausländer*innen um Souvenirs feilschten und dabei komplett über den Tisch gezogen wurden. Wenn CNN am Abend zuvor über die Ereignisse berichtet hatte, musste die Lokalpresse die Geschichte mittlerweile auch mitbekommen haben.

Die Sonne fühlte sich gut an in meinem Nacken. In dem klimatisierten Zimmer war es einem wie Winter vorgekommen. Bei den Buden reichte mir ein Mann in einem langen weißen Gewand eine Zeitung von dem Stapel auf dem Tisch vor ihm. Ich stand Schulter an Schulter mit Nigerianern, die ebenfalls durch Zeitungen blätterten, die sie noch nicht bezahlt hatten oder die sie sich nur ausliehen. Ich stand daneben, als wäre ich einer von ihnen und hätte dieses morgendliche Ritual schon viele Male zuvor gemeinsam mit ihnen vollzogen.

Irgendwann hatte ich die Zeitung durchgesehen. Es war der *Vanguard*, und darin stand nichts über das Ronnie's. Ich blätterte noch einmal durch, nur um sicherzugehen. Ich überflog die ausgelegten Zeitungen und bezahlte dann für eine Ausgabe von *This Day*, die ich nur mitnahm, weil es mir falsch vorkam, nichts zu kaufen.

Ich blätterte durch die Seiten, bis mir eine Schlagzeile ins Auge sprang: »Verstümmelter Leichnam in Victoria Island gefunden, Ausländer festgenommen«. Ich las den Artikel und hielt dabei nach meinem Namen Ausschau. Der genannte Ausländer war garantiert ich. Ich kannte die Geschichte, aber es gab ein paar Ergänzungen, ein wenig Hintergrundwissen, einige Ausschmückungen und ein paar Ungenauigkeiten. »Der Polizeipräsident war für eine Stellungnahme nicht zu erreichen. Erste Berichte legen nahe, dass die Polizei schnell am Tatort war, wo sie mehrere Verdächtige festnahm, darunter einen Journalisten der British Broadcasting Corporation, BBC, der Zeuge des Verbrechens wurde.« Bei diesem Satz schien plötzlich die ganze Welt von allen Seiten auf mich einzustürmen. Ich war ein Verdächtiger? Ich war Zeuge des Verbrechens geworden?

Ich ließ die Zeitung beinahe fallen. Ich sah vor mir, wie Inspector Ibrahims Gesicht sich verfinsterte, während er die gleiche Zeitung las. Ich sah, wie Sergeant Hot-Temper seine AK-47 durchlud und das Magazin der Waffe lachend in meinen Bauch leerte. Es kam mir nicht länger wie eine gute Idee vor, mich draußen im Freien aufzuhalten, außerhalb meines Zimmers, weit weg von Amaka. Ich lief rasch zurück in Richtung Hotel und nahm mein Todesurteil mit, um es ihr zu zeigen. Sie würde verstehen, weshalb ich so schnell wie möglich in ein Flugzeug zurück nach London steigen musste.

Als ich die blauschwarze Uniform wiedererkannte, war ich bereits ein paar Schritte in die Lobby hineingelaufen und konnte den nächsten Schritt auch nicht mehr aufhalten – der mir nun wie das lauteste Aufstampfen der Welt vorkam. Inspector Ibrahim stand mit dem Rücken zu mir vor der Rezeption, die Ellbogen auf der Marmorplatte ruhend, und sprach mit meinem Freund Magnanimous, dem Rezeptionisten. Ich erstarrte.

Magnanimous schaute mich an. Ich stand wie angewurzelt da. Sein Blick wanderte weiter, und er sagte irgendetwas zu dem Inspector. Sie konzentrierten sich beide auf ein aufgeschlagenes Buch auf der Empfangstheke. Ich wollte mich zu einer Bewegung zwingen, aber meine Füße hörten nicht auf mich.

Schließlich machte ich zwei Schritte rückwärts, ehe ich mich umdrehte. Es erforderte meine gesamte Willenskraft, nicht loszurennen. Bei jedem Schritt erwartete ich, meinen Namen zu hören oder den bestimmten Griff eines Polizisten am Kragen zu spüren. Mein Herz fühlte sich an, als würde es gleich durch mein schweißgetränktes Hemd herausplatzen. Ich kehrte zu den Buden zurück. Ich wollte weiterlaufen, aber mein *weißes* Gesicht stach zu stark heraus. Ich musste mich verstecken. Ich setzte mich auf den Boden, auf einen Flecken Gras, und beobachtete das Hotel von meinem Platz hinter einer Hibiskushecke aus. Inspector Ibrahim trat aus der Lobby und setzte eine Sonnenbrille auf. Er schaute in meine Richtung. Ich duckte mich noch tiefer. Er sprach in sein Funkgerät.

»Oga, gibt es ein Problem?«

Ich schaute auf und sah ein Dutzend Männer, die auf mich herabblickten. Der Zeitungsverkäufer hatte mich angesprochen. Er stand vor einer Gruppe verwirrter Leute, die sich über den verrückten Ausländer auf dem Boden wunderten.

»Alles in Ordnung«, sagte ich, aber er wirkte nicht überzeugt. Ich schlug die Zeitung auf und tat so, als würde ich lesen.

»Oga, brauchen Sie Hilfe, soll ich sie ins Hotel bringen?« Vielleicht dachte er, ich wäre betrunken.

»Nein, nein.«

Ich spähte über die Zeitung hinweg. Ein blaues, zerbeultes Polizeiauto fuhr vor dem Eingang vor. Ein Polizist stieg aus, und der Inspector reichte ihm das Funkgerät.

»Oga ...«

»Mir geht es gut. Ich muss bloß einen Moment meine Beine ausruhen.«

Er zuckte mit den Achseln und sagte etwas in seiner Sprache, das die anderen Männer zum Lachen brachte. »Verrückter *weißer* Mann«, vermutlich.

Der Inspector stieg hinten in den Wagen. Der Polizist, der ihn abholte, schloss die Tür seines Chefs und setzte sich dann wieder auf seinen Platz. Sobald er seine eigene Tür geschlossen hatte, raste das Auto mit einiger Geschwindigkeit davon. Ich duckte mich. Der

Wagen fuhr mit heulendem Motor an meinem Versteck vorbei. Ich wartete, bis er sich in den Verkehr von Lagos eingefädelt hatte, der vor dem Hotel immer dichter geworden war, dann rannte ich los.

Amaka blickte argwöhnisch aufs Display. Die Nummer des Anrufers war unterdrückt. Die einzigen Menschen, die ihre Nummer kannten, waren jene Frauen, die auf die Informationen angewiesen waren, die Amaka ihnen gab, und diese Frauen wussten, dass sie sie nicht mit unterdrückter Nummer anrufen durften. Sie nahm den Anruf trotzdem entgegen.

»Hallo?«, fragte sie, bereit, die Person am anderen Ende herunterzuputzen.

»Hallo, Ma.«

»Wer ist da?« Normalerweise bekam sie auf dieser Nummer Anrufe zwischen neun Uhr abends und ein Uhr morgens, wenn die Männer auf der Suche nach Mädchen zum Aufgabeln unterwegs waren.

»Hier ist Rosemary, Ma.«

»Wieso ist deine Nummer unterdrückt?«

»Tut mir leid, Ma.«

»Was kann ich für dich tun?« Amakas Tonfall war neutral. Sie kramte in ihrem Gedächtnis. Sie war sich nicht sicher, welche Rosemary es war, aber wenn die Anruferin ihre Nummer hatte, dann brauchte sie sie.

»Bitte, Ma, könnten Sie das Kennzeichen von einem Mann für mich überprüfen?« Die junge Frau klang nervös.

Amaka versuchte, die Stimme zuzuordnen. »Dieser Mann will dich um diese Uhrzeit mitnehmen?«

»Nein, Ma. Ich suche nach meiner Freundin, Ma. Sie ist gestern Abend mit einem Mann mitgegangen. Ich habe das Autokennzeichen notiert, wie Sie es uns beigebracht haben. Als ich nach Hause kam, war sie noch nicht wieder da. Heute Morgen bin ich aufgewacht, und sie war immer noch nicht zurück, da habe ich beschlossen, Sie anzurufen.«

Amaka stand auf. Die ganze Nacht hatte sie versucht, die aufkommenden Gedanken daran zu verdrängen, wer die ermordete Frau sein mochte. Sie hatte Textnachrichten an all die Frauen verschickt, deren Nummern sie eingespeichert hatte, und sie gebeten, ihr ihren Standort mitzuteilen. Ein paar der Frauen hatten bis zu diesem Zeitpunkt noch nicht geantwortet. Jene junge Frau, die bei Amaka angerufen hatte, um sie auf den Mord aufmerksam zu machen, hatte mittlerweile ihr Telefon ausgeschaltet – wahrscheinlich war sie untergetaucht.

»Hast du versucht, sie anzurufen?«, fragte Amaka.

»Ja, Ma. Es heißt, die gewählte Nummer sei nicht erreichbar.«

»Wie lautet ihr Name?«

»Janet, Ma.«

»Ihr richtiger Name.«

Die Frau hielt inne. »Ekaite, Ma. Ekaite Okoro.«

»Wieso hat sie mich nicht kontaktiert, ehe sie zu dem Mann ins Auto gestiegen ist?«

»Sie ist ganz neu dabei, Ma. Sie ist gerade erst aus dem Dorf hierhergekommen.«

»Und warum hast du ihr nicht gesagt, was sie tun soll?«

Amakas Job war frustrierend, er erforderte übermenschliche Geduld. Wie sollte sie auf die Frauen aufpassen, wenn diese nicht auf sich selbst aufpassten? Jeden Tag, mit jedem Anruf, den sie entgegennahm, mit jeder Frau, die sie abzusichern versuchte, spürte sie, wie ein kleiner Teil von ihr selbst in deren Welt abrutschte und in die dunklen Ritzen, in denen sie lebten, wo Sex und Perversion sich ungehindert mit Gewalt und Tod vermischten. Jeden Tag wurde ein kleiner Teil von ihr ausgelöscht, um Platz zu schaffen für die Angst und Sorge, die sie für jede Einzelne von ihnen empfand.

»Wie lautet das Autokennzeichen?«

Sie ließ bereits den Laptop hochfahren, den sie stets in ihrer Handtasche dabeihatte. Sie konnte unmöglich genau wissen, ob die von ihr gelieferten Informationen wirklich für die Sicherheit der Frauen sorgten, aber die Tatsache, dass sie bislang noch keine einzige der Frauen verloren hatte, musste doch etwas zu bedeuten haben. Sie lebte in der ständigen Angst, eines Tages würde eine junge Frau tot aufgefunden werden, weil sie sie nicht davor gewarnt hatte, mit jemandem mitzugehen. In den letzten paar Stunden hatte sie unablässig der Gedanke gequält, dass dieser Tag nun schließlich gekommen sein könnte. Manchmal wünschte sie, sie könnte einfach all die Frauen dazu bringen, ihre Arbeit ganz aufzugeben, aber das war eine müßige Illusion, der hinzugeben Amaka sich niemals gestattete. Was sollten sie dann tun? Verhungern? Hausmädchen werden und von ihren Chefs vergewaltigt werden? Auf den Straßen betteln und von Area Boys vergewaltigt werden? Sie kannte diese Mädchen, diese Frauen. Sie verstand ihre Welt. Für sie war Sexarbeit keine Wahl, es war das Fehlen einer Wahl.

Knockout schrieb den Namen und die Adresse auf, die Abigail, eine Prostituierte, mit der er eine On-off-Beziehung führte, von Amaka erhalten hatte, und gab ihr die fünftausend Naira, die er ihr versprochen hatte. Sie hatte einmal mit einer geheimen Telefonnummer geprahlt, bei der sie anrufen könne, um Informationen über jeden wichtigen Mann in Lagos zu bekommen. Zu seinem Glück erinnerte er sich in dem Augenblick an ihre achtlose Angeberei, als er dabei zusah, wie seine Hunde das Herz fraßen, das er mit seinem Klappmesser aus dem Mädchen herausgehackt hatte.

Abigail nahm das Geld und zählte es, ehe sie es in ihrer Handtasche verschwinden ließ – eine Angewohnheit ihres Berufsstandes.

»Also, was ist mit deiner Hand passiert?«, fragte sie erneut, womit sie auf seinen schlampig verbundenen rechten Arm zeigte.

»Ist nicht wichtig.« Er stand auf, um das Zimmer zu verlassen, das sie gemietet hatte.

»Also, willst du mir nicht sagen, wieso du nach dem Mann suchst?«

»Das geht dich nichts an.«

»Hat er eine von deinen Freundinnen mitgenommen?«

»Ich sagte, das geht dich nichts an.«

»Okay, wie du meinst. Aber willst du einfach so wieder gehen? Wirst du dich nicht zuerst um mich kümmern?«

Sie spreizte die Beine auf dem Bett, um ihm zu zeigen, dass sie unter ihrem pinkfarbenen Chiffonnachthemd nichts trug.

Er warf einen Blick auf das, was sie ihm anbot. Er wusste, dass er dafür extra würde bezahlen müssen, aber die zusätzlichen Kosten waren nicht der Grund für seine Ablehnung. Er war einfach viel erregter bei der Vorstellung, mit Chief Amadi in das Geschäft mit menschlichen Ritualmorden einzusteigen.

26

DER FAHRSTUHL SCHIEN EINE EWIGKEIT zu brauchen. Ich konnte nicht warten. Ich hastete die Treppen hinauf, zwei Stufen auf einmal nehmend. Im zweiten Stock blieb ich stehen, um wieder zu Atem zu kommen. Während ich dort herumkeuchte, überschlugen sich meine Gedanken und zogen Verbindungen: Amaka, ihre Wohltätigkeitsorganisation, die Liste mit Namen, die Geschichte, die ich für sie schreiben sollte. Konnte Amaka etwas mit dem Artikel in *This Day* zu tun haben? All die Telefonate, die sie führte. Und wohin war sie verschwunden, nachdem wir im Hotel angekommen waren? War ich bloß eine unbedeutende Figur in irgendeinem tödlichen, selbstgerechten Spiel, das sie spielte? Hatte sie den Einsatz zugunsten ihrer Geschichte erhöht?

Wut baute sich langsam in mir auf, bis sie mich die verbleibenden zwei Stockwerke hinauftrug.

Vor dem Zimmer stand Magnanimous und wollte gerade an die Tür klopfen, als er mich erblickte.

»Ah, Mr Collins. Guten Morgen.« Sein Gesicht hellte sich auf.

»Guten Morgen.« Was hatte er vor der Tür zu suchen? Mittlerweile war ich allen Menschen gegenüber argwöhnisch. Ich versuchte, nicht zu atemlos zu wirken, aber er konnte sehen, dass ich schwitzte.

»Warum haben Sie sich vor der Polizei versteckt?«

Er hatte in der Lobby mitgespielt, also nahm ich an, dass ich ihm die Wahrheit schuldete.

»Gestern ist vor dem Ronnie's etwas Furchtbares geschehen. Die

Polizei war da und hat mich mitgenommen.« Ich lieferte ihm die Kurzfassung. Trotz seines Lächelns schien er bei der Erwähnung des Ronnie's vielsagend zu blicken, ehe er das Gesicht rasch verzog und Besorgnis signalisierte.

»Ja, ja. Das habe ich gehört«, sagte er. Und dann: »Schreckliche Sache. Schreckliche Sache.«

Und genauso schnell war die Besorgnis wieder verschwunden. Im nächsten Augenblick hatte sein Gesicht schon wieder eine Ausdruckslosigkeit angenommen, um die ihn jeder Pokerspieler beneidet hätte.

»Der Polizist ist gekommen, um Ihnen Ihr Telefon zurückzubringen. Das hatten Sie im Revier liegen lassen.«

»Tatsächlich? Wo ist es?« Ich streckte meine Hand aus.

»Oh, tut mir leid. Als ich Sie sah, sagte ich ihm, Sie hätten heute Morgen ausgecheckt.«

Inspector Ibrahim war also nur gekommen, um mein Telefon zurückzubringen, und nicht, um mich mitzunehmen und mir weitere Lektionen darüber zu erteilen, dass man der nigerianischen Polizei besser nicht in die Quere kam. Ich fühlte mich wie ein Feigling. An dieses Gefühl gewöhnte ich mich gerade rasch.

»Woher wussten Sie, dass ich in diesem Zimmer bin?«

»Jemand aus dem Nachtdienst hat mir berichtet, dass Sie mit einer Frau in ein anderes Zimmer gezogen sind.«

So viel zum Thema »Ungesehen bleiben«. Magnanimous hatte wirklich eine Gabe für Mimik: Er wirkte alarmiert und besorgt zugleich, senkte dann die Stimme, wies mit dem Kinn in Richtung der Tür des Zimmers, das ich mir mit Amaka teilte, und fragte: »Sind Ihre Sachen in Sicherheit?«

»Ja«, bestätigte ich. »Ich habe in der Nacht alles hierhergebracht.«

»Nein. Ich meine, Dinge wie Ihr Pass, Geld, Wertsachen.«

»O nein. Sie ist nicht so eine Sorte Frau.«

Mir fiel auf, wie schnell ich sie in Schutz nahm, und bei diesem Gedanken schämte ich mich dafür, dass ich bereits beschlossen hatte, ihre Geschichte zu vergessen und nach London abzuhauen – und damit die Frau im Stich zu lassen, die mich aus Zelle B gerettet hatte. Andererseits waren da der Zeitungsartikel und viele Fragen. Ich wartete, bis ich Magnanimous im Fahrstuhl verschwinden sah, ehe ich klopfte. Amaka öffnete die Tür schneller als erwartet. Sie hatte sich ein Handtuch umgewickelt. Ich hielt ihr die Seite mit dem Artikel vor die Nase, noch ehe ich das Zimmer betrat.

»Was wissen Sie darüber?«, fragte ich. Die Forschheit in meiner eigenen Stimme überraschte mich. Ich war sicherlich nicht böse auf sie. Wie könnte ich das sein? Aber ich hatte nun endlich das Gefühl, klar denken zu können, und der gesunde Menschenverstand verlangte von mir, dass ich nicht nachgiebig war.

Sie nahm die Zeitung entgegen, ging zurück in das Zimmer und las dabei die Stelle, auf die ich mit dem Finger gezeigt hatte. Ich sah zu, wie ihre Pobacken unter dem Handtuch aneinanderrieben.

Sie warf die Zeitung auf das Bett, als hätte sie keinerlei Bedeutung.

»Ich hatte nichts damit zu tun«, sagte sie. Ohne sich zu mir umzudrehen, wickelte sie das Handtuch ab, hielt es in den ausgestreckten Händen und schlang es dann erneut um sich, ehe sie die Arme vor der Brust verschränkte.

Ich glaubte ihr, aber ich konnte nicht einfach einlenken, nachdem ich so vorgeprescht war.

»Ihr Freund war gerade hier, um nach mir zu suchen«, sagte ich, als wäre es ihre Schuld.

»Wer?«

»Der diensthabende Typ auf dem Revier.«

»Inspector Ibrahim?«

»Ja, der.«

»Er ist nicht mein Freund.«

»Aber Sie kennen ihn.«

»In meiner Branche lerne ich viele Menschen kennen, Polizisten eingeschlossen.«

»Nun ja, er war eben hier. Ich wäre ihm beinahe über den Weg gelaufen.«

»Hat er Sie gesehen?«

»Nein.«

»Ist er immer noch da?«

»Nein. Er ist wieder gegangen. Man hat ihm gesagt, ich hätte ausgecheckt.«

»Gut. Wenn er Sie wirklich finden will, wird er jedes Zimmer in jedem Hotel in Lagos durchsuchen lassen, aber in dieses hier wird er nicht mehr zurückkehren.«

Sie hatte recht. Nun ergab es Sinn, dass sie uns nicht einfach in einem anderen Hotel untergebracht hatte.

»Wollen Sie jetzt einen Rückzieher machen?«

»Hören Sie, ich weiß eigentlich gar nicht, wer Sie sind«, sagte ich. »Ich weiß nichts über Sie. Wer sind Sie? Was ist das für eine Wohltätigkeitsorganisation, für die Sie arbeiten? Wie heißt sie? Was genau machen Sie, und warum machen Sie es? Ich lasse mich in diese Sache hineinziehen, aber wie es scheint, weiß ich so vieles nicht. Ich wurde festgenommen, ich habe gesehen, wie einem Mann der Schädel weggeblasen wurde, und ich werde gejagt. Das ist alles ein bisschen viel. Ich habe das Gefühl, dass es einige Dinge gibt, die Sie mir nicht sagen. Wenn wir das hier zusammen durchziehen wollen, müssen Sie mir alles erzählen – mit offenen Karten spielen. Ich bin ganz kurz davor, mich in ein Flugzeug zurück nach Hause zu setzen.«

Sie drehte sich zu mir um, und ich sah, dass sie geweint hatte. Meine Schultern sackten nach unten.

»Hey, was ist los?«

»Nichts. Nichts ist los. Street Samaritans.«

»Was?«

»Street Samaritans. Das ist der Name der Organisation, für die ich arbeite. Ich sammle Spenden für sie – offiziell. Was ich für die Frauen tue, wovon ich Ihnen erzählt habe, das mache ich auf eigene Faust. Niemand sonst weiß etwas darüber, und das soll auch so bleiben. Was wollen Sie noch wissen?«

Ich wollte meine Arme um sie schlingen und ihr sagen, dass alles gut werden würde.

»Ist schon gut«, sagte ich.

»Nein. Sie wollen es wissen, also werde ich es Ihnen sagen. Was noch?«

Ich stand schweigend da.

»Fragen Sie mich.«

Ich musste irgendetwas sagen. »Was haben Sie davor gemacht?«

»Das ist der einzige Job, den ich jemals hatte.«

»Ernsthaft, Amaka, es ist ...«

»Nächste Frage.«

»Wird der Job gut bezahlt?«

»Nein. Geld ist nicht alles.«

»Warum das hier? Warum dieser Job?«

»Warum nicht?«

»Nein. Als ich Sie gestern gefragt habe, weshalb Sie das hier tun, sagten sie, es sei unausweichlich gewesen. Was haben Sie damit gemeint?«

Mit ihren feuchten Augen betrachtete sie mich lange und ohne zu blinzeln. Ich hätte mich am liebsten verkrochen. Sie trat zu mir, ohne mich aus den Augen zu lassen, und schob ihre Hand in meine Hosentasche. Ihre Finger schlängelten sich an meinem Bein entlang. Sie schnappte sich meine Zigaretten und das Feuerzeug. Sie schnipste den Deckel der Packung Benson & Hedges mit dem Daumen auf und fischte mit den Vorderzähnen eine Zigarette heraus. Sie zündete sie an, nahm einen kurzen Zug und holte sich dann einen Stuhl.

»Setzen Sie sich«, sagte sie.

Ich nahm den Stuhl vor der Frisierkommode und setzte mich Amaka gegenüber.

»Sie haben die Frau gesehen? Sie haben gesehen, was ihr angetan wurde?«

Ich nickte.

»Haben Sie schon jemals zuvor so etwas gesehen?«

Ich schüttelte den Kopf.

»Ich schon. Und es war jemand, den ich kannte.«

Sie nahm einen langen Zug und blies den Rauch langsam aus.

»Ich wurde von Hausmädchen großgezogen, Bediensteten. Als ich klein war, waren meine Eltern viel unterwegs. Mein Vater war Diplomat. Meine Mutter wollte nicht, dass ich ständig die Schule wechseln muss, also blieb ich in Nigeria, aber sie selbst begleitete ihn stets, wohin auch immer er geschickt wurde. Also wurde ich von Kindermädchen erzogen. Ich hasste meine Mutter dafür, dass sie mich so im Stich ließ, aber heute verstehe ich, dass sie Angst davor hatte, ihren Mann allein zu lassen.

Es gab ein Kindermädchen, das ich am liebsten mochte, Aunty Baby. Sie kam aus Ghana. Damals waren viele Menschen aus Togo und Ghana in Nigeria. Wegen der schlechten Wirtschaft. Sie dachten, sie würden in Nigeria ein besseres Leben finden, aber die meisten von ihnen, insbesondere die Frauen, endeten als Bedienstete, Hausmädchen. Und das waren noch die Glücklicheren. Die anderen waren als Sexarbeiterinnen tätig, um zu überleben. Es waren Frauen aus Mittelschichtsfamilien, deren Eltern Universitätsprofessor*innen und Ärzt*innen waren, aber wenn sie hierherkamen, trauten wir ihnen nicht mehr zu, als unsere Häuser sauber zu machen, unser Essen zu kochen und hinter unseren Kindern herzuräumen.

Aunty Baby war ein besonderer Mensch. Sie liebte mich. Sie redete viel. Sie erzählte mir von ihrem Leben in Ghana – von ihrem

Freund, den sie zurückgelassen hatte, von ihrer Reise nach Nigeria, von dem sechzigjährigen Pförtner ein paar Häuser weiter, der sie heiraten wollte. Sie war einundzwanzig. In Ghana hatte sie Krankenschwester gelernt, aber in unserem Haus war sie das Kindermädchen, und auch das nur dem Namen nach. In Wirklichkeit war sie meine Dienerin – meine eigene Sklavin, die mir jederzeit zur Verfügung stand. Aber sie war auch meine Freundin. Sie war die perfekte große Schwester, die ich nie hatte. Ich bin ein Einzelkind.

Wir hatten noch andere Bedienstete im Haus, ziemlich viele. Eine Menge von ihnen waren Jungs. Ich reifte früh heran. Die Hausdiener waren die Ersten, die anfingen, mich anzufassen, dann die Fahrer, dann die Pförtner. Ich war erst zehn, und ich wurde zum Abschuss freigegeben. Sie führten mich in ein Zimmer und zwangen mich, Dinge mit ihnen zu tun.

Eines Tages, ich weiß nicht, wie, bekam Aunty Baby Wind von mir und einem Jungen namens Sunday. Damals war mein Vater nach Südafrika entsandt worden. Als meine Eltern zurückkehrten, erzählte Aunty Baby Mum, was geschehen war, und die tobte vor Wut. Sie zitierte Sunday und mich zu sich. Sie fragte ihn, was er mir angetan habe. Er behauptete, er selbst wäre derjenige gewesen, der Aunty Baby dabei erwischt hätte, wie sie sich an mir verging, und er hätte ihr gedroht, sie zu melden. Mum fragte mich, ob das wahr sei. Ich sagte Ja. Ich weiß nicht, warum, aber ich log. Ich behauptete, Sunday würde die Wahrheit sagen.

Ich erinnere mich noch an Aunty Babys Gesichtsausdruck an jenem Tag. Sie rief immer wieder meinen Namen: »Amaka? Amaka?« Mum schlug sie. Verprügelte sie. Es war schrecklich. An jenem Abend schickten meine Eltern sie fort. Sie hatte keinen Ort, an den sie gehen konnte, aber sie ließen sie von den Soldaten abführen. Sie feuerten das gesamte Hauspersonal. Ich bekam ein neues Kindermädchen. Eine Nigerianerin. Iyabo.«

Sie hielt inne, um einen Zug von ihrer Zigarette zu nehmen.

»Mehrere Jahre später, als ich an der Universität studierte, sah ich Aunty Baby wieder. Bei einer Friseurin. Aunty Baby war diejenige, die mich erkannte. Sie trat zu mir und hob die Trockenhaube von meinem Kopf. Sie rief ›Amaka‹ und umarmte mich. Die Frau, die ich verraten hatte, umarmte mich. Ich glaubte, sie würde dort arbeiten, aber sie war bloß gekommen, um sich die Haare machen zu lassen. Sie nahm mich mit zu sich nach Hause. Sie hatte eine hübsche Wohnung. Sie erzählte mir alles, was ihr zugestoßen war, seit sie unser Haus verlassen hatte. Eine Zeit lang lebte sie auf der Straße und hielt sich mit Gelegenheitsjobs über Wasser, und '83, als Immigrant*innen aus Nigeria ausgewiesen wurden, heiratete sie den alten Pförtner, um im Land bleiben zu können.

Der Mann starb, und seine Söhne vertrieben sie aus dem Haus, das er hinterließ. Sie landete wieder auf der Straße. Sie begann, ihren Körper zu verkaufen, um sich zu ernähren. Zuerst hatte sie Freunde. Sie hatte fünf oder sechs auf einmal, allesamt junge, anständige Staatsbeamte. Sie beschrieb mir jeden Einzelnen von ihnen: den mit dem kleinen Schwanz, den mit dem gebogenen Schwanz, den Geizigen, den, der schnarchte wie ein Sägewerk, wenn er vor dem Schlafengehen keinen Sex hatte, und den, der sie heiraten wollte. Sie scherzte über die Scheiße, die sie wegen mir hatte durchmachen müssen.

Wir lachten zusammen über ihre Geschichten. Sie und ich, wir konnten immer gemeinsam lachen. Ich besuchte sie oft in ihrer Wohnung. Ich lernte die anderen Sexarbeiterinnen kennen, mit denen sie befreundet war. Wir wurden alle Freundinnen. Sie erzählten mir ebenfalls ihre Geschichten. Sie waren allesamt in dieses Leben gezwungen worden, weil sie keine andere Wahl mehr hatten. Das waren keine leichten Mädchen, sie hatten sich ein anderes Leben erträumt, aber der Überlebenskampf zwang sie auf den Strich. Aunty Baby brachte nicht ein einziges Mal meinen Verrat zur Sprache.«

Amaka zog erneut an ihrer Zigarette und blickte sich nach einem Gefäß um, in das sie die Asche klopfen konnte, die sich an der Spitze gesammelt hatte. Ich nahm den Glasaschenbecher von der Frisierkommode und hielt ihn ihr hin. Sie nahm ihn mir ab und stellte die Beine nebeneinander, um ihn auf ihrem Schoß zu platzieren.

»Eines Tages brachte ich den Mut auf, sie um Vergebung zu bitten. Sie sagte, das brauche ich nicht. Sie sagte, ich sei damals noch ein Kind gewesen, was hätte ich da schon gewusst? Aber mir war klar, dass ich sie zu diesem Leben gezwungen hatte – ich hatte eine Sexarbeiterin aus ihr gemacht. Ich flehte sie an, mir zu erlauben, etwas zu tun, irgendetwas, um es wiedergutzumachen. Ich würde ihr Geld geben, ich würde es meinen Eltern gegenüber gestehen – was auch immer sie wollte.

Sie erzählte mir von den Leuten, die sich um sie gekümmert hatten, als sie vollkommen am Boden war. Sie wollte ihren Körper nie verkaufen. Sie passte nie in dieses Leben hinein. Es brachte sie um. Sie hatte von ein paar Ausländerinnen gehört, die davon sprachen, Menschen wie sie von der Straße zu holen, und sich auf die Suche nach ihnen gemacht. So habe ich von den Street Samaritans erfahren.

Die Wohltätigkeitsorganisation steckte in Schwierigkeiten und brauchte Geld. Aunty Baby sagte, wenn ich etwas tun wolle, könnte ich meine Eltern vielleicht dazu bringen, Geld an sie zu spenden. Sie erklärte mir, dass nach wie vor ein Teil ihres eigenen Einkommens an die Street Samaritans ging. Stattdessen beschloss ich, selbst für die Wohltätigkeitsorganisation zu arbeiten.«

»Sie sind als Kind vergewaltigt worden.«

»Nein. So weit ist es nie gegangen.«

»Und wann haben Sie dann Ihre Unschuld verloren?«

Ich hörte mich das sagen und stellte fest, dass die Worte nicht so herausgekommen waren, wie ich es beabsichtigt hatte. Die Vorstellung davon, wie Amaka als Kind missbraucht worden war, hatte mich dazu gebracht, eine solch dumme, unsensible Frage zu stellen.

»Ich habe sie nicht verloren«, antwortete sie. »Ich bin sie losgeworden.«

Sie drückte ihre Zigarette aus.

»Seit ich klein war, wollten Männer ständig mit mir schlafen. Ich war neugierig, und meine Unschuld stand mir im Weg. Eines Tages wählte ich den richtigen Jungen aus und ließ es ihn tun. Für mich.«

»Was ist mit Aunty Baby? Was ist mit ihr passiert?« Ich wusste, Amaka würde mir nun erzählen, dass sie ermordet worden war, wie die Frau im Straßengraben.

»Wir treffen sie heute Abend.«

»Aber ich dachte ...«

»Es war nicht sie. Es war Iyabo, ihre Nachfolgerin. Als sie zu uns zog, erklärte mein Dad mir, sie sei eine entfernte Verwandte. Wann immer meine Eltern fort waren, schlich sie sich aus dem Haus und kam erst am nächsten Morgen wieder. Eines Tages kam sie nicht zurück. Die Soldaten – wir hatten Soldaten, die unser Haus bewachten – riefen meine Eltern an. Iyabo war seit zwei Tagen verschwunden, als Mum aus Togo zurückgeflogen kam. Ich fuhr sie mit einem Fahrer und einem Soldaten abholen. Damals wohnten wir auf dem Festland, in der Government Reserved Area von Ikeja, nicht weit vom Flughafen entfernt. Wir hatten Sirenen. Der Fahrer fuhr so schnell, dass es schon zu spät war, als er den Leichnam sah.«

Amaka machte eine Pause, um sich eine weitere Zigarette anzuzünden.

»Wir sind über sie drübergefahren. Sie hatte die ganze Zeit auf der Straße gelegen, nur drei Blocks von unserem Haus entfernt. Der Soldat sagte dem Fahrer, er solle anhalten. Ich beobachtete alles vom Rücksitz aus. Er ging hinaus zu dem Leichnam und hielt sich die Nase zu. Wir wussten alle, dass sie es war. Sie trug noch immer die rote Jeans, die Mum ihr gegeben hatte.«

Sie bot mir ihre Zigarette an. Ich nahm sie entgegen. Die Spitze war feucht. Ich wollte Amaka an meine Brust drücken.

27

»VIELLEICHT HAT ER einen anderen Namen verwendet?«, fragte Ibrahim.

Die Zivilpolizisten vor seinem Schreibtisch blickten einander an und konnten dabei irgendwie kommunizieren, wer die Frage beantworten sollte.

»Ich glaube nicht, Sir«, sagte der Mann, der den Kürzeren gezogen hatte.

»Warum? Warum glauben Sie das nicht?«

»Sir, nachdem wir im Gästebuch des Hotels nachgesehen hatten, sprachen wir auch mit dem Nachtmanager, der uns versicherte, der Minister habe noch nie in dem Hotel übernachtet.«

»Das hat er gesagt?«

»Ja, Sir.«

»Aber das bedeutet nicht, dass der Minister nicht dort war. Vielleicht war es nicht offiziell. Vielleicht hat er sich hinein- und wieder herausgeschlichen. Er wollte nicht, dass irgendjemand wusste, dass er dort war. Er hat einen anderen Namen verwendet und ist nicht mit seinem Dienstwagen vorgefahren. Er ist mit ihrem Auto eingetroffen. Sie hat ihn dort hingebracht. Niemand hätte die beiden erkannt.«

Ibrahim sprach mit sich selbst, und seine Untergebenen standen gehorsam stramm und warteten, bis er wieder anfing, etwas Sinnvolles von sich zu geben. Er zog einen Stift aus seiner Brusttasche, hielt ihn in der Faust, führte ihn über seinem rechten Auge vor die Stirn und rieb mit dem Daumen über den Deckel, während er an die Zimmerdecke blickte.

»Wissen Sie, wie der Minister aussieht?«, fragte Ibrahim.

Der Polizist zögerte, ehe er den Kopf schüttelte.

»Was ist mit Ihnen?«, fragte er den anderen.

»Nein, Sir.«

Ibrahim nickte, als wäre seine These soeben bewiesen worden.

»Und, verstehen Sie? Sie waren zusammen. Sie waren im Hotel. Zusammen.«

»Sir«, ergriff der erste Mann das Wort. Sein Körper schrumpfte unterwürfig zusammen. »Wer, Sir?«

»Hm?«

»Sie sagten, sie wären zusammen gewesen, Sir?«

»Ja. Das waren sie.«

»Wer, Sir?«

»Was?«

»Nichts, Sir.«

»Ich weiß, was zu tun ist.«

Ein Klopfen unterbrach die peinliche Situation. Alle drei drehten sich zur Tür. Ein älterer Polizist trat ein.

»Sir, der Wagen steht bereit«, sagte der Mann.

»Der Wagen?«

»Ja, Sir. Sie sagten, ich solle das Auto waschen gehen, wir würden nach Victoria Island fahren.«

»Ach, ja.«

Ibrahim fuhr sich mit der Handfläche über die Bartstoppeln und kratzte sich am Ende unter dem Kinn, wo es begonnen hatte, zu jucken. Er würde zu einer Villa auf Victoria Island aufbrechen, um dort auf Menschen zu treffen, die er nicht leiden konnte, die ihn allerdings um seinen Job bringen konnten, wenn sie sich dafür entschieden.

Sein Vorgänger hatte es ihm erklärt: Sobald die Verbrechen vom Festland nach Victoria Island schwappen, geraten die Leute auf der Insel in Panik. Sie bilden Vereinigungen, sie planen, sie hecken etwas aus, sie beeinflussen die Gesetzgebung, und sie sorgen dafür, dass Polizeipräsidenten gefeuert und neue eingesetzt werden. Sie tun alles, was nötig ist, damit ihre geliebte Insel sicher bleibt, beispielsweise einen hochrangigen Beamten herbeizitieren, der wertvolle Polizeizeit verschwenden muss, um ihre Selbstgefälligkeit zu bedienen. Sein Vorgänger gab diesen Leuten die Schuld für seine Versetzung nach Jigawa.

Es war kurz vor der vollen Stunde. Der Polizeipräsident würde ein weiteres Mal anrufen, um den neusten Stand der Dinge zu erfahren. Der Mann war ebenfalls die ganze Nacht lang wach geblieben und hatte womöglich auch Anrufe entgegengenommen. Während eines der angespannten kurzen Telefonate hatte er Ibrahim aufgetragen, der Versammlung der Victoria Island Neighborhood Association am Nachmittag beizuwohnen. Bei diesem Anruf war Ibrahim schlecht geworden.

Der Verein war wahrscheinlich eine der mächtigsten Organisationen in ganz Nigeria. Ibrahim wusste von ihm, noch bevor sein Vorgänger ihn gewarnt hatte, keins von seinen Mitgliedern zu verärgern. Darin versammelten sich Vorstandsvorsitzende von Ölkonzernen, Senator*innen, Generäle im Ruhestand, wichtige Politiker*innen, altes Geld, neues Geld und das Geld der Regierung. Konkurrierende CEOs saßen gemeinsam in seinem Vorstand, vereint durch ihre Entschlossenheit, den heiligen Ruf ihrer Insel zu wahren. Die Anwesenheitsliste der Versammlungen las sich wie ein Who's who der mächtigsten Personen Nigerias. Ibrahim kannte ein paar einfallsreiche Geschäftsleute, die Wohnungen auf der Insel mieteten, nur um dem Verein beitreten zu können.

Er kam zu dem Schluss, dass es sein großes Pech war, dass der Verein seine monatliche Versammlung ausgerechnet an diesem Tag abhielt, und ein unheilvolles Zeichen, dass man ausdrücklich ihn angefordert hatte.

Die Hausbesitzer*innen würden Fragen an ihn haben. Sie hatten von dem Ritualmord gehört, einige von ihnen hatten ihn sogar im Fernsehen gesehen. Nun sollte der Mann, der zuständig für das Polizeirevier Bar Beach war, zu ihnen kommen und erklären, wie so etwas auf ihrer Insel hatte geschehen können, in der Nähe ihrer Häuser und Büros. Sie würden verlangen, dass er ihnen versicherte, es wäre eine einmalige Sache gewesen und er würde es nicht noch einmal so weit kommen lassen. Er musste sie davon überzeugen, dass er das gewährleisten konnte. Waren sie nicht überzeugt, würden sie einen neuen Polizeiinspektor finden, und er würde nach Kontagora versetzt werden. Wenn er Glück hatte. »Zwangspensionierung« war ihr Mittel gewesen, um den Mann vor seinem Vorgänger loszuwerden.

Die Versammlung fand im Haus eines pensionierten Richters des Obersten Gerichtshofs statt. Ibrahim wies seinen Fahrer an, die Sirenen einzuschalten, um frühzeitig anzukommen und auf dem riesigen Anwesen einen Parkplatz zu finden.

Die anderen Gäste fuhren in kugelsicheren Wagen mit Chauffeur vor. Ibrahim selbst hatte keinen kugelsicheren Wagen, aber da kamen diese Leute in ihren an, um von ihm zu erfahren, weshalb die Polizei nicht mehr Gangs jagte, die bewaffnete Raubüberfälle verübten.

Ein Bediensteter führte ihn an seinen Platz: einen Esszimmerstuhl am Ende eines langen Salons, in dem mehrere Reihen Sofas und Sessel aufgestellt und nach vorne ausgerichtet waren. Ibrahim setzte sich und rückte seine Uniform zurecht, während er darauf wartete, dass man ihn aufrief.

Das Treffen begann mit Gebeten, dann wurden Sorgen über einen neuen Nachtclub kundgetan, der in einer der ruhigeren Straßen der Insel eröffnet worden war. Ein Mann mit einem grauen Afro, der gekleidet war, als wäre er auf dem Weg zu einem Golfspiel, sagte, er werde der Sache nachgehen. Ibrahim erkannte ihn wieder. Er war der staatliche Beauftragte für Infrastruktur und Wohnungswesen. Als Nächstes beschäftigten sie sich mit dem Vorhaben des

Sohns eines mächtigen Industriellen aus dem Norden, einen kommerziellen Hubschrauberlandeplatz auf der Insel zu errichten. Die Familie des Jungen wohnte nicht dort. Der Beauftragte für Infrastruktur und Wohnungswesen erklärte der Versammlung, er werde sehen, was er tun könne.

Kellner in weißen Uniformen rollten Platten mit Hors d'œuvres auf silbernen Servierwagen herein. Es wäre unprofessionell, etwas zu essen, also ertrug Ibrahim den Essensduft in qualvollem Schweigen, während die anderen sich bedienten. Die Versammlung ging weiter mit Gesprächen über Begräbnisse und Partys, und er schöpfte Hoffnung, sie könnten ihn vergessen haben. Seine Gedanken wanderten zu Amaka und dem Minister. Was machte sie so spät noch mit ihm, und obendrein in seinem Hotelzimmer? Garantiert schlief sie mit dem Mann. Er holte seinen Stift heraus und rollte ihn auf der Handfläche hin und her.

»Wo ist der Polizist?«

Der Gastgeber stand vor seinen Gästen, sein Gewicht auf einen Gehstock gestützt.

Ibrahim spürte, wie sie ihn beobachteten, während er nach vorne lief. Er hatte sich kaum gesammelt, als eine Salve aus Fragen auf ihn einprasselte.

»Wer ist das Mädchen?«

»Haben Sie die Täter gefasst?«

»Wie hat CNN davon erfahren?«

»Ist es wirklich ein Ritualmord?«

Er beantwortete ihre Fragen und wies bei jeder Gelegenheit auf die Maßnahmen hin, die er ergriffen hatte, um die Insel und ihre Bewohner*innen zu beschützen. Das meiste davon dachte er sich aus dem Stegreif aus.

»Was genau wollen wir dagegen unternehmen?«, fragte eine alte griechische Dame. Sie war die Matriarchin einer erfolgreichen Reedereifamilie.

»Wir haben die Polizeistreifen rund um die Insel verdoppelt, Ma. Von heute Abend an werden auf jeder Strecke nach Victoria Island Kontrollpunkte eingerichtet. Wir gehen einem Hinweis nach, der uns dabei helfen dürfte, das Fahrzeug aufzuspüren, das bei dem Verbrechen verwendet wurde. Ich versichere Ihnen, dass ich all meine Mittel einsetze, um diesen Fall zu lösen. Wir werden dieses Verbrechen aufklären. In der Zwischenzeit wird die erhöhte Sichtbarkeit von Polizeikräften dafür sorgen, dass so etwas nicht noch einmal geschieht.«

Er zog in Erwägung, unterließ es dann jedoch, ihnen von der Operation zu berichten, die für diese Nacht geplant war, wenn seine Männer Matori belagern und hoffentlich Chucks und die letzten Reste der Eisenbieger-Gang fassen würden.

Ein junger Mann, der mit dem ernsten Blick echter Aufmerksamkeit zugehört hatte, hob die Hand. Er war der Geschäftsführer einer neuen Bank, die an der Börse sehr gut abschnitt.

»Wie viele Ritualmorde hat die Polizei in der Vergangenheit aufgeklärt?«, fragte der Geschäftsführer.

»Meines Wissens nicht viele, Sir.«

»Geben Sie eine Schätzung ab. Würden Sie sagen, fünfzig, vierzig Prozent?«

»Ich verfüge nicht über die nötigen Statistiken, um diese Frage zu beantworten, Sir.«

»Pi mal Daumen.«

»Sir?«

»Eine grobe Schätzung.«

»Vielleicht zehn Prozent, Sir.«

»Oder fünf oder ein Prozent?«

»Vielleicht.«

»Mir scheint, wenn die Polizei so unfähig ist, Verbrechen dieser Art aufzuklären, wäre es eine kriminelle Verschwendung Ihrer Ressourcen, zu versuchen, dieses spezielle Verbrechen aufzuklären.

Mir scheint, es wäre effizienter, Ihre Ressourcen darauf zu konzentrieren, Victoria Island zu überwachen.«

Ibrahim verstand, was er meinte. Er hatte ausgesprochen, was der Rest seiner Nachbar*innen dachte. Ihnen war egal, was mit der jungen Frau geschehen war – sie war keine von ihnen. Für diese Leute zählte nur, dass es auf ihrer Insel geschehen war. Ihnen war es lieber, er würde die Insel beschützen, als dass er das Verbrechen aufklärte und der jungen Frau Gerechtigkeit verschaffte. Er vermied es, dem Geschäftsführer direkt in die Augen zu schauen. Wer war dieser kleine Junge, der einem Polizeiinspektor sagte, wie er seine Arbeit erledigen sollte?

»Ja, Sir«, antwortete er und hoffte, dass das Thema damit beendet wäre.

Er war nie wirklich glücklich darüber, jemanden Sir zu nennen, der jünger war als er.

Als Nächstes sprach der Sohn eines ehemaligen Gouverneurs.

»Was ist das für eine Geschichte in der Zeitung über einen BBC-Reporter, der am Tatort festgenommen wurde?«

»Wir haben keine solche Person festgenommen.«

»Gut. Diese Art von Presse können wir hier nicht gebrauchen. Ich bin sicher, das verstehen Sie?«

Der Junge war Mitinhaber einer Weinbar auf der Insel. Seine Kundschaft bestand größtenteils aus Expats. Die anderen stimmten zu, indem sie sich murmelnd miteinander austauschten.

»Aber wenn Sie keinen Briten festgenommen haben, wieso berichten die Zeitungen dann davon?«, hakte eine ältere Dame nach, deren Familie eines der größten Fünf-Sterne-Hotels gehörte. Wie der junge Mann und all die anderen wollte auch sie ihre ausländischen Gäste nicht verlieren. Sie besaß ein Hotel, während andere Luxuswohnungen hatten, die sie an Expats vermieteten, für jährliche Summen, für die man in anderen Teilen des Bundesstaats ganze Gebäude kaufen konnte. Victoria Island zog Ausländer*innen mit ihren tiefen Taschen an, weil es ein relativ sicherer Ort zum Leben war, ein Ort, an dem die Kriminalitätsrate niedrig war und die Polizei sie in Ruhe ließ.

»Ich weiß nicht, woher sie diese Geschichte haben«, sagte Ibrahim.

»Aber so etwas denken die sich doch nicht einfach aus. Haben Sie jemanden festgenommen und hinterher wieder freigelassen, oder was? Waren Ausländer im Club, als diese Sache passiert ist?«

»Ja, Ma.«

Der Sohn des Gouverneurs verlangte eine Präzisierung. »Ja, es waren Ausländer am Tatort, oder ja, Sie haben jemanden festgenommen und hinterher wieder freigelassen?«

»Es waren Ausländer am Tatort, und wir haben ihre Aussagen aufgenommen.«

»Aber Sie haben auch Verdächtige am Tatort festgenommen?«

»Ja.«

»Echte Verdächtige oder einfach nur Leute, die Sie dort vorgefunden haben?«

»Wir haben ein paar Personen zur Befragung mit aufs Revier genommen. Bis wir ankamen, waren die Täter selbstverständlich geflohen, also gab es niemanden, den wir hätten festnehmen können. Wir haben am Tatort ein paar Aussagen aufgenommen, und wir haben ein paar Personen für eine ordentliche Befragung mit aufs Revier genommen. Es gab keine Verdächtigen, nur Menschen, die möglicherweise etwas gesehen hatten. Wir mussten so viele Informationen aus ihnen herausbekommen wie möglich. Nur aus diesem Grund haben wir ein paar von ihnen mit aufs Revier genommen. Wir haben niemanden festgenommen.«

Ibrahim gefiel nicht, wo diese Fragen hinführten. Die Personen, die am Tatort festgenommen worden waren, waren keine Kriminellen, und das wussten alle. Aber in seinem Bericht hätte es schlecht ausgesehen, wenn er niemanden festgenommen hätte, selbst wenn er all die »Verdächtigen« hinterher noch am selben Tag wieder freigelassen hatte. Außerdem hätte es seinen Jungs nicht gefallen, wenn sie nicht ein paar »Verdächtige« hätten festnehmen können, die hinterher eine »Kaution« bezahlen mussten, um ihre Freiheit zurückzuerlangen.

»Ich frage mich nur, woher sie die Geschichte haben«, sagte die Dame, drehte sich erwartungsvoll zu der Frau neben sich um und lehnte sich dann zurück in ihren Sessel.

Im hinteren Teil des Raums ergriff jemand anderes das Wort.

»Ich denke, wir sollten die monatliche finanzielle Zuwendung an die Polizei erhöhen. Wir müssen zusätzliche Streifenpolizisten bezahlen und mehr Streifenwagen beschaffen. Ich schlage vor, dass wir die Unterstützung auf zehn Millionen anheben.«

Ein leises Murmeln ging durch den Raum. Sie stimmten alle zu, und Ibrahim musste sich auf die Lippe beißen, um sich das Lächeln zu verkneifen.

Er war nicht offiziell dazu verpflichtet, ihre Einladungen anzunehmen, aber dies waren die Menschen, die das schmale Budget bezuschussten, das die Bundesregierung ihm gewährte. Ihre Großzügigkeit besserte die mageren Gehälter seiner Untergebenen auf und bewahrte zumindest einige von ihnen vor Versuchungen. Das Revier von Bar Beach zugewiesen zu bekommen war das Wunder, das Ibrahims Pastor in einer Vision gesehen hatte. Seine Kinder gingen auf gute Schulen, seine Frau studierte erneut, um ihren Masterabschluss zu machen, und er fuhr nun einen verlässlichen gebrauchten Honda Accord mit Klimaanlage und Automatikgetriebe. All das deckte die monatliche finanzielle Zuwendung ab, die sie ihm gewährten. Der Mord an dem armen Mädchen hatte diese Unterstützung soeben verdoppelt. Ibrahim zweifelte nicht daran, dass er für die Sicherheit ihrer Insel sorgen oder es zumindest so erscheinen lassen konnte. Das einzige Risiko war die Situation mit dem britischen Journalisten. Und Amaka. Er musste sie und diesen Guy Collins von der BBC finden.

Die Versammlung endete, und die reichen Leute fanden sich in Gruppen zusammen. Der Mann, der vorgeschlagen hatte, die monatliche finanzielle Zuwendung zu erhöhen, schloss zu Ibrahim auf.

»Guten Tag, Sir«, sagte Ibrahim und verbeugte sich leicht zum Gruß vor Chief Ebenezer Amadi. Amadi fragte namentlich nach jedem seiner fünf Kinder.

»Die sind da drinnen ganz schön hart mit Ihnen umgesprungen, Ibrahim«, stellte Amadi dann fest.

»Sir, es ist nicht einfach.«

»Kümmern Sie sich nicht um die. Hier, nehmen Sie das fürs Wochenende.«

Ibrahim steckte sich den braunen Umschlag in die Tasche, und die beiden verabschiedeten sich. Er kletterte auf die Rückbank seines Wagens und öffnete den Umschlag. Darin befanden sich Fünfzig-Dollar-Scheine in einem zweieinhalb Zentimeter dicken Stapel. Er warf einen Blick in den Rückspiegel, auf den Fahrer und den Polizisten auf dem Beifahrersitz. Dann schob er sich den Umschlag zurück in die Tasche und lächelte, als sie sich von der Villa entfernten.

28

BEI IBRAHIMS RÜCKKEHR erwarteten ihn auf einer Bank vor dem Revier die beiden Polizisten, die er geschickt hatte, um den Minister auszuspionieren. Sie marschierten auf seinen Wagen zu.

»Sir, wir haben noch einmal im Sheraton nachgefragt, sie sind sich zu hundert Prozent sicher, dass der Minister letzte Nacht nicht dort gewesen ist«, berichtete der Polizist, der die Initiative ergriffen hatte, das Hotel erneut aufzusuchen, um es ein weiteres Mal zu überprüfen. »Außerdem haben wir im Ministerium nachgehakt. Dort sagte man uns, der Minister sei schon die ganze letzte Woche dienstlich in Norwegen gewesen und werde erst in einer Woche zurückerwartet.«

»Sie haben beim Ministerium angerufen?«, fragte Ibrahim und beäugte ihn misstrauisch.

»Ja, Sir.«

»Was haben Sie denen erzählt?«

»Ich habe nach seinem Berater gefragt. Man sagte mir, er sei beim Minister, und ich fragte, wo ich ihn erreichen könne. Da wurde mir gesagt, dass sie in Norwegen sind, Sir.«

»Sie wurden nicht gefragt, warum Sie nach dem Berater suchen?«

»Nein, Sir.«

»Gut. Und Sie sind sicher, dass sie in Norwegen sind?«

Die beiden antworteten einstimmig: »Ja, Sir.«

Ibrahim ging in sein Büro und schloss die Tür hinter sich. Er suchte auf seinem Schreibtisch nach der Karte, die Amaka ihm gegeben hatte, und fand sie unter einem Aktenordner. Er setzte sich und hielt sie hoch, untersuchte sie, als könnte er irgendwo in der Druckfarbe und der hingekritzelten Notiz die Antwort auf dieses neue Rätsel finden.

Auf der einen Seite schlief Amaka nicht mit dem Minister oder hatte es zumindest in der letzten Nacht nicht getan. Auf der anderen Seite hatte sie ihn durch eine Täuschung dazu gebracht, den britischen Journalisten freizulassen. Das war ein ernst zu nehmendes Verbrechen. Aber weshalb hatte sie es getan? Sie kannte diesen Mann nicht: Das hatte sie jedenfalls gesagt, und der Mann schien sie auch nicht wiederzuerkennen. Wieso hatte sie also nach ihm gesucht?

Ibrahim war gewarnt worden, er solle vorsichtig sein, wenn er mit ihr zu tun hatte, aber nun hatte Amaka eine Straftat begangen, und damit war sie es jetzt, die bei ihm vorsichtig sein musste. Sie hatte eine Ermittlung behindert, hatte einem Verdächtigen geholfen, sich abzusetzen – er ging fest davon aus, dass ihm noch viel mehr Gesetze einfallen würden, die sie gebrochen hatte. Er musste sie lediglich finden, sie und den Mann, den sie ihm weggeschnappt hatte, insbesondere da sie nun keinen Informationsminister mehr hatte, der sie beschützte.

Er erhob sich von seinem Schreibtisch, zog seinen Stift hervor und begann, in seinem Büro auf und ab zu gehen. Er hatte sie. Er wusste zwar nicht, wo er sie finden konnte, aber ihm standen mehr als genügend Mittel zur Verfügung. Als Allererstes musste er sich jedoch um die bevorstehende Pressekonferenz kümmern. In wenigen Stunden würde er den Medien die festgenommenen Mitglieder der Eisenbieger-Gang präsentieren. Eine solche Gelegenheit, der Nation zu zeigen, dass die Polizei ihre Arbeit erledigte, war zu reizvoll, um sie sich entgehen zu lassen. Außerdem musste er die Dinge ins Rollen bringen, um all das umzusetzen, was er bei der Versammlung der Victoria Island Neighborhood Association zu tun versprochen oder bereits getan zu haben vorgegeben hatte. Dann musste er den Plan für Operation Bulldogge überarbeiten: Die Belagerung Matoris. Danach würde er Jagd auf Amaka machen.

Guys Telefon steckte noch immer in seiner Tasche. Er schaltete es ein und öffnete das Adressbuch. Darin war lediglich eine einzige Nummer eingespeichert. Er übertrug sie auf einen Notizblock. Als Nächstes überprüfte er den Medienordner, aber es gab keine Bilder. Allerdings fand er eine Sprachaufzeichnung.

Beim Anhören wurde Ibrahim klar, dass sie vom vorangegangenen Abend stammte und draußen vor dem Ronnie's aufgenommen worden war. Der Ton war nicht perfekt, aber im Verkehrslärm konnte er deutlich Stimmen heraushören, und dann erkannte er auch seine eigene Stimme, die mit dem britischen Journalisten sprach. Er hörte sich die gesamte Aufnahme an – sie war lang. Er spielte sie erneut ab und schickte dann einen Polizisten ein Ladegerät holen.

Er legte das Telefon auf seinen Schreibtisch, lehnte sich in seinem Stuhl zurück und verschränkte die Finger hinter dem Kopf. Der Mann hatte also tatsächlich geplant gehabt, über die Sache zu berichten.

Ibrahims Telefon klingelte. Es war schon wieder der Polizeipräsident. Er wusste, dass dieser ebenfalls unter großem Druck stand. Sobald die Nachricht von dem Leichnam an die Öffentlichkeit gelangt war, musste er eine Menge Anrufe von Bewohner*innen Victoria Islands erhalten haben, von denen einige bei der kleinsten Verärgerung in der Lage wären, seine Ernennung rückgängig zu machen. Er musste gezwungen gewesen sein, sich mit ihrer Panik und ihren subtilen Drohungen auseinanderzusetzen. Ibrahim ging ans Telefon und richtete sich in seinem Stuhl auf.

»Ibrahim, ich habe soeben einen Anruf vom britischen Hochkommissariat erhalten. Haben Sie einen britischen Staatsbürger in Haft?«

Ibrahim biss sich auf die Lippen. »Nein, Sir.«

»Hatten Sie einen britischen Staatsbürger in Haft?«

»Nein, Sir.«

»Woher haben die das dann?«

Ibrahim schloss die Augen, während er sich darauf vorbereitete, seinen Chef anzulügen.

»Gestern Abend waren viele *weiße* Männer am Tatort, Sir. Wir haben ein paar von ihnen befragt. Irgendjemand muss gesehen haben, wie wir mit ihnen gesprochen haben, und davon ausgegangen sein, dass wir Festnahmen durchführen.«

»Ich kann also dem Hochkommissar sagen, dass sich kein britischer Staatsbürger auf Ihrem Polizeirevier in Gewahrsam befindet?«

»Ja, Sir.«

»In Ordnung. Sorgen Sie dafür, dass Ihre Geschichte sich nicht verändert. Haben Sie verstanden?«

Ibrahim behielt das Telefon am Ohr, noch lange, nachdem das Gespräch beendet war. Amaka und den Briten zu finden war soeben auf seiner Prioritätenliste ganz nach oben gerutscht.

Und dann klingelte Guys Telefon.

»Können Sie mich hören? Hier ist Ade. Ich bin zurück aus Abuja. Ich bin im Hotel. Man hat mir gesagt, Sie hätten ausgecheckt. Guy? Sind Sie da?«

Ibrahim drückte auf das Symbol für »Beenden«, dachte kurz nach und formulierte dann eine Textnachricht. »Konnte Sie nicht richtig hören. Warten Sie in der Lobby auf mich.«

29

VORGEBEUGT, SCHWEISSTRIEFEND und seinen Bauch mit beiden Händen haltend, verließ Catch-Fire die Toilette und schloss die Tür. Seine Eingeweide machten ein Geräusch, als würde Wasser durch ein Rohr rauschen. Der Schmerz strahlte bis in seinen Hals aus, als er erneut nach dem Türgriff tastete. Er umschlang seinen Bauch und lehnte sich vor. Alkohol, halb verdaute Nahrungsmittel und Blut strömten mit voller Wucht wie durch einen Feuerwehrschlauch aus seinem Mund.

Die Frauen im Flur wichen zurück, als das Erbrochene vom Linoleum spritzte. Ihn durchfuhr eine weitere Welle, die ihm die Tränen in die Augen trieb, während er sich erneut übergab. Er stützte sich mit den Händen an der Wand ab.

»Das war Chief Amadi. Er hat mich vergiftet«, sagte er mit gesenktem Kopf, während ihm Bröckchen und Speichel vom Kinn baumelten. »Er will mich umbringen.«

Der bislang schlimmste Krampf durchfuhr seinen Körper und zwang ihn in seinem eigenen Erbrochenen auf Hände und Knie. Er kotzte Blut.

»Mein Telefon«, sagte er.

Chief Amadi saß gerade beim Mittagessen an seinem Esstisch mit den zweiundzwanzig Plätzen, den er aus Frankreich hatte verschiffen lassen. Er schaute nach, wer ihn anrief, und sah dann nach der Uhrzeit.

Catch-Fire blickte zu den Frauen auf.

»Chief hat mich umgebracht«, sagte er. »Er hat mich vergiftet. Catch-Fire darf nicht sterben. Ruft Doctor. Catch-Fire darf nicht sterben.«

Doctor rannte den Mädchen voraus, die ihn aus seiner Einzimmerwohnung geholt hatten. Die Wohnung diente ihm zugleich als Sprechzimmer, in dem er seine Nachbar*innen mit unaussprechlichen Krankheiten diagnostizierte und ihnen in Rechnung stellte, was auch immer sie für seine Behandlung bezahlen konnten.

Er erreichte den Flur, wo er Catch-Fire, umgeben von besorgten Schaulustigen, in der Embryonalstellung vorfand. Er erkannte den Geruch, der ihm entgegenschlug.

»Doctor, hilf mir.«

Doctor beugte sich tief zum Fußboden hinunter und schnüffelte, um sich zu vergewissern, dann machte er kehrt und rannte in die Richtung zurück, aus der er gekommen war.

»Ach, sogar Doctor ist weggelaufen«, sagte eine der Frauen.

Catch-Fire sah den Mann verschwinden und begann zu weinen.

»Ich bin tot. *Catch-Fire don die.* Chief Amadi hat mich umgebracht.«

Draußen suchte Doctor nach zwei Sorten Unkraut, die Seite an Seite wachsen, wo auch immer es Vegetation gibt. Er fand sie und pflückte von beiden eine Handvoll. Er rannte zurück zu Catch-Fire und begann, die Pflanzen in seinen Handflächen zu zerreiben, während er Zauberformeln sprach und nach jeder Runde Beschwörungen in die entstandene Paste spuckte.

Catch-Fire biss die Zähne zusammen, als die Paste vor sein Gesicht geführt wurde. Die Umstehenden ergriffen ihn und zwangen seinen Kiefer auf, sodass Doctor ihm die Medizin einflößen konnte.

»Bringt mir Wasser«, sagte Doctor.

Catch-Fire kämpfte gegen die Hände an, die ihn festhielten. Doctor hielt ihm die Nase zu und schüttete ihm Wasser in den Mund, und Catch-Fire würgte.

»Lasst ihn los.«

Catch-Fire, der nun seine Freiheit zurückerlangt hatte, spuckte und spuckte.

»Erbrich es nicht«, sagte Doctor.

Catch-Fire blickte ihn an und spuckte erneut.

Chief Amadi beendete seine Mahlzeit. Der letzte Anruf von Catch-Fire war vor mehr als einer Stunde eingegangen. Vielleicht war mittlerweile alles vorbei. Dann klingelte das Telefon erneut. Die anrufende Person unterdrückte ihre Rufnummer. Er entschied, ranzugehen. Sollte es Catch-Fire sein, der noch am Leben war, würde Amadi behaupten, er sei im Badezimmer gewesen, und ihn zu einem Drink in sein Haus einladen.

»Chief Amadi? Ist da Chief Amadi?«

Amadi erkannte die Stimme nicht.

»Wie kann ich Ihnen helfen?«

»Chief, Sie kennen mich nicht, aber ich kenne Sie.«

Seltsame Vorstellung, dachte er. Höchstwahrscheinlich war es jemand, der um ein Darlehen bettelte, das nie zurückgezahlt werden würde.

»Wer sind Sie?«

»Mein Name ist Kanayo, ich werde Knockout genannt. Ich bin der Gentleman, den Ihr Handlanger, Catch-Fire, gestern mit Waffengewalt aus seinem Haus gejagt hat.«

Amadi nahm das Telefon an sein besseres Ohr.

»Ja?«

»Ich wollte dem Jungen ein Geschäft vorschlagen, aber weil seine Mädchen ihm zu Kopf gestiegen sind, hat er mich weggejagt.«

»Ja? Also, was kann ich für Sie tun?«

»Sir, ich möchte mit Ihnen ins Geschäft kommen.«

»Und was für ein Geschäft soll das sein?«

»Die Art von Geschäften, die Sie mit dem Jungen machen, Sir.«

»Ich weiß nicht, wovon Sie sprechen, Kanayo. Ich denke, Sie haben mich mit jemandem verwechselt.«

»Nein, Sir, sicher nicht. Bitte, nennen Sie mich Knockout – so nennen mich meine Freunde. Ich verstehe, dass Sie am Telefon nicht reden wollen, aber ich versichere Ihnen, ich bin ein Vollprofi, im Gegensatz zu diesem Taschendieb, den man Catch-Fire nennt.«

»Ich weiß nicht, wovon Sie reden, aber vielleicht können Sie es mir besser erklären, wenn wir uns persönlich treffen.«

»Ich bin in der Nähe Ihres Hauses, Sir.«

»In der Nähe meines Hauses?« Amadi trat an ein Fenster und schob den Vorhang beiseite. »Woher wissen Sie, wo ich wohne? Woher haben Sie diese Nummer?«

»Seien Sie unbesorgt, Sir, wie ich schon sagte, ich bin ein Vollprofi. Ich kann in Lagos jede Nummer bekommen, die ich haben will.«

»Ist das so? Sie sagten, Sie seien in der Nähe meines Hauses?«

»Ja, Sir. Ich stehe davor.«

»Kommen Sie ans Tor.«

Ein kleiner Mann mit einem Telefon am Ohr näherte sich dem Anwesen. Es war der Mann aus Catch-Fires Haus. Amadi rief beim Pförtnerhaus an und sagte dem Wachmann, er solle seinen Gast hereinlassen. Er empfing Knockout draußen auf dem Hof.

»Was hat Catch-Fire Ihnen erzählt?«

»Sir, er hat mir alles erzählt. Ich kam mit einem frischen Herzen zu ihm, das ich selbst entnommen hatte, aber er wollte nicht, dass Sie es erfahren. Deshalb hat er seine Prostituierten dazu benutzt, mich so vor Ihnen zu blamieren. Mit so einem Typen sollten Sie keine Geschäfte machen, der ist nicht professionell. Sie und ich, wir können bessere Geschäfte zusammen machen. Saubere Geschäfte.«

Amadi hätte ihm eine Kopfnuss verpassen können, in dem Wissen, dass seine Wachmänner ihm danach den Rest geben würden. Eine unerledigte Aufgabe weniger.

»Und Sie sind sicher, dass Sie die Nerven für meine Art von Geschäften haben?«

»Ich bin zu allem bereit, Sir.«

»Wissen Sie, was ich tue?«

»Rituale.«

»Wissen Sie, welche Art von Ritualen?«

»Geldrituale.«

»Wissen Sie, was wir für diese Rituale verwenden?«

»Menschen.«

»Und Sie sind dazu bereit?«

»Ja. Gestern hatte ich ein Herz für Sie dabei. Was Sie auch von mir verlangen, werde ich tun, Chief. Wenn Sie mir sagen, ich solle Ihnen auf der Stelle zehn Herzen beschaffen, werde ich losziehen und mit zwanzig zurückkehren.«

»Nein, nein. So läuft das nicht. Man bringt nicht wahllos irgendwelche Menschen um. Die Götter müssen sich ihre Mahlzeit selbst aussuchen. Sie haben noch eine Menge zu lernen.«

»Bringen Sie es mir bei, Sir.«

»Und Sie sind sicher, dass Sie sich nicht verhalten werden wie Ihr Freund Catch-Fire? Er hat mich mehrere Male enttäuscht. Ich versuche schon seit einer Weile, ihn zu ersetzen.«

»Niemals, Sir, ich bin ein Vollprofi, und diese Kakerlake ist nicht mein Freund.«

»Können Sie ein Geheimnis bewahren, das nicht einmal die Maden, die Ihren toten Körper auffressen, zu hören bekommen?«

»Mit Sicherheit, Sir.«

»Okay. Aber zuerst müssen Sie eine Sache für mich erledigen. Um sich zu beweisen.«

»Sagen Sie mir, was, Sir.«

»Sie müssen Catch-Fire beseitigen.«

»Ihn beseitigen?«

»Ja.«

»Soll heißen, ihn umbringen?«

»Ja.«

»Das ist alles?«

»Heute.«

»Heute heute?«

»Ist das ein Problem? Können Sie das nicht erledigen?«

»Ich kann es erledigen, Sir. Überhaupt kein Problem.«

»Also, worauf warten Sie noch? Bringen Sie ihn um, und dann rufen Sie mich an, und ich werde Ihnen sagen, wo wir uns treffen. Und denken Sie daran, wenn Sie mich enttäuschen wie Catch-Fire, dann werden auch Sie beseitigt.«

»Das wird nicht nötig sein, Sir. Ich werde Sie niemals enttäuschen. Betrachten Sie den Jungen als beseitigt.«

In seinem klimatisierten Zimmer wechselten zwei seiner Mädchen sich damit ab, ihm mit einer in der Mitte gefalteten Zeitung Luft zuzufächeln, während Catch-Fire erschöpft und schwitzend dasaß und jedes Mal ausspuckte, wenn er an Doctors Speichel dachte.

»Los, brennen wir das Haus von dem Scheißkerl nieder«, schlug eins seiner Mädchen vor. Die anderen nickten.

»Wenn ihr dort hingeht, wird er euch alle umbringen, und dann wird er hierher zurückkehren und mich auch umbringen.«

»Gehen wir zur Polizei.«

»Und erzählen denen was? Man wird mich festnehmen und ihn sogar benachrichtigen, dass ich gekommen bin, um ihn anzuzeigen. Er ist ein mächtiger Mann. Die Polizei arbeitet für ihn.«

»Wir können ihn nicht einfach damit durchkommen lassen. Was, wenn er dich umgebracht hätte?«

»Aber ich bin noch am Leben. Gewöhnliches Gift kann Catch-Fire nicht töten.« Er spuckte aus. »Er wird wieder versuchen, mich umzubringen.«

»Warum will er dich umbringen?«

»Das ist es, was ich nicht verstehe. Vielleicht haben die Geister, die er verehrt, ihm gesagt, er solle mich umbringen.«

»Wir müssen ihn umbringen, ehe er dich umbringt.«

»Ja. Ja. Gebt mir mein Telefon.«

Er hatte darüber nachgedacht, und er kannte zwei Personen, von denen er wusste, dass sie den Job übernehmen konnten, Go-Slow und Knockout. Er würde die eine Million Naira unter seinem Bett Go-Slow anbieten, dem Mann, dem er vertrauen konnte.

Er rief Go-Slow an und erklärte ihm seine Situation. Er schwor beim Schoß seiner Mutter, dass es keine Falle war. Er flehte Go-Slow an, augenblicklich zu ihm nach Hause zu kommen, und er flehte ihn an, Knockout nichts davon zu erzählen.

30

AMAKA ZÜNDETE SICH eine weitere Zigarette an, stand auf und lief zu den Vorhängen. Ich folgte ihr und blieb hinter ihr stehen, sodass unsere Körper nur wenige Zentimeter voneinander entfernt waren und meine Nasenspitze beinahe ihre Braids berührte. Sie rührte sich nicht. Ich hob meine Hände neben ihre Schultern und ließ sie einfach dort schweben. Dann ließ ich die Hände wieder an meine Seiten sinken. Ich wollte etwas sagen, konnte jedoch keine Worte finden. Ich hielt den Atem an, schob meine Arme unter ihre und wickelte sie um ihren Körper. Ich war bereit, beim geringsten Widerspruch loszulassen. Ihre Fingerspitzen berührten meine Unterarme. Sie zog sie fester um sich. Sie hielt meine Arme mit einer Hand fest, während sie in der anderen ihre Zigarette hielt.

Ich vergrub mein Gesicht in ihrem Nacken, sog den schwachen Geruch ihres Parfüms ein und sagte: »Es wird alles gut«, während sie meinen Arm streichelte.

»Ich habe heute Morgen einen seltsamen Anruf erhalten«, sagte sie. »Eine junge Frau. Ihre Freundin ist gestern Abend mit einem Mann mitgegangen und bis zum Morgen nicht zurückgekommen.«

Sie zog meine Arme sanft auseinander, holte den Aschenbecher und setzte sich wieder auf ihren Stuhl. Ich setzte mich ihr gegenüber.

»Sie hatte das Autokennzeichen des Mannes.«

»Stand er auf deiner Liste?«

»Ja. Chief Amadi. Er hat ein riesiges Haus hier auf der Insel.«

»Ist er einer von den Bösen?«

»Ich bin mir nicht sicher. Er zahlt gut. Er behandelt sie gut. Normalerweise nimmt er sie mit zu sich nach Hause. Zwei auf einmal. Immer. Er steht erst seit ein paar Monaten auf meiner Liste. Keine der Frauen hat sich über ihn beschwert, aber eine sagte einmal, sie habe ihn wiedererkannt. Sie sagte, vor etwa fünf Jahren hätten er und seine Freunde sechs Frauen auf dem Festland mitgenommen, und keine von ihnen sei zurückgekehrt. Anscheinend war das damals eine große Sache. Das war noch, bevor ich anfing, die Liste zu führen. Die Frau sagte, sie sei sich nicht hundertprozentig sicher, ob er es war, und niemand sonst schien etwas von der Geschichte gehört zu haben. Trotzdem, wann immer eine Frau mich wegen ihm anruft, sage ich ihr, sie solle nicht mitgehen, nur zur Sicherheit. Wie ich hörte, machen einige es nach wie vor, aber größtenteils nimmt er immer wieder dieselben Frauen.«

»Könnte er der Mann sein, nach dem wir suchen?«

»Suchen?« Sie schaute mich verwirrt an.

»Ja. Der Mann, der die Frau umgebracht hat? Ist es das, was du denkst?«

»Sieh an, wer plötzlich zum Detektiv geworden ist.«

»Wenn du glaubst, dass er es sein könnte, dann müssen wir etwas unternehmen.«

»Immer mit der Ruhe, Cowboy. Ich habe nicht gesagt, dass ich glaube, dass er es ist, bloß, dass der Anruf seltsam war.«

»Inwiefern?«

»Nun ja, zum einen klang die Frau verängstigt.«

»Wir müssen noch einmal mit ihr sprechen.«

»Das ist das Problem, sie hat mich mit einer unterdrückten Rufnummer angerufen.«

»Kennst du sie?«

»Ich bin mir nicht sicher. Sie hat mir ihren Namen gesagt. Rosemary. Ich habe jede Rosemary in meinem Telefonbuch angerufen. Es war keine von ihnen. Ich hätte sie nach ihrer Nummer fragen sollen. Es sind so viele. Frauen, meine ich. Wir begegnen einander nie. So läuft das. Auf diese Weise ist es sicherer für mich und auch für sie. Sie wissen nicht, wer ich bin. Sie kennen nicht einmal meinen Namen. Irgendjemand erzählt ihnen von mir, und sie rufen mich an. Bei ihrem ersten Anruf speichere ich ihre Nummer und sage ihnen, was sie zu tun haben, wenn sie das Haus eines Mannes betreten. Wenn sie können, machen sie Bilder, schreiben die Kennzeichen der Autos auf dem Grundstück auf, die Adresse und überhaupt alles, was verwendet werden kann, um die Person zu identifizieren. Sie schicken dann alles an mein Telefon, und wenn sie zurück sind, rufen sie mich an und sagen mir, wie er war. Normalerweise erkenne ich ihre Stimmen, aber die Stimme dieser Frau kann ich nicht zuordnen, vielleicht weil sie verängstigt war. Nervös. Ich hätte sie um ihre Nummer bitten sollen.«

»Wir müssen sie finden, Amaka.«

Sie blickte mir in die Augen und lächelte. »Deshalb treffen wir uns ja mit Aunty Baby. Wenn irgendjemand eine Person in Lagos aufspüren kann, dann sie.«

Wie sie mich anschaute, kam mir eigenartig vor, aber sie lächelte.

»Was?«, fragte ich und lächelte zurück.

»Du hast mich gerade zum ersten Mal bei meinem Namen genannt. Und du hast ihn richtig ausgesprochen.«

Mein Lächeln verwandelte sich in ein Erröten.

Amaka ließ mich nicht aus den Augen, wartete womöglich darauf, dass ich etwas sagte. Diese Augen: Sie konnte mich damit anstarren, bis ich zusammenschrumpfte und zurückwich. Sie konnte damit lächeln, ohne einen weiteren Muskel in ihrem Gesicht zu bewegen. Gerade tat sie etwas, das ich zuvor noch nicht gesehen hatte. Ihre Augen sprachen zu mir, sagten mir, was sie mich wissen lassen wollte, was ich tun durfte. Ich stellte mir vor, wie ich mich zu ihr vorbeugte, die Arme um sie schlang und sie küsste. Das hätte ich auch tun sollen, aber stattdessen sprach ich die erste Aneinanderreihung von Wörtern aus, die mir in den Sinn kam: »Hast du Hunger?«

Sie verlagerte leicht das Gewicht – als wäre sie überrascht. Sie sah mir noch einen Moment länger in die Augen und stand dann so rasch auf, dass das Handtuch, das sich mittlerweile gelöst hatte, einfach auf dem Stuhl liegen blieb. Sie stand vor mir, auf perfekte und wunderschöne Weise nackt, nur wenige Zentimeter entfernt. Wir griffen beide nach dem Handtuch, und unsere Hände berührten sich. Etwas ging von ihren Fingern in meine über, strömte durch meinen Körper und sammelte sich in meiner Leistengegend. Ich überließ ihr das Handtuch. Sie wickelte es um ihren Körper und verschwand im Badezimmer. Das Schloss klickte.

Inspector Ibrahims Wagen fuhr vor der Lobby des Eko Hotels vor. Er hatte seine Uniform gegen eine Jeans und ein schwarzes T-Shirt getauscht, die er auf dem Revier aufbewahrte. Er wählte eine Stelle in der Nähe der Fahrstühle aus, von wo aus er die Menschen kommen und gehen sehen konnte. Er musterte die Gesichter in seinem Umfeld. Früher oder später würde ihm Ade, der Mann, der auf Guys Telefon angerufen hatte, in die Falle gehen und ihn schließlich zu dem Journalisten führen.

Das gedämpfte Geräusch der laufenden Dusche hinter der verschlossenen Tür überzeugte mich davon, dass es keinen Zweck hatte, nachzufragen, ob alles in Ordnung sei. Ohnehin würden wir nun zu Mittag essen. Das Schloss klickte erneut, und Amaka spähte durch den Spalt in der Tür. Sie lächelte schüchtern.

»Kannst du mir bitte meine Kleider geben?«, fragte sie und streckte eine feuchte Hand aus.

Ich sammelte die Sachen ein und reichte sie ihr. Sie schloss sich wieder im Badezimmer ein. Ich wusste nicht, was ich davon halten sollte, dass sie das Gefühl hatte, die Tür abschließen zu müssen. Ich sortierte noch immer meine Gedanken, als sie lächelnd herauskam und dabei elegant aussah in den Kleidern, die sie bereits am Vorabend getragen hatte.

Ich holte saubere Kleidungsstücke aus meiner Tasche und ging ins Badezimmer. Darin herrschte eine feuchte Hitze. Der Spiegel war beschlagen. Ich trat in die Duschkabine, mir der Tatsache bewusst, dass Amaka gerade erst nackt dort gestanden hatte.

»Sollen wir?«, fragte sie, als ich zurück ins Zimmer kam. Sie schaute mich nicht an.

»Klar.«

Weshalb hatte ich sie nicht geküsst, als ich die Gelegenheit dazu hatte? War es wegen Mel? War es Feigheit? Hatte sie gewollt, dass ich sie küsse? Hatte sie das Handtuch mit Absicht fallen lassen?

Während wir auf den Aufzug warteten, sprachen wir kein Wort. Im Aufzug schenkte sie mir erneut ihr höfliches Lächeln und wandte sich dann ab. Ich hielt es nicht länger aus.

»Amaka?«

»Ja?«

Sie drehte sich zu mir um. Ich hatte mir nicht überlegt, was ich sagen sollte, also zog ich sie zu mir heran und küsste sie.

Ibrahim stand mit dem Rücken zum Fahrstuhl, als dessen Türen sich öffneten. Ein Gepäckträger hinter ihm hob zwei Louis-Vuitton-Koffer zu seinen Füßen hoch und hielt dann inne. Die Frau neben dem Gepäckträger zog ihre große Sonnenbrille herunter und sagte: »Du liebe Güte.« Der Mann im Aufzug, die Augen geschlossen und unablässig die Frau küssend, die die Arme um seinen Hals geschlungen hatte, fand, ohne hinzusehen, einen der Knöpfe, und die Türen glitten langsam wieder zu.

Ibrahim drehte sich um, weil er herausfinden wollte, was die Aufregung ausgelöst hatte. Er bekam noch die letzten beiden Sekunden mit, in denen die Metalltüren sich schlossen, dann wandte er sich erneut seiner Suche nach Ade zu.

Ich erwartete, Amaka würde mich wegschubsen, aber sie legte mir die Arme um den Hals und zog mich an sich. Unsere Lippen lösten sich nicht voneinander, während wir auf unsere Tür zustolperten und ich versuchte, sie zu öffnen.

Am Fußende des Bettes schob ich ihr die Hand unter die Bluse und tat so, als wollte ich ihr den Rücken streicheln, arbeitete mich dann aber zu ihrem BH-Verschluss hoch. Sie nahm ihre Hände von meinem Hals und zwängte sie zwischen uns. Zuerst dachte ich, ich hätte es vermasselt, und ließ sie los, bereit, mich zu entschuldigen, bis ich feststellte, dass sie ihren BH selbst öffnete. Ich wollte sie erneut küssen, und unsere Köpfe knallten gegeneinander. Wir lachten. Während wir uns küssten, machte sie den Reißverschluss ihres Rocks auf, und ich trat einen Schritt zurück, um mir hastig das Hemd auszuziehen. Als ich fertig war, lag ihr Rock auf dem Fußboden, und Amaka stand nackt vor mir.

Sie fing an, meinen Gürtel zu öffnen. Ich wollte sie erneut küssen, aber sie ging in die Knie, um meine Hose nach unten zu ziehen. Ich wusste, dass ich augenblicklich kommen würde, wenn sie mich in den Mund nähme, also zog ich sie hoch und bewegte mich mit ihr auf das Bett zu.

Wir kletterten darauf. Ich legte Amaka auf den Rücken und wanderte mit den Lippen zu ihren Brüsten. Sie fuhr mir mit den Fingern durchs Haar. Ich schob ein Bein zwischen ihre. Sie bewegte ihr Bein unter meinem anderen hindurch, sodass ich nun ganz zwischen ihren Schenkeln lag. Dann wickelte sie mir die Beine um die Taille und zog meinen Mund an ihren. Wir küssten uns noch immer, als sie mich plötzlich zur Seite schob, bis ich auf den Rücken rollte und sie auf mich stieg. Sie nahm meine Hände und legte sie auf ihre Brüste, dann erhob sie sich leicht, fand mit einer Hand meinen Penis und schob ihn in sich hinein.

Ibrahim betrachtete all die Gesichter in der Lobby. Er suchte auf Guys Telefon Ades Nummer heraus, drückte auf das Anrufen-Symbol und steckte das Telefon wieder in seine Tasche.

Ein Mann mit dem Rücken zu ihm, der Jeans und eine Khakiweste trug, zog ein Telefon aus der Tasche. Ibrahim hatte bereits vermutet, dass er sein Mann war. Mit einem Lächeln ging er auf ihn zu.

31

WIR BLIEBEN IM BETT, küssten uns, fassten uns an, redeten. Amaka erzählte mir lustige Geschichten aus ihrer Kindheit. Sie schien bereits überall auf der Welt gewesen zu sein, genau wie Mel. Sie fragte mich nach meinem Leben in London. Sie erriet, dass ich als Junge eine Privatschule besucht hatte. Die St. Paul's School. Sie wollte wissen, weshalb ich meine Jura-Karriere aufgegeben hatte, um Journalist zu werden. Ob ich meinen Job mochte. Ob ich, wie sie, festgestellt hätte, dass ein einziges Leben einfach nicht genug war, um all das zu sein, was man sein wollte. Ich stellte ihr die kitschige Frage, von wem sie ihre Stupsnase und ihre pinkfarbenen Lippen habe: von ihrer Mum oder ihrem Dad? War sie traurig darüber, keine Geschwister zu haben? Wie viele Kinder wünschte sie sich? Wir lagen im Bett, ihr Kopf auf meiner Brust, und ich wickelte mir ihre Braids um die Finger.

Zwischen unseren Küssen tätigte Amaka Anrufe, um jene Frau ausfindig zu machen, die sie am Morgen angerufen hatte. Bei jedem Anruf sprach sie anders, wechselte von der Art, wie sie mit mir sprach, zu Pidgin oder zu einer Lokalsprache. Manchmal sprach sie schnell, fast so, als wäre sie verärgert über die Person am anderen Ende, in anderen Fällen nahm sie sich Zeit, um ihr Gegenüber zu fragen, wie es ihr oder ihm ging. Bald war sie so sehr davon in Anspruch genommen, dass ich sie loslassen musste.

Ich lag neben ihr und beobachtete sie. Sie war schätzungsweise so alt wie Mel, aber während Mel einen tollen Job als Analystin in der Londoner City und eine hübsche Wohnung in Maida Vale vorzuweisen hatte, war Amakas Job wichtiger. Die zunehmende Sorge in ihrem Gesicht, während sie wieder und wieder einen Anruf beendete und die nächste Nummer wählte, war nicht die Angst vor einem Immobilienkredit von über einer halben Million Pfund oder vor einem wachsenden Bauchumfang. Ich beobachtete sie, wie sie gegen das Kopfteil gelehnt einfach ihren Job erledigte, und konnte mir nicht vorstellen, dass sie genügend freie Zeit für Ausstellungen in Kairo oder Retrospektiven im Barbican oder einen festen Freund hatte.

Ich rutschte zu ihr, legte ihr die Arme um die Schultern und vergrub mein Gesicht in ihrem Hals. Sie schüttelte mich ab und fragte, ohne von der Textnachricht aufzublicken, die sie gerade tippte: »Was machst du da?«

»Nichts«, erwiderte ich und strich ihr geflochtene Strähnen vom Hals.

Sie blickte mich an und tippte dabei weiter. »Nicht jetzt«, sagte sie. »Warum fängst du nicht mit der Arbeit an dem Artikel an?«

»Wie denn?«

»Google Otokoto Hotel«, antwortete sie und buchstabierte es dann.

Auf dem ersten Bild, das ich anklickte, saßen vier Männer mit nackten Oberkörpern auf dem Boden vor etwas, das aussah wie ein verwesender Kopf auf einem umgedrehten Plastikeimer. Ich wich vom Bildschirm zurück. Konnte das tatsächlich der Kopf eines Menschen sein? Wer waren die Männer? Wie um alles in der Welt konnte eine Website dieses Bild veröffentlichen? Ich drehte mich zu Amaka um. Sie wartete gerade darauf, dass jemand ihren Anruf entgegennahm. Ich las weiter und versuchte, dabei nicht auf das Bild zu schauen.

Im Jahr 1996 flog ein Ritualmördersyndikat auf, als die nigerianische Polizei in Owerri im Südosten Nigerias einen Mann namens Innocent Ekeanyanwu festnahm. Er hatte ein Paket dabei. Darin befand sich der abgetrennte Kopf eines Jungen, Ikechukwu

Okonkwo. Die Polizei fand seinen Torso, vergraben auf dem Grundstück des Otokoto Hotels, das einem gewissen Chief Duru gehörte, einem angesehenen und wohlhabenden lokalen Geschäftsmann, dessen Gang nun in den Fokus geriet. Ihr Geschäft bestand aus dem Handel mit menschlichen Körperteilen. Es folgten gewalttätige Proteste, Plünderungen und das Niederbrennen von Häusern der Ritualmörder, später ein Gerichtsverfahren, und im Februar 2003 wurden die Verdächtigen zum Tod durch Erhängen verurteilt.

Wie viele weitere solcher Syndikate hatten es geschafft, einer Verhaftung zu entgehen? Voller Angst vor dem, was ich finden mochte, suchte ich nach Ritualmorden. Die ersten fünf Resultate der Suchmaschine erwähnten Nigeria. Auf der BBC-Website gab es einen Artikel über einen Vorfall, der sich 2001 in London ereignet hatte. Ich erinnerte mich an die Geschichte. Die Polizei zog damals einen kopflosen Leichnam aus der Themse, in der Nähe der Tower Bridge, unweit meiner Arbeitsstelle. Sie nannten den unbekannten Jungen Adam. Sie gingen davon aus, dass er das Opfer eines Ritualmords war. Die Forensik führte die Ermittelnden nach Südwestnigeria. Der Fall wurde jedoch nie gelöst.

Ich fand weitere Geschichten über Ritualmordsyndikate in diesem Land sowie in Tansania, Liberia und Malawi. Körperteile – Köpfe, Augen, Zungen, Brüste – wurden an Schamanen verkauft, für bis zu zehntausend Dollar pro Stück, was auf einem Kontinent mit gravierender Armut verlockende Summen waren. Anscheinend verwendeten die Schamanen die Organe bei Ritualen für ihre Klienten, um Unglück abzuwehren, Krankheiten zu heilen, Glück zu bescheren und Feinde zu besiegen.

Je mehr ich las, desto beunruhigter wurde ich, und desto mehr erkannte ich die Verletzlichkeit der Frauen, um die Amaka sich kümmerte, und weshalb es ihr so wichtig war, etwas dagegen zu unternehmen. Ich konnte nicht fassen, dass eine solch düstere Praxis bis ins einundzwanzigste Jahrhundert überlebt hatte.

Amaka krabbelte hinter mich und lehnte sich über meine Schulter, um zu sehen, womit ich mich gerade beschäftigte.

»Glauben die Leute in Nigeria wirklich an Zauberei?«, fragte ich.

Sie setzte sich neben mich auf die Bettkante.

»In Lagos steht an jeder Ecke eine Kirche«, sagte sie. »Jeden Tag entstehen neue Kirchen. Die Menschen sind arm, sie sind verzweifelt. Sie bitten Gott um Hilfe, und wenn das nicht funktioniert, werden sie kriminell. Die Jungs werden zu Betrügern und bewaffneten Räubern. Die Mädchen zu Sexarbeiterinnen. Manche wenden sich der schwarzen Magie zu. Genauso, wie sie an Gott glauben, glauben sie auch an den Teufel. Gott bittet sie, Geduld zu haben, aber der Teufel sagt: ›Ich werde dir geben, was du willst, du musst im Gegenzug nur eine einzige Sache tun.‹«

»Was unternimmt die Regierung dagegen? Kann sie schwarze Magie nicht für gesetzwidrig erklären, Hexerei verbieten, Leute festnehmen?«

»Was kann die Polizei schon tun? Sie hat keine forensischen Labore wie bei *CSI*, und selbst wenn sie welche hätte – die Leute reden nicht mit der Polizei. Die meisten Opfer werden niemals identifiziert, und die Schamanen laufen nicht einfach herum und verkünden, dass sie für ihre Rituale menschliche Körperteile verwenden. Was kann die Polizei also tun?«

»Es ergibt einfach keinen Sinn«, erwiderte ich.

»Viele Dinge hier ergeben keinen Sinn. Weißt du, mir machen nicht nur die Leute Angst, die andere Menschen umbringen. Eine der Frauen, mit denen ich zusammenarbeite, nennen wir sie Florentine. Sie wurde auf der Schnellstraße zwischen Lagos und Ibadan aufgelesen, wo sie nackt herumlief wie ein Zombie. Sie war so schlimm verprügelt worden, dass sie nur durch ein Wunder überlebt hat. Die Leute, die sie fanden, brachten sie in ein Krankenhaus, aber dort wollte man sie nicht aufnehmen. Die Ärzt*innen leisteten nicht einmal Erste Hilfe. Sie fragten nach einem Polizeibericht. Sie behaupteten, sie müsse eine bewaffnete Räuberin oder etwas Ähnliches sein, um so zusammengeschlagen zu werden.

Zu ihrem Glück wusste eine der Krankenschwestern von den Street Samaritans und sagte den Leuten, sie sollten die Frau in unser Büro bringen. Als ich diese junge Frau sah, musste ich weinen. Und ich weine nicht besonders oft. Wie auch immer, wir nahmen sie auf. Wir brachten sie in ein Krankenhaus, das keine Fragen stellt, und wir bezahlten für ihre Behandlung. Während der ganzen Zeit weigerte diese Frau sich, irgendjemandem zu sagen, wer sie war, weshalb sie auf dieser Straße unterwegs gewesen war oder warum sie so zusammengeschlagen worden war. Im Krankenhaus ging das Gerücht um, sie sei aus der Psychiatrie entflohen.

Ich musste wissen, womit ich es zu tun hatte, also sagte ich ihr, da es ihr nun langsam besser ging, würde die Polizei kommen, um ihren Fall zu übernehmen. Ich hatte nicht vor, tatsächlich die Polizei zu rufen, aber es funktionierte. Sie öffnete sich. Ihrer Aussage nach war sie als ›Gast‹ an einem Ort namens Harem gewesen, einer Villa tief, tief im Wald irgendwo vor Lagos. Was sie mir über diesen Ort erzählte, jagt mir bis heute Angst ein. Der Harem ist ein Sexclub, geführt von einem Mann, den sie Mr Malik nennen. Alles ist hochgeheim. Die Frauen werden mitten in der Nacht mit verbundenen Augen hingebracht und bleiben dort monatelang ohne jeglichen Kontakt zur Außenwelt. Wichtige Männer, Mitglieder des Clubs, gehen jedes Wochenende dorthin, um sich eins von etwa einem Dutzend Mädchen auszusuchen.

Anscheinend bezahlt dieser Mr Malik die Frauen gut. Einige von ihnen gehen als Millionärinnen, wenn sie den Harem schließlich verlassen. Aber ich kann mir kaum ausmalen, was sie bis dahin durchgemacht haben müssen, um all das Geld zu verdienen.

Florentine hatte einen regelmäßigen Kunden, der eines Tages beschloss, sie zu verprügeln. Er schlug sie, bis sie das Bewusstsein verlor, und dann half Mr Malik ihm, ihren leblosen Körper auf der

Schnellstraße zwischen Lagos und Ibadan abzuladen. Sie dachten, sie wäre tot. So viele Leichen enden nackt auf dieser Straße, und die Leute nehmen an, es hätte etwas mit Ritualen zu tun, aber manchmal ist es bloß ein sadistisches Arschloch, das gern junge Frauen verprügelt.«

»Diesen Mr Malik, kennst du ihn?«

»Nope. Ich versuche immer noch, ihn zu finden, und wenn ich ihn habe, wird er für das bezahlen, was er dieser jungen Frau angetan hat. Seinen Freund habe ich bereits ausfindig gemacht.«

»Den, der das Mädchen zusammengeschlagen hat?«

»Ja. Um den habe ich mich letzte Nacht gekümmert.«

»Wie meinst du das?« Ich erinnerte mich daran, dass Amaka in der Nacht für eine Weile fort gewesen war.

»Mach dir darüber keine Gedanken. Das ist eine lange Geschichte. Vielleicht erzähle ich sie dir irgendwann.«

Das Gespräch über Ritualmorde und brutale Männer erfüllte das Zimmer mit einer Schwere. Amaka hatte darauf bestanden, dass wir Aunty Baby erst sehr spät am Abend aufsuchen konnten – ich erkundigte mich nicht nach dem Grund, denn irgendwie wusste ich bereits, dass ich Amaka mein Leben anvertrauen würde. Nun fragte sie mich, ob ich etwas essen wolle. Es war gegen sieben Uhr abends, und wir hatten sowohl das Frühstück als auch das Mittagessen ausfallen lassen. Ich hatte gar nicht gemerkt, wie hungrig ich war, bis sie es ansprach.

»Ja. Sollen wir etwas aufs Zimmer bestellen?« Ich drehte mich nach dem Telefon neben dem Bett um.

»Nee. Ich führ dich schön aus. Das wird dir gefallen. Und hinterher gehen wir in eine anständige Bar. Nicht so wie das Ronnie's.«

Bei der Erwähnung des Aufreißerschuppens zwinkerte sie mir zu. Ich brachte ein Lächeln zustande, aber um ehrlich zu sein, wäre ich lieber in der Sicherheit des Hotelzimmers geblieben, statt in einer weiteren Nacht unterwegs in Lagos das Schicksal herauszufordern.

Doch ich konnte sehen, dass Amaka von ihrer eigenen Idee begeistert war, und wenn ich darüber nachdachte, wollte ich auch nach wie vor jenes Lagos kennenlernen, von dem ich so viel gehört hatte.

Amaka hatte ihre Kleidungsstücke in die Wäscherei des Hotels gegeben, und mittlerweile waren sie zurückgebracht worden. Sie krempelte die Ärmel ihrer Bluse hoch und ließ die oberen drei Knöpfe geöffnet.

Ich entschied mich für eine Jeans und ein kurzärmeliges weißes Leinenhemd, wurde jedoch das Gefühl nicht los, dass ich tragen konnte, was ich wollte, und neben Amaka doch nur zweitklassig aussehen würde. Das letzte Mal hatte ich mich so gefühlt, als ich noch in der Schule war und durch irgendeine Anomalie in der Ordnung der Dinge die Gelegenheit dazu bekam, mit Betty Stewart auszugehen, Tochter eines millionenschweren Abgeordneten und obendrein das hübscheste Mädchen in unserem Jahrgang. Es hielt zwei Wochen – bis Timothy Spencer-Rye anfing herumzuerzählen, mein Vater stamme ursprünglich aus Polen, und Collins sei eigentlich der Nachname meiner Mutter.

Wir fuhren zu einem Boutiquehotel in Ikoyi namens Bogobiri. In dem kleinen Barbereich kam ein hellhäutiger Mann auf uns zu. Amaka war mit dem Kellner und der Speisekarte beschäftigt und bemerkte ihn nicht.

»Hi«, sagte er und streckte die Hand aus.

Von Nahem erkannte ich, dass er *mixed-race* war. Seine dunklen Locken waren mit grauen Strähnen durchzogen, aber sein glatt rasiertes Gesicht wirkte noch nicht besonders alt.

»Gabriel«, sagte er mit einem breiten Lächeln. Er hatte einen festen Händedruck.

»Guy.«

Amaka blickte von der Speisekarte auf.

»Gabriel.« Sie sprang ihm förmlich in die Arme. Er hob sie hoch und wirbelte ihren Körper von einer Seite zur anderen. Aus ihrem aufgeregten Gespräch hörte ich heraus, dass er gerade erst von einer Reise nach London zurückgekehrt war, dass irgendjemand ihr erzählt hatte, er hätte irgendwie in Ghana zu tun, und dass sie einander fast drei Monate nicht gesehen hatten. Drei Monate erschienen mir nicht lange genug, um jemanden dermaßen zu vermissen. Ich sah mir den Mann genauer an.

32

DIE NACHT WAR HEISS, feucht und dunkel. Inspector Ibrahim versammelte die Männer von Feuer-für-Feuer in einem drückend aufgeheizten Zimmer im hinteren Teil seines Polizeireviers, um ihnen Anweisungen für Operation Bulldogge: Die Belagerung Matoris zu geben. Zuerst ließ er einen ranghöheren Polizisten ihre Augen untersuchen, da alle, die auf Drogen waren, von der Operation ausgeschlossen wurden.

Es sollte eine klassische Razzia werden, daher waren eigentlich kaum Instruktionen nötig, die über eine Adresse und eine Zielperson hinausgingen. Allerdings war Matori ein Ort tief im dunklen Herzen der Slums, wo Schurken und Ganoven das Sagen hatten. Ibrahim ging nicht davon aus, dass ihre Zielperson seine eigene kleine Armee bereithielt, aber er wollte keinen Aufruhr entfachen unter den Nachbarn, die die Polizei hassten und einem der ihren nur allzu gern zu Hilfe eilen würden.

»Wir werden uns leise nähern«, erklärte er. »Zuerst sichern wir den Umkreis ab, zwei Männer vor jedem Haus in der Straße. Keine Taschenlampen. Wenn jemand euch entgegentritt, sagt dem Baga, er soll zurück in sein Haus gehen. Wenn er das nicht tut, nehmt ihn nicht fest. Genau fünf Minuten, nachdem alle an ihrem Platz sind, wird die Offensive losgehen, ihr braucht euch wegen irgendwelcher verdammten Zivilisten also keine Sorgen zu machen. Ich will nicht, dass auch nur ein einziger Schuss abgefeuert wird, der nicht absolut notwendig ist: Wir wollen keine Aufmerksamkeit auf uns lenken. Wir gehen einfach rein, holen ihn raus und verschwinden wieder.

Denkt daran, er muss lebendig ausgeliefert werden. Ich wiederhole: Chucks muss lebendig ausgeliefert werden. Hot-Temper leitet den Einsatz, niemand lässt auch nur einen Furz los, solange er es nicht erlaubt hat. Gehen wir und erledigen unseren Job, Jungs.«

Draußen vor dem Revier auf der Ahmadu Bello Road hielten Polizisten Danfo-Busse an und befahlen den Fahrgästen, auszusteigen. Die Mutigeren unter den Pendler*innen, die den Fahrpreis bezahlt hatten, verlangten nach einer Erklärung. »Polizeieinsatz«, war alles, was sie zu hören bekamen.

Die beschlagnahmten Fahrzeuge wurden angewiesen, vor dem Revier zu parken, wo die Mitglieder der Operation Feuer-für-Feuer warteten. Die Busfahrer bekamen kugelsichere Westen, die sie unter ihren Hemden tragen sollten. Einem schlaksigen jungen Mann wurde es zu viel. Vor Angst zitternd, verlor er die Kontrolle über seine Blase, und Tränen tropften ihm vom Gesicht. Ein Polizist im Innendienst wurde dazu verdonnert, den Bus an seiner Stelle zu fahren.

Die Männer zwängten sich in die Fahrzeuge. In Fünf-Minuten-Intervallen brach eins nach dem anderen auf in die Nacht.

Ibrahim und drei weitere Polizisten, allesamt in Zivilkleidung, stiegen in Ibrahims Wagen. Er musste sich um eine andere Angelegenheit kümmern, die Feingefühl erforderte. Seine Männer würden ihn über das Funkgerät, das neben seiner halbautomatischen Pistole in seinem Gürtel steckte, auf dem Laufenden halten.

33

AMAKA ERGRIFF GABRIELS HAND und stellte uns einander erneut vor – vermutlich aus reiner Höflichkeit, da sie ihre Aufmerksamkeit sogleich wieder ganz auf ihn richtete. Sie machte sich nicht die Mühe, ihm zu erklären, wer ich war, erwähnte allerdings, dass ich ein Journalist sei. »Gabriel besitzt ein Immobilienbüro«, teilte sie mir mit. »Er verkauft reichen Nigerianer*innen Immobilien in ganz Europa. Zu seiner Kundschaft gehört alles, was Rang und Namen hat.«

Ihn fragte sie: »Was sehe ich da, Gabriel? Keine Brille? Hast du endlich angefangen, Kontaktlinsen zu tragen?«

»Ach. Dahinter steckt eine Geschichte«, erwiderte er und schob die Speisekarte und die Salz- und Pfefferstreuer beiseite, als bräuchte er Platz zum Reden. »Im Flugzeug, während des Landeanflugs auf Lagos, verkündete eine Stewardess, sie habe hier eine Brille, die jemand im Badezimmer habe liegen lassen. Ich trug meine nicht, konnte also nicht erkennen, was sie hochhielt. Ich fasste mir an die Brusttasche, fühlte mein Brillenetui und schlief wieder ein.«

»Du Dummkopf. Es war deine.«

»Jepp. Ich hatte sie abgenommen, um genussvoll über dem Atlantik zu scheißen, und hatte sie dann vergessen. Oder vielleicht hatte ich auch unterbewusst versucht, sie loszuwerden.«

Als Nächstes fing er an, über die Gepäckausgabe zu reden.

»Kennt ihr diesen traurig aussehenden, ramponierten alten Koffer, der Runde um Runde auf dem Band dreht, ohne von jemandem mitgenommen zu werden? Ich glaube nicht, dass er den falschen Flug erwischt hat. Ich glaube, der Besitzer schämt sich einfach zu sehr, um vor den Augen der anderen danach zu greifen.«

Amaka lachte, ich lächelte nur, auch wenn ich diese kleine Anekdote originell fand. Dann richtete Gabriel sich direkt an Amaka.

»Deine Patentochter ist genau wie du«, sagte er. »Langsam vermute ich, dass da irgendetwas nicht stimmt. Ernsthaft, wenn du ein Kerl wärst, würde ich ihre DNA testen lassen. Letztens kam sie die Treppe herunter ...« Er wandte sich kurz zu mir um. »Sie ist fünf. Madam sagte, sie könne sich selbst anziehen, sie wollten auf irgendeine Party. Wie auch immer, sie kommt also die Treppe herunter. Sie trägt ihre ganzen neuen Sachen: Kleid, Jäckchen, Gürtel, Sonnenbrille, Socken. Sie hatte sogar ihre kleine pinkfarbene Handtasche dabei. Sie kommt also die Treppe herunter, und sie lässt sich Zeit, im Sinne von: ›Seht mich an‹, und Madam sagt: ›Yemisi, du trägst deine Schuhe an den falschen Füßen.‹ Und weißt du, was sie antwortet? Ich schwöre, sie ist genau wie du. Sie bleibt stehen, eine Hand so auf dem Treppengeländer, die andere in die Hüfte gestemmt, und sie schaut ihre Mum an und sagt ganz ruhig: ›Mum, wie können es die falschen Füße sein? Ich habe nur zwei Füße.‹«

Amaka lachte, ich lachte, ein Paar am Nebentisch lachte. Er war nicht so übel.

Wir bestellten Omeletts und gebratene Kochbananen mit Ziegenfleischeintopf – Gabriels Empfehlung. Ich hatte nichts davon schon jemals gegessen. Als das Essen von Kellnern auf einhändig getragenen Tabletts gebracht wurde, roch ich die extreme Schärfe des feurigen Eintopfs, in dem massive Fleischbrocken schwammen, an denen noch die Haut dran war. Gabriel schaufelte seine Portion in sich hinein, während ich jeden pfeffrigen Bissen mit einem Schluck Wasser löschen musste. Amaka war ganz versunken in seinen stetigen, rasanten Vortrag von Geschichten und bekam nichts von der Not meines englischen Gaumens mit. Ich wusste, dass mein Gesicht gerade nacheinander alle Schattierungen von Rot annahm.

Gabriel wandte sich an mich, und ich war mir sicher, dass er gleich einen Scherz machen würde.

»Also, Bob, wo sind Sie untergebracht?«

Ich wollte ihn korrigieren, aber Amaka kicherte und legte mir eine Hand auf den Arm.

»Er nennt jeden Mann Bob«, erklärte sie.

»Nein, nicht jeden Mann, nur deine Männer.«

»Ja. Den Namen gibt er allen Männern an meiner Seite. Es ist ein Insiderwitz.« Sie blickte ihn an, und beide kicherten. »Nicht, dass ich ihn je verstanden hätte. Aber mach dir keine Sorgen, er wird es bald leid, oder er vergisst es, und dann nennt er dich bei deinem richtigen Namen.«

Gabriel ließ Amaka aussprechen und richtete sich dann wieder an mich.

»Also, wo sind Sie untergebracht?«

»Wir übernachten im Eko Hotel«, sagte ich.

»Oh. Ihr seid da zusammen?« Er sah Amaka mit hochgezogener Augenbraue an.

Ich wagte es nicht, ihrem Blick zu begegnen.

»Ist eine lange Geschichte«, erwiderte sie. »Und schau nicht so, du unanständiger alter Mann. Es ist nicht, was du denkst.«

»Unanständig, ja. Aber gegen alt muss ich protestieren. Also, wie kommt es, dass ihr beiden zusammen im Hotel seid?«

»Er hat eine Freundin. Ihr Name ist Melissa. Also, hör auf, zu sticheln.«

Wieso hatte ich Amaka bloß von Mel erzählt?

Sie fuhr fort, ihm von den Ereignissen der vorangegangenen Nacht zu berichten. Sie war dabei nicht komplett ehrlich. Sie erzählte ihm, ein Freund habe sie gebeten, mich aus dem Polizeirevier zu holen, und den Teil über die Dienstleistung, die sie den

Frauen bot, ließ sie ganz aus. Es gab mir ein gutes Gefühl, dass ich etwas über sie wusste, das er nicht wusste.

»Du, mein Freund, bist der Easy Motion Tourist«, stellte Gabriel fest und blickte mich an, nachdem Amaka ihre gekürzte Version der Geschichte beendet hatte.

»Was?« Sie wirkte verwirrt, als erwartete sie einen seiner Scherze.

»*Easy Motion Tourist.* Das ist ein altes Lied von Fatai Rolling Dollars ehemaliger Band. Hast du je Highlife-Musik gehört, Bob?«

Ich schüttelte den Kopf.

»Schade. Wirklich gute Musik. Also, *Easy Motion Tourist,* das ist eine alte Highlife-Nummer aus den Siebzigern oder Sechzigern, von den Harbours. Inspiriert wurden sie zu der Nummer nach einer Nacht, in der sie zum Musikmachen unterwegs waren. Die Band kehrte spät von einem Gig zurück, und eins der Mitglieder kam nicht in sein Haus hinein. Der Typ war aus seinem eigenen Haus ausgeschlossen worden. Am nächsten Tag schrieben sie einen Song darüber – oder so ähnlich. Am Ende ist es ein Lied über ein nächtliches Missgeschick. Das hattest du auch, und deshalb bist du, mein Freund, der Easy Motion Tourist.«

Er prostete mir mit seinem Wasserglas zu. Ich erhob meins. »Wenn ich genauer darüber nachdenke, waren das alles junge nigerianische Musiker, die ihre Musik in Nigeria spielten. Kein einziger Ausländer darunter. Da fragt man sich schon, woher der ›Tourist‹ kommt. Ich hätte gern etwas von dem, was auch immer sie in jener Nacht getrunken hatten.«

Wir unterhielten uns lange. Gabriel stellte mir immer wieder zusammenhanglose Fragen, die mich wohl aufs Glatteis führen sollten – damit ich die wahre Natur meiner Beziehung zu Amaka preisgab. Es war ein angenehmer Gedanke, dass er glaubte, zwischen mir und ihr würde etwas laufen.

Um acht Uhr erklärte Amaka ihm, wir müssten los. Er wollte uns ungern gehen lassen und gab erst nach, als Amaka versprach, am nächsten Wochenende mit seiner Familie zu Mittag zu essen.

»Habt ihr irgendwelche Pläne für heute Abend?«, wollte er wissen.

»Nein, eigentlich nicht«, antwortete Amaka. »Ich dachte, ich zeige Guy ein bisschen was von Lagos, und dann besuchen wir noch eine alte Freundin. Hast du irgendetwas vor?«

»Du weißt, dass die MD meiner Madam die Cousine des Justizministers ist?«

»Ja«, sagte sie. Sie drehte sich zu mir um, da sie anscheinend irgendwie spürte, dass ich Gabriel nicht folgen konnte. »Die Chefin seiner Frau.«

»Nun, wie es scheint, wurde für sie der passende Sohn eines Gouverneurs als Ehemann gefunden – für die Cousine des Justizministers, meine ich, nicht für meine Madam. Die Verlobungsparty findet heute Abend statt. Wir wurden zur Owambe in den Yoruba Tennis Club eingeladen.« Er wandte sich an mich. »Waren Sie schon einmal auf einer Owambe-Party?«

»Nein. Was ist eine Owambe-Party?« Ich versuchte es, scheiterte aber mit großer Wahrscheinlichkeit an der richtigen Aussprache.

»Ach, dann können Sie sich auf etwas freuen.« Er richtete sich an Amaka. »Du hast den jungen Bob hier noch nicht zu einer Owambe mitgenommen? *Haba*. Wie soll er so Lagos kennenlernen?« Und wieder zu mir: »Eine Owambe-Party ist ein Spektakel. Ich weiß nicht, wie ich es beschreiben soll, Sie müssen einfach mal eine besuchen, um es zu verstehen. Versprechen Sie mir, dass Sie kommen werden. Amaka, versprich mir, Bob zur Party mitzubringen.«

»Ich bin mir nicht sicher, Gabriel, du weißt doch, dass gesellschaftliche Ereignisse nicht so mein Ding sind.«

»Kann sein, aber es wäre geradezu kriminell, Bob die Chance zu nehmen, einmal all die einflussreichen Leute dieses Landes in ihrem Element zu erleben. Außerdem erzählst du mir ständig, dass du Geld für deine Wohltätigkeitsorganisation sammeln willst. Es wäre eine perfekte Gelegenheit, einige Leute mit den tiefsten Taschen der ganzen Stadt kennenzulernen. Und ich würde dich allen vorstellen.«

»Wenn ich es mir recht überlege, gibt es tatsächlich ein paar Leute, die ich gern kennenlernen würde. Ein gewisser Chief Amadi, er wohnt hier auf der Insel. Und ein Mann, der Mr Malik genannt wird. Kennst du die beiden? Werden sie womöglich da sein?«

»Ebenezer Amadi?«

»Ja, ich denke schon.«

»Wieso willst du den kennenlernen?«

»Rein geschäftlich, Gabriel. Warum schaust du auf einmal so ernst?«

»Tue ich das? Wie auch immer, komm zur Party, und bring Bob mit. Ich stelle dich ein paar meiner Klient*innen vor.«

»Kennst du ihn persönlich?«

Ich passte gut auf. Gabriel warf mir einen Blick zu und erwischte mich dabei, wie ich sein Gesicht betrachtete.

»Ja. Er ist ein Klient«, sagte er mit einer Endgültigkeit, als wollte er das Gespräch damit beenden.

»Du kannst uns also miteinander bekannt machen?«

»Ja.«

»Was ist mit Malik? Kennst du ihn auch?«

»Weißt du, wie viele Maliks es in Lagos gibt?«

»Welche davon kennst du?«

»Ich kenne keinen.«

Sein Tonfall war schroff.

»Gabriel?«, fragte sie, auf eine Weise, die mich an meine Mum erinnerte, wenn diese meinen Namen rief, sobald ich versuchte, nicht auf das einzugehen, was sie gerade gesagt hatte.

»Und wenn ich den Malik kenne, nach dem du suchst?«, entgegnete er. »Was dann? Sagst du mir, weshalb du nach ihm suchst?«

»Das brauchst du nicht zu wissen. Es ist unwichtig.«

»Wenn es unwichtig ist, wieso kannst du es mir dann nicht sagen?« Er drehte sich zu mir um. »Ich kenne Amaka zu gut. Sie führt irgendetwas im Schilde, und wenn ich nicht falschliege, ist es etwas Gefährliches.«

»Mann, jetzt fängst du wieder mit diesem Großer-Bruder-Ding an. Wie oft soll ich dir noch sagen, dass ich auf mich selbst aufpassen kann? Kennst du den Typen jetzt oder nicht?«

»Ich sagte doch, ich kenne keinen Malik. Zumindest keinen, den du kennen solltest.« Er wandte sich erneut an mich. »Einmal hat sie mich gebeten, ihr einen hochrangigen Staatsbediensteten vorzustellen, woraufhin der Typ mir hinterher einen Scheck über zehn Millionen Naira für ihre Wohltätigkeitsorganisation gab und mir mitteilte, ich solle sie warnen, ihn nie wieder zu kontaktieren. Ich habe viele Aufträge von dem Typen verloren.«

»Er hatte Sex mit den jungen Frauen vom National Youth Service Corps, die seinem Ministerium zugeteilt worden waren.«

»Und ich weiß bis heute nicht, woher du das wusstest. Du hast den Typen erpresst, und du hast mich dazu benutzt. Nicht gut.«

»Er hatte es nicht anders verdient. Im Grunde war das noch nett.«

»Aber du bist nicht die Polizei. Hör zu, da draußen laufen eine Menge wirklich fiese Typen rum, mit denen du dich nicht auf die Weise anlegen willst, wie du es bei diesem Staatsbeamten getan hast. Du hattest Glück, der Typ hätte hinter dir her sein können, weißt du?«

»Was kann er schon ausrichten? Wenn er irgendetwas versucht, wird er es bereuen. Das weiß er auch.«

»Siehst du? So wie du daherredest, aus genau diesem Grund habe ich Angst davor, dich Leuten vorzustellen.«

»Ist Malik auch dein Klient?«

»Du denkst, es geht mir darum, dass ich fürchte, einen Klienten zu verlieren? Ich habe Angst um dich, Sis. Du glaubst, du bist

Superwoman oder so, aber ich sage dir immer wieder: Das hier ist Nigeria. Du kannst hier nicht einfach deinen eigenen Krieg gegen Korruption und andere Sauereien führen.«

»Ich werde ihn finden, ob mit deiner Hilfe oder ohne.«

Gabriel schüttelte den Kopf. »Komm heute Abend zur Party. Und bring Guy mit. Wenn Amadi da ist, stelle ich ihn dir vor. Und wenn du mir sagst, warum du nach Malik suchst, und es der Malik ist, den ich kenne, dann unterhalten wir uns noch einmal.«

34

IN DER NÄHE VON MATORI, auf der Palm Avenue, neben dem stehenden schwarzen Wasser in einem offenen Straßengraben, saßen Menschen auf Metallstühlen, tranken Bier und aßen Fischpfeffersuppe. Sie schrien über die laute Fuji-Musik, die aus einem Lautsprecher über dem Eingang zur Bierstube dröhnte, hinweg.

Chucks, der bei seiner sechsten Flasche Guinness angelangt war, schaute sich um, warf einen weiteren Blick auf eine Frau mit heller Haut und breiten Hüften, einem fülligen Hinterteil und Brüsten, die die Worte DRAUFSTARREN MACHT SIE NICHT GRÖSSER auf der Vorderseite ihres T-Shirts auseinanderzogen, und zeigte dann auf sie.

Sie hatte nur darauf gewartet, dass sein Blick zu ihr zurückkehrte. Sie nahm ihre Handtasche und setzte sich neben ihn, von wo aus sie ihre Aufmerksamkeit auf die Männer an den anderen Tischen richtete, die dort allein saßen und sich noch den Appetit auf Sex antranken.

»Lass mich dich richtig anschauen«, sagte Chucks.

»Du willst, dass ich aufstehe?«

»Nein. Nimm nur deine Arme vor der Brust weg.«

Er las die Worte auf ihrem T-Shirt.

»Wie viel?«

»Zehntausend.«

»Fünf.«

»Sieben.«

»Fünf.« Er drehte sich um und entdeckte eine mollige Frau, die von einem Motorradtaxi stieg.

»Willst du mir nicht mal einen Drink spendieren?«

»Was möchtest du?« Die Kosten für den Drink würde er von den fünftausend abziehen.

»Malt.«

Er winkte einen Kellner herbei und spürte sein Telefon vibrieren. Es war Sergeant Saliu. Als Chucks erfahren hatte, dass die Eisenbieger gefangen genommen worden waren, hatte er Saliu angerufen und gefragt, ob die Jungs seinen Namen erwähnt hätten. Saliu wusste es nicht. Er hatte Saliu gesagt, wenn die Mitglieder der Gang in der Haft verstarben, ohne seinen Namen zu erwähnen, würde er für diese gute Nachricht hunderttausend Naira bezahlen.

Das Mädchen legte ihm die Hand auf den Oberschenkel. Er griff ihr in den Schritt und versuchte, sich durch ihren Rock zu wühlen. Sie nahm seine Hand weg, und er lachte.

»Lass mich mit meinem Freund reden«, sagte er.

Er stand auf und musste sich festhalten. Er zog ein Bündel Tausend-Naira-Scheine hervor, zupfte einen heraus und warf das Geld auf den Metalltisch.

»Kauf dir, was du willst.«

Er entfernte sich von dem Lärm.

»Hallo, Saliu, *how you dey?* Schon besser?«

»Wo bist du?«

»Ich bin auf der Palm Avenue. *Wetin dey happen?*«

»Bitte lösch meine Nummer aus deinem Telefon.«

»Was?«

»Lösch meine Nummer aus deinem Telefon. Aus all deinen Telefonen.«

»Saliu, was ist los?«

»Die Eisenbieger-Jungs haben dich verraten. Sie haben der Polizei alles erzählt. Sie kommen jetzt, um dich zu holen. Sie wissen, wo du wohnst. Sie kennen deine ganzen Verstecke.«

Chucks blieb stehen. Das war kein Anruf, um ihn zu warnen. Saliu rief an, um sich selbst zu schützen.

»Du sagst, sie kommen jetzt, um mich zu holen? Wieso hast du mich nicht vorgewarnt?«

»Ich habe die Information eben erst erhalten.«

»Saliu, was mache ich jetzt? Wohin soll ich gehen?«

»Ich weiß es nicht, aber bitte, lösch meine Nummer aus deinen Telefonen.«

»Saliu, wenn ich untergehe, gehst du mit mir unter.«

»Wie meinst du das? Bin ich etwa derjenige, der gesagt hat, sie sollen kommen und dich festnehmen? Ich kann nichts tun, ich kann dir nur raten, Lagos *today-today* zu verlassen.«

»Saliu, ich warne dich, hol mich aus dieser Scheiße raus, sonst erzähle ich denen alles, was du für mich getan hast.«

»Warum? Warum solltest du? Warne ich dich etwa nicht gerade?«

»Du warnst mich, während sie bereits unterwegs sind. Was ist das für eine Warnung? Was soll ich deiner Meinung nach machen? Wohin soll ich deiner Meinung nach gehen? Du sagtest, sie kennen meine ganzen Verstecke.«

»Hör zu, was kann ich sonst noch tun? Das hier ist eine sehr ernste Angelegenheit, und sie sind fest entschlossen, dich heute Nacht zu erwischen. Verlass einfach auf der Stelle die Stadt.«

»Saliu, ich werde deine Nummer nicht aus meinem Telefon löschen. Du musst mir helfen, aus dieser Scheiße rauszukommen.«

»Was soll ich denn unternehmen?«

»Saliu, du musst mir helfen, oder wir gehen beide gemeinsam unter.«

»Was redest du bloß? Was soll ich denn tun?«

»Wohin soll ich deiner Meinung nach jetzt gehen, um mich zu verstecken? Du musst mir helfen.«

»Na schön. Geh zu mir nach Hause. Weißt du, wo das Fenster

neben der Tür ist? Greif durch das Loch im Moskitonetz. Mein Schlüssel liegt darunter. Wenn ich meine Schicht beendet habe, komme ich zu dir. Sorg dafür, dass niemand dich sieht.«

»Ich soll zu dir nach Hause gehen?«

»Ja. Sofort. Und warn deine Jungs nicht. Wenn die Polizei bei deiner Werkstatt ankommt und dort niemanden antrifft, den sie festnehmen können, dann wissen sie, dass du informiert wurdest. Geh zu mir nach Hause, und ruf niemanden an. Und lösch meine Nummer.«

»Okay.«

»Ruf niemanden an.«

»Okay.«

Chucks drehte sich nach dem Mädchen um. Sie schloss ihre Lippen um den Hals einer Flasche Maltina. Anscheinend war sie vom Pech verfolgt und hatte ihn damit angesteckt. Er wandte sich um und lief davon – zuerst langsam, dann beschleunigte er seine Schritte, bis er außer Sichtweite der Bierstube anfing zu rennen.

Zu Chucks' Werkstatt, in der dieser auch wohnte, nahm jeder der Busse eine andere Route und parkte in einer Seitenstraße. Wie üblich lag die Nachbarschaft nach einem Stromausfall in stiller Dunkelheit. Hot-Temper erklärte einem aus geschwollenen Augen blickenden Mitglied der Eisenbieger-Gang, es sei nun so weit.

Der erst übel zugerichtete und dann wieder zusammengeflickte Kriminelle humpelte einsam auf die Straße. Stumme schemenhafte Gestalten folgten ihm und fanden in seinem Windschatten Verstecke. Er blieb vor Chucks' Haus stehen und rief nach dem Abnehmer seiner Hehlerware.

»Chucks, komm raus.«

»Wer ist da?«

»Ich will zu Chucks. Sag ihm, er soll rauskommen.«

»Chucks ist verreist.«

»Pascal, bist du das? Ich bin's, Rotimi. Pascal, wo ist Chucks? Sag ihm, er soll zu mir rauskommen.«

»Rotimi? Du wurdest freigelassen?«

»Sag Chucks, er soll zu mir rauskommen.«

Der junge Mann schloss die Tür auf, trat aus dem Rahmen und sah aus dem Augenwinkel eine Bewegung. Er richtete die Pistole auf den kauernden Polizisten. Ein Schuss durchbrach die Stille und fand sein Ziel zwischen den Augen des Mannes. Schüsse knallten im Gebäude und erleuchteten die zuvor dunklen Fenster.

Die Polizisten erwiderten das Feuer. Der Körper des Eisenbiegers wand sich, während er von beiden Seiten von Kugeln durchlöchert wurde.

»Feuer einstellen, Feuer einstellen«, rief Hot-Temper.

Nach dem letzten Schuss war der Putz von den Mauern geblättert, das Glas aus den Lamellenfenstern war verschwunden, und im Haus war es still.

»Ihr Mistkerle«, sagte Hot-Temper. »Ihr habt sie alle umgebracht.«

Chucks lief in Salius Einzimmerwohnung auf und ab, zog Schubladen auf und schaute hinter Sessel. Er hob den Deckel von einem Topf, der auf einem Kerosinkocher stehen gelassen worden war, und roch an dem Eintopf darin. Er verzog das Gesicht, wandte sich ab und legte den Deckel wieder auf. Er wollte bei sich zu Hause anrufen. War die Polizei dort gewesen? Er setzte sich auf die dünne Matratze auf dem schmalen Bett, bedeckt mit einem Laken, das nach Schweiß roch. Wie konnten die Eisenbieger ihn so verraten, nach dem Bluteid, den sie geschworen hatten? Er hielt sein Telefon in der Hand. Er sollte zumindest Pascal warnen, den Sohn seines ältesten Bruders. Ein Klopfen an der Tür ließ ihn zusammenfahren.

»Saliu, bist du das?«

»Komm und mach die Tür auf.«

Er schaltete das Licht ein, um das Schloss zu öffnen. Saliu marschierte herein, gefolgt von drei Männern, die Chucks nicht kannte.

»Was geht hier vor? Saliu, wer sind diese Leute?«

Saliu grinste. »Chucks, ich möchte dir meinen Oga vorstellen, Inspector Ibrahim.«

Ibrahim schüttelte Chucks die Hand. Als er sie nicht losließ, blickte Chucks zu ihm auf. Ibrahim hielt seine Hand in einem festen Griff, während ein Polizist eine Handschelle um das Handgelenk des Kriminellen legte. Chucks wehrte sich nicht, als sein anderer Arm hinter seinen Rücken gedreht und mit den rostigen Handschellen gesichert wurde.

»Saliu, was geht hier vor?«

»Sie sind verhaftet«, sagte Inspector Ibrahim.

»Saliu arbeitet für mich. Er hat Informationen an mich weitergegeben. Er nimmt Geld von mir.«

»Und für dieses Geld sind wir sehr dankbar.«

Die Polizisten lachten. Chucks wankte, und die Männer hielten ihn aufrecht. Inspector Ibrahims Funkgerät knisterte.

»Whisky Bravo, Whisky Bravo.« Hot-Tempers Stimme war über die rauschende Verbindung zu hören.

»Sprechen Sie«, sagte Ibrahim und hob sich das Gerät ans Ohr.

»Wir haben den Wagen gefunden, Sir. Darin ist sogar noch Blut.«

»Gut. Bringen Sie ihn zum Revier.« Er richtete seinen Blick wieder auf Chucks und lächelte. »Und jetzt erzählen Sie mir mal, was Sie so getrieben haben.«

35

WIR LIESSEN GABRIEL BEI EINEM PAAR ZURÜCK, mit dem er in der Hotelbar verabredet gewesen war. Er erzählte den beiden gerade von einem arabischen Scheich und dessen nigerianischer Geliebten, als Amaka die Gelegenheit ergriff, sich zu verabschieden.

Sie nahm mich mit in das News Café in der Palms Shopping Mall in Lekki. Der Parkplatz vor dem Einkaufszentrum war gerammelt voll mit Mercedes und BMWs. In der Reihe, in der wir parkten, zählte ich sechs Range Rover. Zwischen einem Bentley Continental und einem Porsche 911 stand ein Ferrari. Ich starrte noch immer darauf, als ein weißer Rolls Royce Phantom in eine Parklücke fuhr. Ich hatte noch nie so viele Luxuskarossen auf einmal gesehen.

Die Bar befand sich im Erdgeschoss des Einkaufszentrums. Die Vorderseite bestand ganz aus Glas und bot einen Blick über den Parkplatz. Davor waren Tische und Stühle platziert. Dort mischten sich *Weiße* mit den Einheimischen, hielten Champagnerflöten in der Hand und führten angeregte Gespräche. Ich empfinde die Menschen in Nigeria als sehr ausdrucksstark beim Reden. Irgendwie erinnerte es mich daran, vor meiner liebsten Londoner Bar namens Abacus zu stehen, in der City mit Blick auf die Royal Exchange, und mich bei einer Zigarette in ein intensives Gespräch mit einem Kumpel zu vertiefen, bevor wir wieder hineingehen, um uns unserer Gruppe anzuschließen.

Der Türsteher erkannte Amaka und lächelte. Drinnen war es brechend voll, und die Musik war so laut, dass man ihr Hämmern in der Brust spüren konnte. Amaka führte mich an der Hand durch die

Menge. Menschen hielten sie an, um Hallo zu sagen. Sie stellte mich jedes Mal vor, indem sie meinen Namen nannte, und ich wiederum schüttelte ihre Hände und bemühte mich, die Namen zu verstehen, die sie mir ins Ohr brüllten.

Ohne Vorwarnung begann Amaka zu tanzen, und ich musste an Mel denken. Wir waren uns auf dem Junggesellenabschied eines Kumpels begegnet, Mel und ich. In der Carbon Bar. Ich war mit den Jungs unterwegs, und sie – wie sie mir Wochen später gestand – befand sich im Spionageteam der Braut. Sie trat auf mich zu und fragte, ob ich mit ihr tanzen wolle. Der Song endete, und wir gingen zum Rauchen hinaus. Draußen in der Winterkälte gab sie zu, dass es meine Art zu tanzen gewesen sei, die ihr Interesse geweckt hatte. Wir verbrachten den Rest des Abends vor der Bar, unterhielten uns, liehen Fremden unsere Feuerzeuge und tauschten schließlich Nummern aus. Aber nun tanzte ich mit Amaka.

Sie war keine schlechte Tänzerin, Amaka. Sie drehte sich um und machte einen Bump and Grind, dann presste sie ihren Rücken gegen meine Brust und führte eine Hand an meinen Hals. Ich wirbelte sie herum, dann legte ich ihr eine Hand auf den Hintern, zog sie an mich und wollte sie küssen, aber sie wich mir aus. Sie trat einen Schritt zurück, ehe sie mich an sich zog und mir ins Ohr schrie: »Komm, wir gehen.«

»Was?«

»Komm, wir gehen. Wir besuchen Aunty Baby.«

Sie schob sich an mir vorbei und vergewisserte sich nicht, ob ich ihr folgte. Ich holte sie am Auto ein, nachdem sie bereits eingestiegen war und den Motor angelassen hatte.

»Tut mir leid«, sagte ich.

»Was?«

»Da drinnen, dass ich versucht habe, dich zu küssen.«

»Ach, das war es, was du versucht hast?«

»Ich habe mich mitreißen lassen.«

»Wir machen alle mal Fehler.«

Sie blickte mich beim Sprechen nicht an. Es war keine Unterhaltung. Hatte das, was im Hotel geschehen war, auch im Hotel geendet?

36

KNOCKOUT NAHM EIN MOTORRADTAXI nach Obalende, eine Gegend an der Grenze zu Ikoyi, wo der Wohlstand endet und der Slum beginnt. Das Okada galoppierte eine Straße entlang, in der unterschiedliche Musikrichtungen aus Lautsprechern vor Bierstuben, Stundenmotels und offensichtlichen Bordellen dröhnten. Auf beiden Straßenseiten standen jugendliche Sexarbeiterinnen aufgereiht und winkten den Autos zu. Hinter ihnen besetzten besoffene Männer wackelige Plastikstühle und -tische, die den gesamten Gehweg einnahmen. Das Viertel bestand aus beengten, verfallenden Häusern, die die Insel mit Fahrern, Hausmädchen, Boten und Handwerkern versorgten. Kriminelle, die gern in der Nähe von schnellem Geld lebten, wohnten ebenfalls dort.

Das Motorrad fuhr durch eine Reihe von Gassen. Knockout tippte dem Fahrer auf die Schulter, damit dieser vor einem langen, schmalen Bungalow zwischen zwei baufälligen Wohnblocks anhielt. Er blieb stehen, bis der Fahrer verschwunden war, dann pfiff er dreimal und wartete.

Aus dem Gebäude pfiff jemand zurück, ebenfalls dreimal, und Knockout pfiff erneut.

Ein junger Mann öffnete die Haustür und trat für Knockout beiseite, dann warf er einen prüfenden Blick auf die Straße, ehe er die Tür wieder zumachte und abschloss. Ein Flur führte durch den Bungalow zu einer Tür an seinem hinteren Ende. Mit Wänden und Türen aus Sperrholz waren sechs separate Zimmer geschaffen worden, drei auf jeder Seite des Flurs.

»Kekere, lang her! Ich bin gekommen, um deine Brüder zu sehen.«

Kekere ging von Zimmer zu Zimmer, klopfte an die Türen und rief seine Brüder: »Bruder One-Nation, Bruder One-Love, Bruder Oscar, Bruder Romeo.«

Aus jedem der Zimmer trat ein muskulöser Schlägertyp mit nacktem Oberkörper. Ihre vernarbten, tätowierten Körper glänzten vor Schweiß. Sie waren einst eine Familie von Amateur-Boxern gewesen, die in die Fußstapfen ihres verstorbenen Vaters getreten waren, der in den Sechzigern als Boxtrainer gearbeitet hatte. Ihre Mutter war an einer Lungenentzündung gestorben, lange bevor ihr Vater verschied, weil er sich die Medikamente gegen seinen hohen Blutdruck nicht leisten konnte. Sie wuchsen als Waisen auf und brachten ihr Training als Türsteher zum Einsatz, ehe ein Lokalpolitiker sie bat, seine Bodyguards zu werden. Während mehrerer Wahlen suchten sie sich ihre Decknamen aus und sammelten ein Arsenal an Waffen an, die ihnen während der Wahlkampftour zur Verfügung gestellt wurden. Aufgrund dieses geheimen Waffenlagers war Knockout nun zu ihnen gekommen. Catch-Fire und seine Mädchen hatten ihn mit ihren Knarren beschämt – wenn er zurückkehrte, wollte er sie mit seinen eigenen beeindrucken.

»Ein Typ hat sich heute mit mir angelegt, und ich will ihm eine Lektion erteilen«, sagte er.

Die Brüder fragten nicht, was diese Person genau getan hatte oder um wen es sich handelte. Knockout erzählte ihnen von der Situation in Catch-Fires Haus, und die Schläger fanden es lustig, dass mittlerweile Prostituierte als Bodyguards eingesetzt wurden. Man einigte sich auf einen Preis, und Knockout musste nicht einmal das Extrageld hervorziehen, das er unter seinem Hemd versteckt hatte.

»Wann soll der Job erledigt werden?«, fragte One-Nation. Er und sein Zwillingsbruder One-Love waren die ältesten der Brüder.

»Heute. Sofort.«

Der Mann zuckte mit den Achseln. »Kein Problem. Und wie finden wir diesen Catch-Fire?«

»Ich bringe euch hin. *I dey come with you.*«

Auf dem King-Size-Bett in der Mitte von Catch-Fires Schlafzimmer lag ein glänzendes Laken mit großen aufgedruckten Armani-Logos, und einen guten Meter darüber hing ein Kronleuchter. Von einer Wand zur anderen erstreckte sich ein Teppich mit Blumen in allen Primärfarben – daher stammte der Geruch nach Neuwaren im Zimmer. Auf einem Regal an der Wand standen elektronische Geräte gestapelt, die durch einen Wirrwarr aus verhedderten Kabeln mit einer Mehrfachsteckdose verbunden waren. Ein mittelgroßer Kühlschrank summte stetig in verschiedenen Tonhöhen.

Catch-Fire saß auf einem großen Sessel gegenüber von Go-Slow, der auf einem Hocker Platz genommen hatte. Er erholte sich noch immer von der Vergiftung, aber Doctor hatte ihm versichert, diesmal habe der Tod ihn verfehlt, und er müsse nur weiter viel Wasser zu sich nehmen und Alkohol meiden.

»Mein Bruder«, sagte er. »Was gestern Nacht hier geschehen ist, tut mir leid. Daran ist dieser Junge schuld, Knockout. Er kann nicht einfach mein Haus betreten und leichtsinnig anfangen zu reden. Ich musste tun, was ich getan habe. Es war zu eurem Schutz. Ich hoffe, du verstehst das?«

Go-Slow nickte.

»Dieser Mann, der hier bei mir war, er ist derjenige, mit dem ich das Ersatzteilgeschäft durchziehe. Sein Name ist Amadi. Chief Amadi. Wir haben eine Weile ohne Probleme Geschäfte gemacht, aber jetzt will er mich auf einmal umbringen. Zum Glück ruhen meine Eltern nicht nur im Himmel, sondern passen auch auf mich auf. Er wusste nicht, dass gewöhnliches Gift Catch-Fire nicht töten kann.« Er spuckte in eine Schüssel neben sich. »Nachdem er es versucht hat und gescheitert ist, wird er sicher noch einmal zurückkommen, um mich zu erledigen. Ich habe zwar keine Ahnung, wann, aber ich weiß, dass er nicht aufgeben wird, ehe ich tot bin. Ich weiß zu viel über sein Geschäft. Er wird jetzt befürchten, dass ich Informationen an die Polizei weitergebe.

Ich muss ihn beseitigen, ehe er mich beseitigt. Hätte er nicht dieses Gift verwendet, das mich geschwächt hat, hätte ich ihn selbst aufgesucht und erledigt. Aber ich bin zu schwach. Deshalb habe ich dich hierher gerufen.«

Go-Slow bezweifelte, dass Catch-Fire, ob nun vergiftet oder nicht, in der Lage wäre, einem anderen Mann eine Waffe vors Gesicht zu halten und abzudrücken, aber er ließ es gut sein. Er hatte Catch-Fire aus zwei Gründen aufgesucht: Zum einen brauchte er das Geld, zum anderen brauchte er keinen Feind, nicht einmal in Form eines solchen Nichtsnutzes wie Catch-Fire.

Dieser fuhr nun mit einer weitschweifigen Rede fort, die Go-Slow davon überzeugen sollte, den Job zu übernehmen, ehe er aufstand und zu seinem Bett hinüberging, sich daneben hinkniete und die Matratze hochstemmte. Durch eine Lücke zwischen den Holzlatten griff er nach einer großen Ghana-must-go-Tasche und leerte ihren Inhalt zu Go-Slows Füßen auf dem Boden aus.

»Das sind eine Million Naira«, sagte Catch-Fire. Er betonte das Wort Million, als könnte Go-Slow es infrage stellen, und kehrte dann zu seinem Sessel zurück. »Wirst du mir diesen Gefallen tun, mein Bruder? Es muss so bald wie möglich erledigt werden. Ich gebe dir seine Adresse, aber ich glaube nicht, dass es sicher wäre, es bei ihm zu Hause zu tun. Er hat einen Knopf, auf den er drücken kann, um augenblicklich die Polizei herbeizurufen. Es gibt einen anderen Ort, an dem es einfacher wäre.

Wir betäuben die Menschen, die wir für die Rituale verwenden, und bringen sie dann zu einem Haus abseits des Lekki Expressway, kurz vor Epe. Das Haus ist sehr weit von der Straße entfernt.

Es ist das einzige Gebäude in der Gegend, in einem großen Wald. Ich selbst gehe nie hinein. Ich liefere die Leute nur ab, und wenn er fertig ist, fahren wir zurück in die Stadt, und er bezahlt mich. Er bringt sie selbst um und macht sein Juju mit ihnen in dem Haus. Ich bin der Einzige, der ihn an diesen Ort bringt. Sogar wenn ich niemanden für ihn habe, ruft er mich jeden Sonntag an, damit ich ihn gegen zehn Uhr abends dorthin bringe. Ich nehme an, um diese Uhrzeit muss er die Rituale durchführen. Wir fahren immer allein hin. Ich bin mir sicher, dass er auch diesen Sonntag wieder dort auftauchen wird, auch wenn er selbst fahren muss. Das ist der beste Ort, um ihm aufzulauern.

Du kannst allerdings nicht mit dem Auto hinfahren. Du musst tagsüber aufbrechen und dich dort verstecken, bis er eintrifft. Er ist ein sehr böser Mensch, aber er hat nie eine Waffe dabei, denn er verlässt sich allein auf sein Juju, also sollte es einfach werden. Ich habe dieses Amulett hier angefertigt, um mich zu schützen.« Aus seiner Tasche zog Catch-Fire einen kleinen Gegenstand, eingewickelt in ein weißes Stück Stoff und zusammengebunden mit einem roten Faden. Er reichte ihn Go-Slow. »Nimm es mit, du wirst es brauchen.«

Knockout folgte den Schlägern in ihren Hinterhof. Romeo, dessen Irokese mittlerweile aus der Form geraten war, öffnete den Holzdeckel über einem Brunnen. Er zog mit beiden Händen an dem Seil, bis er die große Tasche greifen konnte, die daran befestigt war. Er stellte die Tasche auf den Boden und machte den Reißverschluss auf. Knockout strahlte beim Anblick der Waffen und der Munition darin.

Die Schläger griffen einer nach dem anderen hinein, um sich ihre Waffen auszusuchen. Sie hatten Kalaschnikows, Uzis, Pumpguns und Selbstladepistolen zur Auswahl. Sie überprüften ihr Arsenal, säuberten die Waffen und beendeten ihre Vorbereitung damit, dass sie sich Amulette um die Taillen, die Handgelenke und die Oberarme banden.

Knockout sah ihnen sehnsüchtig zu. Er begann, einen Plan auszuhecken, um an ihre Waffen heranzukommen, sobald die Arbeit des Abends erledigt war.

»Hast du ein Fahrzeug?«, fragte One-Nation.

»Nein.«

»Das kostet extra.«

»Kein Problem.«

Knockout dachte an Go-Slow und wählte seine Nummer, legte dann jedoch noch vor dem ersten Klingelton auf. Er stieg gerade auf. Mit Autodiebstahl würde er sich nicht mehr abgeben. Er war jetzt einer von den großen Jungs. Er würde größer sein als Go-Slow.

37

WIR FUHREN ÜBER die Third Mainland Bridge. Dunkelheit breitete sich jenseits des von den Scheinwerfern beleuchteten Straßenabschnitts zu beiden Seiten von uns, hinter uns und vor uns aus, wo die Brücke ihren ambitionierten Bogen über das tiefe Wasser beschrieb. Ich erinnerte mich daran, wie der Fahrer, der mich vom Flughafen abgeholt hatte, mir erklärte, die Brücke würde aufgrund mangelnder Instandhaltung bald zusammenbrechen. Das erzählte er mir, während wir in einem endlosen Stau feststeckten und ich auf die Lagune unter mir hinabblickte.

Amaka überholte einen weißen Bus, und ich musste ein zweites Mal hinschauen. Ein Kind schien das Fahrzeug zu lenken. Hinter ihm starrten mich Männer mit versteinerten Mienen und zwei angsteinflößende Hunde an.

Aunty Babys Haus war ein großes zweigeschossiges Gebäude, das wie ein Bürokomplex aussah. Ein alter Mann in einer braunen Khakiuniform sprang von seinem Hocker neben der Eingangstür, und seine Falten glätteten sich zu einem Lächeln.

»Meine Tochter«, sagte er und umarmte Amaka.

Dann unterhielten sie sich auf Pidgin. Ich verstand kein Wort.

»Das ist mein Freund aus dem Ausland«, erklärte sie und ergriff meine Hand.

Der Mann umarmte auch mich. Er roch nach VapoRub.

Wir liefen einen breiten Korridor entlang, der von einer einzelnen Glühbirne erleuchtet wurde, und kamen zu einer Treppe, die in die Dunkelheit hinaufführte. Auf dem Treppenabsatz im ersten

Stock trafen wir auf junge Frauen, die mehr oder weniger leicht bekleidet waren und sich allesamt anstellten, um Amaka zu umarmen.

Später würde sie mir erklären, dass Aunty Baby und ihr Mann Flavio das heruntergekommene Hotel vor Jahren gekauft hatten, mit der Absicht, es zu renovieren, um damit Geld zu verdienen, aber Amaka hatte sie davon überzeugt, es stattdessen in eine sichere Unterkunft für die Frauen zu verwandeln. Diese erhielten hier kostenlose medizinische Versorgung und Ausbildungen in verschiedenen Berufen – alles finanziert von den Street Samaritans. Das Paar nahm fünftausend im Monat für ein Mehrbettzimmer, was ein Bruchteil dessen war, was sie verdienen könnten, würden sie das Haus als reguläres Hotel führen.

Die Frauen befanden sich in unterschiedlichen Stadien auf ihrem Weg fort von der Straße. Aunty Baby hatte damit kein Problem – solange sie keine Männer in das Wohnheim mitbrachten. Wenn sie einen Ehemann fanden oder einen Beruf erlernten und einen Job bekamen, hatten sie keinen Grund mehr, weiter auf den Strich zu gehen, aber in der Zwischenzeit mussten sie von irgendetwas leben. Amaka rechnete es mir vor: Wenn eine junge Frau vier »Freunde« hat und jeder dieser Freunde ihr bei jedem Besuch fünftausend gibt, wenn sie dann jeden Freund einmal pro Woche trifft, kann sie in einem Monat achtzigtausend verdienen. Das sei weitaus mehr, als einige Banker verdienten, behauptete Amaka. Mit diesem Geld konnten die Frauen – zumindest einige von ihnen – Haartrockner kaufen, kleine Ladengeschäfte anmieten und Friseursalons eröffnen oder das Schulgeld für ihre Geschwister aufbringen. Manche von ihnen bezahlten die Schulden ihrer Familien ab. Nicht eine Einzige gab das Geld für belanglose Dinge wie Designermode oder Urlaube aus. Sie verkauften ihre Körper für einen guten Zweck, so verstörend das auch klingen mag.

Flavio stellte sich als ein mittelalter, extrem gebräunter italienischer Ex-Seemann heraus. Das hatte Amaka nicht erwähnt. Er saß in einer weißen kurzen Hose auf einem Sofa, in einem Zimmer, das wie ein Büro aussah. Sein kurzärmeliges Hemd stand offen und bot einen Blick auf seine behaarte Brust, und er aß Erdnüsse, die er aus ihren Schalen brach, während er die Nachrichten im Fernsehen verfolgte. Als er Amaka sah, sprang er auf.

»Amaka, meine zweite Ehefrau«, rief er mit ausgestreckten Armen. »Warum tust du mir das an? Warum kommst du mich nicht tagsüber besuchen, wenn deine Aunty nicht da ist?«

Ich schwöre, er klang wie ein Nigerianer.

»Und wer ist dieser junge Mann? Versucht er etwa, dich mir auszuspannen?«

»Sein Name ist Guy. Er ist ein Journalist aus Großbritannien. Er schreibt einen Artikel über die Street Samaritans.«

»Willkommen, Guy. Komm und setz dich zu mir. Was zu trinken?«

Aunty Baby kam durch eine andere Tür herein. Ich konnte ihr sogleich ansehen, dass sie ein gutes Herz hatte, genau wie Amaka gesagt hatte. Vermutlich formt der Charakter das Gesicht eines Menschen.

»Meine Tochter, du tauchst einfach jederzeit unangekündigt hier auf. Ich mag es nicht, wenn du nachts durch unser Lagos fährst«, begrüßte Aunty Baby sie.

»Das ist Amakas neuer Freund«, sagte ihr Ehemann.

»Wirklich? Herzlich willkommen. Du musst David sein. Nein, nein. Es war Andrew. War es Andrew? O nein, jetzt weiß ich es wieder, Antonio.«

Ich verstand den Witz. Amaka stellte mich erneut als einen Journalisten vor, der über die Wohltätigkeitsorganisation schrieb. Die drei setzten sich gemeinsam auf das Sofa und plauderten. Sie wirkten wie eine Familie. Amakas Familie. Ich fühlte mich plötzlich fehl am Platz.

»Aunty, ich suche nach einer jungen Frau«, sagte Amaka. »Und wir müssen uns unterhalten.«

Aunty Baby sah mich an und lächelte. »Ja, wir müssen uns unterhalten«, erwiderte sie. »Komm.«

Die Frauen verließen das Zimmer und ließen mich mit Flavio allein.

»Du magst sie also, *ehn*?«, fragte er mit einem Augenzwinkern. Mir gefiel sein nigerianischer Akzent.

»O nein, so ist es nicht«, erwiderte ich und wollte gerade die Geschichte wiederholen, die Amaka erzählt hatte, dass ich einen Artikel über die Wohltätigkeitsorganisation schrieb.

»Wir sind warmblütige Männer, mein Junge. Ich habe gesehen, wie du sie angeschaut hast. Du magst sie.«

Ich lächelte, oder ich lief rot an, aber glücklicherweise sah man in dieser Hitze keinen Unterschied.

»Sie ist ein tolles Mädchen«, fuhr er fort. »Ich kenne sie schon sehr lange. Weißt du, meine Frau ist wie eine Mutter für sie. Wenn Baby sagt, dass sie dich mag, dann hast du das Spiel gewonnen. Amaka hört auf Baby, und Baby hört auf mich. Aber da du ja meintest, du würdest sie nicht mögen …«

Er zuckte mit den Achseln.

»Sie ist wirklich nett«, gab ich zu. Ich wollte gern über Amaka sprechen.

»Oh, sie ist die Beste. Und weißt du was? Ich kann dir sagen, wie du sie für dich gewinnst.«

»Wie?«

»Ha-ha.« Er klatschte in die Hände. »Ich wusste es. Du magst sie.«

Er lachte auf meine Kosten, aber das war mir egal. Er hatte recht. Als er sich wieder beruhigt hatte, setzte er zu Geschichten über die Heldentaten seiner Jugend an: wie er in Livorno Seemann wurde, wie er zum Kapitän seines eigenen Schiffs aufstieg, wie er in Nigeria landete, und über all seine Eroberungen in der Zwischenzeit. Er präsentierte sich quasi als emeritierter Professor in Angelegenheiten des weiblichen Herzens, und er war bereit, mir beizubringen, was ich wissen musste.

»Hast du ein Talent?«, fragte er.

»Ein Talent?«

»Ja. Frauen mögen Männer, die ein Talent haben. Was ist dein Talent?«

Ich nahm Flavio zwar nicht ernst, dennoch brachte er mich zum Nachdenken. Ich hatte mir noch nie überlegt, was mein Talent war – falls ich denn überhaupt eins hatte. In der Schule war ich für kurze Zeit Kapitän des First-Fifteen-Rugby-Teams gewesen, aber das schien nicht zu zählen.

»Ich habe kein Talent«, antwortete ich. Es war eher eine Erkenntnis.

Er blickte mich an, als wäre ich sein Sohn, der gerade mit lauter Sechsen auf dem Zeugnis nach Hause gekommen war.

»Du musst doch ein Talent haben oder Geld oder irgendetwas Besonderes.«

Und so machte Flavio in einem einzigen Atemzug meine Chancen bei Amaka zunichte.

Der Junge in mir wollte ihm erzählen, was sie und ich zuvor im Hotel getrieben hatten.

»Was ist dein Talent?«, fragte ich ihn.

»Ich bin Italiener«, antwortete er mit ausgebreiteten Armen.

Amaka und Aunty Baby kehrten zurück, während er noch über seinen eigenen Scherz lachte. Aunty Baby setzte sich neben ihn.

»Meine Tochter hat mir erzählt, dass du über die Street Samaritans schreibst. Sie ist ein ganz besonderes Mädchen. Als Flavio und ich dieses Hotel kauften, kam sie zu mir und sagte: ›Aunty Baby, nutzen wir dieses Haus doch, um den Frauen zu helfen.‹ Ihr Vater ist Botschafter, weißt du?«

Das hatte Amaka mir nicht erzählt.

»Sie kann jeden Job haben, den sie will, sie braucht noch nicht einmal zu arbeiten, aber stattdessen hat sie die Wohltätigkeitsorganisation übernommen, um diesen Frauen zu helfen. Sie sagte: ›Aunty Baby, diese Frauen brauchen einen sicheren Ort. Gründen wir ein Wohnheim für sie. Sie bezahlen dafür, und wir können ein Auge auf sie haben und dafür sorgen, dass es ihnen gut geht. Sie haben einen Ort, an den sie kommen können, um sich sicher zu fühlen.‹ Ich habe meinen Mann gerufen und gesagt: ›Flavio, Amaka bittet mich um Folgendes, was denkst du?‹ Er antwortete: ›Warum nicht?‹

So haben wir dieses Wohnheim eröffnet. Mindestens fünfhundert junge Frauen waren schon hier und sind weitergezogen, nachdem sie ihre Lebenssituation verbessern konnten. Sie haben in ihrem Leben aufgeräumt und gute Jobs gefunden. Viele sind mittlerweile verheiratet und haben Kinder. Sie führen nun ein anständiges Leben, und das haben sie nur Amaka zu verdanken. Aber sie kann es nicht allein schaffen. Sie braucht Geld. Sie braucht Spenden. Bitte, erzähl deinen Leser*innen von der Arbeit, die sie leistet. Sag ihnen, sie sollen Geld an Amakas Wohltätigkeitsorganisation spenden. Sag ihnen, sie ist die einzige Hoffnung für so viele verzweifelte Frauen hier in Nigeria. Wenn sie nicht wäre, wären viele von ihnen immer noch auf der Straße.

Glaub mir, Chiamaka ist die einzige Hoffnung für diese Mädchen. Wirst du das in deiner Zeitung schreiben? Wirst du es allen mitteilen?«

»Das werde ich.«

»Was möchtest du wissen? Möchtest du mit ein paar der Frauen sprechen?«

Ich sah mich hilfesuchend nach Amaka um. Lief sie unter ihrer makellosen Schwarzen Haut etwa rot an? Je mehr ich von Amakas Welt sah und verstand, desto intensiver fühlte ich mich zu ihr hingezogen, während ich selbst und meine Rolle darin mir zugleich immer unzureichender erschienen.

Aunty Baby nahm den Hörer von der Gegensprechanlage auf ihrem Tisch. »Sag Agnes, sie soll sofort in mein Büro kommen.«

Agnes öffnete die Tür und raffte bei meinem Anblick ihre aufgeknöpfte Bluse zusammen. Sie war kurvig und hatte ein Kindergesicht. Sie knöpfte ihre Bluse zu, dann hellte sich ihr Gesicht auf, als sie Amaka sah.

»Agnes, dieser Mann ist aus Großbritannien gekommen, um etwas über die Street Samaritans zu erfahren«, erklärte Aunty Baby ihr. »Bitte, erzähl ihm, wie du in dieses Wohnheim gekommen bist.«

Agnes blieb an der Tür stehen und spielte am Saum ihrer Bluse herum. Flavio und Aunty Baby rückten beiseite, damit sie zwischen ihnen Platz nehmen konnte. Sie blickte zuerst mich an, dann Amaka, dann wieder mich. Sie schien sich unwohl zu fühlen.

»Erzähl ihm, wie Amaka dich gefunden hat.«

»Ich habe am Bar Beach gearbeitet«, setzte sie an. Ihre Stimme klang so jung wie ihr Gesicht, stand jedoch im Kontrast zu ihrem älter wirkenden Körper.

»Was für eine Arbeit hast du am Bar Beach gemacht?«, fragte Aunty Baby.

Das Mädchen ließ den Kopf sinken. Ihre Finger wanderten erneut an den Saum ihrer Bluse.

»Ich war Sexarbeiterin«, sagte sie kaum hörbar.

Aunty Baby legte einen Arm um sie.

»Ich habe am Strand gearbeitet, und eines Abends machte die Polizei eine Razzia. Sie nahmen uns mit aufs Revier und sagten, wir müssten uns freikaufen. Ein paar der anderen Mädchen hatten Geld, aber ich hatte an diesem Abend noch nicht gearbeitet. Ein Mädchen rief ihren Freund an, damit er kam und ihre Kaution bezahlte. Ich flehte sie an, ihn zu bitten, auch für mich zu bezahlen. Ich versprach ihr, das Geld am nächsten Tag zurückzuzahlen.

Als der Junge kam, kaufte er uns frei und nahm uns mit in sein Haus. Meine Freundin ging mit ihm in sein Schlafzimmer. Ich schlief auf einem Sessel im Wohnzimmer. Später weckte er mich und fing an, mich anzufassen. Ich fragte ihn: ›Was ist mit meiner Freundin?‹ Er sagte, sie würde schlafen. Ich sagte ihm, ich könne nichts mit ihm anfangen, weil er mit meiner Freundin zusammen sei, aber er behauptete, das sei er nicht. Ich flehte ihn an, mich in Ruhe zu lassen, weil ich keinen Ärger bekommen wollte, aber er hörte mir nicht zu.

Er sagte, ich solle ihm das Geld für die Kaution geben oder mich ausziehen. Ich sagte, ich würde am nächsten Tag alles zurückzahlen. Er sagte, er wolle sein Geld auf der Stelle haben, also sagte ich ihm, wenn er mich nicht in Ruhe ließe, würde ich es meiner Freundin erzählen. Da schlug er mich. Ich schrie nach meiner Freundin, aber sie reagierte nicht. Er fing an, mich zu verprügeln, und versuchte, mich auszuziehen. Ich schrie und wehrte mich, bis seine Nachbarn an die Tür klopften. Sie fragten, was los sei, und er behauptete, es wäre alles in Ordnung, aber ich schrie, dass er mich vergewaltigen wolle. Er machte die Tür auf und sagte ihnen, ich hätte ihm Geld gestohlen. Ich sagte, dass er log, aber sie fingen ebenfalls an, auf mich einzuschlagen, und sagten, ich solle mich ausziehen, damit sie mich durchsuchen konnten. Ich flehte sie an, in sein Zimmer zu gehen und seine Freundin zu fragen, ob er die Wahrheit sagte, aber er erlaubte ihnen nicht, sein Zimmer zu betreten, und dann rief er die Polizei.

Ich war fünf Monate lang eingesperrt, bis ich vor Gericht kam. Niemand wusste, wo ich war. Im Gerichtsgebäude, direkt vor meiner Verhandlung, lernte ich Aunty Amaka kennen. Sie sprach mit der Polizei, und dann kam sie mit einer anderen Dame, um mit mir zu reden. Sie fragten mich, weshalb ich dort sei. Ich erzählte ihnen alles. Aunty Amaka sagte, sie wisse bereits Bescheid. Sie erklärte, die andere Dame sei meine Anwältin. Die Anwältin gewann den Fall für mich. Aunty Amaka fragte mich, ob ich aufhören wolle, am Strand zu arbeiten, da erzählte ich ihr, dass ich nach Lagos gekommen war, um als Hausmädchen zu arbeiten. Als meine Madam und ihre Familie dann nach Übersee reisten und ich keine andere Anstellung finden konnte, fing ich an, zum Strand zu gehen. Amaka berichtete mir von diesem Haus und brachte mich hierher. So bin ich hergekommen.«

»Wie alt sind Sie?«, fragte ich.

»Siebzehn, Sir.«

»Was ist mit Ihrer Familie?«

»Meine Mutter lebt im Dorf, Sir.«

Aunty Baby mischte sich ein. »Ich telefoniere regelmäßig mit ihrer Mutter. Sie ist blind. Sie hat grauen Star in beiden Augen. Agnes spart Geld für die Operation. Ihr Onkel hat sie nach Lagos gebracht, um für die Ehefrau seines Chefs zu arbeiten.«

»Was machen Sie jetzt?«, fragte ich. Ich erwartete ihre Antwort mit angehaltenem Atem.

Aunty Baby antwortete für sie. »Sie geht zur Schule. Amaka bezahlt aus eigener Tasche für ihre Ausbildung. Agnes arbeitet gar nicht mehr. Sie konzentriert sich auf ihren Unterricht, und sie ist sehr klug. Sie sagt, sie will Anwältin werden wie Amaka. Von dem Taschengeld, das sie von Amaka bekommt, schickt Agnes etwas nach Hause zu ihrer Mutter.«

Beschämt stellte ich fest, dass ich den Tränen nahe war. Dieses Mädchen war noch ein Teenager und hatte bereits als Sklavin gearbeitet, um sich um eine leidende Mutter zu kümmern, hatte ihren Körper verkauft, war geschlagen und vergewaltigt, fälschlicherweise des Diebstahls beschuldigt, aufgrund einer falschen Anklage vor Gericht gestellt und fünf Monate lang eingesperrt worden.

»So sieht das Leben aus, das diese Mädchen ertragen müssen«, fügte Aunty Baby hinzu. Sie hielt Agnes noch immer fest und wiegte das Mädchen sanft in ihren Armen. »Die Leute nennen sie Prostituierte, dabei wissen sie überhaupt nichts über sie. Denen ist egal, was mit ihnen geschieht. Kannst du dir vorstellen, was passiert wäre, wenn Amaka nicht von ihr erfahren hätte? Sie wäre heute noch im Gefängnis. So viele Male hat Amaka Mädchen wie sie vor Gericht gerettet. Die Wohltätigkeitsorganisation bezahlt Anwältinnen dafür, in den Gerichtssälen von Lagos nach solchen Fällen Ausschau zu halten. Das war Amakas Idee. Sie ist wirklich ein Geschenk des Himmels.«

Agnes durfte wieder gehen. Sie lief zu Amaka und warf sich ihr in die die Arme.

»Bitte, Guy, sag deinen Leuten, sie sollen Geld spenden«, wiederholte Aunty Baby.

»Wo wir gerade von Spenden sprechen, Aunty, kennst du einen Chief Amadi? Er lebt in VI. Ich möchte Personen mit Großvermögen um Spenden bitten. Die Wirtschaftslage wirkt sich auf unsere Unternehmensspenden aus.«

»Chief Ebenezer Amadi? Ich kenne ihn. Sein Haus befindet sich in einer Seitenstraße der Ajose Adeogun. Wer hat dir von ihm erzählt?«

»Ich stelle gerade eine Liste von Personen auf der Insel zusammen, die ich ansprechen kann. Sein Name steht ganz oben. Was weißt du über ihn?«

Aunty Baby wirkte unsicher. »Er ist ein Mitglied des Ikoyi-Clubs. Er hat Geld.«

»Was macht er?«

»Ehrlich, Amaka, ich könnte es dir nicht sagen.«

»Glaubst du, er wäre bereit, an die Wohltätigkeitsorganisation zu spenden?«

»Wie ich höre, ist er sehr großzügig, aber wieso er?«

»Wieso nicht er? Irgendwo muss ich ja anfangen. Kennst du irgendeinen Grund, weshalb ich ihn nicht ansprechen sollte?«

»Nein. Ich denke bloß, du solltest dich vielleicht auf Geschäftsführer von Banken, CEOs und solche Leute konzentrieren.«

»Was stimmt nicht mit Chief Amadi?«

»Nichts. Gar nichts. Er ist ein sehr reicher Mann. Ich glaube, ich habe seine Nummer. Ich kann ihn anrufen und ihm von der Wohltätigkeitsorganisation erzählen. Ich bin mir sicher, dass er etwas spenden wird.«

»Ich möchte ihn gern selbst kennenlernen. Kannst du einen Termin vereinbaren?«

»Du willst dich mit ihm treffen? Ich habe schon lange nicht mehr mit ihm gesprochen, aber diese reichen Leute ändern nie ihre Telefonnummer. Bestimmt habe ich sie noch.«

»Ist es zu spät, ihn jetzt noch anzurufen?«

Ich schaute auf die Uhr. Es war kurz nach neun.

»Jetzt?«

»Ja. Ich möchte mit voller Kraft durchstarten. Ich würde mich sehr freuen, wenn ich morgen einen Termin bekommen könnte.«

Ich kann falschgelegen haben, aber Aunty Baby schien nicht begeistert von der Idee, das Treffen zu arrangieren. Außerdem hatte ich gemerkt, wie sie bei Amakas erster Erwähnung von Chief Amadis Namen stutzte.

»Ich denke, du solltest ihn nicht aufsuchen«, sagte ich, als wir zurück zur Insel fuhren.

»Warum nicht?«

»Er könnte ein Mörder sein. Was erhoffst du dir von einem Besuch bei ihm?«

»Ich weiß es nicht.«

»Ich denke wirklich, du solltest nicht gehen. Er könnte gefährlich sein.«

»Mir passiert schon nichts.«

»Amaka, ich kann dich nicht gehen lassen.«

Sie nahm den Blick von der Straße und schaute mich an.

»Du kannst mich nicht gehen lassen? Und wer bist du, mir zu sagen, was ich zu tun und lassen habe?«

»Amaka, bitte, sei nicht albern. Du weißt, was ich meine.«

»Nein, ich weiß nicht, was du meinst, und bitte, sag mir nicht, ich solle nicht albern sein.«

»Hier geht es um die Sache im Club, oder?«

»Hier geht es darum, dass du mir sagst, was ich zu tun habe.« Sie fuhr vor ein schmiedeeisernes Tor und hupte zweimal.

»Wo sind wir?«

Ich hatte gedacht, sie würde direkt zu der Party fahren, aber sollte das der Fall sein, wären wir die ersten Gäste.

»Das ist mein Haus. Das Haus meiner Eltern. Ich muss mich für die Party umziehen, und du ebenfalls. Du bist ungefähr so groß wie mein Vater. Ich finde etwas für dich zum Anziehen.«

»Also gehen wir auf die Party? Weil du hoffst, Chief Amadi ist auch dort?«

»Ja.«

Ich hielt den Mund. Wenn wir weiterstritten, könnte sie beschließen, allein aufzubrechen, und das wäre vermutlich noch schlimmer.

38

AUF DER UNBEFESTIGTEN STRASSE vor Catch-Fires Haus wurden ein Tisch und ein Stuhl aufgestellt. Eine Kerosinlampe auf dem Tisch tauchte ihn in ein orangefarbenes Licht. Der Mann auf dem Stuhl brüllte eine Gruppe von Männern an, die es noch immer nicht geschafft hatten, sich in einer ordentlichen Reihe vor ihm aufzustellen. Sie wurden grob herumgeschubst von anderen Männern, deren Aufgabe es zu sein schien, das Chaos weiter anzuheizen.

Unter dem Tisch lag ein Rucksack voller Geld. Ein magerer Mann in einem gelben LA-Lakers-Shirt war als Nächstes dran, nachdem er sich gegen andere Schlägertypen durchgesetzt hatte. Er legte ein altes Gewehr auf den Tisch und verschränkte die Arme.

Der sitzende Mann untersuchte die Waffe. Sie war beeindruckend groß, rostete allerdings und wurde von schwarzem Isolierband zusammengehalten.

»E day fire?«

»Ja. Gut, gut.«

»Du hast Munition?«

»Klar.«

»Oya, lass mich hören, wie es klingt.«

Der Mann nahm sein Gewehr in die Hand, hob das rechte Bein und presste den Kolben dagegen, um es zu spannen. Die Menge wich zurück. Er hob sein Gewehr in die Luft und feuerte einen Schuss ab. Die Menge jubelte.

Der Mann hinter dem Tisch gab dem Schützen zweitausend Naira aus dem Rucksack.

Als Nächstes war ein Mann mittleren Alters an der Reihe, dessen vorgewölbter Bauch nach einer fortgeschrittenen Schwangerschaft aussah. Er hatte ein Buschmesser mitgebracht, und als dieses dem Mann, der das Geld aushändigte, einen »Willst du mich verarschen?«-Blick entlockte, schüttete er einen Beutel voller Amulette über dem Tisch aus. Er entfernte sich mit tausend Naira und unter dem Applaus des Publikums.

Catch-Fire beobachtete das Ganze aus einem Fenster im ersten Stock. Er hatte eine Botschaft an alle Schlägertypen in der Umgebung gesandt, und sie antworteten darauf, indem sie bewaffnet mit Macheten, Pistolen, Schleudern und Vorschlaghammern vor seinem Haus erschienen. Unter ihnen waren Taschendiebe, Einbrecher, Erpresser, Auftragsschläger und allgemeine Taugenichtse. Sie mussten nichts weiter tun, als eine Waffe vorzuweisen, um etwas Geld zu bekommen und in der Gegend für immer als einer von Catch-Fires Bodyguards bekannt sein zu dürfen. Es war eine Ehre, einem der ihren zu dienen, der es geschafft hatte.

Als die Tasche mit dem Geld leer war, stand noch immer ein Grüppchen Hoffnungsvoller herum, die mit Stöcken und Pistolen bewaffnet waren, unter ihnen sogar ein Mann, der in seinem weißen Judoanzug samt schwarzem Gürtel gekommen war. Man versprach ihnen, alle zu gegebener Zeit zu entlohnen, und versicherte den Schlägern, diese Ansage käme direkt von Catch-Fire.

Die Männer nahmen ihre Stellungen rund um das Gebäude ein, das zu schützen sie zusammengetrommelt worden waren. Die Nacht war, wie üblich, nach einem Stromausfall stockdunkel. Die glimmenden Enden von Joints zeigten die Stellen an, an denen die einzelnen Schläger Wache standen.

Ein weißer Transporter hielt auf der anderen Straßenseite vor dem Haus. Nach wenigen Augenblicken wurde die Seitentür aufgeschoben, zwei Hunde sprangen heraus und rannten knurrend auf die Männer zu. Die Menge zerstreute sich.

Knockout hechtete aus dem Wagen, brüllte wie ein Tier und hielt dabei in jeder Hand eine Selbstladepistole. Er suchte sich sein erstes Ziel: einen Schläger, der seine Stellung hielt und mit erhobener Machete darauf wartete, dass einer der Hunde nahe genug herankam, um sie zu schwingen.

Knockout zielte und drückte ab. Roter Sprühregen spritzte aus dem Kopf des Schlägers. Knockout drehte sich zu den fliehenden Männern um und rannte ihnen schreiend und schießend hinterher.

Die Brüder sprangen der Reihe nach aus dem Fahrzeug und schwärmten aus. Sie erwarteten eine Reaktion aus dem Haus, das sie angreifen sollten. Wenn diese erfolgte, lag es an ihnen, sie niederzuschlagen.

Eine junge Frau in Jeansshorts und einem roten BH kam mit einer Pistole in der Hand aus dem Haus gerannt. One-Nation steckte eine Patrone in den Lauf seiner Flinte und drückte ab. Die Druckwelle bremste die junge Frau aus, hob sie in die Luft und schleuderte sie mit rudernden Armen und explodierendem Bauch zurück ins Haus.

Knockout kehrte keuchend zurück, die Hände mit den leeren Pistolen an den Seiten herunterhängend.

»Worauf wartet ihr?«, fragte er. »Los, brennen wir den Scheißkerl nieder.«

»Wir sind nicht gekommen, um irgendjemanden zu töten«, erwiderte One-Love. »Jedes Leben kostet dich fünfzigtausend Naira extra.«

»Und? Ist das alles? Bringt sie alle um.«

Catch-Fires Männer, denen bewusst wurde, dass sie den Angreifern zahlenmäßig überlegen waren, marschierten nun auf das Haus zu. Ein Schuss, der sein Ziel verfehlte, lenkte die Aufmerksamkeit von Knockout und den Brüdern auf die heranrückende Armee. Zur selben Zeit zersiebten Schüsse aus den oberen Fenstern des Hauses den Boden um die Attentäter. One-Nation gab Oscar, Romeo und Kekere ein Handzeichen, sich um den heranrückenden Mob zu kümmern. Die drei stellten ihre AK-47s auf Automatik und eröffneten das Feuer. One-Nation und One-Love konzentrierten sich auf das Gebäude. Als wären sie den Kugeln gegenüber unempfindlich, ermittelten sie in aller Ruhe, woher die Schüsse kamen, ehe sie jedes einzelne der feindlichen Fenster mit Blei überzogen. Sie ließen verbrauchte Magazine fallen und setzten mit einem Klicken neue ein.

Knockout eilte zum Transporter, um sich mit einer robusteren Waffe aus der Tasche der Brüder auszustatten, aber als er hineinblickte, brachte ihn eine Granate zum Lächeln.

»Die kostet dich zwanzigtausend«, sagte One-Love mitten in einer Gewehrsalve.

Knockout zog den Sicherungsstift und schleuderte den Sprengkörper mit aller Kraft, die seine kurzen Arme aufbringen konnten.

Die anvisierten Opfer mussten gedacht haben, er hätte sich auf das Werfen von Steinen verlegt. Sie rannten in den Tötungsradius der Bombe, und diese explodierte mit einem überwältigenden Knall, der Körper in die Luft schleuderte und mit heißen Granatsplittern durchlöcherte. Die Überreste der Armee verloren das Interesse an dem Kampf.

Aus den dunklen Fenstern wurden noch immer Schüsse abgefeuert. Die Frauen wussten, was die bewaffneten Männer ihnen antun würden, wenn sie in das Haus gelangten. Auf ihre einzelnen Schüsse folgten die Salven aus den Maschinengewehren der Gang. Ein Generator erwachte dröhnend zum Leben. Eine Sekunde später gingen flackernd Scheinwerfer an. Die Schüsse aus dem Haus wurden treffsicherer. Die nun exponierte Gang suchte Schutz hinter ihrem Transporter und kauerte sich hinter die Reifen. Kleinkaliberpatronen durchschossen das Blech des Wagens.

»Knockout, das Geld, das du uns bezahlt hast, deckt nicht dieses ganze – oh«, sagte One-Love. »Knockout?« Er blickte sich um.

Knockout war nicht unter ihnen. One-Love senkte den Kopf und presste den Körper auf den Boden, um unter das Fahrzeug zu spähen. Leere Patronen glitzerten auf der Straße.

Knockout hatte den Generator gehört und sich an die Scheinwerfer vor Catch-Fires Haus erinnert. Er rannte auf das Gebäude zu. Er lief an dessen Seite entlang und duckte sich unter den Fenstern mit den einbruchsicheren Eisenstäben. Die Hintertür war aus Metall, wahrscheinlich kugelsicher. Er rüttelte an ihrem Griff. Sie war abgeschlossen. Er schaute am Gebäude hoch, und sein Blick fiel auf ein Abflussrohr, das an der Mauer hinauf bis zum ersten Stock verlief, von wo aus gelochte Betonsteine sich den restlichen Weg bis zum Dach erstreckten. Er ergriff das Rohr mit beiden Händen, um seine Stabilität zu testen, und kletterte los.

Im ersten Stock spähte Knockout durch die Löcher. Der dahinterliegende Korridor war dunkel und roch nach einer Schießerei. Er platzierte Hände und Füße in den Löchern und kletterte auf diese Weise mit angehaltenem Atem weiter, sich der Tatsache bewusst, dass ein Schuss ihn jederzeit zum Absturz bringen könnte. Er schaffte es bis nach oben und hievte sich auf das Dach. Er balancierte mit ausgestreckten Armen und lief entlang einer Linie aus Dachnägeln, unter denen sich ein starker Balken befinden musste. Er wählte eine Stelle auf dem Asbestdach aus, sprang in die Luft, krachte durch die Decke und fiel auf den nackten Fußboden darunter. Schutt regnete auf ihn herab. Er blutete aus Schnitten an seinen Armen, die brannten wie Feuer, sprang jedoch sogleich auf die Füße, die Pistolen noch immer in beiden Händen.

Knockout richtete seine Waffen in beide Richtungen des Korridors, aber es tauchte niemand auf. Er fing an, die Zimmer abzusuchen, die am weitesten von der Schießerei entfernt waren – ein Feigling wie Catch-Fire würde sich nicht an vorderster Front aufhalten. Die erste Tür war abgeschlossen. Er trat sie auf und fand dahinter eine Vorratskammer voller Bierkartons. Er ging zur nächsten Tür.

Go-Slow stand in Catch-Fires Zimmer am Fenster. Catch-Fire lag auf dem Fußboden und hielt Go-Slows Bein umklammert. Go-Slow hatte seine Waffe gezogen, vergeudete jedoch keine Munition. Er beobachtete lediglich die Situation und wartete auf den richtigen Zeitpunkt, um zu verschwinden. In was für ein Schlamassel Catch-Fire sich auch gebracht haben mochte, es war nicht sein Problem. Er würde das Geld an sich nehmen, den Gauner selbst erledigen, falls dieser dagegen protestierte, oder den Chief umbringen, sollten die Frauen diese Schlacht gewinnen. Letztendlich zählte für Go-Slow nur, dass er lebend aus dieser Sache herauskam.

Am Türgriff wurde gerüttelt, und der Schlüssel fiel aus dem Schloss. Sowohl Go-Slow als auch Catch-Fire drehten sich um. Go-Slow trat beiseite, um jeglichen Schüssen aus dem Weg zu gehen, die durch das Sperrholz abgefeuert werden mochten. Die Tür zersplitterte um das Schloss herum und flog auf. Knockout sprang herein und hielt beide Waffen gezückt. Go-Slow zielte mit seiner Pistole auf Knockouts Kopf. Sie starrten einander an. Catch-Fire begann zu weinen.

39

DAS HAUS IHRER ELTERN war eine weiße Villa in einer Straße mit Blick über die Lagune. Ein Polizist öffnete das Tor und musterte mich durch das Autofenster. In einer Ecke verstaubte ein alter Rolls Royce. Ich wollte ihn mir anschauen, aber Amaka verschwand bereits in dem Gebäude. Der Polizist ließ mich nicht aus den Augen.

Innen angelangt, schätzte Amaka meine Größe ab und zog dann ein Bündel zusammengefalteter weißer Kleidungsstücke aus einem Schrank.

»Probier das an«, sagte sie und verließ das Zimmer.

In dem Spiegel über der Frisierkommode fiel mir etwas ins Auge. Ich drehte mich um. Neben dem Bett stand an die Wand gelehnt eine Doppelflinte. Ich hörte eine Tür zugehen. Mir fiel ein, dass auch Amaka sich umziehen gegangen war. Ich legte die ausgeliehenen Kleidungsstücke auf das Bett und begann, mein Hemd aufzuknöpfen.

Wir gingen beide weiß gekleidet auf die Party, auch wenn Amaka sich zusätzlich ein riesiges rotes Kopftuch umgebunden hatte, das aussah wie eine Origami-Blume. Sie erklärte mir, es sei ein »Gele«. Vielleicht hatte es ja etwas zu bedeuten, dass sie zusammenpassende Outfits für uns beide herausgesucht hatte.

Am Eingang zum Yoruba Tennis Club zeigten die Leute der Polizei ihre Einladungen. Amaka hakte sich bei mir unter und klemmte sich das Telefon ans Ohr. Als wir an der Reihe waren, zögerte ich, aber sie zog an meinem Arm, und wir liefen an den Polizisten vorbei, ohne angehalten zu werden.

In der Mitte einer weiten Rasenfläche war ein gigantisches weißes Festzelt aufgebaut. Eine Live-Band spielte direkt dahinter. Gabriel lotste uns über das Telefon an seinen Tisch. Er hatte uns zwei Plätze frei gehalten, indem er auf dem einen die Handtasche seiner Frau und auf dem anderen einen Teller mit zur Hälfte übrig gelassenem Essen platziert hatte. Er stand auf, um uns zu begrüßen, und wirkte theatralisch in seinem fließenden weißen Outfit, das komplett ausgebreitet sicher so groß wie ein Bettbezug war. Er musste den überschüssigen Stoff immer wieder in Falten über seiner Schulter raffen. Alle Gäste trugen weiße Kleidung.

»Wo ist Madam?«, fragte Amaka und blickte sich um.

Gabriel zeigte auf seine Frau. Sie stand bei einer korpulenten Dame, die sich mit einem bestickten Fächer Luft zufächelte.

»Sie unterhält sich mit der Frau des neuen NDIC-Vorsitzenden. Ich habe ihr gesagt, sie soll dich ihr vorstellen. Du gehst besser direkt zu ihnen.«

Amaka blickte mich entschuldigend an, und ich gab ihr durch ein Nicken zu verstehen, dass ich allein zurechtkäme. Bevor sie verschwand, drückte sie kurz meinen Arm. Es fühlte sich gut an. Vielleicht war zwischen uns wieder alles in Ordnung? In diesem Augenblick wurde mir bewusst, dass wir unseren ersten Streit ausgetragen hatten.

»Möchten Sie sich nicht setzen?«

Gabriel wirkte schläfrig. Auf dem Tisch standen ein Glas Wein und eine leere Flasche. Er schob mir ein Glas hin und schenkte mir Rotwein aus einer Flasche ein, die er unter dem Tisch hervorholte. Ich nahm einen ersten Schluck und beobachtete dabei die Menge. Die lebhafte Musik, die schönen Menschen, Amaka als mein Date – es kam mir alles unwirklich vor.

»Sie sehen gut aus. Haben Sie das hier schneidern lassen?«, fragte Gabriel.

»Oh, nein. Das gehört Amakas Vater.«

»Dem Botschafter? Jetzt zieht sie Ihnen also schon die Sachen ihres Vaters an? Interessant.«

»Das hat nichts zu bedeuten.«

»Wenn Sie das sagen. Verraten Sie mir, was führt sie im Schilde?«

»Wie meinen Sie das?«

»Ich kenne Amaka, sie arbeitet immer an irgendeinem Projekt. Entweder versucht sie, ein Waisenhaus zu retten oder einen Politiker bloßzustellen. Was ist es diesmal?«

»Ich weiß es nicht.«

»Ich bin mir sicher, dass Sie es wissen, aber Sie mussten schwören, es geheim zu halten. Egal, Amaka wird es mir selbst erzählen, wenn sie so weit ist. Früher oder später erzählt sie mir alles.«

»Sie beide scheinen sich sehr nahezustehen.«

»Jepp. Wie Bruder und Schwester. Da läuft nichts, mein Lieber. Wegen mir brauchen Sie sich keine Sorgen zu machen.«

»Zwischen uns ist nichts«, erwiderte ich.

»Ja, ja.« Er nahm einen weiteren Schluck aus seinem Glas und fing an, die Leute zu beobachten. »Wissen Sie, ich weiß alles über diese Menschen. Über jeden Einzelnen von ihnen. Sehen Sie diese Frau dort? Die mit dem fetten Arsch? Letzten Monat habe ich das Haus ihres Vaters in Monaco verkauft. Der Mann war sein ganzes Leben lang Staatsbeamter. Ein Dienststellenleiter. Man fragt sich schon, woher er das Geld hatte, um eine Zwölf-Millionen-Pfund-Villa bar zu bezahlen. Ihr Ehemann war ein guter Freund von mir.«

»War?«

»Oh, ja, er ist gestorben. Krebs. Wir haben zusammen Golf gespielt. Er hat immer gewonnen, so habe ich ihn dazu gebracht, mein Klient zu werden. Ich erzähle Ihnen mal eine lustige Geschichte. Vor ein paar Jahren schenkte er ihr zu ihrem Jahrestag eine Mitgliedschaft im Fitnessstudio. Er begriff nicht, wieso sie sich darüber aufregte. Sie machte ihren Standpunkt klar, indem sie ihm im Gegenzug ein Penisvergrößerungsset schenkte. Sie rief mich in den Staaten an, damit ich ihr das Zeug besorge.«

Wir lachten über die Geschichte, dann zeigte er auf jemand anderes.

»Sehen Sie den Typen da? Den großen, schlaksigen Kerl? Er war früher bei der Marine. Er war Kommandant. Shehu, so lautet sein Name. Shehu Yaya. Marinekommandant außer Dienst Shehu Yaya. Er blickt auf eine glänzende Karriere zurück. Alle haben erwartet, dass er eines Tages CNS wird, Chief of Naval Staff, aber dann wurde er in einen schmutzigen Ölbunkerdeal verwickelt und still und leise in den Ruhestand versetzt. Raten Sie mal, was er heute macht.«

»Öl bunkern?«

»Nope. Habe nie behauptet, dass er es getan hat. Tatsächlich hatte der Deal, der zu seinem Rausschmiss führte, gar nichts mit ihm zu tun. Sein Vergehen bestand im Gegenteil darin, dass er nicht weggeschaut hat, aber das ist eine andere Geschichte. Heute, mein Freund, macht er Folgendes: Er besorgt seinen reichen Freunden vom Militär junge Mädchen. Können Sie sich das vorstellen? Ein Mann, der rausgeworfen wurde, weil er anständig war, verkauft jetzt Mädchen im Alter seiner Töchter an dieselben Arschlöcher, die seine Karriere beendet haben. Wie würden Sie das nennen, ausgleichende Ungerechtigkeit?«

Ich drehte mich um und beobachtete den ehemaligen Kommandanten. Er stand bei vier anderen Männern, die allesamt in ein Gespräch vertieft waren, ihn ausgenommen. Er starrte irgendwohin. Ich folgte seinem Blick zu Amaka. Sie plauderte gerade mit Gabriels Frau und einer älteren Dame. Sie hatte ihm den Rücken zugekehrt. Sie sah bezaubernd aus. Ich bemerkte, dass auch ein paar andere Männer ein Auge auf sie geworfen hatten.

»Was ist mit dem Mann, nach dem sie Ausschau hält? Ist er heute Abend hier?«

»Wer, Malik?«

»Nein, Chief Amadi. Ist er hier?«

»Ich habe ihn noch nicht gesehen. Wieso hält sie nach ihm Ausschau?«

»Ich weiß es nicht.«

»Warum fragen Sie dann?«

»Ich habe Ihren Gesichtsausdruck gesehen, als sie Sie nach ihm gefragt hat.«

»Was für einen Gesichtsausdruck?«

»Sie schienen etwas dagegen zu haben. Wissen Sie irgendetwas über ihn?«

»Nun ja, sehen Sie die ganzen Leute hier? Ich weiß von ihnen allen, wie sie ihr Geld verdient haben – es ist mein Job, das zu wissen. Ich muss wissen, wer reich ist oder wer reich werden wird, verstehen Sie? Aber dieser Typ, Amadi, er erschien einfach aus dem Nichts auf der Bildfläche. Ich habe herumgefragt, aber niemand weiß, wie er an sein Geld gekommen ist, in welcher Branche, oder wie hoch sein Vermögen ist. Ich verrate Ihnen mal ein Geheimnis: Ich kenne Leute bei den Banken, die mir über jeden Menschen sagen können, wie viel er oder sie auf dem Konto hat. Ich muss wissen, wie viel Sie investieren können, wenn Sie mich nach einer Villa an der Côte d'Azur fragen, verstehen Sie? Ich muss jene Personen aussortieren können, die nur meine Zeit verschwenden. Ich habe all meine Kontakte nach diesem Typen gefragt, aber er hat nicht ein einziges Konto bei irgendeiner Bank in diesem Land. Nicht einmal unter einem falschen Namen. Trotzdem gibt er Geld aus, als würde er es drucken.«

»Drogen?«

»Nee. Glaube ich nicht. Dieses Geschäft ist in Nigeria zu gefährlich geworden. Ich dachte zuerst, er würde für irgendjemanden in der Regierung den Strohmann spielen, aber dafür bräuchte er zumindest ein eingetragenes Unternehmen. Er hat kein einziges. Als er letztes Jahr eine Immobilie in Kapstadt kaufen wollte, bin ich ihm aus dem Weg gegangen.«

»Warum?«

»Wenn ich nicht weiß, woher das Geld stammt, sauber oder schmutzig, dann kann ich die Risiken nicht abwägen.«

»Was für Risiken?«

»Nach dem 11. September hat Geldwäsche eine neue Bedeutung bekommen. Was weiß ich, vielleicht betrügt er ja irgendein arabisches Land unter dem Deckmantel der Religionsförderung in Nigeria. Solche Gelder zu verwenden, um Immobilien im Ausland zu kaufen, könnte von irgendwelchen paranoiden CIA-Agenten als Finanzierung von Extremisten interpretiert werden – wie auch immer sie darauf kommen mögen, verstehen Sie? Nein, vielen Dank. Da bleibe ich lieber bei meinen korrupten Politikern und dubiosen Geschäftsleuten.«

»Was ist mit schwarzer Magie?«

»Was ist damit?«

»Könnte das die Quelle seines Reichtums sein?«

Gabriel schaute mich an, als hätte ich soeben etwas Dummes gesagt.

»Guy, erzählen Sie mir nicht, dass Sie an diesen Hokuspokus glauben. Ich weiß nicht, wie er an sein Geld kommt, aber ich finde, dass Amaka sich nicht mit ihm anlegen sollte. Was auch immer sie vorhat, halten Sie sie bitte davon ab.«

Amaka war verschwunden. Ich sah, dass viele der Gäste sich zum Tanzen vor der Band versammelt hatten. Dollarscheine wurden in die Luft geworfen oder an die Stirn von Tanzpartnerinnen geklebt. Der Boden unter ihnen war übersät mit Geldscheinen, und Mädchen lasen sie auf und stopften sie in leere Weinkisten.

40

IN DER LEITSTELLE der Lagos State Police in Ikeja auf dem Festland nahm die diensthabende Polizistin einen Anruf entgegen, indem sie auf eine Taste auf dem Schaltpult vor sich drückte.

Der Anrufer gab sich als verdeckter Ermittler zu erkennen. Sein Rufzeichen und seine Nummer stimmten. Die Polizistin begrüßte ihn mit dem Namen, der auf ihrem Bildschirm auftauchte, über einem Foto seines Gesichts. Er meldete eine gewaltsame Auseinandersetzung in dem ihm zugeordneten Gebiet. Er war Teil einer Gruppe von Männern gewesen, die von einem gewissen Gauner namens Catch-Fire angeheuert wurden, da dieser einen Angriff erwartete. Der Polizist besaß keine Informationen darüber, weshalb Catch-Fire glaubte, er würde angegriffen werden, oder wer die Angreifer waren, nur dass der Angriff unmittelbar bevorgestanden hatte.

Die Offensive hatte früher begonnen als erwartet. Ein paar bewaffnete Männer hatten das Haus gestürmt. Schüsse wurden nach wie vor abgegeben. Der Polizist hatte noch nie etwas Vergleichbares gesehen, und er war noch immer vor Ort und beobachtete das Ganze aus der Ferne. Die Angreifer waren schwer bewaffnet mit hochentwickelten Waffen. Er hatte unter ihnen einen Autodieb wiedererkannt, der Knockout genannt wurde – seinen echten Namen wusste er nicht.

»Mit wem arbeitet dieser Knockout zusammen, wissen wir das?«, fragte sie.

»Mit Go-Slow, seinem Partner, und Chucks aus Matori. Aber die beiden sind nicht hier.«

»Todesopfer?«

»Keine bestätigten.«

»Aktueller Status?«

»Immer noch heiß.«

»Brauchen Sie Unterstützung?«

»Nein, ich mache nur Meldung.«

»Okay. Versuchen Sie, sich nicht umbringen zu lassen.«

Sie hatte die ganze Zeit über getippt und die Informationen in eine zentrale Datenbank eingetragen, die jeden Tag anwuchs und jede Nacht umso schneller. Sie schaute rasch nach, ob in der Umgebung des Feuergefechts irgendwelche Polizeistreifen unterwegs waren, die sie warnen würde, die Nachbarschaft zu meiden – sich bekriegende Kriminelle mit Maschinenpistolen waren kein Polizistenleben wert. Als Nächstes schaute sie in der Datenbank aller Polizeidienststellen in Lagos nach, ob die Namen, die sie eingetippt hatte, in der Spalte für »Personen von besonderem Interesse« auftauchten. Die Zeile für das Polizeirevier Bar Beach leuchtete rot auf. Sie klickte darauf, um zu sehen, worin die Verbindung bestand. Der Name Chucks erschien auf dem Bildschirm. Sie speicherte die Informationen, die sie aufgenommen hatte, und machte den Bildschirm dann für den nächsten Anruf frei.

Chucks hockte auf der Rückbank zwischen zwei Polizisten. Inspector Ibrahim saß auf dem Beifahrersitz, Saliu am Steuer. Die Polizisten unterhielten sich über ein bevorstehendes Arsenal-Spiel, während sie zu einem Motelzimmer in Alagbado am Stadtrand fuhren.

»Möchten Sie irgendetwas aus der Küche oder der Bar?«, fragte Ibrahim.

Chucks schüttelte den Kopf.

»Ich kann Sie nicht hören.«

»Nein, Sir.«

»Okay. Bitte, nehmen Sie Platz. Ich bin gleich zurück.«

Zwei Polizisten setzten sich auf Stühle ihm gegenüber. Einer von ihnen hob eine abgegriffene Ausgabe der *Vogue* auf und blätterte sie durch. Der andere spielte ein lärmendes Spiel auf seinem Mobiltelefon.

Ibrahim fragte die schläfrige junge Frau an der Rezeption, ob er im Gebäude rauchen dürfe. Sie sagte, er könne in seinem Zimmer oder draußen rauchen. In dem kleinen Hof vor dem Motel zog er das Päckchen Zigaretten hervor, das er einen Polizisten kaufen geschickt hatte. Es war die erste Zigarette, die er seit sechs Monaten rauchte. Er schloss die Augen und atmete den Rauch ein. Er hatte seiner Frau versprochen, aufzuhören. Er machte sich eine Notiz im Geiste, eine Zahnbürste und eine Tube Zahnpasta zu kaufen, die er auf dem Revier deponieren würde.

Er hatte Chucks in das Motel gebracht, weil er nicht wollte, dass seine Festnahme bekannt wurde. Ibrahim hatte die Anweisung bekommen, den Fall des ermordeten Mädchens zu lösen, und Chucks war sein einziger Anhaltspunkt. Er würde ihn benutzen, um all seine Komplizen hervorzulocken, ohne dass diese Verdacht schöpften. Nach seiner zweiten Zigarette schaute er auf die Uhr. Er rief den Polizeipräsidenten an, in der Hoffnung, der Mann würde bereits schlafen. Dann würde sein Telefon zumindest anzeigen, dass Ibrahim versucht hatte, ihn zu erreichen.

»Hallo, Ibrahim, Sie haben Neuigkeiten für mich?«

»Sir, wir haben einen Verdächtigen gefasst, bei dem der Wagen gefunden wurde, der im Zusammenhang mit dem Mord steht.«

»Haben Sie den Mörder geschnappt?«

»Nein, Sir.«

»Rufen Sie mich an, wenn Sie ihn haben.«

Ibrahim kehrte in das Zimmer zurück, und seine Polizisten standen stramm. Chucks folgte ihrem Beispiel.

»Bitte, setzen Sie sich. Wie geht es Ihnen?«

Chucks wollte antworten, aber sein Mund war trocken, und seine Zunge schien an seinem Gaumen festzukleben.

»Ich hoffe, Ihnen gefällt es hier. Es war sehr schwierig, um diese Uhrzeit noch ein Hotelzimmer zu bekommen. Mögen Sie es? Oder sollen wir irgendwo anders hingehen?«

»Es ist in Ordnung, Sir.«

»Sind Sie Polizist?«

»Sir?«

»Sind Sie Polizist?«

»Nein, Sir.«

»Warum nennen Sie mich dann Sir?«

»Entschuldigen Sie, Sir.«

»Hören Sie, Chucks, es tut mir leid, dass wir Sie reingelegt haben, um Sie hierher zu bringen. Sie müssen mir verzeihen. Verzeihen Sie mir? Wissen Sie, der gute Saliu, den Sie bestochen haben, der arbeitet zuallererst für mich. Alles Geld, das Sie ihm gegeben haben, wurde auf das Konto der nigerianischen Polizei überwiesen. Sie wissen, dass das Bestechen eines Polizisten eine Straftat ist?«

Chucks schluckte.

»Dazu kommen wir später. Es gibt ein paar Dinge, die Sie wissen sollten. Erstens weiß niemand außer mir, Saliu und den Polizisten hier im Raum, dass Sie festgenommen wurden. Das bedeutet, dass ich Sie jederzeit nach Belieben freilassen kann, und es wäre so, als wäre das hier nie passiert. Verstehen Sie?«

Chucks nickte.

»Ich möchte, dass Sie etwas für mich tun, nur einen kleinen Gefallen. Denken Sie, das können Sie, Chucks?«

»Was, Sir?« Er hoffte, der Mann würde ein fettes Schmiergeld von ihm verlangen.

»Ich möchte, dass Sie mir von dem Mädchen erzählen, das letzte Nacht vor dem Ronnie's umgebracht wurde.«

»*Ehn?* Mädchen? Was für ein Mädchen, Sir?«

»Sie wissen, wovon ich spreche, Chucks. Das Mädchen, das gestern für ein Ritual umgebracht wurde.«

»Ein Ritual? Ich weiß nichts über irgendwelche Rituale, Sir.«

»Chucks, ich bin mir sicher, dass Sie ein vernünftiger Mann sind. Ich weiß, dass Sie dabei wahrscheinlich nur eine kleine Rolle gespielt haben. Ich bin nicht hinter Ihnen her, sondern hinter den Leuten, für die Sie arbeiten.«

»Sir, ich arbeite für niemanden, Sir. Ich schwöre, ich weiß nichts über irgendwelche Rituale.«

»Kommen Sie, Chucks, der Wagen, der benutzt wurde, um den Leichnam des Mädchens loszuwerden, wurde vor wenigen Stunden auf Ihrem Hof gefunden. Sie können mir nicht erzählen, dass Sie nichts darüber wissen.«

»Sir, ich schwöre bei meinem Leben, ich weiß nichts über irgendein Mädchen oder irgendwelche Rituale.«

»Sie wissen nichts?«

»Nein, Sir, das schwöre ich. Ich weiß nichts über irgendwelche Rituale oder irgendein Mädchen. Ich handele bloß mit Autos. Fragen Sie Saliu.«

»Zu schade, dass Sie nicht kooperieren wollen.«

Ibrahim stand auf und verließ das Zimmer, worauf Sergeant Hot-Temper durch die offene Tür eintrat.

»Ist das der Mistkerl? Bringt ihn her.«

Chucks wich beim Anblick dieses Neuankömmlings zurück. Er wurde den Flur hinunter in ein anderes Zimmer gebracht. Hot-Temper schickte den Polizisten, der ihn begleitete, weg und übernahm den Gefangenen selbst. Er schubste Chucks in das Zimmer, trat hinter ihm ein und knallte die Tür zu.

Die Möbel waren zur Seite geschoben worden. Das Bett war hochkant aufgestellt und an die Wand gelehnt worden. An seiner Stelle stand ein einzelner Stuhl, vor dem lose Seile auf dem Fußboden lagen. Polizisten begannen, ihre Ärmel hochzukrempeln.

»Kunde«, sagte ein Polizist. »Kommen Sie und setzen Sie sich auf Ihren Thron.«

Chucks schreckte zurück. Warmer Urin rann seine Beine hinunter.

»Bitte, bitte, tun Sie das nicht. Ich flehe Sie an im Namen Jesu, bitte, tun Sie das nicht.«

»Kennst du mich etwa nicht?«, fragte Hot-Temper. »Ich bin Sergeant Hot-Temper. Du musst schon von mir gehört haben. Ich bin nicht wie Inspector Ibrahim. Ich verschwende keine Zeit. Du wirst mir sagen, was ich wissen will, und zwar dalli, dalli.«

Sie schnappten sich Chucks, zwangen ihn auf den Stuhl und hielten ihn fest. Seile fielen über sein Gesicht und zogen sich um seinen Körper fest. Er zitterte unkontrollierbar.

Die Männer fesselten ihn an den Stuhl und traten dann zurück, um ihr eigenes Werk zu bewundern.

»Wir werden jetzt ein kleines Spiel spielen«, erklärte Hot-Temper. »Es heißt: ›Kenne deine Mutter‹. Bist du bereit?«

Inspector Ibrahim trat ein.

»Was macht ihr Jungs da?« Er wirkte alarmiert. »Das brauchen Sie nicht tun, er wird kooperieren.«

»Wirst du kooperieren?«, fragte Hot-Temper.

»Ja, ja. Ich werde kooperieren. Ich werde kooperieren.«

»Oga, lassen Sie uns ihn ein bisschen weichklopfen«, sagte Hot-Temper.

»Das ist nicht nötig. Bringen Sie ihn zurück in sein Zimmer. Er ist ein guter Junge. Er wird kooperieren.«

Einmal angefangen, hörte Chucks gar nicht mehr auf zu reden. Ja, das Auto war gestohlen, aber nein, er hatte es nicht in Auftrag gegeben. Das Auto war von zwei Jungs namens Knockout und Go-Slow geklaut worden. Ja, er hatte ihnen schon in der Vergangenheit gestohlene Fahrzeuge abgenommen. Nein, er glaubte nicht, dass sie Teil einer größeren Gang waren.

Er hatte ihnen zweihunderttausend für den Wagen gezahlt. Eigentlich hatte er ihnen gesagt, er wolle nichts mit dem Fahrzeug zu tun haben, aber sie hatten ihn angefleht, es ihnen abzunehmen. Er wusste nicht, ob sie das Mädchen umgebracht oder ob sie den Wagen verwendet hatten, um ihre Leiche abzuladen, aber er würde ihnen alles zutrauen. Er wusste, wo die beiden wohnten. Er konnte die Polizisten dorthin führen.

»Was ist mit dem Blut in dem Wagen?«, fragte Inspector Ibrahim.

»Ich weiß nichts von irgendwelchem Blut. Ich habe mir das Auto noch nicht einmal genauer angeschaut. Hätte ich irgendwelches Blut gesehen, dann hätte ich es nicht angenommen.«

Ibrahim glaubte ihm. Er rief über sein Funkgerät auf dem Revier an.

»Lassen Sie diese Namen durch das System laufen. Knockout und Go-Slow.«

Aber die Kollegin musste nicht erst nach den Namen suchen. Sie hatte den ganzen Abend über den Polizeifunk mit angehört und das Signal aus der Leitstelle empfangen. Sie öffnete Chucks' aktualisierte Akte und nannte dem Inspector noch einen dritten Namen, Catch-Fire, ehe sie ihm von der Schießerei in Surulere berichtete.

Ibrahim bat die Polizistin, kurz zu warten. Er wandte sich an Chucks.

»Kennen Sie irgendeinen Catch-Fire?«

»Catch-Fire? Nein, Sir.«

Ibrahim musterte ihn und führte dann sein Gespräch fort.

»Wie ist die Lage vor Ort?«

»Heiß, Sir. Sehr heiß.«

Er drehte an einem Knopf an seinem Gerät. Das Funkgerät verstummte.

»Chucks, Sie werden heute noch etwas für mich tun.«

41

HINTER IHREM TRANSPORTER in Deckung, skandierten die Brüder Zaubersprüche, ehe sie in die Schlacht zurückkehrten. Sie könnten einfach abhauen, in den offenen Straßengraben hinter ihnen kriechen, weiter die Straße hinunter wieder herausklettern und sich ein Auto schnappen. Aber Knockouts Rechnung war angewachsen, und er musste sie noch heute Nacht begleichen. Wenn er sich im Gebäude befand, mussten sie auch hineingehen. Sie hofften nur, dass er noch am Leben war.

Unter den gezackten Glaskanten der zersprungenen Fensterscheiben gegen die Wand gekauert, schnupften die Frauen Kokain und hoben ihre Waffen abwechselnd über die Brüstung, um auf die Straße hinunterzuschießen. Catch-Fire hatte ihnen gesagt, diese Killer, die auf ihn angesetzt waren, würden sie ebenfalls umbringen, nachdem sie sie mit ihren Gewehrläufen vergewaltigt hatten.

Eine der Frauen lag auf einem Bett aus zerbrochenem Glas reglos auf dem Rücken und hielt sich den linken Arm, aus dem Blut aus einer Schusswunde durch den Stoff sickerte. Sie atmete schwer durch den Mund und starrte hinauf ins Leere. Ihre Schwester, die sich neben ihr auf dem Boden ausgestreckt hatte, schüttelte sie und schrie.

Eine andere Frau schob Patronen in ein Magazin und schaute zu den beiden. »Sie braucht einen Verband.« Sie rammte das Magazin in die Pistole. »Frag Catch-Fire.«

Die Schwester kroch durch die Tür in den Flur, formte mit den Lippen lautlos das Vaterunser und bewegte sich auf Catch-Fires Zimmer zu, vor dem sie stehen blieb, als sie Stimmen hörte.

»Erschieß ihn, bitte erschieß ihn«, sagte Catch-Fire vom Fußboden aus. »Bitte erschieß ihn sofort.«

Go-Slow hielt seine Waffe weiter auf den Kopf seines Freundes gerichtet. »Klappe.«

»Was machst du hier?«, fragte Knockout. Seine Pistolen zielten auf Go-Slow.

»Ich bin wegen Catch-Fire hier. Was machst du hier?«

»Ich bin auch wegen ihm gekommen.«

»Mit Pistolen und Schlägertypen?«

Knockout hatte seinen Freund schon oft wütend gemacht, daher wusste er, wie Go-Slow sich verhielt, wenn er schlecht drauf war. Er kannte diesen Gesichtsausdruck, und er hatte nichts mit Wut zu tun. Knockout hatte diesen Ausdruck erst ein paarmal gesehen: immer wenn sie kurz davor waren, jemanden umzubringen, den Go-Slow lieber nicht umbringen wollte.

Er hielt dem Blick seines Freundes stand und bewegte seine Finger langsam auf den Abzug zu. Er wusste, wenn er zu schnell war, würde Go-Slow es bemerken und selbst noch schneller abdrücken.

Etwas Warmes und Hartes schob sich in seinen Nacken. Ohne die Hände sinken zu lassen, sah er aus dem Augenwinkel die Pistole und die Frau, die sie hielt. Der Rest von ihnen hatte sich im Flur versammelt, schwitzend, mit wildem Blick und ihre Waffen auf ihn richtend.

Er verzog das Gesicht und erwartete, durch die Kugel der Frau oder die seines Freundes zu sterben. Aber Go-Slow schoss nicht. Knockout konnte immer noch abdrücken und den großen Kerl niederstrecken, aber weshalb seinen letzten Schuss an einen Kumpel verschwenden? Die Mündung presste sich tiefer in seinen Hals. Er lächelte und machte sich darauf gefasst, dass eine Kugel seine Kehle zerfetzte, aber nicht, bevor er sich umdrehen und so viele Prostituierte wie möglich erledigen würde.

»Keiner rührt sich.« Die Brüder, angeführt von One-Nation, richteten ihre Waffen auf die Frauen.

Go-Slow zog Catch-Fire vom Fußboden hoch und hielt ihn im

Schwitzkasten. Er presste seine Pistole fest gegen Catch-Fires Kopf, um eine Reaktion zu provozieren.

Catch-Fire zitterte am ganzen Körper. »Du steckst mit ihnen unter einer Decke.«

»Ich stecke nicht mit ihnen unter einer Decke«, entgegnete Go-Slow. »Ich stecke mit niemandem unter einer Decke. Ich möchte nur lebend hier rauskommen. Sag deinen Mädchen, sie sollen ihre Waffen fallen lassen.«

»Willst du mich umbringen?«

»Niemand wird irgendjemanden umbringen. Sag ihnen einfach, sie sollen ihre Waffen fallen lassen. Sofort. Und du, Knockout, sag deinen Männern, dass es vorbei ist. Wir werden diese Sache hier klären.«

»Go-Slow, du auch?«, rief Catch-Fire. »Du steckst mit ihnen unter einer Decke. Du bist auch gekommen, um mich umzubringen.«

»Wenn du diese Nacht überleben möchtest, sag deinen Mädchen, sie sollen ihre Waffen senken, oder ich werde dich selbst erschießen. Dich auch, Kanayo.«

Die Brüder, Knockout, Go-Slow und Catch-Fire (mit Go-Slows Pistole an der Schläfe) verließen rückwärts Catch-Fires Haus, eskortiert von den Frauen, die noch immer ihre Waffen auf die Waffen richteten, die auf sie gerichtet waren.

Ein Junge, der auf einer Bank in Knockouts Straße vor der Reifenwerkstatt seiner Familie döste, hörte ein Fahrzeug näher kommen und betete, dass es über eine der verfaulten Orangen fuhr, die er mit Nägeln versehen hatte.

Der Bus hielt vor Knockouts Bungalow an, und sechs bewaffnete Männer sprangen heraus und rannten auf das Gebäude zu. Die Tür gab unter der Wucht eines Vorschlaghammers nach, und die Männer strömten ins Innere des Hauses.

In einem anderen Teil der Stadt erreichte ein anderer Transporter die Adresse, wo Go-Slow angeblich wohnte: ein gepflegter

Wohnblock in einer geteerten Straße in Maryland. Einer der Männer lief auf das Gebäude zu. Er hielt seine Pistole unter seinem Hemd versteckt. Er traf auf einen schlafenden Wachmann hinter dem verschlossenen Tor und rüttelte an den Ketten des Vorhängeschlosses, um ihn aufzuwecken.

»Ja? Was gibt es?«, fragte der alte Mann, gähnte und streckte sich und begann, nach den Moskitos zu schlagen, die ungeschützte Haut an seinem Hals gefunden hatten.

»Ich bin auf der Suche nach Go-Slow.«

»Go-Slow? Sie meinen, einen Verkehrsstau?«

»Nein. Mein Freund, wir nennen ihn nur Go-Slow. Er hat gesagt, ich solle herkommen und ihn hier aufsuchen, wenn ich in Lagos bin.«

»Hier gibt es niemanden mit diesem Namen. Kennen Sie seinen richtigen Namen? Den, den seine Eltern ihm gegeben haben?«

»Ich kann mich nicht mehr erinnern, aber er ist sehr groß und kräftig. Und dunkler als ich, aber nicht so dunkel wie Sie.«

»Oh, alles klar. Es gibt einen großen Mann, der hier gelebt hat, aber der wurde schon vor langer Zeit weggejagt. Er hat seine Miete nicht pünktlich bezahlt. Ist schon lange her, dass er seine Sachen gepackt hat. Hat er Ihnen nicht gesagt, dass er umgezogen ist?«

»Nein. Er hat mir diese Adresse gegeben. Ich bin heute Abend erst in Lagos angekommen. Ich sollte bei ihm übernachten. Können Sie mir noch mal seinen Namen nennen? Von dem Mann, der ausgezogen ist?«

»Ich glaube, er lautet Ali oder Akpan oder Akin. Irgendetwas in der Art. Er fängt mit A an, aber ich weiß ihn nicht mehr. Das muss er sein. Alle anderen Männer, die hier wohnen, sind sehr klein, wie ich. Wann haben Sie ihn das letzte Mal gesprochen?«

»Erst gestern.«

»Warum sollte er Sie denn so anlügen, wenn er doch weiß, dass er hier rausgeflogen ist? Wobei man von einem schamlosen Mann, der sich weigert, seine Miete zu bezahlen, auch nichts Besseres erwarten kann. Ein Pastor hat jetzt die Wohnung gemietet, in der er vorher war. Das ist kein netter Mann, sonst hätte ich Sie zu ihm gebracht, damit Sie ihm Ihre Situation erklären. Vielleicht hätte er Sie bis morgen früh hier schlafen lassen.«

»Nein, schon in Ordnung. Ich komme zurecht. Er ist also vor längerer Zeit hier ausgezogen?«

»Ja. Wenn Sie seine Nummer haben, können Sie ihn doch anrufen. Vielleicht ist sein neues Haus nicht weit von hier entfernt. Vielleicht hat er deswegen gesagt, Sie sollen hierherkommen. Rufen Sie ihn an. Richten Sie ihm Grüße von Baba Segi aus.«

»Ich habe es schon versucht. Aber er geht nicht ans Telefon.«

»Warum springt er so mit Ihnen um? Ich habe Ihnen doch gesagt, das ist ein schamloser Mann, falls wir über denselben Mann sprechen. Was denkt er sich denn, wo Sie heute Nacht schlafen sollen? Haben Sie irgendeinen Ort, an den Sie gehen können? Oder können Sie sich vorstellen, hier bei mir zu übernachten?« Der alte Mann zeigte auf seine abgenutzte Matte auf dem Betonfußboden hinter dem Tor.

»Schon in Ordnung, ich komme zurecht. Haben Sie irgendeine Idee, wohin er gezogen ist?«

»Ich weiß es nicht, aber wenn Sie morgen früh zurückkommen, wird der Hausverwalter hier sein, vielleicht weiß der mehr. Sind Sie sicher, dass Sie nicht hier bei mir bleiben wollen?«

»Nein, vielen Dank, Baba.«

Der Mann ging, um sich mit seinen Kollegen zu besprechen.

Sobald ihr Wagen außer Sichtweite war, lief der alte Nachtwächter auf das Gebäude zu und drückte auf die Klingel zu Go-Slows Wohnung.

Die Männer schauten unter Knockouts Bett und in seinen Schrank. Das Bett war zerwühlt, auf dem Deckel eines Mülleimers lag ein mit Sperma gefülltes Kondom, und auf dem Kerosinkocher stand ein Topf mit Eintopf, der noch nicht verdorben war. Irgendjemand wohnte hier, aber es gab keine Bilder an den Wänden oder Alben in den Schubladen.

Draußen beobachtete der Junge das Geschehen. Er wählte aus dem Gedächtnis Knockouts Nummer, wartete, bis jemand dranging, sagte: »Sie sind hier«, und löschte dann die Anrufliste auf seinem Telefon.

Die Brüder stiegen als Letzte in ihren Transporter, hinter Go-Slow, Catch-Fire und Knockout. Die Frauen umstellten das Fahrzeug. Kekere setzte sich auf Glasscherben und drehte den Schlüssel im Zündschloss. Der Motor gab kein Geräusch von sich. Kekere versuchte es erneut, und diesmal machte es Klick.

Catch-Fire, der zwischen One-Love und Go-Slow eingezwängt war, zitterte und weinte. »Bitte, lasst mich einfach gehen, bitte.«

Kekere unternahm einen erneuten Versuch, und der Motor heulte auf. Die Schalldämpfer hatten Kugeln abbekommen. Mit zwei platten Reifen und ohne Fensterscheiben fuhr er los. Er kämpfte mit dem Lenkrad, um in einer geraden Linie zu fahren, und hielt den Kopf gesenkt, da er mit weiteren Schüssen rechnete.

»Wir müssen diesen Wagen loswerden«, sagte Go-Slow von der Rückbank.

»Ja«, erwiderte One-Nation. Er wandte sich an Knockout auf der mittleren Bank, zwischen den Brüdern Oscar und Romeo. »Und dieser Wagen wird dich dreihunderttausend kosten.«

Go-Slows Telefon klingelte. Es war seine Frau. Während er den Anruf entgegennahm, begann auch Knockouts Telefon zu klingeln. Go-Slow steckte das Telefon zurück in seine Tasche. »Chineke«, rief Knockout. »Ich kann nicht zurück nach Hause. Gerade sind ein paar bewaffnete Männer in mein Haus eingedrungen.«

»Polizei?«, fragte One-Love.

»Ich weiß nicht. Ich glaube nicht. Ich glaube, es ist Chief Amadi. Er hat mich geschickt, um Catch-Fire umzubringen. Jetzt hat er Leute geschickt, um auch mich umzubringen.«

»Chief Amadi hat dich geschickt, um Catch-Fire umzubringen?«, fragte Go-Slow.

»Ja. Er sagte, wir könnten in sein Geschäft einsteigen, sobald wir uns um Catch-Fire gekümmert haben.«

»Und du hast ihm geglaubt?«

»Wer ist dieser Chief Amadi?«, wollte One-Love wissen.

»Er ist ein Mörder«, antwortete Catch-Fire. »Er hat heute versucht, mich zu vergiften. Wir müssen ihn umbringen, sonst bringt er uns alle um.«

»Wieso will er dich umbringen?«, fragte One-Nation.

»Ich habe früher Geschäfte mit ihm gemacht, Ritualgeschäfte. Menschliche Ersatzteile. Ich kenne seine ganzen Geheimnisse. Deshalb will er mich und Knockout umbringen. Er ist ein sehr böser Mann. Er wird euch alle finden und nicht aufgeben, bis er jeden Einzelnen umgebracht hat. Wir müssen ihm zuvorkommen.«

One-Love beugte sich vor und legte Knockout eine Hand auf die Schulter. »Mein Freund, von alldem hast du uns nichts erzählt. Diese Art von Auftrag ist wesentlich mehr wert, als wir dir berechnet haben.«

Knockout machte sich nicht die Mühe, auszurechnen, was er ihnen mittlerweile schuldete. Er dachte daran, dass Chief Amadi ihn wie einen Dummkopf hatte dastehen lassen.

»Wie viel hat er dir dafür bezahlt, dass du Catch-Fire umbringst?«, fragte Go-Slow.

One-Nation drehte sich zu Knockout um. »Das würden wir alle gern erfahren. Wie viel hast du einkassiert?«

»Nichts.«

»Meinst du, noch nichts oder gar nichts?«, hakte One-Love nach.

»Ich sagte doch, nichts. Er meinte, ich solle ihn anrufen, nachdem ich den Jungen umgebracht habe. Vielleicht wollte er mich dann bezahlen.«

Catch-Fire wurde schlecht, während er der Diskussion über seine eigene Ermordung lauschte. »Du musst ihn jetzt gleich anrufen und ihm sagen, du hättest mich umgebracht«, sagte er und sprach dann ein stummes Gebet, um jegliches Unglück abzuwehren, das das Sprechen über den eigenen Tod brachte. »Frag ihn, wo du ihn treffen sollst. Dann werden wir alle gemeinsam dort auftauchen und ihn umbringen.«

»Das ist ein guter Plan«, sagte Go-Slow.

One-Love dachte darüber nach. »Sag ihm, dass du Catch-Fire noch nicht umgebracht hast. Sag ihm, dass du ihn an einem sicheren Ort versteckt hast und er zehn Millionen Naira mitbringen soll, sonst wird Catch-Fire zur Polizei gehen.«

»Wie teilen wir das Geld auf?«, fragte Knockout.

»Wenn wir ausgerechnet haben, wie viel du uns schuldest, teilen wir den Rest gerecht auf.«

»Aber werden wir ihn umbringen?«, hakte Catch-Fire nach.

Sie drehten sich alle zu ihm um, sogar Kekere auf dem Fahrersitz. Catch-Fire würde nichts von dem Geld abbekommen, was er wahrscheinlich auch wusste und was ihm wahrscheinlich nichts ausmachte, solange Amadi starb.

»Wir werden ihn umbringen«, erwiderte Knockout.

42

IBRAHIM HATTE SEIT über vierundzwanzig Stunden nicht mehr geschlafen. Er war müde, er war gereizt, und mittlerweile wuchs seine Frustration.

Ein Polizist hatte ihn telefonisch darüber verständigt, dass sie bei den beiden Kriminellen zu Hause niemanden hatten festnehmen können. Möglicherweise waren sie gewarnt worden. Der Plan war gewesen, ihre Familienmitglieder zu inhaftieren, um die beiden aus der Reserve zu locken. Ibrahim fragte sich, wie viele seiner Polizisten sich eigentlich bestechen ließen.

Bislang hatte er lediglich Chucks, der offensichtlich nichts über den Mord an dem Mädchen wusste, und die beiden Namen, die der Gauner ihnen genannt hatte. Ibrahim hatte noch nie von ihnen gehört. An einem anderen Tag wäre Ganze das nicht weiter schlimm gewesen: Dass Chucks im Besitz des an dem Verbrechen beteiligten gestohlenen Fahrzeugs gewesen war, hätte ausgereicht, um ihn des Mordes zu beschuldigen und ihn der Presse vorzuführen als ein Beispiel dafür, dass die Polizei ihren Job erledigte und Kriminelle festnahm – Ritualmörder inbegriffen. Aber die jetzige Situation war eine andere. Dieser Fall war bei CNN gelandet, und dieser verdammte britische Journalist war Zeuge gewesen. Er hatte ebenfalls mit angesehen, wie ein Häftling ermordet wurde. So würde er es jedenfalls nennen, wenn er darüber berichtete: Nigerianische Polizei ermordet wehrlosen Verdächtigen in Zelle. Niemanden würde es interessieren, dass der Junge Mitglied einer berüchtigten Gang bewaffneter Räuber und möglicherweise selbst ein Mörder gewesen war. Auf bewaffnete Raubüberfälle stand in Nigeria die Todesstrafe. Der Junge wäre ohnehin exekutiert worden, aber das würde für Mr Guy Collins von der BBC keinen Unterschied machen.

Welche Rolle spielte Amaka bei der ganzen Angelegenheit? Sie würde Ibrahim noch dazu bringen, dass er es bereute, so nett zu ihr gewesen zu sein und ihr so viele Freiheiten gelassen zu haben.

Außerdem war da noch das kleine Problem mit dem Polizeipräsidenten, der ihn immer wieder anrief, um auf den neusten Stand gebracht zu werden. Schlief der Mann denn überhaupt jemals?

Gott sei Dank hatte Ibrahim noch eine weitere Spur, der er nachgehen konnte. Er rief auf seinem Revier an und hinterließ den Männern der Operation Feuer-für-Feuer die Anweisung, sich bei seiner Rückkehr zum Aufbruch bereit zu halten. Ein Konvoi aus gepanzerten Fahrzeugen erreichte mit Blaulicht, kreischenden Sirenen und quietschenden Reifen Catch-Fires Straße. Sie sperrten diese ab, indem sie ihre Wagen im Zickzack darauf abstellten. Die Männer nahmen ihre Stellungen hinter ihren Fahrzeugen ein und richteten ihre Waffen auf das Gebäude.

Ibrahim trug eine kugelsichere Weste über seinem Hemd. Er hatte sich mit einer Uzi-Maschinenpistole bewaffnet, und die Männer warteten auf sein Kommando.

Im Hintergrund summte ein Generator. Die Luft roch nach Karbid. Leere Patronen waren auf der Straße verstreut, und vor dem Eingang des Hauses lagen zwei ausgestreckte Leichen. Zu ihren Füßen saßen zwei schwarze Hunde, als würden sie das Blutbad bewachen.

Die Tiere knurrten die Männer an, erhoben sich und bellten, gruben ihre Vorderpfoten in den Boden und zogen ihre muskulösen Körper angriffsbereit nach hinten.

Ibrahim wies auf Hot-Temper und dann auf die Hunde. Der Sergeant feuerte zwei Schüsse aus seiner Kalaschnikow ab.

Ibrahim streckte die Hand nach einem Megafon aus. »Hier ist die Polizei. Kommen Sie mit den Händen auf dem Kopf heraus, und Ihnen wird nichts geschehen. Dies ist unsere erste und letzte Warnung.«

Einer der Hunde winselte auf dem Rücken und trat mit dem Hinterbein in die Luft. Ibrahim gab das Megafon zurück und spannte seine Uzi. Er feuerte eine Ladung Kugeln ab, die Löcher in die toten Körper auf dem Boden rissen und sie zucken ließen, als würde noch Leben in ihnen stecken.

Augenblicke später ging die Tür auf. Die Männer machten sich schussbereit. Eine Frau kam mit erhobenen Händen heraus. Sie war jung, barfuß und trug Hotpants und einen schwarzen BH. Vor Schweiß klebten Haarsträhnen an ihrer Stirn und ihrem Hals. Sie ging langsam auf die Männer zu. Weitere Frauen folgten ihr.

»Was ist das denn?«, fragte Ibrahim. Wo waren die Schützen? War das hier ein Puff? Waren sie bei der falschen Adresse gelandet?

»Auf die Knie«, rief Hot-Temper und wedelte mit dem Lauf seiner Waffe. Die Polizisten umstellten die Frauen.

Ibrahim winkte, und Hot-Temper führte die Männer in das Haus.

»Was ist hier passiert?«, fragte Ibrahim die jungen Frauen. Keine von ihnen antwortete. Er versuchte, Blickkontakt aufzunehmen, aber sie wandten sich ab. Eine Frau hatte eindeutig geweint. Um ihren Arm war ein blutgetränktes Stück Stoff gewickelt. Er wies auf sie. »Sie, stehen Sie auf. Kommen Sie her.«

Die junge Frau verlagerte ihr Gewicht von einem Knie auf das andere und schaute weg.

»Bringt sie her.«

Zwei Polizisten hängten sich ihre Gewehre über die Schultern und traten durch die zusammengedrängten Frauen, um sie zu holen. Die anderen Frauen standen auf und umringten ihre Freundin. Sie ignorierten die Waffen, die ihnen nun mit neuem Nachdruck vors Gesicht gehalten wurden. Auf den Befehl hin, unten zu bleiben, begannen sie, in einer Sprache zu protestieren, die keiner der Männer verstand.

»Lasst sie in Ruhe«, sagte Ibrahim. Andere Polizisten reichten bereits ihre Waffen an Kollegen weiter, um sich der Unterdrückung des Aufstands anzuschließen.

Ibrahim übergab seine Uzi an einen Polizisten neben sich. Er öffnete den Klettverschluss seiner kugelsicheren Weste und zog sich das schwere Teil über den Kopf. Der Polizist nahm es entgegen. Während die Frauen ihn noch immer beobachteten, entfernte er die Pistole aus seinem Holster und reichte sie dem Polizisten, ehe er sich ihnen mit ausgestreckten Händen näherte. »Meine Damen, die Polizei ist Ihr Freund. Wir sind nur hier, um zu helfen. Ich mache mir bloß Sorgen, weil sie verletzt ist. Ist sonst noch jemand verletzt?«

»Uns geht es gut«, antwortete eine der jungen Frauen.

»Wie heißen Sie?«

»Cecilia.«

Die anderen Frauen beobachteten sie. Sie ließen sie für sich sprechen.

»Okay, Cecilia, was ist heute Abend hier geschehen? Wer hat all das hier zu verantworten?«

»Bewaffnete Räuber.«

»Bewaffnete Räuber? Was haben sie gestohlen?«

»Ich weiß es nicht.«

»Woher kommen Sie, Cecilia?«

»Aus Lagos.«

»Das glaube ich nicht. Ich glaube, Sie stammen aus Togo. Haben Sie die nötigen Papiere, um in Nigeria zu leben?«

Sie beäugte ihn, zischte und wandte sich ab.

»Ich kann Ihnen und Ihren Freundinnen Papiere beschaffen.«

»Wir brauchen keine Papiere, wir sind nicht illegal. Wir sind aus Lagos.«

»Ist das wahr? Aus welchem Teil von Lagos stammen Sie?«

»Surulere, hier.«

»Und wer ist der Präsident von Nigeria?«

Aus dem Augenwinkel musterte sie ihn von den Fußspitzen bis zu den Augen und dann wieder zu den Fußspitzen, wie ein selbstbewusster Ringer, der einen ungleichen Gegner abschätzt. Sie gab ein lang gezogenes lautes Zischen von sich, verschränkte die Arme vor der Brust und wandte sich erneut ab.

»Cecilia, ich möchte mich lediglich mit dieser jungen Frau unterhalten. Ich habe kein Problem mit Ihnen. Ich möchte mich nur mit ihr unterhalten, danach verschwinde ich mit meinen Männern.«

»Was wollen Sie wissen?«

»Das würde ich sie gern selbst fragen.«

Sie blickte ihn an und bedachte ihn mit einem einzigen, allumfassenden Augenrollen.

»Bitte«, sagte Ibrahim.

Sie drehte sich zu den Frauen um. »Joy. Komm her.«

Joy trat aus dem Schutz ihrer Freundinnen. Sie blieb neben Cecilia stehen und hielt den Blick auf ihre Füße gesenkt.

»Joy, geht es Ihnen gut?«, fragte Ibrahim.

»Ja, Sir.«

»Joy, wir sind hier, um Ihnen zu helfen. Wer hat Ihnen das angetan?«

»Ich weiß es nicht, Sir.«

»Kennen Sie Catch-Fire?«

Sie blickte Cecilia an, die den Kopf schüttelte.

»Ist er tot? Haben sie ihn umgebracht?«

Ihr Blick trübte sich, und sie fing an zu schniefen.

Ibrahim trat einen Schritt auf sie zu und legte die Arme um sie, sorgfältig darauf bedacht, ihren verbundenen Arm nicht zu berühren. Er drückte sie an seine Brust und klopfte ihr auf den Rücken. »Alles ist gut«, sagte er, »alles ist gut.«

»Es ist Chief«, setzte sie an.

Cecilia machte einen Schritt nach vorn, aber die Polizisten ergriffen sie rasch und schleiften sie davon.

Ibrahim hielt Joys Hand und entfernte sich mit ihr von den anderen Frauen. Cecilia rief irgendetwas in ihrer Sprache. Joy drehte sich um, aber Ibrahim schob sie mit dem Arm sanft weiter. Zwei Polizisten folgten ihnen und hielten ihre Waffen bereit, während ihre Blicke in alle Richtungen huschten.

»Erzählen Sie mir, was passiert ist.«

Tränen rannen über die Wangen der jungen Frau. Er zog sein Taschentuch hervor und tupfte ihr das Gesicht ab. »Alles ist gut. Ich bin ja hier. Alles wird gut. Wer ist Chief?«

»Chief, er hat seine Jungs geschickt, um unseren Oga umzubringen. Sie kamen mit vielen Männern und haben angefangen, alle zu erschießen.«

»Catch-Fire, ist das Ihr Oga?«

»Ja, Sir.«

»Wo ist er jetzt?«

»Sie haben ihn mitgenommen.«

»Weshalb hat Chief Leute geschickt, um ihn umzubringen?«

Sie wandte sich zu den anderen Frauen um. Cecilia kämpfte gegen zwei Polizisten an, die sie auf die Knie zwingen wollten. Die anderen duckten sich, während die Waffen auf sie gerichtet waren. »Oga sagte, es ist wegen ihren Geschäften.«

»Was für Geschäfte?«

»Sie machen gemeinsam Geschäfte mit menschlichen Ritualen.«

Ibrahim hielt inne und holte tief Luft. »Wissen Sie den Namen des Chiefs?«, fragte er.

»Ja. Sein Name ist Chief Amadi. Chief Ebenezer Amadi.«

Er fuhr herum und starrte sie an. Ihre Hände flogen schützend vor ihr Gesicht. Er wandte sich zu den Polizisten um, die ihnen folgten. Vielleicht hatten sie es nicht gehört.

»Ich werde Ihnen nicht wehtun«, sagte er. »Sie und Ihre Freundinnen müssen Lagos noch heute Nacht verlassen. Wenn irgendjemand Sie fragt, dann kennen Sie keinen Catch-Fire oder Chief Amadi. Haben Sie verstanden? Wenn Sie nicht festgenommen und abgeschoben werden wollen, müssen Sie Lagos heute Nacht verlassen. In Ordnung?«

43

ICH NICKTE UND TAT, als würde ich einem besoffenen älteren Freund von Gabriel lauschen, als Amaka mir von hinten die Hände auf die Schultern legte und sagte: »Zeit, zu gehen.« Es war kurz vor Mitternacht. Hatte sie den Mann gefunden, dessentwegen sie gekommen war? Ich wollte ihr von meinem Gespräch mit Gabriel berichten, entschied mich jedoch dagegen. Schweigend liefen wir zu ihrem Auto, und schweigend fuhr sie uns zurück nach VI.

Sie hielt vor der Hotellobby und ließ den Motor laufen. Es tat weh, dass sie nicht blieb. Ich stieg nicht aus.

»Aunty Baby hat angerufen«, sagte sie. »Das Treffen ist für zwei Uhr nachmittags vereinbart. Ich hole dich um halb zwei ab.«

»Was erhoffst du dir von einem Treffen mit ihm? Du weißt ja noch nicht einmal, ob er der Mörder ist.«

»Ich habe es dir doch schon erklärt. Er war auf meiner ›Nicht mitgehen‹-Liste, und dann ruft mich gestern eine Frau an, weil ihre Freundin nicht zurückgekehrt ist. Und wessen Autokennzeichen gibt sie mir? Seins. Das ist ein zu großer Zufall.«

»Kann schon sein, aber erwartest du, dass er dir gegenüber einfach gesteht?«

»Nein. Ich bin nicht dumm. Ich habe einen Plan.«

»Wie lautet dein Plan?«

»Ich muss zuerst an ihn herankommen.«

»Das ist dein Plan? An ihn heranzukommen? Und was dann?«

»Es ist spät, Guy, ich brauche ein bisschen Schlaf.«

Vielleicht sollte ich meinen Versuch, Amaka davon abzubringen, besser auf den Morgen verschieben. Ich zog in Erwägung, mich hinüberzubeugen, um ihr einen Gutenachtkuss zu geben. Sie sah mich jedoch nicht einmal an. Ich stieg aus dem Wagen und schloss die Tür.

Ich kroch unter die Bettdecke. Wir hatten die Putzkräfte nicht ins Zimmer gelassen, weshalb die Laken noch immer nach Amakas Parfum rochen. Ich zog ein Kissen heran und umarmte es.

Ich dämmerte langsam weg. Flavios Worte gingen mir nicht aus dem Kopf: »Frauen mögen Männer, die ein Talent haben. Was ist dein Talent?« Ich hatte ein Talent, oder vielleicht war es eher eine Fähigkeit: Ich war verdammt gut im Recherchieren. Ich konnte genügend Material im Netz zusammensuchen, um jede Geschichte, an der ich gerade schrieb, mit Leben zu füllen. Diese Fähigkeit hatte ich auf der Arbeit perfektioniert, wenn nach durchzechten Nächten Deadlines drohten. Am Morgen würde ich weitere Nachforschungen zu dieser Sache mit den Ritualmorden anstellen. Ich würde so viel herausfinden, wie es herauszufinden gab, und Amaka mit dem Artikel beeindrucken, den ich verfassen würde. In dem Raum zwischen Wachen und Schlaf, während Letzterer in der Rangelei die Oberhand gewann, keimte ein Gedanke auf, der unwidersprochen blieb und sich, dadurch ermutigt, in eine Wahrheit verwandelte: Was wäre, wenn Amaka lediglich mit mir geschlafen hatte, damit ich alles tat, was sie von mir verlangte?

Mein Geist verweilte bei dieser Frage, während er langsam wegdämmerte. Ich überdachte alles: wie ihr das Handtuch hinuntergerutscht war, der Kuss im Fahrstuhl, wie wir im Bett gelandet waren, was sie hinterher gesagt hatte, wie sie es gesagt hatte. Wie sie mich im News Café nicht in der Öffentlichkeit hatte küssen wollen, wie sie mich hier abgesetzt hatte, in dem Wissen, dass ich am nächsten Morgen darauf warten würde, Anweisungen von ihr zu erhalten …

Ich wachte mit dem Brummschädel eines leichten Katers auf und erinnerte mich an das abendliche Trinkgelage mit Gabriel. In

Heathrow hatte ich mir ein Päckchen hochdosiertes Ibuprofen gekauft. Bei dem Gedanken, in meinen Taschen danach zu suchen, tat mein Kopf noch mehr weh. Ich kochte mir einen Kaffee und schaute auf die Uhr. Halb eins. Mir blieb noch eine Stunde, bevor Amaka auftauchen würde. Ich schaltete meinen Laptop ein und zündete mir eine Zigarette an. Sie würde mich in die Arbeit an ihrem Artikel vertieft vorfinden und sehen, wie ernst ich die Sache nahm.

Gewohnheitsmäßig schaute ich in meine E-Mails. Die letzten zehn Nachrichten stammten von meinem Chef. Ihn hatte ich vollkommen vergessen. Die neuste Nachricht war zehn Minuten alt. Ich las die Betreffzeile und hörte dabei seine Stimme: »Wo zum Teufel steckst du?«

Beim Öffnen überkam mich eine vertraute Angst, die mich an meine Arbeitstage in London erinnerte. Das Walross war kein besonders angenehmer Zeitgenosse. Man konnte sich nie sicher sein, was bei ihm einen Wutausbruch auslösen würde. Seine E-Mails nicht innerhalb von Minuten zu beantworten gehörte in jedem Fall dazu. Immerhin befand ich mich gerade nicht in dem Großraumbüro, in dem er bereits so viele Kolleg*innen zum Weinen gebracht hatte. Wie schlimm konnte es über das Internet schon werden?

Der erste Satz war, wie ich erwartet hatte, ein Prolog zur Rechtfertigung dessen, was darauf folgen würde: »Guy, das hier ist die zwanzigste E-Mail, die ich dir in den letzten zwölf Stunden geschickt habe und die du dich entschieden hast, zu ignorieren.« Ich machte mir erst gar nicht die Mühe, weiterzulesen. Ich nahm den Hörer von dem Telefon neben meinem Bett, wählte die Null und bat die Vermittlung, einen internationalen Anruf durchzustellen.

»Hallo?«, meldete sich das Walross.

»Hier ist Guy.« Ich wappnete mich für den Angriff.

»Guy. Wo zum Teufel hast du gesteckt? Was ist mit deinem Telefon passiert? Von wo aus rufst du mich an?«

»Ich bin im Hotel.«

»Ich habe beim Hotel angerufen. Dort sagte man mir, du hättest ausgecheckt. Scheiße noch mal, was ist los?«

»Ich habe mein Telefon verloren.«

»Du hast dein Telefon verloren? Und du bist nicht auf die Idee gekommen, dir ein neues zu besorgen oder eine E-Mail ans Büro zu schicken?«

»Das wollte ich gerade tun.«

»Also, was zum Teufel hast du gemacht? Dir den Arsch plattgesessen? Hast du eine Ahnung, was deine Dienstreise kostet? Ich habe mit deinem Guide gesprochen, Ade. Er hat versucht, dich zu erreichen. Hast du mit ihm gesprochen?«

Ihn hatte ich ebenfalls vergessen. »Nein.«

»Als er dich nicht erreichen konnte, war er intelligent genug, mich anzurufen.«

»Er ist seit meiner Ankunft in Abuja gewesen.«

»Er ist wieder zurück in Lagos, aber woher solltest du das wissen, wenn du nicht erreichbar bist?« Er machte, was er auch im Büro machte: Er sprach ganz langsam, als würde er sich mit einem Schwachkopf unterhalten, der der Sprache nicht mächtig war.

»Ich habe an einer Story gearbeitet.«

»Was für eine Story? Ade hat gesagt, es gibt keine Story. Die Wahl wird frei und fair ablaufen. UN-Beobachter werden überall dabei sein. Es wird keine Manipulation und keine Aufstände geben, also gibt es auch keine Story, nur langweiliges Zeug. Außerdem hat er gesagt, er könne nicht für deine Sicherheit garantieren, was ich ihm nicht verübeln kann, es ist schließlich so, als würde ein Kind im Zirkus verrücktspielen. Ich habe ihn damit beauftragt, über die verdammte Sache zu berichten. Was mich betrifft, ist dein Auftrag beendet. Sally wird dir für heute Abend einen Flug buchen. Sie wird dir die Daten schicken. Schau in deine E-Mails, und setz dich in das Flugzeug. Diese ganze Sache ist eine verfluchte Geldverschwendung gewesen.« Er beendete das Telefonat.

Ich hatte ihn auf dem Handy angerufen und ihm damit das Vergnügen versagt, den Hörer aufzuknallen. Ich fragte mich, ob ich ihm ein paar Minuten geben und dann noch einmal anrufen sollte. Ich konnte Nigeria nicht verlassen. Nicht jetzt. Aber wenn ich mich nicht in dieses Flugzeug setzte, hätte ich womöglich keinen Job mehr, zu dem ich zurückkehren konnte. Das konnte ich mir ebenfalls nicht leisten.

Ich überflog den Rest meiner E-Mails und sah, dass Mel mir etwas geschickt hatte. Mir wurde bewusst, dass ich seit unserer Trennung die längste Zeit am Stück nicht an sie gedacht hatte. Ich klickte darauf und stellte sogleich meine Erwartungen infrage. Es war eine Rundmail, in der es darum ging, Londons Afrikazentrum zu retten. Ich sah nach, wer noch ins CC gesetzt worden war – die E-Mail-Adressen der Personen begannen alle mit G.

Es klopfte. Das musste Amaka sein. Dennoch schloss ich ein Auge, um durch den Spion zu spähen. Sie trat ein und wirkte größer in ihren schwarzen Stilettos. Sie trug einen schwarzen Lederrock, der weit über ihren Knien endete, und ein schulterfreies lila Seidentop mit Trägern, so dünn, dass man sie kaum sehen konnte.

»Hi«, sagte sie. Sie trat an meinen Computer und fing an zu tippen. »Er möchte mich zum Mittagessen treffen. Ich habe ein paar Nachforschungen angestellt. Anscheinend ist mehr als eine Frau bei ihm verschwunden.«

»Wie hast du das herausgefunden?« Hatte sie überhaupt geschlafen?

»Ich habe ein paar Frauen angerufen, die schon länger dabei sind. Aber das ist noch nicht alles, ich habe mich auch mit ein paar seiner Geschäftskontakte unterhalten, denen ich auf der Party über den Weg gelaufen bin – Menschen, die ihn kennen. Ich erzählte ihnen, dass ich Geld für meine Wohltätigkeitsorganisation sammele und jemand ihn empfohlen habe.«

»Und was haben sie gesagt?«

»Niemand weiß, womit er sein Geld verdient. Er versucht schon seit einer Weile, Mitglied im Ikoyi-Club zu werden, aber dort haben sie ihm stets eine Abfuhr erteilt.«

»Hat Aunty Baby nicht gesagt, er sei bereits Mitglied?«

»Tja, das ist er nicht. Um reinzukommen, muss man von mehreren Mitgliedern empfohlen werden, und man muss beruflich eine bestimmte Ebene erreicht haben, Direktor eines börsennotierten Unternehmens sein, einen bestimmten Rang beim Militär innehaben, etwas in der Art. Sie wählen sorgfältig aus, wen sie aufnehmen. Niemand weiß, womit er sein Geld verdient oder wie er so reich geworden ist, daher ist auch niemand bereit, durch eine Empfehlung für ihn den eigenen Ruf zu riskieren. Er geht trotzdem oft in den Club und tut so, als wäre er Mitglied. Wahrscheinlich hat er Freunde, die Mitglieder sind und ihn einladen.«

»Aber du hast immer noch keinen Beweis dafür, dass er an dem Mord an der jungen Frau beteiligt war.«

»Das stimmt, aber er ist ganz offensichtlich in irgendetwas Illegales verwickelt. Eventuell Drogen, eventuell wäscht er das Geld von irgendwelchen Leuten, es könnte alles Mögliche sein. Der Geschäftsführer einer Bank, mit dem ich mich unterhalten habe, wollte mich davon überzeugen, ihn nicht aufzusuchen.«

Ich hätte ihr am liebsten gesagt, dass Gabriel die Ansicht dieses Geschäftsführers teilte. »Wieso?«

»Nun ja, er meinte bloß, der Mann sei nicht der Richtige für meine Wohltätigkeitsorganisation. Er wirkte besorgt, als ich ihm sagte, ich würde Amadi heute treffen.«

»Vielleicht sollten wir dann lieber nicht hingehen. Ich meine, das klingt wie eine Warnung.«

»Und genau deswegen werde ich hingehen. Der Geschäftsführer ist auch ein traditioneller Chief. Er hat mit okkulten Dingen zu tun. Ich denke, er weiß womöglich irgendetwas über Amadi, und deshalb behagt ihm die Vorstellung nicht, dass ich ihn treffe. Diese Leute kennen einander.«

»Mit okkulten Dingen? Du meinst, noch ein Ritualmörder?«

»Oh, nein«, sie lachte. »Er ist ein Mitglied der Ogboni. Das ist mehr wie eine Bruderschaft. Es ist ein Geheimbund der Yoruba, ein bisschen wie die Freimaurer. Es gibt Gerüchte, dass sie schwarze Magie praktizieren, aber davon weiß ich nichts. Dass er meinem Treffen mit Amadi dermaßen ablehnend gegenüberstand, macht mich noch misstrauischer.«

»Diese Sache gefällt mir wirklich nicht, Amaka.«

»Muss sie auch nicht. Hör zu, ich habe mein E-Mail-Passwort gerade geändert, Guy Collins, zusammengeschrieben. Ich schicke immer alle Informationen, die ich bekomme, an meine eigene Adresse. Meine Datenbank, Bilder, Videoclips, dort findest du alles. Ich habe meinen Webmail-Account geöffnet gelassen.«

»Warum erzählst du mir das?«

»Ich fand immer, jemand anderes sollte Zugang dazu haben. Nur für den Fall.«

»Für welchen Fall?«

»Nur für den Fall. Wie auch immer, du benötigst die Informationen, um deinen Artikel zu schreiben. Ich muss jetzt los. Bleib auf dem Zimmer, möglicherweise muss ich dich auf dem Telefon anrufen.«

»Wohin gehst du?«

»Ich sagte doch, ich werde mit ihm zu Mittag essen.«

»Ich dachte, wir gehen zusammen?«

»Es ist besser, wenn ich alleine gehe.«

»So angezogen?«

Sie blickte mich an. »Wie meinst du das? Was willst du damit andeuten?«

»Nichts, Amaka. Schau mal, ich glaube wirklich nicht, dass das eine gute Idee ist. Lass mich zumindest mitkommen.«

»Ich muss das hier alleine machen. Deine Aufgabe ist es, die Geschichte zu erzählen. Und im Übrigen darf niemand in der Lage sein, uns miteinander in Verbindung zu bringen. Hast du verstanden?«

»Aber was erwartest du dir denn davon, Amadi aufzusuchen?«

»Ich sagte doch, ich weiß es nicht. Wir müssen einfach abwarten.«

Sie erhob sich zum Gehen. Ich blickte ihr nach und beschloss, dass ich ihr sagen musste, wie ich empfand. Ich holte sie ein und hielt sie am Arm fest. »Amaka, ich möchte nicht, dass du gehst, weil ich dich mag.«

Sie blieb stehen, drehte sich jedoch nicht um. »Du magst mich?«

»Ja. Das tue ich. Das tue ich wirklich.«

»Und warum solltest du?«

Ich hatte keine Antwort darauf. »Es ist einfach so. Und ich möchte nicht, dass du verletzt wirst.«

»Verletzt? Von wem, von dir oder von der Person, mit der ich mich treffen werde?«

»Du weißt, was ich meine, Amaka. Ich glaube wirklich, dass dir diese Sache über den Kopf wächst. Du musst das nicht tun. Dieser Mann könnte gefährlich sein. Amaka, was ich sagen will ...« Es war der falsche Zeitpunkt. »Hör zu, ich weiß nicht, wie ich in dieses Schlamassel hineingeraten bin, ich weiß nur, dass da draußen böse Menschen herumlaufen und dieser Typ einer von ihnen sein könnte.«

Sie drehte den Kopf zur Seite und sah mich aus dem Augenwinkel an. »Du bist in dieses Schlamassel hineingeraten, wie du es nennst, weil du auf der Suche nach einer Schwarzen Muschi unterwegs warst, weißt du noch? Nun ja, herzlichen Glückwunsch, jetzt hattest du eine. Erzähl mir nicht, dass du mich magst. Du kennst mich nicht, und ich kenne dich nicht. Du wirst zu deiner Freundin in England zurückkehren, und was dann?«

Ich schüttelte den Kopf. »Amaka, so ist das nicht.«

Sie drehte sich ganz zu mir um. »Nein? Wie ist es denn dann? Sag's mir. Wie? Ich bin für dich nichts anderes als irgendein Schwarzes Abenteuer. Ich kenne Männer wie dich. Ihr kommt hierher und denkt, ihr könnt einer Frau einfach sagen, dass ihr sie mögt, und dann schmilzt sie dahin – als würdet ihr ihr damit irgendeinen Gefallen tun. Ich möchte nicht bereuen, was zwischen uns geschehen ist. Bitte, bring mich nicht dazu.«

Sie ging und ließ mich fassungslos zurück. Wo kam das alles her? Ich wusste, ich hätte ihr nichts von Melissa erzählen sollen, aber was zum Teufel? Darüber konnte ich mir nun allerdings keine Sorgen machen, denn viel wichtiger war, dass Amaka gerade aufgebrochen war, um sich mit einem potenziellen Mörder zu treffen. Ich musste irgendetwas unternehmen.

Ich durchsuchte meine Inbox nach einer E-Mail. Ich fand sie und rief von dem Telefon in meinem Zimmer aus die Nummer an, von der ich gewusst hatte, dass sie darin stand.

»Hallo? Ade? Ich bin's, Guy.«

»Guy? Bist du immer noch in Nigeria?«

»Ja. Ich bin im Hotel. Wir müssen uns sofort treffen.«

Er fragte mich nach meiner Zimmernummer.

»Verlass das Zimmer nicht«, sagte er. »Ich komme sofort.«

Ich fragte mich, wie viel ich ihm würde erzählen müssen.

44

»BITTE, WIR MÜSSEN ZURÜCKFAHREN und meine Hunde holen«, wiederholte Knockout.

Die anderen ignorierten ihn. Sie waren durch die Nacht bis zu dem Versteck der Brüder gefahren: ein Zimmer in einem Motel für Lastwagenfahrer in Badagry.

Catch-Fire teilte ihnen mit, was sie über Chief Amadi wissen mussten: Er würde ein Treffen an einem abgeschiedenen Ort vorschlagen, möglicherweise bei seinem geheimen Bungalow in der Nähe des Lekki Expressway. Das Lösegeld würde er problemlos bezahlen können. Er würde eine Bestätigung dafür verlangen, dass Catch-Fire tot war, und dann würde er versuchen, Knockout ebenfalls zu töten. Sie mussten Chief Amadi umbringen.

Go-Slow hatte einen Plan entwickelt. Knockout würde Chief Amadi anrufen und um ein Treffen unter vier Augen bitten. Wenn Amadi fragte, wo Catch-Fire war, würde Knockout ihm sagen, dass seine Männer diesen festhielten und darauf warteten, dass er mit dem Geld zurückkehrte. Sollte Knockout nicht pünktlich erscheinen, würden die Männer Catch-Fire auf ein Polizeirevier bringen, wo dieser auspacken und alles verraten würde, was er wusste. Knockout hätte keine Ahnung, wo Catch-Fire festgehalten wurde, er wüsste nur, wo er mit dem Geld erscheinen musste. Sollten die Männer bei seiner Rückkehr argwöhnen, dass irgendetwas nicht stimmte, würden sie Catch-Fire zur Polizei bringen. Sollte er ohne das Geld zurückkehren, würden sie Catch-Fire ebenfalls zur Polizei bringen.

»Nein«, sagte Catch-Fire. Er hatte bis dahin geschwiegen und zugehört, wie die anderen den Plan schmiedeten. Nun richteten sich alle Blicke auf ihn.

»Was?«, fragte Go-Slow.

»Nicht nur zur Polizei. Er gibt immer damit an, dass er jeden Oga bei der Polizei kennt. Sag ihm, dass du die Medien dazu einlädst, wenn ich gestehe, wie ich mit ihm zusammen Menschen betäubt und getötet habe. Das würde ihm mehr Angst einjagen. Wenn du nur sagst, dass du mich zur Polizei bringst, wird er antworten: Dann mach doch.«

Go-Slow und die Zwillinge nickten einander zu.

»Sag ihm, dass wir seinen Handlanger zum Polizeipräsidium in Panti bringen und Reporter von Radio und Fernsehen eingeladen haben, sich dort mit uns zu treffen«, sagte Go-Slow. »Sag ihm, wir haben sein Geständnis aufgenommen und werden das Video an saharareporters.com schicken.« Er forderte Knockout auf, die Anweisungen noch einmal zu wiederholen, ehe er den Chief anrief. Knockout beschimpfte ihn wüst. One-Love forderte ihn auf, die Anweisungen noch dreimal zu wiederholen. Knockout tat es.

45

ALS AUNTY BABY ihr Chief Amadis Haus beschrieben hatte, war Amaka bewusst geworden, dass sie es bereits kannte. Vor Jahren hatte ihre Familie in derselben Straße gelebt. Sie erinnerte sich daran, dass das Gebäude ein Bungalow im Kolonialstil gewesen war, ehe jemand es kaufte, das alte Haus abriss und an seiner Stelle eine Villa errichtete. Als sie nun auf dieses Anwesen fuhr, bemerkte sie die unter Überdachungen geparkten Autos. Sie erkannte einige ihrer Kennzeichen und prägte sich die restlichen ein.

Ein Wachmann zeigte ihr, wo sie parken sollte, und hielt ihr dann die Tür auf. Sie bemerkte, wie er versuchte, ihr unter den Rock zu schauen, während sie aus dem Wagen stieg.

»Willkommen, Ma. Chief erwartet Sie.« Er verbeugte sich und hielt die Hand auf eine Weise ausgestreckt, die sie an einen Kellner erinnerte, der ihr den Weg an ihren Tisch wies.

Sie stutzte beim Anblick eines älteren Chinesen in einer weißen Kochuniform, der ihr die Tür öffnete.

»Willkommen. Bitte, treten Sie ein.«

Als sie in den Vorraum kam, nahm sie die Statuen auf kleinen Sockeln, die Ölgemälde an den Wänden und das geschnitzte Holzgeländer der Treppe wahr, die in einem Bogen ins nächste Stockwerk hinaufführte.

Amakas Gastgeber erschien oben auf der Treppe. Er trug eine lila Seidentunika, die ihm bis zu den Zehen reichte. Er stieg gemächlich herunter und ließ dabei die Hand über das Geländer gleiten. Unten angekommen, breitete er die Arme aus und wartete darauf, dass sie zu ihm trat.

»Sie müssen Amaka sein. Sie sind pünktlich, ich bin beeindruckt.«

Er schlang seine Arme um sie und drückte sie fest an sich. Als sie sich gerade vorsichtig aus seiner Umklammerung befreien wollte, ließ er sie los.

»Wir sind Zwillinge«, sagte er und wies auf ihre Outfits.

Amaka brauchte einen Augenblick, um zu begreifen, dass er die Farbe meinte. Sie lächelte höflich und nahm zur Kenntnis, dass die Charmeoffensive begonnen hatte.

»Kommen Sie. Ich kann es kaum erwarten, alles über Ihre wohltätige Arbeit zu erfahren.«

Er führte Amaka in ein riesiges Esszimmer. In dessen Mitte stand ein langer Tisch mit einem Stuhl auf jeder Längsseite. Er geleitete sie auf die Seite, die er ihr zugedacht hatte, und rückte ihr den Stuhl zurecht, ehe er die lange Strecke um den Tisch herumlief, um ihr gegenüber Platz zu nehmen. Der alte Chinese wartete neben ihm.

»Tom würde gern wissen, was Sie zum Mittagessen möchten.«

Sie hatte keinen Appetit. »Oh. Ähm, was hat er denn anzubieten?«

»Tom?«

Tom zog ein gefaltetes weißes Blatt Papier aus seiner Tasche. Er faltete es auseinander und präsentierte es ihr mit beiden Händen. Sie kannte in Lagos niemanden, der einen chinesischen Koch hatte.

»Suppe mit Garnelendumplings klingt gut«, sagte Amaka und gab ihm die Speisekarte zurück.

»Machen Sie mir das Übliche«, sagte Chief Amadi, worauf der Koch verschwand. Und an Amaka gerichtet: »Erzählen Sie mir alles über Ihre Wohltätigkeitsarbeit. Weshalb sollte ich mein Geld an Sie spenden statt an ein Waisenhaus?«

»Nun ja, zuerst einmal sorgt unsere Arbeit dafür, dass weniger Babys in Waisenhäusern abgegeben werden.«

Als ihr fünfzehn Minuten später langsam die Argumente ausgingen, hob er die Hand, um sie zum Schweigen zu bringen. »Liebes, Sie haben mich überzeugt«, sagte er. »An solchen Dingen beteilige ich mich gern. Um ehrlich zu sein, unterstütze ich lieber diese Art von Arbeit, als den Zehnten an einen Pastor zu bezahlen. Ich werde Ihnen heute einen Scheck über fünf Millionen Naira ausstellen und sehen, was ich später noch tun kann.«

»Wow. Danke. Ich weiß gar nicht, was ich sagen soll. Ich habe noch nie so schnell so viel Geld für die Wohltätigkeitsorganisation gesammelt. Ich meine, für die Unternehmenssponsoren, unsere wichtigsten Geldgeber, muss ich Anträge schreiben und an Meetings teilnehmen, und selbst dann dauert es immer noch Monate, bis ich einen Scheck sehe. Das hier ist ein Rekord. Vielen Dank, Sir.«

»Gern geschehen, Ma. Ihre Unternehmenssponsoren spenden für eine gute PR. Ich spende, weil ich es wirklich will. Und nicht, weil es ein hübsches Mädchen ist, das mich darum bittet.«

»Ich weiß wirklich nicht, was ich sagen soll. Fünf Millionen sind viel Geld. Herzlichen Dank. Wirklich, vielen, vielen Dank.«

»Bitte, hören Sie auf, mir zu danken. Sie bringen es noch fertig, dass meine Schwarze Haut rot anläuft.«

»Darf ich Sie etwas fragen? Was genau machen Sie?«

»Machen? Sie meinen, geschäftlich? Sie sollten mich lieber fragen, was ich nicht mache.«

»Also gut. Was machen Sie nicht?«

»Stehlen. Alles andere, was gutes Geld einbringt, habe ich entweder schon gemacht, ich mache es gerade, oder der Profit ist nicht groß genug. Ich habe schon alles Mögliche gemacht. Das ist der Igbo in mir. Ich habe Geschäfte mit Containern gemacht, mit gefrorenem Fisch, mit Tokunbo-Autos, mit einer Putzfirma und sogar mit Staatsaufträgen. Jedes saubere Geschäft, das gutes Geld einbringt.«

»Sie nennen Staatsaufträge sauber?«

»Sie sind lustig.«

»Wo ziehen Sie die Grenze?«

»Was für eine Grenze?«

»Sie sagten, Sie würden jedem Geschäft nachgehen, außer zu stehlen.«

»Nein. Jedem profitablen, sauberen Geschäft. Stehlen ist kein Geschäft.«

»Aber wo ziehen Sie die Grenze? Was macht das eine Geschäft sauber und das andere nicht?«

»Das hier klingt wie ein Verhör.«

»Ich bin nur neugierig.«

»Sie sind in meinem Haus, und wir unterhalten uns über mich. Das lässt mich wichtigtuerisch erscheinen. Unterhalten wir uns lieber über Sie.«

»Ich habe Ihnen alles über mich erzählt.«

»Nein. Sie haben mir alles über die Wohltätigkeitsorganisation erzählt. Was ist mit Ihnen? Wer ist Miss Amaka?«

»Nun, wollen wir mal sehen, Amaka ist eine berufstätige, alleinstehende Nigerianerin, die gern schwimmt, reist, oh, und tanzen geht. Wie gestern Abend, da war ich in einem Club auf der Insel. Was haben Sie gestern Abend gemacht?«

»Gestern Abend? Da war ich im Bett, Liebes. Und habe allein geschlafen.«

»Wirklich? Was ist mit Ihrer Frau?«

»Die ist in Amerika.«

»Sie waren die ganze Nacht hier in diesem Haus?«

»Ja. Warum fragen Sie?«

»Sie wissen doch, wir sind hier in Lagos, und die Männer in Lagos sind allergisch dagegen, allein zu schlafen.«

»Sie sind wirklich lustig. Und Sie sind sicher, dass Sie das nur aus diesem Grund wissen wollen?«

»Ja. Was für einen anderen Grund sollte es denn geben? Ich bin bloß ein neugieriges Mädchen.«

»Jetzt haben Sie mich auch neugierig gemacht. Vielleicht dachten Sie, Sie hätten mich irgendwo gesehen? Vielleicht in dem Club, in dem Sie waren?«

»Nein. Ich habe bloß gefragt.« Amaka blickte sich um. »Sie haben ein reizendes Zuhause.«

»Vielen Dank. Wissen Sie was? Wieso führe ich Sie nicht herum, während wir auf Tom warten?« Ohne eine Antwort abzuwarten, stand er auf und ging leichtfüßig um den langen Tisch, um sie abzuholen.

Er führte sie durch jedes Zimmer im Erdgeschoss und hatte zu allem eine Geschichte zu erzählen. Den Flügel hatte er gekauft, weil seine Tochter ihn in einem Schaufenster in der Schweiz gesehen hatte und darauf spielen wollte. Der Kristallleuchter war ein Geschenk von einem Geschäftsfreund, und die Le-Corbusier-Chaiselongue hatte er aus einer Laune heraus gekauft.

Sie stiegen die Treppe hinauf in den ersten Stock und liefen durch eine weitere Reihe von Räumen. Als Letztes öffnete er die Tür zu seinem Schlafzimmer.

»Und, wie es auf MTV so schön heißt, hier geschieht die Magie.«

Sein Telefon klingelte. Er stöhnte. »Tut mir leid, Liebes, das ist geschäftlich. Ich muss hinunter in mein Arbeitszimmer gehen, macht es Ihnen etwas aus?«

»Nein«

»In Ordnung, bitte, tun Sie sich keinen Zwang an.« Er wies auf das Zimmer.

Wie erwartet, war das Schlafzimmer das Ziel seiner Führung gewesen. Männer. Sie schüttelte den Kopf und wartete, bis sie ihn die Treppe hinunter verschwinden sah, ehe sie an die Kommode mit den darauf arrangierten Familienfotos trat und die oberste Schublade herauszog. Sie hatte keine Ahnung, wonach sie suchte, sie hoffte einfach nur, irgendetwas zu finden – egal, was.

46

ICH SCHAUTE NACH, wer an die Tür geklopft hatte. Mein Blick fiel auf das Gesicht eines Mannes, das durch die gebogene Linse des Spions verformt war.

»Guy, ich bin's, Ade.«

Ich öffnete die Tür und lernte endlich meinen Aufpasser kennen, der so schwer zu kriegen war. Er war kleiner, als ich erwartet hatte. Wir schüttelten uns schweigend die Hände, dann entschuldigte er sich dafür, in Abuja gewesen zu sein, und bat mich, mit ihm hinunter an den Pool zu gehen. Auf dem Weg dorthin erzählte ich ihm, was bislang geschehen war. Ich begann ganz am Anfang, beim Ronnie's. Ade wirkte nicht beunruhigt, als ich die Leiche im Straßengraben erwähnte. Ich sagte, es habe sich offenbar um einen Ritualmord gehandelt, und er nickte. Dann berichtete ich ihm von dem Horror in Inspector Ibrahims Polizeirevier und wie Amaka den Inspector getäuscht hatte, um mich freizubekommen. Zuletzt erzählte ich ihm, dass eine junge Frau Amaka angerufen hatte, weil ihre Freundin verschwunden war, nachdem sie am Abend zuvor von einem Mann mitgenommen worden war. Amaka habe das Nummernschild mit ihrer Liste verglichen, und Chief Amadis Name sei erschienen. Sie sei sicher, dass die verschwundene Frau die Leiche im Straßengraben war und dass Chief Amadi etwas damit zu tun hatte.

Ich hatte Ade von Amakas Liste erzählt, ehe mir wieder einfiel, dass diese geheim war. Zum Glück schien sie ihn ebenso wenig zu interessieren wie mich, als Amaka mir zum ersten Mal davon berichtet hatte.

Er hörte zu, ohne mich zu unterbrechen. Wir hätten genauso gut über das Wetter sprechen können. An der Bar am Pool bestellte er eine Flasche Star für sich und einen Gin Tonic für mich.

»Was wissen Sie über Ritualmorde?«, fragte ich.

»Nichts. Sie sind bloß eins dieser Dinge, die wir noch aus unserer Gesellschaft verbannen müssen.« Er klang gelangweilt.

»Ich verstehe einfach nicht, wie das heute immer noch praktiziert werden kann. Es sollte doch für jeden offensichtlich sein, dass schwarze Magie Schwachsinn ist. Wie kommt es, dass die Menschen immer noch daran glauben?«

Ade warf einen Blick auf seine Armbanduhr und schaute dann über die Schulter in die Lobby.

»Erwarten Sie jemanden?«

»Nein. Also, Ihre Freundin Amaka ist zum Haus des Chiefs gefahren?«

»Ja. Ich habe versucht, sie davon abzubringen. Wäre das nicht der Hammer, wenn sie ihn im Alleingang entlarven würde?«

»Ja, das wäre der Hammer. Bitte entschuldigen Sie mich. Ich muss mal auf die Toilette.«

Ich wies ihm den Weg. Im Gehen rief er irgendjemanden an.

47

AMAKAS HERZ KLOPFTE SO SCHNELL, dass sie sich kurzatmig fühlte, während sie eine Schublade nach der anderen herauszog, mit den Fingern darin herumtastete und dabei achtgab, alles genauso zu hinterlassen, wie sie es vorfand. Sie schob die letzte wieder zu und hielt kurz inne, um zu lauschen. Dann lief sie zum Wandschrank und öffnete die erste Tür. Jedes Mal, bevor sie die ordentlich aufgehängten Kleider auseinanderschob, zögerte sie für einen Augenblick bei der Vorstellung, hinter ihnen einen Schädel auf einem verborgenen Schrein zu entdecken. Sie ging zu den Schubladen der Frisierkommode über und zog schaudernd eine nach der anderen langsam heraus. Sie durchwühlte den Schmuck und den Krimskrams in ihrem Inneren, fand jedoch nichts.

Amaka stand da und schaute sich im Zimmer um. Es war spärlich, aber ordentlich möbliert, mit nur wenigen Stellen, an denen man Dinge verstecken konnte. Ihr Blick verharrte auf dem riesigen Bett, dem einzigen Ort, an dem sie noch nicht nachgesehen hatte. Sie zog die Decke zurück. Sie legte den Kopf auf die Seite, um zu lauschen, ob jemand kam, dann beugte sie sich hinunter und griff unter das Bett. Dort befand sich eine schwarze Tasche. Ihre Finger berührten die lederne Außenseite. Sie fand den Henkel und zerrte die Tasche unter dem Bett hervor. Sie war schwer. Von der Sorte, wie Anwält*innen sie tragen. Amaka legte ihre Daumen auf die beiden Messingverschlüsse und drückte zu. Sie öffneten sich mit einem Klicken. Die Tasche war voller Dollarnoten. Amaka keuchte. Ganz oben auf den ordentlich aufgereihten Bündeln aus

Einhundertdollarscheinen lag ein kleines schwarzes Buch, ein kleines schwarzes Notizbuch.

48

ALS ADE VON DER TOILETTE ZURÜCKKEHRTE, fragte er mich, ob ich meine Zeit in Nigeria genießen würde. Hatte er denn gar nicht zugehört? Hatte er sich bereits so sehr an den Wahnsinn in seinem Land gewöhnt, dass er ihm gegenüber immun geworden war? Er schaute auf die Uhr.

»Müssen Sie irgendwo hin?«

»Nein.«

»Sie ist zu seinem Haus gefahren.« Hatte er den Teil darüber, dass der Typ womöglich ein Mörder war, verpasst?

»Was erwartet sie, im Haus dieses Chief Amadi zu finden?«

»Ich weiß es nicht. Ich habe ein bisschen zu Ritualmorden in Afrika recherchiert, konnte aber keine zuverlässigen Informationen finden. Was genau machen sie mit den Organen, die sie ihren Opfern entnehmen?«

»Alle möglichen Zauber, nehme ich an.«

»Geldrituale? Davon habe ich auch gelesen. Wie genau läuft das ab?«

»Das weiß ich wirklich nicht, Guy.«

»Sie scheinen eine Vorliebe für Menschenköpfe zu haben, aber ich habe auch gelesen, dass sie manchmal Augen und Zungen und Brüste nehmen.«

»Ja«, erwiderte er und seufzte. »So berichten es die Zeitungen. Sie nehmen praktisch jedes Organ im Körper: Herz, Lungen, Leber, Nieren, sogar Hoden.«

»Also wissen Sie doch etwas darüber?«

»Nun ja, ich bin Journalist. Mir sind schon mehrere ähnliche Fälle begegnet. Was in der Zeitung steht, ist nicht immer das, was auch tatsächlich passiert ist. Einmal habe ich eine Leiche gesehen, bei der die Leber entfernt worden war. Sie hatte eine Weile im Busch gelegen, und Tiere, Vögel vielleicht, hatten ihre Augen gefressen. Am nächsten Tag las ich in der Zeitung, der Mann wäre allein wegen seiner Augen getötet worden.«

Ein Hotelangestellter trat zu uns. »Mr Collins?«

»Ja?« Ich erinnerte mich von meinem ersten Tag im Hotel noch vage an den Mann.

»Ein Anruf für Sie in der Lobby, Sir. Miss Amaka.«

»Oh.« Sie hatte mich gebeten, im Zimmer zu bleiben, und ich hatte es vergessen. Ade folgte mir, als ich den Anruf entgegennehmen ging.

»Hast du einen Stift?«, fragte sie. Sie flüsterte.

Ich ließ mir von einer Mitarbeiterin an der Rezeption einen Stift und einen Notizblock geben.

»Wo bist du?«

»Ich bin in seinem Schlafzimmer. Hör zu, ich glaube, ich habe etwas gefunden. Es sieht aus wie ein Code. Schreib diese Zahlen auf.«

»Wo ist er?«

»Unten. Guy, ich muss mich beeilen. Sie stehen in einem Notizbuch, das er unter seinem Bett aufbewahrt. Schau mal, ob du daraus schlau werden kannst.«

Sie las die Zahlen vor.

»Amaka? Amaka?«

Die Verbindung war unterbrochen. Auf dem Telefon wurde ihre Nummer angezeigt, und ich wählte sie. Es klingelte, aber Amaka ging nicht dran.

»Was ist passiert?«, fragte Ade.

»Sie ist in seinem Schlafzimmer. Sie hat ein paar Zahlen in einem Notizbuch gefunden. Sie glaubt, es sei irgendeine Art von Code. Sie möchte, dass ich versuche, ihn zu entschlüsseln.«

»Lassen Sie mal sehen.« Er griff nach dem Notizblock.

Ich ging gedanklich noch einmal das Gespräch durch, das ich gerade mit Amaka geführt hatte, und versuchte, mir in Erinnerung zu rufen, ob ich irgendwelche Geräusche oder irgendjemand anderes gehört hatte, ehe sie das Telefonat beendete. Ich versuchte es noch einmal bei ihr. Die Rezeptionistin schaute mich streng an, als hätte ich fragen sollen, ehe ich einen Anruf tätigte.

»Das hier sind Flugnummern«, sagte Ade. »Internationale Flugnummern von Virgin Atlantic. Sehen Sie hier? Das ist das Flugdatum, und dieser Teil ist die Flugnummer. Er hat alles zusammengeschrieben, ohne Leerzeichen. Deshalb sieht es aus wie ein Code.«

»Flugnummern?«

»Ja. Normalerweise beginnen sie mit ›VS‹, aber er hat die Buchstaben und die Striche zwischen den Datumsangaben weggelassen. Vielleicht ist der Mann lediglich am Drogenhandel beteiligt. Das hier könnten die Flugnummern und Ankunftszeiten seiner Kuriere sein.«

»Drogen? Nein.«

Seit ich angefangen hatte, zu den Morden zu recherchieren, hatte sich in meinem Hinterkopf ein Gedanke breitgemacht. Ich hatte ihn nicht richtig einordnen können, aber er war nicht wieder verschwunden und hatte sich ständig bemerkbar gemacht. Nun fügte sich alles zusammen.

»Ich wusste, dass diese Juju-Sache keinen Sinn ergibt«, sagte ich.

»Was?«

Leber, Nieren, Herzen und nun Flugnummern. Plötzlich fügte sich alles zusammen.

»Begreifen Sie denn nicht? Da werden Körperteile verkauft. Überlegen Sie mal. Sie sagten, es werden Leber, Nieren, Herzen entnommen. In Großbritannien stehen die Menschen jahrelang auf Wartelisten für eine Organtransplantation. Warum auf den Tod warten, wenn man einen korrupten Arzt dazu bekommen kann, das benötigte Organ auf dem Schwarzmarkt aufzutreiben? In Nigeria. Ich wette, wenn wir die Krankenakten der Personen auf diesen Flügen mit diesen sogenannten Ritualmorden abgleichen, stellen wir einen Zusammenhang fest. Die Leute werden für Transplantate umgebracht.«

Er legte den Kopf schräg, während er mich betrachtete.

»Das ist alles, was dahintersteckt, Ade, wir haben es gelöst. Sie verkaufen Organe an reiche Ausländer.«

»Guy?«

»Ja?«

»Ich muss auf die Toilette.«

Die Rezeptionistin hatte das Telefon weggestellt. Ich ignorierte ihren Blick und zog es wieder zu mir heran. Ich wollte Amaka erzählen, was ich herausgefunden hatte. Ich wollte ihr sagen, dass sie Amadis Haus jetzt verlassen konnte.

Ich wartete noch immer darauf, dass sie ans Telefon ging, als Ade zurückkehrte.

»Was ist los?«, fragte er.

»Ich glaube, Amaka hat gerade in seinen Sachen herumgewühlt, als sie mich anrief. Ich denke, er könnte sie dabei erwischt haben.«

»Und was wollen Sie jetzt unternehmen?«

»Ich muss dort hinfahren. Haben Sie ein Auto?«

»Ja.«

49

AMAKA HÖRTE SCHRITTE. Sie ließ das Notizbuch fallen und schob die Tasche zurück unter das Bett.

»Essen ist fertig«, sagte Tom von der anderen Seite der Tür aus.

Sie richtete sich im Spiegel über der Frisierkommode das Haar und wartete, bis er wieder verschwunden war. Dann hob sie ihr Telefon vom Fußboden neben dem Bett auf und ging aus dem Zimmer. Sie steckte es sich am Rücken unter den Bund ihres Rocks. Es vibrierte stumm. Sie wusste, dass Guy sie zurückrief, aber sie konnte nicht rangehen. Sie war ganz kurz davor gewesen, erwischt zu werden.

Der Chinese stieg vor ihr die Treppe hinunter. Hatte er gesehen, wie sie sich neben dem Bett aufrichtete? Amadi stand am Fuß der Treppe neben einem Mann, der ihr den Rücken zugekehrt hatte. Er lächelte sie an, und der Mann drehte sich um. Es war Inspector Ibrahim. Amaka musste sich am Eichengeländer festhalten.

»Amaka, ich möchte Ihnen meinen Freund vorstellen«, sagte Amadi.

Ibrahim blickte ihr direkt in die Augen.

50

ADES WAGEN WAR EIN ALTER TOYOTA COROLLA. Er stieg ein und öffnete die Beifahrertür von innen. Die drückende Hitze im Auto in Kombination mit dem überwältigenden, unerträglichen Geruch von Duftbäumchen brachte mich zum Husten.

»Haben Sie seine Adresse?«, fragte Ade.

Bis zu diesem Augenblick hatte ich daran überhaupt nicht gedacht – ich wollte bloß zu Amaka gelangen. Ich kam mir dumm vor. Er hielt die Hand abfahrbereit am Zündschlüssel.

»Chief Amadi ist in Lagos bekannt«, sagte Ade. »Ich glaube, ich weiß, wo sein Haus ist.«

Er fuhr vom Hotelparkplatz. Auf der Schnellstraße standen die Autos in beiden Richtungen, beinahe Stoßstange an Stoßstange. Ade bewegte sich zentimeterweise voran, aber niemand ließ uns einscheren. Die Ampeln wechselten immer wieder unbeachtet die Farbe. Der eigentlich zweispurigen Straße war ein dritter Fahrstreifen gewachsen. Klapprige Busse, vollgepackt mit eingezwängten Fahrgästen, fuhren mit zwei Reifen auf dem Gehweg. Ihre »Schaffner« hingen aus den offenen Türen, riefen Endhaltestellen aus und warben um weitere Passagiere unter den Menschen, die auf dem von den Bussen unsicher gemachten Gehweg liefen.

Zu dem Gewirr gesellten sich magere Motorradfahrer, die ihre verbeulten Okadas stur durch den Stau navigierten, wobei die Menschen, die sie transportierten, hinter ihnen am Rand des Abgrunds kauerten und Rucke und Stöße ertrugen, während die Fahrer versuchten, sie durch das undurchdringliche Labyrinth zu steuern.

Hupen in allen Tonarten und Lautstärken blökten. Ich fragte mich, wozu sie sich überhaupt die Mühe machten, zu hupen. Niemand konnte sich bewegen. Es war das reinste Chaos.

51

»AMAKA, ICH MÖCHTE IHNEN meinen Freund Ibrahim vorstellen.«

Ibrahim drückte ihr die Hand. »Wir kennen einander sehr gut. Wir haben sogar einen gemeinsamen Freund«, sagte er und schaute ihr dabei in die Augen, ohne ihre Hand loszulassen.

»Die Welt ist klein.«

»Ja. Und sie wird immer kleiner.«

Sie war wie benommen. Ibrahim hatte vermutlich herausgefunden, dass sie in Bezug auf den Minister gelogen hatte. Hatte er auch herausgefunden, was sie vorhatte? Wie es hieß, wurde jeder große Verbrecher in Nigeria von der Polizei geschützt.

»Nun, da Sie einander kennen, sollten Sie vielleicht bleiben und mit uns zu Mittag essen.«

Ihr Herz hämmerte. Ibrahims Griff wurde fester. Wie konnte ihr das nur entgangen sein? Wie konnte sie es nur versäumt haben, zu überprüfen, wen Amadi bei der Polizei kannte? Sie hätte bloß herumfragen müssen, dann hätte irgendjemand es ihr schon erzählt. Guy hatte sie davor gewarnt, herzukommen, und nun war sie direkt in die Falle gelaufen.

»Ich habe noch etwas zu erledigen«, erwiderte Ibrahim. Er ließ Amakas Hand los. »Chief, führen wir unsere Unterhaltung doch draußen fort.«

»In Ordnung, ich bringe Sie hinaus. Amaka, bitte, geben Sie mir eine Minute, sind Sie so nett?« Die beiden gingen gemeinsam hinaus.

Tom stand in einer Ecke und beobachtete sie. Sie erinnerte sich an den Wachmann, der sie hereingelassen hatte. Wer befand sich noch im Haus? Sie blickte sich um. Die Gemälde starrten sie an wie zusätzliches Wachpersonal.

Amadi kehrte zurück. Sie stand noch an derselben Stelle. Sie suchte sein Gesicht ab. Was hatte er über sie erfahren?

»Lassen wir Tom nicht länger warten«, sagte er. Er legte ihr eine Hand auf den Rücken, und ihr ganzer Körper erschauderte.

Ihre Beine bewegten sich, ohne dass sie sie spüren konnte. Sie lief in die Richtung, in die er sie führte, aber es kam ihr eher vor, als würde sie schweben. Der Tisch kam auf sie zu. Ihr Stuhl glitt darunter hervor. Sie setzte sich, aber alles bewegte sich weiter. Er redete, aber sie konnte ihn nicht hören. Tom erschien neben ihr, legte ihr eine Serviette auf den Schoß und verschwand dann wieder. Wohin auch immer sie sich wandte, war da Tom, der über sie wachte und dafür sorgte, dass sie nicht entkommen konnte. Ihr wurde schwindelig.

»Amaka.«

Alles verlangsamte sich. Das Schlagen ihres Herzens wurde von dem Ticken einer Wanduhr hinter ihr übertönt.

»Amaka.«

Sie konzentrierte sich.

»Amaka. Was ist los?«

Sein Gesicht wurde wieder klar.

»Geht es Ihnen gut?«

»Ja. Mir geht es gut. Ich glaube, ich habe mich zu schnell hingesetzt.«

»Sind Sie sicher? Soll ich Ihnen etwas bringen?«

»Nein. Wirklich, bitte, setzen Sie sich. Mir geht es gut.«

»Da haben Sie mir gerade kurz einen Schrecken eingejagt. Ich konnte schon die Schlagzeilen vor mir sehen: ›Zuletzt lebend gesehen beim Betreten von Chief Amadis Haus.‹«

Es war ein grausamer Scherz. Er wusste alles über sie. Er wusste, weshalb sie hier war.

»Und was würden sie darüber schreiben, was Chief Amadi mit Amaka angestellt hätte?«

Er lachte. »Oh, was würden sie nicht schreiben? Ein hübsches Mädchen im Haus eines reichen Mannes, dessen Familie im Ausland ist? Sie werden eins und eins zusammenzählen und drei herausbekommen.«

»Würden sie das schreiben, weil es das ist, was reiche Männer mit hübschen Mädchen machen, oder weil es das ist, was Sie mit hübschen Mädchen machen?«

»Mädchen? Ich mache gar nichts mit Mädchen. Ich bin ein Mann für nur eine Frau, das schwöre ich. Nur ein Mädchen auf einmal. Eine nach der anderen.«

Er lachte. Er genoss das Ganze. Sollte sie wegrennen? Und wenn ja, wohin?

»Aber ich habe gehört, dass Sie zwei Mädchen auf einmal mögen. Ich wäre fast nicht hergekommen, weil ich keine Freundin hatte, die ich mitbringen konnte.« Sie legte sich eine Hand auf die Brust und zog die Finger nach unten, wobei sie ihr Oberteil mitzerrte.

Er hörte auf zu lachen und beobachtete ihre Hand. Sie fuhr sich mit den Fingernägeln über das Dekolleté.

»Und? Ist es wahr, dass Sie nur zwei Mädchen auf einmal mögen, oder ist eins genug für Sie?«

Er senkte den Blick auf den Tisch und rückte das Besteck vor sich zurecht. Ein paar Sekunden lang betrachtete er das perfekt ausgerichtete Tafelsilber, dann griff er danach, schloss die Augen und schüttelte langsam den Kopf.

»Amaka, Sie sind wirklich etwas Besonderes.«

Sein Telefon klingelte.

»Da muss ich rangehen. Darf ich?«

»Dürfen Sie.«

Ihr Plan, den sie noch nicht zu Ende gedacht hatte, bestand darin, ihn zurück in sein Schlafzimmer zu locken, weg von den wachsamen Blicken seines Bediensteten. Sobald Sie diesen Schritt hinter sich gebracht hätte, würde Sie sich den nächsten überlegen.

Bevor er den Raum verließ, um das Telefonat zu führen, blieb er an der Tür stehen, wo Tom sich platziert hatte, und legte ihm eine Hand auf die Schulter. »Lass sie nicht fort von hier«, sagte er. Er drehte sich um und lächelte Amaka zu, ehe er weiterlief und das Telefon an sein Ohr hob.

52

DIE BRÜDER, Catch-Fire und Go-Slow umstanden Knockout, während dieser zum dritten Mal Chief Amadis Nummer wählte.

»Hallo?«

»Sie sind ein toter Mann. Hallo, sind Sie da? Chief, Sie sind tot.«

Die Schläger wollten sich auf ihn stürzen, aber Go-Slow schirmte seinen Freund ab und legte einen Finger an seine Lippen.

»Sind Sie da? Sie sind ein böser Mann. Sie haben also Leute zu mir nach Hause geschickt, um mich umzubringen? Ich dachte, Sie wären ein Gentleman. Ich wusste nicht, dass Sie ein Lügner und ein Dreckskerl sind. Dreckskerl. Ich habe Ihren Handlanger, Catch-Fire. Ich werde ihn an die Polizei übergeben, wenn Sie mir nicht sofort zehn Millionen Naira übergeben.«

»Wer ist da?«

»Bitte. Ich bitte Sie. Lassen Sie diese James-Bond-Spielchen. Ich bin allein. Ich bin immer noch am Leben. Die Jungs, die Sie geschickt haben, um mich umzubringen, sind gescheitert. Luft können Sie nicht fangen. Ich sage es Ihnen jetzt zum letzten Mal, übergeben Sie mir zehn Millionen Naira, oder ich gehe mit Catch-Fire zur Polizei.«

»Ich weiß nicht, wer das ist oder wovon Sie sprechen.«

»Hören Sie, ich bin's, Knockout. Sie wissen, wer ich bin. Hören Sie auf, diese ganzen Spielchen zu spielen. Ich sage Ihnen, ich habe Catch-Fire, und wenn Sie diesen Scheiß nicht sein lassen und mit mir reden, dann schicke ich ihn einfach *now-now* zur Polizei. Hallo? Hallo?«

»Sie sind Knockout?«

»Ja, ich bin Knockout. Das bin ich.«

»Und Sie haben Catch-Fire?«

»Ja.«

»Und Sie glauben, ich soll Ihnen zehn Millionen Naira übergeben?«

»Ja.«

»Ich kann gerade wirklich nicht sprechen. Ich rufe Sie zurück.«

»Nein. Wenn Sie jetzt auflegen, dann war's das. Ich bringe Ihren Handlanger *now-now* zum Polizeirevier.«

»In Ordnung. Ich habe zwar keine Ahnung, wer Sie sind oder wovon Sie sprechen, aber mal angenommen, Sie und ich hätten tatsächlich irgendeine noch ausstehende geschäftliche Vereinbarung getroffen, finden Sie nicht, dass zehn Millionen eine Menge Geld sind? Was erwarten Sie, wo ich die jetzt sofort herbekommen soll?«

»Das weiß ich nicht, und das ist mir auch egal. Sie sind derjenige, der Geld-Juju praktiziert. Los, machen Sie Ihre Zauberei, und bringen Sie mir das Geld. Hallo? Hallo? Chief? Hallo?«

Er stellte fest, dass die Leitung tot war. Er hielt das Telefon vor sich und blickte es an, als hätte es irgendetwas falsch gemacht.

»Was ist passiert?«, wollte Go-Slow wissen.

»Die Verbindung wurde unterbrochen.«

»Die Verbindung wurde unterbrochen, oder du hattest kein Geld mehr auf deiner Karte?«

Er schaute nach, wie viele Minuten er noch hatte. »Die Verbindung wurde unterbrochen.«

»Netzwerkprobleme?«, schlug One-Love vor.

»Nein«, entgegnete Go-Slow. »Er hat aufgelegt. Du hattest die Situation nicht unter Kontrolle.«

»Wie meinst du das, ich hatte die Situation nicht unter Kontrolle?« Er wählte die Nummer erneut.

»Kanayo, rede wie ein normaler Mensch.«

Er ließ das Telefon klingeln, bis das Besetztzeichen kam, dann versuchte er es erneut.

»Schick ihm eine Nachricht«, sagte One-Love. »Schreib ihm, wir hätten die Reporter eingeladen, sich in Panti mit uns zu treffen.«

Go-Slow schüttelte den Kopf. »Nein. Erzähl uns zuerst, was er gesagt hat.«

»Er sagte, er würde zurückrufen.«

»Wenn er sagt, er ruft zurück, dann ruft er auch zurück«, behauptete Catch-Fire.

»Denkst du, er wird das Geld mitbringen?«, fragte Knockout.

»Er hat viel mehr«, erwiderte Catch-Fire. »Ich sage euch, zehn Millionen sind nichts für ihn. Normalerweise bezahlt er mich in bar, wenn ich jemanden bei ihm abliefere. Er hat immer richtig, richtig viel Geld bei sich, die ganze Zeit. Wenn er dir glaubt, dann wird er das Geld mitbringen, aber er wird auch sichergehen, dass er uns alle tötet. Wir müssen ihn vorher umbringen.«

53

AMAKA BLICKTE TOM AN. Er wandte sich zu ihr um. Sie lächelte. Er lächelte zurück. Sie zog ihr Telefon hervor und rief im Hotel an, den Blick weiter auf Tom gerichtet. Am anderen Ende meldete sich niemand, also verfasste sie eine Textnachricht an Aunty Baby.

Amadi kam herein. »Entschuldigen Sie vielmals. Ich verspreche Ihnen, keine Telefonate mehr, bis wir unsere Mahlzeit beendet haben.«

Sie tippte auf »Senden« und löschte dann die abgeschickte Nachricht.

Er nahm erneut auf seinem Stuhl Platz und inspizierte sein Besteck. Er rückte ein Messer mit der Zeigefingerspitze zurecht, begutachtete es und rückte es dann erneut zurecht.

»Wo waren wir stehen geblieben?«

»Sie wollten mir gerade erzählen, was Sie mit hübschen Mädchen anstellen.«

»Nun, meine Liebe, ich weiß nicht, was Sie über mich zu wissen glauben oder welche Gerüchte Sie womöglich gehört haben, aber ich versichere Ihnen, dass ich der sanftmütigste Mann bin, den Sie jemals kennenlernen werden.«

»Ist das so?«

»Ja, das ist so.« Sein Telefon vibrierte auf dem Tisch. Er ignorierte es. »Meine Liebe, Sie scheinen zu glauben, dass Sie etwas über mich wissen. Warum erzählen Sie mir nicht, was Sie gehört haben, und ich sage Ihnen, ob es wahr ist oder nicht?«

Sein Telefon piepte zweimal, als eine Nachricht einging. Er las den Text.

»Mein Liebes«, sagte er, ohne den Blick von seinem Telefon zu heben. »Um diese Sache muss ich mich sofort kümmern. Entschuldigen Sie vielmals, dass wir ständig gestört werden.«

»Hatten Sie mir nicht versprochen, dass es keine Unterbrechungen mehr geben werde?«, fragte Amaka. Ihr Mund war trocken.

»Ich weiß, ich weiß. Bitte verzeihen Sie mir. Um manche Dinge muss man sich einfach unverzüglich kümmern.«

Beim Gehen klopfte er Tom auf die Schulter, ehe er sich umdrehte und ihr zuzwinkerte.

Er ging in sein Arbeitszimmer, schloss die Tür hinter sich und tätigte dann einen Anruf.

»Hallo?«

»Ja, Chief, meine Nachricht hat Ihnen Angst eingejagt, *abi*? Ich bin jetzt auf dem Weg nach Panti. Alle Reporter von ganz Lagos werden da sein, um zu erfahren, wie Sie unschuldige Menschen umbringen und für Juju verwenden.«

»Hatten Sie nicht gesagt, Sie wären ein Profi?«

»Ich bin ein Vollprofi. Deshalb konnten die Jungs, die Sie zu mir nach Hause geschickt haben, mich auch nicht umbringen.«

»Ich habe keine Jungs geschickt, um Sie umzubringen. Ich weiß nicht einmal, wo Sie wohnen.«

»Bitte, lügen Sie mich nicht an. Catch-Fire hat mir alles über Ihre Taktiken erzählt.«

»Wo ist er jetzt?«

»Catch-Fire? Der ist bei meinen Jungs. Ich habe ihnen gesagt, sie sollen ihn nach Panti bringen, wenn Sie versuchen, irgendwelche Spielchen zu spielen. Denken Sie, Sie sind der Einzige mit Verstand? Wir haben all die Leute vom Radio und vom Fernsehen eingeladen, *dem*. Die warten nur darauf, zu erfahren, was wir ihnen enthüllen wollen. Das war's für Sie.«

»Das war so nicht abgemacht.«

»Jetzt finden Sie also, das war so nicht abgemacht? Nachdem Sie Ihre Jungs geschickt haben, um mich umzubringen?«

»Hören Sie, ich weiß nicht, wovon Sie reden, aber wenn Catch-Fire mit irgendjemandem spricht, dann werden auch Sie nicht sicher sein.«

»Ich, ich werde schon sicher sein. Machen Sie sich um mich keine Sorgen. Sorgen Sie sich lieber um sich selbst. Sie Mörder.«

»Beruhigen Sie sich.«

»Sagen Sie mir nicht, ich soll mich beruhigen. Wer sind Sie, mir zu sagen, ich soll mich beruhigen? Bringen Sie mir einfach mein Geld.«

»Wo sind Sie jetzt?«

»Sie glauben, ich sage Ihnen, wo ich bin, damit Sie Ihre Jungs schicken können, um mich umzubringen? Sagen Sie mir, wo Sie mich treffen wollen, und ich werde dort sein. Wenn mir irgendetwas zustößt, werden meine Jungs Catch-Fire zuerst zum Radiosender bringen und dann nach Panti. Dort warten jetzt schon Reporter auf sie. Wir haben sogar eine Aufnahme. Er hat alles gestanden. Ich habe das Video.«

»Ich habe keine zehn Millionen Naira bei mir. Ich habe Dollars. Ich gebe Ihnen hunderttausend Dollar, das ist mehr, als Sie verlangt haben. Aber Sie müssen mir den Beweis liefern, dass Catch-Fire tot ist.«

»Dollars sind gut. Bringen Sie sie einfach mit. Wenn ich das Geld bekommen habe, gehe ich zurück zu meinen Leuten, und dann bringen wir den Jungen um.«

»In Ordnung. Hören Sie mir genau zu. Ich habe niemanden zu Ihnen geschickt. Ich wollte nur, dass Sie sich um Catch-Fire kümmern. Ich weiß nicht, was er Ihnen erzählt hat oder wie er Sie davon überzeugt hat, dass ich versucht hätte, Sie umzubringen, aber ich gebe Ihnen das Geld nur unter der Bedingung, dass Sie tun, was wir vereinbart haben, und ihn umbringen.«

»Keine Bedingungen. Und hören Sie auf, mich kirre zu machen. Bringen Sie mir einfach das Geld, und versuchen Sie keinen von Ihren Tricks.«

»Okay. Ich besorge das Geld und rufe Sie dann an, um Ihnen den Treffpunkt mitzuteilen.«

»Einhunderttausend Dollar?«

»Ja, einhunderttausend Dollar. Und wo das herkommt, gibt es noch mehr. Warten Sie auf meinen Anruf.«

Chief Amadi hatte gehofft, dass Catch-Fire mittlerweile beseitigt wäre, und mit ihm auch das Problem, das er darstellte. Aber jetzt konnte niemand sagen, mit wem der Schwachkopf gesprochen hatte oder mit wem er noch sprechen würde. Sollte Catch-Fire Amadis Namen gegenüber der Polizei oder gegenüber hungrigen Reportern auch nur erwähnen, würden alle möglichen Nachforschungen angestellt werden. Er hatte gewusst, dass dieser Tag einmal kommen würde, und er war darauf vorbereitet. Dafür hatte die Stimme gesorgt. Er wusste genau, was er zu tun hatte.

Er ging in sein Schlafzimmer und schloss die Tür. Neben seinem Bett sank er auf die Knie und griff nach seiner Tasche. Er öffnete sie und hielt inne. Das Notizbuch lag nicht mehr in der Mitte, perfekt ausgerichtet auf den ordentlich gestapelten Geldbündeln.

54

WIR WÜRDEN NIEMALS auf die Straße gelangen. Ade jagte den Motor hoch, schoss nach vorn und trat gerade noch auf die Bremse, bevor wir in den Mazda vor uns knallten. Der Fahrer zeigte uns die gespreizten Finger. Ade näherte sich zentimeterweise. Das Auto hinter dem Mazda sah auch nicht aus, als würde es für uns anhalten. Der Verkehr bewegte sich um eine Autolänge, und Ade machte erneut einen Ruck nach vorn. Der Mann hinter dem Lenkrad hatte keine andere Wahl, als uns durchzulassen.

Der Wagen neben uns wurde von einer Frau und zwei kleinen Jungs geschoben. Hinter ihnen schoben drei Männer einen Pick-up-Transporter. Bei einem anderen Auto knallte die Kühlerhaube.

»Überhitzung«, erklärte Ade.

»Wie weit ist es bis zu seinem Haus?«

»Nicht weit. Sobald wir hier rauskommen.«

Wir würden jedoch niemals hier rauskommen. Vielleicht reagierte ich ja über. Vielleicht würden wir Amadis Haus erreichen, und Amaka würde mit mir schimpfen, weil ich dort auftauchte.

Vor uns auf unserer Fahrspur kletterten ein paar Männer aus einem Geländewagen. Eine weitere Gruppe stieg aus dem Kleinbus vor ihnen, und sie alle begannen sich zu streiten. Irgendjemand schubste einen anderen, Fäuste wurden geballt und flogen. Die Fahrzeuge vor dem Tumult setzten sich in Bewegung, aber der Kampf hatte nun eine Menschentraube angezogen, und wir saßen fest.

Autos begannen, die Fahrspur zu wechseln. Ade schob die Schnauze seines Wagens in den von hinten kommenden Verkehr. Ich hörte das Kreischen eines Reifens auf Teer, ehe ich einen Körper über unsere Motorhaube fliegen sah: Eins der Motorradtaxis war in uns hineingefahren, und der Fahrer lag nun irgendwo vor uns auf der Straße.

55

TOM SCHAUTE GERADEAUS. Amaka ließ ein Messer vom Tisch gleiten. Er sah es nicht. Sie setzte sich darauf und blickte zu ihm. Amadi erschien im Türrahmen. Als ihre Blicke sich trafen, breitete sich ein Lächeln auf seinem Gesicht aus.

»Du kannst uns jetzt allein lassen, Tom.«

Tom verbeugte sich und ging.

Amadi trat zu Amaka, blieb hinter ihrem Stuhl stehen und begann, ihr die Schultern zu massieren. Sie erstarrte. Er legte ihr eine Hand auf die Brust und spreizte dann die Finger an ihrem Halsansatz. Sie schob eine Hand unter ihren Oberschenkel und berührte das Messer mit den Fingerspitzen. Er wanderte mit einer Handfläche in das Körbchen ihres BHs, während er die andere in einer Seitentasche seines Gewands verschwinden ließ. Sie hob ihr Bein, um nach dem Messer zu greifen. Er drückte ihr ein Stück Stoff ins Gesicht und presste ihren Kopf an seinen Körper. Ihre Hände flogen nach oben und griffen nach seinen. Sie wollte schreien, aber stattdessen atmete sie Chloroformdämpfe ein, und alles wurde schwarz.

56

ADE STIEG AUS UND INSPIZIERTE den Schaden. Er machte sich nicht die Mühe, nach der am Boden liegenden Person zu sehen. Das beschädigte Motorrad lag auf der Straße, seine Reifen drehten sich noch, aus seinem kleinen Tank sickerte Benzin, und hinter ihm hatte sich eine Spur aus Trümmern gebildet.

Andere Motorräder kamen neben uns zum Stehen. Irgendjemand half dem verletzten Jungen auf die Beine. Er hielt sich den blutenden Ellbogen. Er trug keinen Helm. Ich wollte aussteigen, entschied mich jedoch dagegen, als Ade dem Jungen direkt hintereinander zwei Ohrfeigen gab. Er war zwanzig zu eins in der Unterzahl, was dachte er sich bloß dabei?

Der Junge sagte etwas, und Ade schlug ihn erneut, packte ihn an seinem Shirt und zerrte ihn zur Autotür.

Ein riesiger Typ, der gerade auf seinem eigenen Motorrad angekommen war, stellte sich Ade in den Weg. Die beiden begannen, sich anzuschreien.

Die Auseinandersetzung wurde lauter. Der Mob wuchs an. Ich bekam selbst ein paar drohende Blicke ab. Ade öffnete die Tür und lehnte sich herein. Er schwitzte und hatte einen beeindruckend bösartigen Ausdruck im Gesicht.

»Reich mir die Tasche aus dem Handschuhfach«, sagte er.

Ich griff hinein und fand eine kleine Ledertasche. Er öffnete sie, zählte ein paar Nairascheine ab und kehrte zu den wartenden Männern zurück.

Er reichte das Geld dem Jungen, der sich noch immer vor

Schmerzen krümmte, dann gab er ihm noch eine letzte Ohrfeige, ehe er grinsend zurück in den Wagen kletterte.

Mittlerweile hatte der Verkehr nachgelassen. Ade ließ den Motor an und fuhr direkt auf die Menge zu, zerstreute sie so und stachelte sie zu Beschimpfungen und obszönen Gesten an. Ich rechnete jeden Augenblick damit, dass ein Stein oder irgendein anderes improvisiertes Wurfgeschoss durch die Windschutzscheibe krachte.

57

AMADI HIELT AMAKA FEST, bis ihre Hände sich von seinen lösten und an ihren Seiten hinunterbaumelten. Tom stand vom Frühstückstisch auf, als Amadi die Küche betrat.

»Ich möchte mir die Hände waschen.«

Er ging an die Spüle, und Tom drückte etwas Flüssigseife auf seine Handflächen und drehte den Wasserhahn auf.

»Fahr zum Haus in Ikeja. Der Fahrer bringt dich hin. Ich erwarte dort nachher Gäste. Nimm den Pförtner mit. Er wird dir helfen, alles abzustauben.«

Tom nickte.

Amadi nahm sich eine Serviette von einem Stapel auf der Kücheninsel in der Mitte des Raumes.

»Komm mit.«

Er führte Tom zur Vordertür hinaus. Der Pförtner kam angetrabt.

»Geh Eremobor holen. Du fährst mit Tom nach Ikeja. Er sagt dir, was zu tun ist, wenn ihr dort seid.«

Der Junge sprintete um das Haus, um den Fahrer zu holen.

»Nehmt den Range«, sagte Amadi zu Tom. Er kehrte zurück ins Haus, lief ins Esszimmer und beobachtete Amaka ein paar Sekunden lang, ehe er nach oben in sein Schlafzimmer ging. Er hob die schwarze Tasche auf das Bett und holte unter einer Vase in einer Ecke seinen Pass hervor.

Amadi zog den lila Kaftan aus und öffnete seinen Kleiderschrank. Er zwängte sich in eine schwarze Jeans und ein dunkelblaues Polohemd, nahm ein Paar abgetragene Turnschuhe, die versteckt in einer Ecke gelegen hatten, und betrachtete sich dann im Spiegel. Er wühlte in einer Schublade nach dem Ersatzschlüssel für einen Peugeot 504, den Eremobor manchmal nutzte, um Besorgungen zu machen. Amadi hatte den Wagen bei einer Auktion für Militärfahrzeuge gekauft und die dunkel getönten Scheiben und die tiefgrüne Armeelackierung beibehalten. Er war das Auto noch nie selbst gefahren, und es hatte ein Handschaltgetriebe und weder Servolenkung noch Klimaanlage, aber dafür einen riesigen Kofferraum, und sein militärisches Erscheinungsbild bedeutete, dass die Polizei zögern würde, es anzuhalten.

Er kehrte zurück ins Erdgeschoss, stellte seine Tasche neben die Eingangstür und ging ins Esszimmer. Mit einem Blick auf Amaka zog er sein Mobiltelefon hervor.

»Hallo?«

»Hallo.«

»Es ist Zeit, nach Ghana zu ziehen«, sagte er.

Die Stimme schwieg für ein paar Augenblicke. »Okay. Haben Sie sich um das Haus gekümmert?«

»Ich fahre jetzt hin. Wenn wir uns das nächste Mal sprechen, bin ich in Accra.«

»Gut. Ich werde auf Sie warten.«

Er tätigte einen weiteren Anruf.

»Knockout? Ich habe Ihr Geld. Fragen Sie Catch-Fire, wohin er mich immer in Ajah bringt. Dort treffen wir uns.« Er schaltete das Telefon aus.

Er floh aus dem Land und würde womöglich nie wieder zurückkehren. Die Leute würden Chief Ebenezer Amadi vermissen, aber niemand würde das Verschwinden von Okafor Bright Chikezie bemerken. Knockout spielte keine Rolle mehr, Catch-Fire dagegen schon. Sollte Knockout beim Bungalow auftauchen, würde das bedeuten, dass Catch-Fire noch am Leben war. Sollte er nicht auftauchen, konnte Amadi davon träumen, eines Tages zurückzukehren in das Land und in die Stadt, die er so sehr liebte – die Stadt, die ihn einst zu einem Leben in Armut verdammt hatte, nur um ihn schließlich zu verschonen und die Türen zum Überfluss für ihn zu öffnen.

Nachdem er den Kofferraum beladen hatte, öffnete er das Tor und setzte sich dann in den Peugeot. Der alte Motor erwachte mit einem Dröhnen und einer Wolke aus schwarzem Rauch. Amadi fuhr hinaus auf die Straße, hielt vor dem Zaun an und stieg aus, um das Tor wieder zu schließen.

»Guten Tag, Sir.«

Er drehte sich um und bemerkte die jugendliche Tochter seiner Nachbarn. Niemand durfte ihn wegfahren sehen.

»Wie geht es dir?«

»Mir geht es gut, Sir.«

»Und deinen Eltern?«

»Gut, Sir.«

»Wohin bist du unterwegs?«

»Ich will nach Lekki, Sir.«

»Lekki? Willst du etwa dorthin laufen?«

»Nein, Sir. Ich nehme mir ein Taxi.«

»Ich bringe dich hin. Eine junge Dame wie du sollte keine öffentlichen Verkehrsmittel nutzen.«

»Oh, nein, Sir. Sie müssen wegen mir keinen Umweg fahren. Ich nehme mir auf der Hauptstraße ein Taxi.«

»Sei nicht albern. Was wird der Botschafter sagen, wenn er hört, dass ich seine Tochter öffentliche Verkehrsmittel nutzen lasse?«

Amadi war einer der wohlhabendsten Menschen in der Straße, aber ihre Eltern hatten ihn noch nie zu ihren Sonntagsessen eingeladen. Er schloss das Tor ab und lief um den Wagen zu ihr. Er legte ihr eine Hand auf die Schulter, um sie zur Autotür zu führen.

»Vielen Dank, Sir, aber ich komme schon zurecht.« Sie versuchte, sich zu befreien, aber seine Hand hielt ihre Schulter fest.

»Hör mal, das ist ziemlich unhöflich von dir. Wieso willst du nicht, dass ich dich fahre? Bist du etwa mit deinem Freund verabredet? Hast du irgendetwas vor, wovon deine Eltern nichts wissen sollen?«

»Nein, Sir, ich bin bloß mit einer Freundin verabredet.«

»Okay, dann steig ein.«

Sie blickte in beide Richtungen die Straße hinunter. Sie wollte nicht, dass irgendjemand sah, wie sie in sein Auto stieg. Er war nicht wie die anderen Nachbarn. Er nahm junge Frauen mit nach Hause, und keine der Freund*innen ihrer Eltern besuchten ihn in seinem Haus. Sie kletterte in den Wagen.

Er setzte sich neben sie auf den Fahrersitz. »Schnall dich an, Liebes«, sagte er. »Okay, zu Ihren Diensten, Ma. Wo genau in Lekki soll ich dich hinbringen?«

»Phase One, Sir.«

»In Ordnung.« Er legte den ersten Gang ein. »Also, wie alt bist du?«

»Sechzehn, Sir.«

»Sechzehn? Wow. Du wirkst schon so erwachsen. Der Junge, mit dem du dich triffst, ist ein Glückspilz.«

Sie lächelte und wandte sich ab, als sie sah, wie er sie anschaute. Sie konnte es nicht erwarten, ihren Freundinnen zu erzählen, dass ein älterer Mann sie angebaggert hatte.

58

OHNE DEN VERKEHR fällt einem auf, dass VI gar nicht so groß ist. Nachdem wir den Wahnsinn hinter uns gelassen hatten, fuhren wir bald auf ruhigeren Straßen. Wir bogen in eine mit Bäumen gesäumte Straße ein, mit ausgedehnten Anwesen und großen Häusern, die weit zurückgesetzt hinter ihren Mauern und Zäunen standen. Ade wurde langsamer und kam schließlich am Straßenrand zum Stehen. Ich schaute ihn nach einer Erklärung suchend an. Er beobachtete irgendetwas. Ich folgte seinem Blick. Ein Mann war gerade in ein altes grünes Auto gestiegen, das vor einem Haus weiter vorn in der Straße stand.

»Was?«

»Seltsam.«

»Was?«

»Das war Chief Amadi. In dem Wagen sitzt eine junge Frau, aber wenn ich mich nicht irre, ist das ein Militärfahrzeug.«

»Eine junge Frau? Amaka?«

»Ich weiß es nicht. Sie ist gerade auf der Beifahrerseite eingestiegen. Hast du es nicht gesehen?«

Ich schaute nach vorn. Das Auto fuhr davon. Es hatte getönte Fensterscheiben, also konnte ich nicht hineinsehen.

»Wir müssen ihnen folgen. Ade, wir müssen diesem Auto folgen. Sofort.«

»Sicher, sicher.«

Wir fuhren an dem Haus vorbei, und durch die Schlitze im Zaun erhaschte ich einen Blick auf Amakas Jetta. Es war Chief Amadis

Haus. Am Tor befand sich ein Vorhängeschloss. Es war von außen abgeschlossen. Wohin waren sie unterwegs?

Das Auto bog in eine Nebenstraße ein. Als wir dieselbe Straße erreicht hatten, war es nicht mehr zu sehen.

»Wir haben sie verloren«, sagte ich.

Ade trat aufs Gaspedal, und ich wurde ruckartig in meinen Sitz gedrückt. Am Ende der Straße bogen wir mit quietschenden Reifen ab und sahen das Auto gerade noch in einer weiteren Straße verschwinden.

Ade raste hinterher und wurde erst langsamer, als wir die Abbiegung erreichten.

»Fahr näher ran«, sagte ich.

»Wenn wir ihnen zu nah kommen, werden sie uns bemerken.«

Er erlaubte dem Wagen, etwas Abstand zu uns zu gewinnen. Mir gefiel seine Strategie nicht. Ich wollte sie nicht verlieren. Als Nächstes hörte ich ihn plötzlich telefonieren. Es war ein kurzes Gespräch in einer lokalen Sprache.

»Wer war das?«

»Meine nächste Verabredung heute. Ich habe Bescheid gesagt, dass ich mich verspäten werde.«

Er hatte den Blick von der Straße abgewandt, um mir zu antworten, und sah nicht, wie das Auto erneut abbog.

»Sie sind in diese Richtung gefahren«, sagte ich.

Er nickte und gab Gas.

Amadi fuhr schnell und wählte Nebenstraßen, um Staus zu vermeiden. Er nahm die schmale Straße am Mobil-Gebäude, um auf den Lekki Expressway zu gelangen. Die Ausfahrt nach Lekki Phase One lag direkt vor ihnen.

»Ich fliege heute Abend nach Amerika«, sagte er. »Meine Familie ist dort im Urlaub. Sie haben darauf bestanden, dass ich zu ihnen stoße. Warst du schon mal in Amerika?«

»Ja.«

»Reizendes Land, oder? Nachdem ich dich rausgelassen habe, fahre ich direkt zum Flughafen. Soll ich dir etwas mitbringen, wenn ich zurückkomme? Ich sollte in etwa einer Woche wieder hier sein.«

»Vielen Dank, Sir, aber ich brauche nichts.«

»Sei nicht albern. Welche Kleidergröße trägst du?«

Ihr war unbehaglich zumute.

»Machen Sie sich keine Umstände, Sir, Mum kauft alle Kleider für mich.«

»In deinem Alter? Für ein großes Mädchen wie dich? Okay, wie wäre es mit einem iPad? Hast du eins?«

»Ja, Sir, habe ich.«

»Das neuste?«

»Nein, Sir.«

»Okay, dann besorge ich dir das neuste iPad. Ich sehe deine Mum häufig bei den Nachbarschaftstreffen. Kannst du ihr sagen, dass ich verreisen musste und daher nicht an der nächsten Versammlung teilnehmen werde?«

»Ja, Sir.«

»Mach dir keine Sorgen, ich werde ihr nicht erzählen, dass ich dich zu deinem Freund gebracht habe. Das bleibt unser kleines Geheimnis.«

Sie lächelte.

»Sag ihr, du hast mich vor meinem Haus gesehen, als ich gerade meine Taschen gepackt habe. Wenn ich zurückkomme, halte ich nach dir Ausschau, um dir deine Geschenke zu geben, okay? Denk daran, ihr zu sagen, dass ich verreist bin. Ich habe noch nie eine der Versammlungen versäumt, ohne die Schriftführerin vorher in Kenntnis zu setzen.«

Sollte irgendjemand ihn suchen, würde die Person herumfragen und erfahren, dass er nach Amerika gereist sei. Dann würde die betreffende Person entweder auf seine Rückkehr warten oder ihn einfach vergessen.

Amadi nahm die zweite Ausfahrt im Kreisverkehr und fuhr auf die Admiralty Road. In dieser Straße besaß er eine Immobilie, die er seit dem Kauf nicht mehr besucht hatte. Er erinnerte sich nicht einmal mehr, wie man dorthin kam. Das Mädchen wies ihm den Weg in eine schmale Kopfsteinpflasterstraße, von der sie in eine sogar noch schmalere abbogen. Als er den Wagen zum Stehen brachte, stieg sie schnell aus.

»Denk daran, deiner Mum zu erzählen, dass ich heute nach Amerika geflogen bin. Hier, nimm das für dein Taxi für den Heimweg.«

Er gab ihr zehntausend Naira in druckfrischen Banknoten.

59

WIR VERLOREN DEN WAGEN erneut aus dem Blick. Wir waren ihm gefolgt, als er vom Kreisverkehr abbog, wurden aber am Tor vor Lekki Phase One von Sicherheitspersonal aufgehalten. Sie wollten wissen, wen wir dort besuchten. Ade nannte ihnen einen Namen, und sie winkten uns durch. Zwischen uns und dem grünen Auto befanden sich nun mehrere andere Fahrzeuge. Wir sahen, wie Amadi zum Abbiegen blinkte, aber bis wir die Straße erreicht hatten, war er dort nirgends zu sehen.

Ade fuhr langsam und blickte in alle Seitenstraßen. Wir erreichten das Ende der Straße und stellten fest, dass es eine Sackgasse war. Ade wendete in drei Zügen, und vor uns, am anderen Ende der Straße, sahen wir das grüne Auto erneut auftauchen und auf die Hauptstraße abbiegen. Ade stieg aufs Gaspedal.

Die Gang nahm Taxis nach Epe und fand eine Buka, in der sie auf Knockouts Rückkehr warten wollten. Catch-Fire hatte Knockout erklärt, wie er zu Amadis Bungalow im Wald gelangte, und ein Okada würde ihn den Rest des Wegs dorthin bringen.

Als er das Gebäude sehen konnte, gab Knockout dem Fahrer des Motorrads ein Zeichen, anzuhalten. Er setzte seinen Weg zu Fuß fort, die Pistole in der Hand, seine Sinne geschärft.

Das Haus sah verlassen aus. Knockout ging darauf zu. Er klopfte sich den Staub von der Kleidung und lief auf der Suche nach einem Weg hinein um den Bungalow herum. Türen und Fenster wurden von Metallstangen geschützt. Er kehrte zur Vorderseite zurück und hämmerte an die Tür. Niemand antwortete. Er rief noch einmal auf dem Telefon des Chiefs an, aber es war nach wie vor ausgeschaltet. Sollte Amadi nicht auftauchen, würde er Catch-Fire selbst zur Polizei bringen, dachte er, als er sich vor der Tür auf den Boden setzte.

Mehrere Kreisverkehre später bog der Peugeot vom Expressway auf eine schmale ungeteerte Straße ab, die auf eine noch schmalere sandige führte. Wir hatten die Stadt weit hinter uns gelassen und fuhren nun durch etwas, das wie ein Dorf aussah, samt strohgedeckten Häusern und frei umherlaufenden Ziegen. Wir waren die einzigen beiden Fahrzeuge auf der Straße. Ade ließ Amadi einen Vorsprung, und auch wenn es mir nicht gefiel, verstand ich sein Vorgehen. Nun wäre es, mehr noch als zuvor, offensichtlich, dass wir Amadi beschatteten.

Das Auto drosselte das Tempo und fuhr im Zickzack durch den Sand, auf der Suche nach festem Boden, auf dem die Reifen Halt finden konnten. Ade bog auf den Pfad zu jemandes Grundstück ab. Wir konnten den Peugeot nicht mehr sehen, aber wir konnten ihn hören, und es klang, als würde er mit dem Untergrund kämpfen.

»Wo sind wir hier?«, fragte ich.

»Ajah.«

»Sind wir immer noch in Lagos?«

»Ja.« Ade wechselte in den Rückwärtsgang, gerade als der Besitzer des Hauses aus seiner halbhohen Tür trat. Während wir rückwärts zurück auf die unbefestigte Straße fuhren, versuchte ich, abzuschätzen, wie weit uns das grüne Auto voraus sein würde, aber was mir wirklich Sorgen bereitete, waren das Ziel seiner Fahrt und wer dort warten mochte.

Wir fuhren vier Meter vorwärts, dann fingen die Reifen an, durchzudrehen und Sand aufzuwirbeln.

Knockout hörte das Geräusch eines Motors und stand auf. Auf der Straße, die zum Haus führte, erschien ein Fahrzeug. Catch-Fire hatte ihnen alle Autos von Chief Amadi beschrieben. Dieses war eins von ihnen. Er zog seine Pistole.

Amadi fuhr bis dicht vor die Tür und schaltete den Motor aus. Er warf einen Blick auf Knockouts Waffe und stieg dann aus dem Wagen.

Knockout richtete die Pistole auf Amadi und machte ein paar Schritte rückwärts. »Keine Spielchen«, warnte er ihn.

Amadi ging zum Kofferraum des Wagens und öffnete ihn.

»Kommen Sie und helfen Sie mir hierbei«, sagte er.

Knockout näherte sich langsam. Er warf einen Blick in den Kofferraum und wich dann zurück. »Was ist das?« Er nahm die Pistole wieder hoch und zielte auf Amadis Kopf.

»Wonach sieht es denn aus? Stecken Sie das Teil weg, und helfen Sie mir, sie ins Haus zu tragen.«

Amadi ging zur Tür und öffnete die Schlösser. Knockout blieb neben dem Kofferraum stehen. Würde er gleich Zeuge eines Geldrituals werden?

»Worauf warten Sie?«, fragte Amadi. »Bringen wir sie ins Haus.« Er griff in den Kofferraum und schob die Arme unter Amakas Achseln.

»Was ist mit meinem Geld?«

»Nehmen Sie ihre Beine.«

Knockout zögerte. Dann steckte er sich die Pistole in den Gürtel und schnappte sich Amakas gefesselte Beine. Gemeinsam hoben sie sie aus dem Wagen und trugen oder schleiften sie ins Innere des Hauses.

Sie traten in einen schmalen Flur, von dem drei Türen abgingen. An einer Wand waren Hochleistungs-Autobatterien gestapelt, allesamt verbunden durch dicke Kabel, die in eine Metallbox führten. Amadi ging voraus und führte sie auf eine Tür zu, die er mit dem

Rücken aufdrückte. Sie trugen Amaka hinein. In der Mitte des Zimmers stand etwas, das wie ein Krankenhausbett aussah. Die Wände säumten Aluminiumschränke.

»Wir legen sie auf das Bett«, sagte Amadi. »Binden Sie sie los.« Er drehte sich um und trat an einen der Schränke an der Wand, entnahm eine Spritze und kehrte zu dem Bett zurück. Er legte ihr die Finger an den Hals, fand eine Vene und presste die Nadel hinein. Ihr Körper zitterte. Mit der leeren Spritze kehrte er an den Schrank zurück.

Knockout betrachtete die Frau vor ihm. Er konnte den Blick nicht von ihrem Gesicht abwenden. Er strich mit der Hand über ihren Körper. Er fuhr mit einem Finger unter ihre Nase und spürte ihren warmen Atem. Er legte ihr die Hand auf eine Brust und drückte zu. Er dachte darüber nach, sie aus den Klauen dieses bösen Mannes zu befreien. Er band den Stoff ab, der ihre Füße gefesselt hatte, und drehte sie dann auf die Seite, um mit ihren Händen fortzufahren, die ihr auf dem Rücken zusammengebunden worden waren.

Plötzlich machte sein Körper einen Satz, und seine Muskeln zuckten. Amadi hielt den Elektroschocker gegen Knockouts Hals gepresst und schickte fünfzigtausend Volt durch den kleinen Körper des Gauners, bis dessen Beine nachgaben und er zusammenbrach.

Amadi trat erneut an den Schrank und holte ein steriles Messer hervor. Er schob Knockouts Körper weg von dem Bett und kniete sich dann über ihn. Mit den Fingern tastete er zwischen den Rippen, dann hob er die Klinge und stach so fest zu, dass sie durch Knockouts Brusthöhle fuhr und in seinem Herz stecken blieb. Er zog das Messer heraus und stach erneut zu. Damit fuhr er fort, bis er erschöpft war, sich etwas entfernt von dem toten Körper niederließ und sich das Blut abwischte, das ihm ins Gesicht gespritzt war. Er drehte die verunstaltete Leiche um und nahm die Pistole aus dem Gürtel, ehe er aufstand und auf Knockouts leblosen Körper spuckte. »Dreckskerl«, sagte er.

60

ADES WAGEN HEULTE AUF, während er versuchte, uns aus dem Sand zu befreien, und wir zogen die Aufmerksamkeit von ein paar Teenagerjungs auf uns. Die meisten von ihnen waren oberkörperfrei, dünn, aber durchtrainiert, und sie hatten Bretter und Stöcke dabei.

»Ade«, wies ich ihn auf die heranrückende Gang hin. Er reichte ihnen etwas Geld, und sie begannen, uns auszugraben, und platzierten ihre Bretter unter den Hinterreifen, damit wir rückwärts aus unserer Falle herausfahren konnten. Die Jungs zeigten uns sichere Wege, die wir nehmen konnten, und wir fuhren weiter, aber das grüne Auto war verschwunden. Ade raste am Straßenrand entlang, fast schon im Gras, auf eine weitere Sandpiste, und der Wald um uns wurde dichter. Er drosselte das Tempo und blickte voraus, dann schaltete er ohne Vorwarnung einen Gang herunter, und das Auto machte einen Satz nach vorn.

Wir folgten der Straße bis zu einem Gebäude und parkten hinter dem Peugeot. Der Kofferraum stand offen, genau wie die Tür zum Haus. Wir gingen hinein. Ich lief voraus. Im Flur stand eine weitere Tür offen. Ich trat darauf zu und rief Amakas Namen. Niemand antwortete. Plötzlich drang ein lauter Knall aus dem Zimmer. Ade riss mich fort von der offenen Tür und auf den Fußboden. Er hatte eine Pistole in der Hand. Er gab mir ein Zeichen, unten zu bleiben, dann kroch er auf die Tür zu, feuerte zwei Schüsse in das Zimmer ab und zog sich zurück. Es kam keine Reaktion. Er stand auf und näherte sich mit gezogener Pistole der Tür. »Fallen lassen«, sagte er. Schweigen.

Ich dachte an Amaka. Ich stand auf und trat neben Ade an die Tür. Ein relativ großer Mann – es musste Chief Amadi sein – hatte sie an seinen Körper gepresst. Er hielt ihr ein Messer an den Hals. Ihre Augen waren geschlossen. In der anderen Hand hielt er eine Pistole, die auf Ade gerichtet war. Zwischen uns befanden sich ein Bett und ein blutender Körper auf dem Fußboden.

»Lass sie gehen, du Scheißkerl«, rief ich. Ich rannte auf ihn zu, und er drückte ab. Ich hechtete nach vorn, krachte auf das Bett und rollte über den Boden auf ihn zu. Ich sah Ade nach hinten fallen. Er war getroffen worden. Der Mann schleifte Amaka mit sich durch eine Tür.

Ich rappelte mich auf und folgte ihm. Das nächste Zimmer sah aus wie das erste – eine Art primitiver Operationssaal. Ich raste an einem Operationstisch in der Mitte vorbei und wich einem Rollwagen mit medizinischen Instrumenten aus. Eine Tür, die aus dem Zimmer hinausführte, schwang zu, und ich hastete in ihre Richtung. Zwei Schüsse ließen das Holz zersplittern. Ich duckte mich, wartete ein paar Sekunden und preschte dann durch die Tür. Sie führte auf einen Durchgang und zu einer geöffneten Tür an dessen Ende. Dahinter konnte ich den Wald sehen. Ich rannte weiter und hoffte, dass Amadis nächster Schuss sein Ziel ebenfalls verfehlen würde.

Ich trat auf der Hinterseite aus dem Haus und sah nichts als Bäume. Ein Zweig schlug zurück und verbarg einen Farbfleck, der kurz aufgeblitzt war. Ich hastete darauf zu. Meine Füße versanken in der Vegetation. Ich zog die Büsche auseinander. Amadi richtete die Pistole auf meinen Kopf. Ich fiel nach vorn, und er schoss. Er hatte Amaka bei sich: Ihr Oberkörper hing über seinem Arm. Er feuerte noch zwei Schüsse ab. Ich versteckte mich hinter dem nächsten Baum, und er wollte weiterlaufen, aber Amaka hinderte ihn daran. Mittlerweile schleifte er sie am Hals mit. Er blickte über seine Schulter, stolperte, und Amaka glitt aus seinem Griff. Ich rannte los und stürzte mich auf ihn. Wir rollten im Laub herum. Er stieß mir den Ellbogen in den Hals. Ich hustete und würgte. Er schubste mich weg und griff nach seiner Waffe, aber ich erwischte sein Bein und zog ihn nach hinten. Er streifte mich seitlich am Gesicht, und ich langte nach seinem Gürtel und wälzte ihn auf den Rücken. Ich zwängte meine Hände unter seine Schultern und zog sie nach hinten, um nach seinem Nacken greifen zu können. Mit aller noch verbliebenen Kraft schob ich seinen Kopf nach vorn und drückte meine Ellbogen durch. Wenn möglich, wollte ich ihm die Schultern auskugeln.

Amaka rappelte sich auf. Sie fasste sich an den Kopf. Sie sah aus, als würde sie gleich wieder hinfallen.

»Lauf!«, schrie ich. Ich wusste nicht, wie viel länger ich Amadi noch festhalten konnte. Er drückte sich mit den Füßen ab und rollte seinen Körper herum, bis er auf mir lag und meinen Rücken in das dichte Unterholz krachen ließ. Ich konnte Amaka nicht mehr sehen.

»Lauf«, schrie ich.

Er verpasste mir einen Kopfstoß. Der Schmerz zog brennend durch mein Gesicht. Amadi befreite sich und rollte in die Büsche, kroch auf seine Pistole zu. Amaka versuchte, ihr Gleichgewicht wiederzufinden, und tastete mit den Händen in der leeren Luft nach Halt.

»Lauf!«

Aber sie stand einfach nur da und schaute auf ihn, nicht auf mich. Mittlerweile hatte er die Waffe aufgelesen, und er war dabei, sich aufzurichten. Ich rollte mich herum und trat ihm, so fest ich konnte, gegen das Bein. Er stürzte und ließ die Pistole fallen.

»Amaka, lauf!«, schrie ich erneut. Ich sprang auf Amadi und spürte seine Faust in meiner Seite. Ich schlang meine Arme um ihn, ehe er erneut zuschlagen konnte. Amaka hob seine Pistole auf und fiel dabei fast vornüber. Sie hielt die Pistole in beiden Händen und versuchte zu zielen. Der Lauf schwankte gefährlich von meinem Kopf zu seinem Kopf und wieder zurück.

»Fallen lassen«, rief jemand. Ich drehte mich nach der Stimme um, lockerte meinen Griff jedoch nicht. Es war Inspector Ibrahim, in seiner Uniform und mit einer Maschinenpistole in der Hand, die er auf Amaka gerichtet hatte.

»Nein!«, schrie ich. Ich ließ los und stürzte mich auf ihn.

Er feuerte eine Salve ab, ehe ich meine Arme um seine Beine wickelte und ihn zu Boden rang. Er hatte sie getroffen. Ich schrie so laut, dass ich das Geräusch meiner eigenen Stimme nicht hörte. Ich lag auf ihm und schlug ihm mit den Fäusten ins Gesicht. Jemand packte meine Arme von hinten und zerrte mich fort. Ich trat ihn, bis sich der Lauf einer Pistole in meine Schläfe presste. Es war mir egal. Ich trat weiter. Sie schleiften mich davon. Ibrahim stand auf. Ich machte einen Satz nach vorn, dann wurde eine Pistole seitlich an meinem Kopf platziert und ein Schuss abgefeuert. Es fühlte sich an, als wäre gerade mein Kopf explodiert, und dann herrschte Stille. Ich konnte nichts mehr hören. Ich sah, wie Ibrahim sich aufrecht hinstellte und sich die Uniform glatt strich.

»Mistkerl!«, schrie ich. »Du Mistkerl!«

Er sprach mit der Person, die mich festhielt. Ich konnte ihn nicht hören, aber von seinen Lippen ablesen: »Lassen Sie ihn gehen.«

Ich wollte nicht hinsehen und drehte mich trotzdem um und schaute nach, was er Amaka angetan hatte. Sie stand noch immer da, ihre Waffe auf Amadi gerichtet. Er lag mit dem Gesicht nach unten ausgestreckt auf dem Boden, eine winzige Pistole in der offenen Handfläche, und Blut färbte die Blätter um seinen Körper rot.

61

WIR WAREN VON POLIZISTEN UMRINGT. Ich erkannte sie wieder. Es waren die Männer von Feuer-für-Feuer, die ich auf dem Polizeirevier gesehen hatte. Ein Polizist reichte seine Waffe an einen Kollegen und nahm mit den vorsichtigen Bewegungen eines Bombenentschärfungsspezialisten langsam die Pistole aus Amakas Hand an sich. Sie wankte, und ich wollte zu ihr gehen, aber jemand versperrte mir den Weg und richtete sein Gewehr auf meinen Bauch. Es war ein Gesicht, das ich nie vergessen werde: Sergeant Hot-Temper.

»Lassen Sie ihn gehen«, sagte Inspector Ibrahim. Auch wenn meine Ohren noch klingelten, konnte ich ihn diesmal hören. Der Killer-Cop ließ seine Waffe sinken, grinste breit und zwinkerte, als hätte er bloß einen Scherz gemacht. Ich lief an ihm vorbei zu Amaka und fing sie gerade noch auf, als ihre Knie nachgaben. Sie blickte mich durch fast geschlossene Lider an.

»Guy«, flüsterte sie und ihre Augen fielen zu, als sie in meine Arme sank.

Ich hob sie vom Boden auf und schaute ihr ins Gesicht. Sie atmete.

»Brechen wir auf«, sagte Ibrahim zu seinen Männern, und dann zu mir: »Mr Collins, es ist Zeit, zu gehen.«

Ein Polizist machte Anstalten, mir zu helfen, aber ich ließ mir Amaka nicht wegnehmen. Ich trug sie aus dem Wald bis zurück zu dem Bungalow.

Überall standen bewaffnete Polizisten. Aus allen Ecken war das Geplapper aus ihren Funkgeräten zu hören. Etwa fünf Polizeitransporter parkten mit geöffneten Türen vor dem Gebäude. Ich beobachtete, wie Ade von einem Polizisten der Arm verbunden wurde. Die Leiche, die ich im Haus gesehen hatte, wurde auf einer Rolltrage herausgefahren.

Zwei Männer kamen, um mir Amaka abzunehmen.

»Das sind Ärzte«, sagte Ibrahim. »Sie werden sich um sie kümmern.« Er war die ganze Zeit neben mir hergelaufen. Ich sah zu, wie sie sie auf den Boden legten. Sie hockten sich zu beiden Seiten hin. Einer von ihnen nahm ihr Handgelenk zwischen die Finger und schaute auf seine Armbanduhr.

»Diese Kugel war für Sie bestimmt gewesen«, sagte Ade. Ich drehte mich zu ihm um und sah in sein lächelndes Gesicht.

Ibrahim begrüßte ihn. »Guy, darf ich Ihnen Commander Mshelia vorstellen?«

»Hatten Sie etwa gedacht, wir lassen einen ausländischen Journalisten Killer jagen? Ich gehöre zum DSS«, sagte Ade. »Sie wissen schon, wie das FBI. Ibrahim bat mich, Sie aus den größten Schwierigkeiten herauszuhalten. Ich dachte, das wird ein Kinderspiel, wie es so schön heißt.«

Ich brauchte einen Augenblick, um das von ihm Gesagte zu verarbeiten. »Sie sind Polizist?«

»Könnte man so sagen. Undercover, wobei ich nun aufgeflogen bin.«

»Sie sind Polizist?«

»Ja.« Er zuckte zusammen, als der Polizist, der ihn verarztete, ein weiteres Stück Verband um seinen Arm wickelte. »Ich bin nicht Ade. Aber ich habe Sie nicht ausspioniert oder so.«

»Und wo ist Ade dann?«

»Oh, Ade, der lässt sich entschuldigen. Er musste nach Abuja jetten.«

Mshelia erklärte, dass Ibrahim gerade in seinem Büro mein Telefon inspiziert hatte, als der echte Ade anrief. Da Ades Nummer der einzige eingespeicherte Kontakt auf dem Telefon war, nahm Ibrahim an, er könnte ihn nutzen, um mich zu finden. Er schickte Ade eine Textnachricht, die angeblich von mir stammte, und bat ihn um ein Treffen in der Lobby des Eko Hotels. Dort fand er Ade, der nervös wirkte, und er brachte ihn zur Ruhe, indem er ihm seine Dienstmarke zeigte und ihn verhaftete.

Ibrahim war sich nicht sicher, was er mit dem Journalisten anfangen sollte, also brachte er ihn zur Navy Dockyard, zu seinem Freund vom Geheimdienst, Commander Mshelia. Gemeinsam begannen die beiden Staatsbeamten, Ade zu verhören, aber der Journalist war begierig darauf, sie mit seinem Wissen über seine Rechte und darüber, wie das zu diesen Rechten gehörige Gesetz lautete, zu beeindrucken. Commander Mshelia bot ihm einen Deal an: Entweder Ade verbrachte die nächsten paar Tage inhaftiert in der Marinewerft, während die Polizei weiter in jenem Mordfall ermittelte, in den der Brite verwickelt sein mochte, oder er kooperierte und half dabei, den Ausländer zu finden, ehe dieser in noch größere Schwierigkeiten geriet.

Ade wog eine Anklage wegen Verschwörung zu einem Mord gegen seine Freiheit nach einer kurzen Zeit in einer überfüllten Zelle ab und entschied sich für Letzteres. Er verriet den Polizisten, dass er der Geschichte des Mannes ohnehin nie getraut hatte. Ein in Großbritannien lebender nigerianischer Journalist, ein alter Bekannter, hatte Ade über Associated Press gefunden und ihm den Auftrag angeboten, nach dem britischen Journalisten zu sehen, aber nach allem, was Ade wusste, konnte das Ganze auch irgendeine CIA-Sache sein. Aus diesem Grund hatte er sich vom ersten Tag an von Guy ferngehalten – und aufgrund der Tatsache, dass er erst, als Guy in der Luft war, erfahren hatte, dass er für den Job noch nicht einmal bezahlt würde. Er hatte den Mann nie getroffen. Er wusste nicht einmal, wie er aussah.

Ibrahim übernahm den Erzählfaden. Ihm zufolge war Mshelia auf die Idee gekommen, sich als Ade auszugeben, während er,

Ibrahim, einen anderen Ansatz bevorzugt hätte. Ade hatte ihnen erzählt, dass er in Kontakt zu Guys Chef stehe. Sie forderten ihn also auf, in England anzurufen und Guys Chef zu erklären, dass er Guy nicht finden könne. Ibrahim wollte warten, bis Guy sich wieder bei Ade meldete. Er vermutete, dass Amaka noch bei ihm war und Verdacht schöpfen könnte, wenn Mshelia auftauchte und sich als Journalist ausgab. Ade rief bereitwillig an, begann aber bald, zu improvisieren. Guys Chef fluchte und schäumte, als er erfuhr, dass Guy sich nicht einmal die Mühe gemacht hatte, sich mit seinem Guide zu treffen, und dann bat er Ade, ihm den Gefallen zu tun und dem Idioten zu sagen, dass er gefeuert sei – falls Ade Guy denn zu fassen bekäme.

»So endete das Telefonat«, sagte Ibrahim.

Sie hielten beide inne und sahen mich an, unsicher, ob sie mir gerade schlechte Neuigkeiten überbracht hatten. Ich nickte, und Ibrahim fuhr fort.

Sie hatten Ade freigelassen, der sagte, er müsse nach Abuja zurückkehren, und Mshelia hatte sich in einen Journalisten verwandelt. Mein Telefon zeigte an, dass ich Ade mehrere Nachrichten geschickt und mehrmals versucht hatte, ihn zu erreichen. Sie beschlossen, darauf zu setzen, dass ich mich erneut bei ihm meldete – auf diese Weise würde ich nicht misstrauisch werden, wenn Ade plötzlich zu einem Treffen bereit wäre.

»Ibrahim war sich nicht sicher, wie Sie in diesen Schlamassel hineingeraten waren«, fuhr Mshelia fort, »aber er hatte Angst, Sie würden herumschnüffeln und sich selbst in Gefahr bringen. Meine Aufgabe war es schlicht, Sie aus Schwierigkeiten herauszuhalten, damit er seine Arbeit erledigen konnte, ohne sich Gedanken darum machen zu müssen, ob ein *weißer* Junge sich unter seiner Aufsicht umbringen ließ. Als Sie mir erzählten, Ihre Freundin sei zum Haus des Verdächtigen gefahren, wussten wir bereits von Amadis Verwicklung in das Verbrechen. Ich rief Ibrahim vom Hotel aus an und brachte ihn auf den neusten Stand. Wir stimmten überein, dass er den Verdächtigen zu Hause aufsuchen sollte, um dafür zu sorgen, dass Amadi wusste, dass Ibrahim Amaka kannte und wusste, dass sie bei ihm war. So, glaubten wir, würde er es nicht wagen, ihr etwas anzutun. Da haben wir uns wohl geirrt.«

»Commander Mshelia textete mir die Flugnummern, die Amaka gefunden hatte, und teilte mir mit, welche Schlüsse Sie daraus gezogen haben«, fügte Ibrahim hinzu. »Ich besorgte mir die Passagierlisten von der Fluggesellschaft und forderte die Krankenakten von allen Personen an Bord an, die ihren Wohnsitz nicht in Nigeria hatten. Mshelia hielt mich telefonisch auf dem Laufenden, während Sie beide Amadis Wagen verfolgten. Wie es schien, wollte der Mann fliehen und hatte Amaka als Geisel genommen, also entschieden wir uns, zuzuschlagen.«

»Wie es aussieht, könnten Sie ein internationales Syndikat aufgedeckt haben, Guy«, sagte Mshelia. »Sie und Ihre Freundin Amaka. So, wie dieses Haus hier eingerichtet ist«, er wies mit seiner unverletzten Hand in Richtung Bungalow, »wurden da drinnen anscheinend Operationen durchgeführt. Auf eine äußerst primitive Weise.«

»Sie arbeiten also für den Geheimdienst?«, fragte ich.

»Ja.«

»Und Sie sind uns gefolgt?« Ich blickte Ibrahim an.

»Ja. Ich hatte genügend Beweise, um eine Festnahme durchzuführen. Und ich war besorgt um Ihre Sicherheit, und um Amakas.«

»Sie wollten mich also nicht umbringen?«

»Oh, nein. Wie kommen Sie denn auf so eine Idee?«

»Ich bin also nicht verhaftet?«

Sie lachten beide.

»Da fällt mir ein«, sagte Ibrahim, »hier haben Sie Ihr Telefon. Ich habe schon gestern versucht, es Ihnen zurückzugeben.« Er hielt es mir hin.

Ich hatte nicht erwartet, es je wiederzusehen.

»Wo bringen sie sie hin?« Amaka wurde hinten in einen Polizeiwagen gehoben.

»Sie benötigt medizinische Versorgung. Sie bringen sie in die Klinik. Vielleicht sollten Sie mitfahren.«

»Das sollte ich.«

Ibrahim blickte an mir vorbei auf Amaka. »Sie hat wohl einen bleibenden Eindruck bei Ihnen hinterlassen«, bemerkte er.

Ich wusste nicht, wie ich darauf antworten sollte. Ich hatte das Gefühl, sie hatte ebenso einen bleibenden Eindruck bei ihm hinterlassen.

Mshelia stöhnte, um uns daran zu erinnern, dass er auch noch da war. Er wedelte die Hand des Polizisten weg, der seinen Verband untersuchen wollte. »Na los«, sagte er. Und als ich mich zum Gehen wandte: »Und hören Sie, wenn Sie ihr das Herz brechen, bekommen Sie es mit uns zu tun.«

Ich drehte mich noch einmal um und schüttelte den beiden Männern die Hand. »Tut mir leid deswegen«, sagte ich zu Ibrahim und hielt mir die Hand ans Gesicht. Er lächelte.

Amaka war noch immer bewusstlos. Ich stieg hinten ein, legte ihren Kopf auf meinen Schoß und begann, Folienfetzen von ihrem Hals abzuziehen. Mit aufheulenden Sirenen verließen wir das kleine Haus im Wald.

Wir fuhren zur Klinik bei Wilmot Point, dem Marinestützpunkt auf der Ahmadu Bello Road in der Nähe von Inspector Ibrahims Polizeirevier. Marineschwestern übernahmen Amaka und schickten mich weg. Ich wartete im Flur und atmete Desinfektionsmittel ein. Eine Frau in einer Marineuniform brachte mir einen Stuhl. Ich dankte ihr, lief jedoch weiter im Flur auf und ab. Männer und Frauen in militärischer oder medizinischer Kleidung liefen an mir vorbei, kamen und gingen durch Flügeltüren, allerdings nicht aus dem Zimmer, in das Amaka gebracht worden war. Dann, etwa eine Stunde später, eilten drei Frauen und zwei Männer, allesamt in weißen Kitteln, in das Zimmer, in dem sie sich befand. Ich blieb wie erstarrt vor der Tür stehen.

Fünfzehn Minuten später trat ein Arzt heraus.

»Sind Sie Guy?«

»Ja.«

»Bitte, kommen Sie mit.«

Ich hatte Angst, ihn irgendetwas zu fragen. Er führte mich in das Zimmer und bat die Pflegekräfte, die um Amakas Bett herumstanden, uns allein zu lassen. Sie hatten Schläuche von ihren Armen entfernt. Amakas Augen waren geschlossen, und sie bewegte sich nicht.

»Sie ist immer noch leicht sediert, aber sie wollte Sie sehen«, sagte er.

»Geht es ihr gut?«

Ich trat an ihre Seite und legte meine Hand auf ihre. Ihre Finger schlossen sich um meine und drückten sie. Sie schlug die Augen auf, und in meinen brannten Tränen.

Sie sagte nichts. Sie starrte mir nur in die Augen und hielt meine Finger noch fester umschlossen. Der Arzt zog mir einen Stuhl hin, und ich setzte mich neben sie. Ihre Augen fielen wieder zu.

Aunty Baby traf gemeinsam mit Flavio ein. Sie bat die Schwester am Empfang, sie zu Amaka zu bringen.

Inspector Ibrahim trat auf sie zu und stellte sich vor. Er erklärte, ihr Freund Guy habe ihre Nummer auf Amakas Telefon gefunden und ihn gebeten, sie anzurufen; Guy sei gerade bei ihr.

Abgesehen von den Kopf- und Halsschmerzen hatte Amaka sich erholt, und sie bestand darauf, über alles unterrichtet zu werden. Sie wollte meine Hand nicht loslassen, und ich konnte ihre nicht loslassen.

Inspector Ibrahim und Commander Mshelia betraten das Zimmer, und ihnen folgten Flavio und Aunty Baby.

Ich blickte auf, sah Aunty Babys Gesichtsausdruck und lächelte, um sie wissen zu lassen, dass alles in Ordnung war.

Sie und ihr Mann traten zu mir neben das Bett. Ich stand auf, damit Aunty Baby sich setzen konnte, und sie legte Amaka den Handrücken an die Stirn. Amaka lächelte. Sie wollten wissen, was geschehen sei. Von diesem Zeitpunkt an hatte ich keinen Moment mehr allein mit ihr, aber ich war froh, sie einfach nur wieder lächeln und reden zu sehen, lebendig und wohlauf.

Ich trat einen Schritt zurück und beobachtete sie alle: meinen Kontaktmann, der sich als Spion herausgestellt hatte; Ibrahim, dem ich mein Leben verdankte; Aunty Baby und Flavio, die genauso besorgt gewesen waren wie ich; und Amaka, schwach, aber noch da.

»Guy hat eine Datenbank erwähnt«, sagte Ibrahim. »Wenn es Ihnen nichts ausmacht, würde ich die gern einmal sehen. Sie könnte uns wirklich dabei helfen, noch mehr von diesen üblen Typen ausfindig zu machen.«

Amaka schaute mich an. Sie lächelte, um mich wissen zu lassen, dass es in Ordnung war.

»Ja. Ich übergebe sie Ihnen gern. Guy hat sie.«

»Er hat mir auch erzählt, dass Sie sie verwenden, um für die Sicherheit der Frauen zu sorgen. Wäre es zu viel verlangt, wenn ich Sie bitte, damit weiterzumachen? Wir werden die Informationen lediglich als Hinweise benutzen, wir werden sie geheim halten, und wir werden Ihnen ein paar Polizeikräfte zur Seite stellen, falls Sie sie jemals benötigen – Frauen, denen Sie vertrauen können.«

»Vielen Dank. Das wäre tatsächlich hilfreich«, sagte Amaka. »Es gibt noch etwas, das Sie für mich tun können.«

»Was wäre das?«

»Es gibt da einen Mann, Malik ...«

»Amaka«, sagte ich.

Sie wandte sich zu mir um. Wir sahen einander an, während die anderen abwarteten. Selbst auf einem Krankenhausbett hatte sie diesen unnachgiebigen Blick, diesen Blick, der besagt: »Da gibt es nichts zu diskutieren. Ich werde meinen Willen durchsetzen.« Aber in diesem risikoreichen Spiel namens »Wer blinzelt zuerst« behauptete ich mich. Dies war nicht der richtige Zeitpunkt, um sich wegen Malik oder einem Dutzend weiterer Amadis Sorgen zu machen. Amaka hätte sterben können. Sie musste sich ausruhen und erholen.

»Es kann warten«, sagte sie, den Blick noch immer auf mich gerichtet. Dann lächelte sie und streckte die Hand aus.

Der Arzt kehrte zurück, um Amaka abzuhören und ihre Augen zu untersuchen. Er sagte, sie sei mit etwas betäubt worden, das zu seltsam klang, als dass ich es mir hätte merken können, aber nun gehe es ihr wieder gut und sie könne nach Hause. Sie müsse sich ausruhen und viel Wasser trinken.

Inspector Ibrahim teilte uns ein Polizeiauto zu. Amaka, Aunty Baby und Flavio fuhren mit mir ins Hotel, um meine Sachen zu packen, da ich nach wie vor einen Flug erreichen musste.

Dem Ticket zufolge, das Sally mir zugemailt hatte, würde mein Boarding in wenigen Stunden beginnen. Aufgrund des Verkehrs in Lagos mussten wir früh aufbrechen. Ich wollte nicht abreisen, aber Amaka bestand darauf, dass ich flog.

Aunty Baby und Amaka unterhielten sich den ganzen Weg bis zum Flughafen, während Flavio mich immer wieder anstupste und grinsend in Amakas Richtung nickte.

Ich hatte keinen Augenblick allein mit Amaka verbracht, seit sie das Bewusstsein wiedererlangt hatte. Sie begleiteten mich auch alle gemeinsam zum Gate. Ich wollte Amaka etwas sagen, wusste aber nicht, was angemessen oder auch nur akzeptabel wäre.

»Ich kann meine Zunge rollen.«

»Was?«, fragte sie.

»Ich kann schlafen, selbst wenn ein Auge halb geöffnet ist. Und einmal habe ich in der Grundschule beim Eierlaufen gewonnen.«

»Wovon redest du?«

»Jemand hat mir gesagt, wenn ich ein Talent hätte, wären meine Chancen größer, von dir wahrgenommen zu werden. Bestimmt ist irgendwo in mir irgendein beeindruckendes Talent verborgen. Vielleicht werde ich es eines Tages entdecken, und dann wirst du mich wahrnehmen.«

»Du hast bereits ein Talent, Guy Collins.«

»Wirklich?«

»Ja. Du bist gut darin, Mörder aufzuspüren und Amaka zu retten.«

Sie legte mir die Arme um den Hals und zog meinen Kopf zu sich. Wir küssten uns in der überfüllten Abflughalle und vergaßen alle auf uns gerichteten Blicke.

»Nachdem du mich nun vor dem bösen Drachen gerettet hast, wirst du bald zurückkommen und Anspruch auf deine Prinzessin erheben?«

Wir küssten uns erneut.

EPILOG

IBRAHIM MUSSTE NOCH seinen Bericht schreiben, ehe er endlich nach Hause zu seiner Frau und seinen Kindern zurückkehren konnte. Er hatte stets einen Verdacht gegen Amadi gehegt: wie dieser ihn umworben und großzügig mit unaufgeforderten Geschenken überschüttet hatte. Die Dollars von der Versammlung der Victoria Island Neighbourhood Association steckten noch immer in seiner Tasche, aber er hätte unmöglich wissen können, dass der Mann Leute umbrachte. Wer würde ihm überhaupt glauben? Es wäre nicht allzu schwer herauszufinden, dass der Inspector und der tote Mörder befreundet gewesen waren, und dann würde man annehmen, Ibrahim hätte ihn geschützt. Und die Tatsache, dass er derjenige gewesen war, der den Mann erschossen hatte, würde man bloß so interpretieren, dass er Beweise beseitigen wollte.

Bevor Amadis Leichnam abtransportiert wurde, hatte Ibrahim Brieftasche, Geld und Telefon aus seinen Taschen entfernt. An dem Telefon war er am meisten interessiert, denn darauf würden sich seine eigene Nummer sowie Anrufe von ihm finden lassen, Beweise dafür, dass er dem Verdächtigen nahegestanden hatte.

Er sperrte sich in seinem Büro ein und hinterließ die Anweisung, dass er nicht gestört werden wollte. Er starrte ein paar Minuten auf sein Notizbuch, rollte seinen Stift in der Hand und fragte sich, was er in seinen Bericht schreiben sollte. Je länger er über das Problem nachdachte, desto mehr wurde ihm bewusst, dass die Lösung bei Amaka lag. Was diesen Fall anging, konnte sie allein beweisen, dass er Amadi kannte. Mshelia würde sein Dilemma verstehen, aber Amaka würde sich fragen, weshalb sie bei ihrer schriftlichen Aussage lügen sollte. Allerdings verdankte sie ihm ihr Leben – falls es dazu kam, würde sie sich vielleicht daran erinnern. Er traf eine Entscheidung: Er hatte den Verdächtigen noch nie zuvor gesehen. Bevor er irgendetwas zu Papier brachte, wollte er diese Geschichte an jemandem austesten. Er rief den Polizeipräsidenten an.

»Hallo, Ibrahim? Irgendwelche Neuigkeiten?«

»Ja, Sir. Wir haben den Schuldigen, Sir.« Er hielt den Stift fest in seiner freien Hand.

»Was? Sie müssen lauter sprechen. Ich bin auf einer Hochzeit.«

»Wir haben den Schuldigen, Sir.«

»Wer ist es?«

»Das weiß ich nicht, Sir.«

»Wie meinen Sie das?«

»Sir, wir sind einer Spur nachgegangen. Der Verdächtige hat eine weitere Frau entführt, und wir sind ihm gefolgt. Am Ende kam es zu einem Schusswechsel, und er wurde tödlich verletzt.«

»Er ist tot?«

»Ja, Sir.«

»Wie lautet sein Name?«

»Sir, das weiß ich nicht, Sir.«

»Was sagen Sie? Wie können Sie das nicht wissen?«

»Sir, er hatte keinen Ausweis bei sich.«

Ibrahim lauschte der lauten Musik am anderen Ende der Leitung und ärgerte sich darüber, dass, während er auf seinen Schlaf verzichtet hatte, der Mann, der ihm den ganzen Tag im Nacken gesessen hatte, genügend Zeit fand, um auf eine Party zu gehen.

Während er darauf wartete, dass der Präsident sich von dem Lärm entfernte, begann Amadis Telefon zu klingeln. Er hob es auf und warf einen Blick auf den Bildschirm: »Chef«. Es hörte auf zu klingeln und fing dann wieder an. Er legte sein eigenes Telefon hin und nahm den Anruf entgegen. Er hörte Musik. Er ließ das Telefon sinken und hielt sich sein eigenes ans Ohr, dann ließ er seins sinken und horchte wieder in Amadis. Um sicherzugehen, hielt er sich beide Telefone an die Ohren. Aus beiden kam dieselbe Musik. Er beendete den Anruf auf Amadis Telefon und lauschte weiter der Live-Band, während er auf den Präsidenten wartete.

Er schrieb auf seinen Notizblock: »Ich habe Amadi nicht erwähnt.«

Amadis Telefon begann erneut zu klingeln.

Der Polizeiwagen setzte Amaka zu Hause ab. Aunty Baby und Flavio hatten ihr angeboten, bei ihnen zu bleiben, aber sie hatte darauf bestanden, zu sich nach Hause zu fahren.

Sie ließ sich ein Bad ein, suchte eine CD von einem Ständer aus, legte dann ihre Kleider ab, glitt in das warme Wasser und schloss die Augen. Dort blieb sie, bis das Wasser kalt wurde, dann legte sie sich ins Bett und versuchte, an gar nichts zu denken. Aber ihre Gedanken wanderten immer wieder zu Chief Amadi, dem Bungalow, ihren Frauen. Und Guy Collins. Sie bekam ihn nicht aus dem Kopf.

Später wälzte sie sich im Bett herum und vergrub ihr Gesicht im Kissen. Sie mochte dieses Gefühl nicht, denn so kam sie sich verletzlich vor.

Sie warf sich herum, bis sie kurz davor war, zu schreien. Guy hatte versprochen, sie direkt nach seiner Landung anzurufen. Sie gab sich Mühe, einzuschlafen, wurde jedoch wach gehalten von ihren Gedanken, die hin und her schwankten zwischen dem Verlangen, er möge anrufen, und dem Wunsch, er möge es nicht tun.

Verzweifelt strampelte sie die Laken von sich und stand auf. Sie schaute noch einmal auf die Uhr, zog sich an und schnappte sich ihre Autoschlüssel von der Frisierkommode. Sie ließ ihre Telefone zurück, etwas, das sie sonst niemals tat.

Sie hatte kein bestimmtes Ziel, als sie in ihren Wagen stieg – sie fuhr einfach los und versuchte, nicht an Guy zu denken. Beim

Awolowo-Kreisverkehr, wo sie drei Möglichkeiten hatte, warf sie im Geiste eine Münze und bog links ab auf die Brücke nach VI.

Von der Überführung gelangte sie auf den Lekki Expressway. Die Sonne blendete sie, und sie klappte die Blende herunter und zischte, weil sie ihre Sonnenbrille vergessen hatte. Sie befand sich in der Nähe des Hauses einer befreundeten Familie, aber sie wollte nicht dort aufkreuzen, ohne vorher anzurufen – und sie hatte ja ihre Telefone zu Hause liegen lassen. Sie hatte es aus Trotz getan, wie um zu behaupten, sie hätte die Kontrolle. Doch nun kam ihr diese Entscheidung vor wie ein Beweis dafür, dass dem nicht so war. Wovor hatte sie überhaupt Angst? Er mochte sie, und sie mochte ihn auch. Sie mochte ihn wirklich. Sie schüttelte den Kopf und lächelte. Bei der nächsten Ausfahrt machte sie einen U-Turn und trat aufs Gaspedal, um das Automatikgetriebe einen Gang herunterschalten zu lassen. Sie fuhr schnell, um der nächsten Ampel ein Schnippchen zu schlagen.

Als sie ihr Haus wieder betrat, klingelte ihr Telefon. Sie eilte in ihr Zimmer und schnappte es sich von dem Hocker neben ihrem Bett.

»Hallo, Lover«, sagte sie. Sie legte sich auf das Bett und schloss mit einem verlegenen Lächeln die Augen.

»Hallo, Amaka«, sagte ein Mann, aber es war nicht Guy. Sie schlug die Augen auf. Die Stimme war tief und leise, und das »Hallo« klang langgezogen. »Ich habe gehört, dass Sie nach mir suchen. Mein Name ist Malik.«

DANKSAGUNG

Vom ersten Entwurf bis zum fertigen Buch haben mir viele Menschen auf verschiedene Weise geholfen und ihren Beitrag geleistet. Ein besonderer Dank – neben vielen anderen – an Souraya Ali Choukeir, Lola Shoneyin, Sofia Alexandrache, Tracy Mann, Bisi Ilaka, Sybilla Wood, Gabriel Gbadamosi, Peter Lawson, Jeremy Nathan, Julian Friedmann, Tolani Ibiduni, Osaretin Oswald Guobadia, Chiekezi Dozie, Najite Dede, Onome Onuma, Cynthia Ogunedo, Yejide Kilanko, Chinapa Aguh, Owi Ochoche, Dipo Agboluaje, Jeremy Weate, Alex Hannaford, Siddhartha Mitter, Kate Haines und Bibi Bakare-Yusuf.

YASEMIN DINÇER studierte Literaturübersetzen in Düsseldorf und übersetzt für verschiedene Verlage aus dem Englischen. Sie hat unter anderem Werke von Oyinkan Braithwaite, Lọlá Ákínmádé Åkerström und Minna Salami übertragen und ist mehrfache Stipendiatin des Deutschen Übersetzerfonds.

LEYE ADENLE ist ein nigerianischer Krimi- und Thrillerautor und bekannt für seine spannungsgeladenen Geschichten, die die Abgründe der menschlichen Natur ausloten und u. a. in *Schlüsselorte* (InterKontinental, 2023), *Lagos Noir* (Akashic Books, 2018) und *Sunshine Noir* (White Sun Books, 2016) veröffentlicht sind. *Zügel der Macht* gewann 2016 den Prix Marianne; seine Kurzgeschichte *The Assassin* war 2017 auf der Shortlist des CWA Short Story Dagger.

Knallharter Realismus und lebhafte Beschreibungen, die die vielschichtigen Lebensrealitäten der von Außenstehenden oft missverstandenen nigerianischen Gesellschaft einfangen, machen Adenles Schreiben aus. Seine Romane thematisieren Korruption, Ungleichheit und Gewalt, beleuchten aber gleichzeitig die Menschlichkeit ihrer Figuren und deren Entscheidungen unter widrigen Umständen. Er ist ein Verfechter von Geschlechtergerechtigkeit, und das spiegelt sich auch in seinen Texten wider, die sich häufig den Erfahrungen von Frauen in der nigerianischen Gesellschaft widmen.

Zügel der Macht ist der Auftakt seiner Lagos-Thriller-Trilogie, die bei InterKontinental erscheint.

BEFORE YOU GO …
SPRACHE. MACHT. WIRKUNG.

Schwarz und *weiß* bezeichnen hier keine (Haut-)Farben, sondern Positionen und Identitäten innerhalb eines rassistischen Systems. »Schwarz« ist eine politische Selbstbezeichnung für Personen, die von rassistischer Diskriminierung betroffen sind. Sie ist Ausdruck des langen Widerstandskampfes gegen rassistische Fremdbezeichnungen und wird großgeschrieben, um sie von der adjektivischen Farbbezeichnung zu unterscheiden und die politische Identität des Begriffes herauszustellen.

Dem gegenüber werden Menschen, die keine rassistische Diskriminierung erleben als *weiß* bezeichnet. *»Weiß«* wird im Schriftbild kursiv formatiert und anders als »Schwarz« kleingeschrieben, sofern es nicht am Satzanfang oder als Nomen vorkommt, um die konstruierte Eigenschaft der Kategorie und die privilegierte Position innerhalb rassistischer Machtstrukturen zu betonen und um wiederum die Unterscheidung zur Farbbezeichnung herzustellen.